[美]
吉娜·B. 那海 著
Gina B. Nahai

名奖作品·互文

李静宜 译

天使飞走的夜晚
Moonlight on the Avenue of Faith

外语教学与研究出版社
北京

京权图字：01-2022-4518

Copyright © 1999 by Gina B. Nahai
Published in agreement with Lowenstein Associates, Inc., through The Grayhawk Agency Ltd.
本书译文由台湾远流出版事业股份有限公司授权使用

图书在版编目（CIP）数据

天使飞走的夜晚 ／（美）吉娜·B. 那海（Gina B. Nahai）著；李静宜译. ——北京：外语教学与研究出版社，2022.9
（名奖作品·互文）
书名原文：Moonlight on the Avenue of Faith
ISBN 978-7-5213-3920-8

Ⅰ. ①天… Ⅱ. ①吉… ②李… Ⅲ. ①长篇小说-美国-现代 Ⅳ. ①I712.45

中国版本图书馆 CIP 数据核字（2022）第 169594 号

出 版 人	王　芳
项目策划	张　颖
项目编辑	武　敏
责任编辑	徐晓雨
责任校对	何碧云
装帧设计	范晔文
出版发行	外语教学与研究出版社
社　　址	北京市西三环北路 19 号（100089）
网　　址	http://www.fltrp.com
印　　刷	三河市北燕印装有限公司
开　　本	889×1194　1/32
印　　张	12.5
版　　次	2022 年 10 月第 1 版　2022 年 10 月第 1 次印刷
书　　号	ISBN 978-7-5213-3920-8
定　　价	59.00 元

购书咨询：(010) 88819926　电子邮箱：club@fltrp.com
外研书店：https://waiyants.tmall.com
凡印刷、装订质量问题，请联系我社印制部
联系电话：(010) 61207896　电子邮箱：zhijian@fltrp.com
凡侵权、盗版书籍线索，请联系我社法律事务部
举报电话：(010) 88817519　电子邮箱：banquan@fltrp.com
物料号：339200001

莉莉

此刻我眼前的她，体重高达178公斤，而且一天比一天重，身形庞大得已经有两个多月无法挺直身子。如果没先卸下门链、拆掉房门，她绝对出不了房间。而且她的呼吸声轰响如雷，惹得她和姐姐在洛杉矶同住的这条街上众狗齐吠，还让邻居家的钢琴在午夜时刻奏起狂乱的曲调。很难相信，眼前的这个女人就是我的母亲——天使罗珊娜。她以前曾经是个双眸澄蓝如水、肌肤吹弹可破的年轻女人，启齿一笑就能让世界停止转动，吸引男人（包括我的父亲）跟随着她穿过城里的大街小巷，他们浑然不知自己为何要跟随着她，也不知道万一她停下来回应自己的呼唤该怎么办。很难相信，当年的她，那么轻盈，那么纤美，完全不为重力法则与人世疾苦所羁绊。她在梦想破碎、色彩黝黯如墨的夜晚，肩上长出一对翅膀，飞入了伊朗那片紧紧掌握她命运的镶缀星辰的夜空。

那时，罗珊娜的举动震惊了整个德黑兰城。我父亲，辜负了所有人，一心一意爱着罗珊娜，守鳏终生，再也没走出伤痛。而当时在现场，站在她背后，看着她展翅消失在星空里的我，整个童年都在等待她归来。关于她的下落和命运有诸多传奇般的流言。我的朋友们都疑心她早就丧命，就埋尸在我们位于信仰大道上的那幢大宅的后院里,而罪魁祸首呢,就是我父亲和他的父母。一手拉扯我母亲长大的姨妈月姑蜜黎安把找到妹妹当作终生志业,就算违背罗珊娜的意志也非要找到她不可。

天使罗珊娜一直飞,一直飞,一点都不理会大地的引力或心爱的人呼唤她的声音,更没停下来回头看看她十三年行踪成谜所引发的灾难。从一个城市到另一个城市,她穿过伊朗,穿过土耳其,住过一条条不知名的街道和一幢幢不起眼的房子。在那些地方,她只是个一贫如洗、有双迷人明眸、美貌正在缓缓凋零的女人。若非几个月前谜样的液体开始让她的身体肿胀得活像中了毒,她绝对不会停下来,让我们之中任何人找到她。那谜样的液体从她的眼角淌下,让她的双臂与双腿肿胀到完全无法动弹,让她一度宛若天籁的嗓音变成沙哑的低语,最后,终于让她不得不停下来。

母亲离开的时候,我五岁,她回来的时候,我十八岁。姨妈月姑蜜黎安告诉我,我一定要了解,罗珊娜抛弃我离去,非她本意,而是她永远掌控不了的命运使然,这是早在我出生之前就已运转数世纪之久的自然力量推动的结果。蜜黎安说,罗珊娜早在成为妻子或母亲之前,早在出世之前,甚至早在成为胚胎之前就已经注定要离家远去。她还告诉我,世界原本就是这么运转的,不论东方或西方,都一样:人只不过是无情命运的棋子。什么自由意志和理性决定,都只不过是脆弱心灵的产物,只因为我们无法面对现实,无法接受人所身处的极其荒谬的现实。她说,所以我必须原谅罗珊娜,原谅她连一句再见都没说就离我而去,原谅她听到我的喊声却头也不回的事实。我必须原谅她,因为她离开我和父亲的痛苦,是我们其他人所不能体会的。

而且,蜜黎安坚持说,我必须纯粹基于信念这么做——因为即使她现在回来了,躺在蜜黎安位于西洛杉矶老兵大街上的这个空房间里,用她那双泪水盈眶、因自知去日无多而黯然神伤的眼睛看着我,天使罗珊娜还是没给我只言片语的解释。

月姑蜜黎安对我说了母亲的故事。

犹太区
1938

她出生在1938年,是美人秀莎和裁缝老公布尺拉赫曼的女儿。他们一家人住在租来的两间房里,房东是秀莎的母亲——既恐怖又吓人的碧碧。碧碧在德黑兰犹太区有三栋房子,她把每间房单独出租出去,房客全都是走投无路到肯迎合她无理要求与严苛规定的人。碧碧对自己的女儿也毫不讲情面,犹太区里好多人在背地里咬耳朵,说她连宽限秀莎一个星期的房租都不肯。

这两间房没铺地板,也没有窗户,房体是用土块和灰泥砌起来的,通向院子那道窄窄的木门是用几块松垮的木板拼凑成的,钉得歪歪斜斜,不时吱吱嘎嘎。其中一间房是秀莎和丈夫的寝室,白天充当丈夫的裁缝作坊,另一间房是全家人的餐厅兼客厅,也是孩子们的寝室。

孩子们一个挨一个地睡在地板上——五个小小的身子躺在一床被子底下,四肢交缠,皮肤习惯了彼此的体温,要他们自己一个人睡在床上,还没人睡得着呢。

三岁的时候,有一回罗珊娜闻到一股奇特的香味,醒了过来。她坐在床单上,床单底下只铺了一条薄薄的帆布地毯,将她与在土里爬来爬去的小虫子隔开。她那时还只是个小小孩,又单薄,又轻巧，一举一动都吵不着别人。她伸手摇醒蜜黎安。

"我梦见我是一只小鸟。"她说。

蜜黎安叹口气，翻了个身。才九岁的她从幼年开始便在照顾弟弟妹妹。

"哪儿痛吗？"她闭着眼睛问。

"没有。可是我感觉不到我的脚。"

蜜黎安摸摸罗珊娜的额头。

"你没发烧。"她下了结论，"回去睡吧。"

一个小时之后，蜜黎安悚然惊醒。她看见罗珊娜好好睡在自己的位置上，其他的孩子也睡得很沉。但是，她突然意识到，房里有股奇怪的味道。不是平常那种皮肤与头发的气味，不是剩菜剩饭、陈旧衣物、冷硬干泥地的味道。月姑蜜黎安闻到了海的味道。

她点起蜡烛，四下查看。没有什么不对劲儿。这时，她看见罗珊娜，头发湿答答的，双臂摊开，飘在一床洁白的羽毛上。

此刻的罗珊娜看起来如此平静、美丽，完全沉醉在遥远群山与翡翠海洋的睡梦中，让蜜黎安觉得，如果有人叫醒了她，她一定会死掉。于是蜜黎安躺在她身边，躺在那一床羽毛上。羽毛如此洁白，在月光下看起来几乎是蓝色的。她好希望自己也能梦见罗珊娜的梦。

后来蜜黎安又看见很多次羽毛，在这座距海数千里远的城市里，不时闻到海的气味。有一些晚上，她甚至以为罗珊娜会溺死。蜜黎安很怕有人发现羽毛后会出事，于是把它们藏在被子里。她用手指拆开缝线，把羽毛塞在因年代久远而变黄、因长时间使用而变薄的棉花里面。但是没过多久，罗珊娜的秘密就沉重得让蜜黎安无法独力守护了。有一次，他们房里的空气变得很潮湿，凝结成一颗颗水珠，从屋顶滴落，掉在孩子们的脸庞和头发上，于是蜜黎安跑去叫妈妈。

秀莎光着脚，睡意迷蒙地走过来，长袍松松地挂在身上，站在罗珊娜身边低头看了好一会儿，却没发现那些羽毛。

"看！"蜜黎安抓起一把，凑到秀莎面前，"好多个晚上，我夜里醒来，就在她床上找到了羽毛。"

秀莎好像被雷电击中般倒抽了一口气，她像被闪电吓到似的，身体猛然一震，虽然只有那么一下下，但是力道还是大得让蜜黎安必须闪开。她看见秀莎脸上血色尽褪，皮肤变得无比透明。

"还有谁知道？"秀莎问。

"没了。"蜜黎安真希望自己没叫醒妈妈，"我一直都藏得好好的，肯定没有人发现。"

这时，秀莎的二女儿塔拉叶在睡梦中翻了个身。她的手顺着脖子、胸口往下摸，抹掉皮肤上的汗水，哑着嗓子对想象中的情人窃窃私语。她才八岁，除了家里的人之外，从来没接触过其他的男人。但是，早在此时，炽烈的欲望，以及日后将主宰她成年生活的那种赤裸裸、坚定不屈的浓烈热情，已充塞她的内心，无法遏止。

秀莎的视线从塔拉叶身上转开。她走到外面，坐在房门外通往院子的台阶上，使了个眼色要蜜黎安过来坐在她身边。她是个令人惊艳的女人——深色的皮肤，深色的眼眸，倾城绝伦的美貌，让每个见到她揭开面纱的人都感到既迷惑又哀伤。但是她好像从来就不自知，或许还对自己的美貌感到几分羞愧。

"你不能把羽毛的事告诉其他人，知道吗？"她要求蜜黎安道。

蜜黎安点点头。

"你知道它们是哪儿来的吗？"

蜜黎安想开口，却又住了嘴。当时她们活在沉默的面纱里，在绵延千年的秘密编织而成的网里，言语的力量令她们敬畏，而言语的后果则让她们恐惧。所以蜜黎安没说，秀莎也没把她知道得一清二楚的事告诉蜜黎安：罗珊娜床上的羽毛来自她的梦，在梦里，罗珊娜展翅飞翔，宛如小鸟，也或许是天使吧，飞过无边无际的辽阔海洋，远离犹太区牢牢封锁的边界，翅膀与海风有时会漫过夜色的边缘，挣脱欲望与事实的界限，把羽毛掉落在罗珊娜床上，倾诉她的渴望。

故事是从一个女人身上开始的——悲剧不往往如此吗？18世纪末一位犹太仪式派拉比，肩负着教导犹太人美德与公义的使命，带着他的俄国太太和四个女儿一起来到德黑兰。他用驴子驮来一大堆书籍和卷轴，他说，在演讲和布道时必定可以派上用场。他创设会堂，热忱地实践使命。没多久，他就让那些犹太人相信他是全世界最了解罪恶本质，也最知道该如何杜绝罪恶的权威。既然邪恶最常诞生自女人身上，而他所谓的"背德堕落行为"也常源起于女人，于是拉比自己动手写了一部《圣经》来规范女人的行止——他禁止女人享有诸如大笑之类的生活乐趣，因为笑会让她们丧失理智；他也要求女人说话时必须用手掩口，这样才不会露出充满肉欲的粉红色口腔，引诱男人。

为了让其他人有典范可依循，拉比用最严格的标准来控制自己的妻女。他把她们裹在一层又一层的黑布里，不准她们开口说话，就连只有其他女人在场的时候也不例外，而且绝不让其他人知道她们的名字。他甚至还要犹太区的浴池管理员每隔一星期提早两个小时开门，好让他的妻女摘掉面纱进去洗澡时不被人撞见。其余的时间她们都安安静静、孤孤单单、畏畏缩缩地待在家里，靠着比手画脚来彼此沟通，免得有拉比之外的人听见她们的声音。对那些来到门外或站在屋顶偷看的人来说，她们简直像一群又聋又哑的人，在迟缓流动的无边无际的迷雾中走动。流言四起，那些犹太人猜想，她们想必有什么肢体的缺陷吧，所以拉比才会想尽办法掩藏。拉比的老婆一定很丑，兔唇，麻脸，搞不好牙还掉光光了呢。女儿们也一定遗传了母亲的丑八怪模样，所以拉比才不肯透露她们的名字——因为他知道丑女人永远嫁不掉，所以也不值得活在世上。犹太人背着拉比，将他的老婆、女儿称作"乌鸦和她的女儿们"。

"乌鸦"就这样过了好多年，她的故事眼看着也就要这样画上句点，不料在1800年的犹太赎罪日[1]，她突然疯了。和往年一样，上帝让这一天异乎时节地热——存心让犹太人的日子更难熬，因为他们得挨上将近三十个小时才能喝水——连不时在地面横行的老鼠和蝎子也全都躲进缝隙里寻阴凉去了。将近正午时分，犹太仪式派会堂里挤满了前来忏悔罪行的信众。男众坐在圣殿里，他们手里的祈祷书热得快要熔化了。女众站在殿外的庭院中，汗流浃背地罩在面纱里，互咬耳朵交换犹太区近来的丑闻流言。就在这时，她们听见了一个声音，纷纷仰头看。

有人在唱歌。是个女人，歌声轻柔圆润，从红唇淌下，一路沁凉蜿蜒地注入男人们的身体，惹得他们的大腿如火灼烧。那是妓女的歌声，自由奔放，无拘无束，唱着只有最卑贱的男人——也就是走唱人——才能唱出口的古老情歌。最先听见她歌声的是站在庭院里的女人们，接着是圣殿里的男人们，最后才是拉比。他们全

---

[1] 犹太赎罪日（Yom Kippur），犹太历七月初十为赎罪日，禁绝一切饮食与娱乐，信众群集会堂唱诗、读经、祷告，祈求罪孽获得赦免。——若无特殊说明，本书注释皆为译者注。

都抬头望去,透过从干涸地面蒸腾而起的黄色热气,他们看见了"乌鸦",全身赤裸的"乌鸦"。

她肌肤雪白如河水冲出的泡沫,金发从头上垂到脚边,身体苗条纤细,玲珑有致,芳香馥郁,宛如每个年轻男子翻云覆雨的美梦。她走进圣殿,双眼紧闭,双手圈在嘴边,让歌唱的声音能传得更远。四个女儿跟在她身后,仍然戴着面纱,似乎被歌声迷惑得不能自已。一看见她,拉比就气得印堂发黑。

"挡下那个罪人!"他想张口大叫,但是喉咙却紧紧锁住了。他绝望地看着妻子穿过圣殿,绕布道坛转了一圈,然后又离开了。看见"乌鸦"的女人们嘴角流出了嫉妒的口沫,而男人们则把她的每一寸曲线深深印在了记忆里,传了一代又一代。所以,当"乌鸦"往外走的时候,所有的人全跟着她走,也就不足为奇了。

她走到街上,身后跟着四个女儿,众人则紧随在后。她穿过片刻之前只有一群流浪黄狗的空无一人的大广场,然后穿过静悄悄的巷弄,以及犹太区令人窒息的拱廊,走过因为她丈夫禁止大笑而显得悲惨的人家与可怜兮兮的商铺,一直来到连通犹太区与德黑兰市区的大门。她终于不再歌唱,转身面对她的女儿们。她双眼空洞,十足像个疯女人,然而微笑一绽放,呼出的气息却带着流水的味道。

就在这时,她在赎罪日炎热难耐的阳光里失去了踪影。

可想而知,她的离去就算只是偶发的意外事件,对家人来说也已经是惨得没人敢再提起的灾难。但更惨的是,她的失踪只是个开端,拉比的后嗣里,每一代都有一个女性成员会逃离家庭失踪。例如,"乌鸦"最小的女儿在十四岁的时候,有天清晨离家出走，再也没有人看见过她或听说她的下落。"乌鸦"的孙女九岁的时候离开家，加入了在德黑兰城外山区扎营的土耳其吉卜赛人。另外的女孩要么跟着强盗土匪跑了，要么被游牧部族诱拐，再不然就是自愿卖身为妓。有个女人，秀莎的外婆，跳进卡拉季河里，希望河水能带着她直奔大海，但最后却变得乌紫浮肿，成了一具躺在河南岸上的尸体。另一个女孩，秀莎的姨母，离家途中被父亲逮了回去。他在她脚踝上系了一条绳子，余生把她拴在砖柱上。

美人秀莎从小听着她这些任性长辈的故事长大。听说她们之中有好多个最后都落得衣不蔽体，可怜兮兮地在连蝎子都绝迹的伊朗中部沙漠流浪，一心想回家，苦苦哀求家人原谅，却再没机会。打从小时候，她就体会到那种因与众不同而被人瞧不起的羞辱，也很担心自己会"没人要"——变成一辈子嫁不掉的老处女——她还怀疑自己终有一日也会离家出走，因为那是根植在"她血脉里"的宿命。她两岁大的时候，父亲过世了。母亲碧碧靠着家里经营的蔬果铺抚养她长大。碧碧卖的尽是对穆斯林来说太不新鲜甚至腐臭的东西——因为法律规定，犹太人不得接触新鲜的食品。对顾客不假辞色、对秀莎更是无情的碧碧，碰上抱着瘸腿孩子的乞妇讨一个被虫咬过的苹果吃时，总是想也不想地一口回绝。而碧碧教秀莎乖乖听话的法宝，就是拿石榴树枝抽她，抽到她皮开肉绽，血流不止。为了让秀莎逃脱宿命，不致远走高飞，碧碧以父亲为师，在秀莎睡觉的时候，把她的一双脚踝紧紧绑住。

秀莎安静哀伤地长大，心中充满恐惧，母亲给她的食物她几乎连一口都咽不下去，满心相信自己会一辈子结不了婚，孤零零地死掉。她开始省下布头，给自己准备寿衣。上门提亲的人并不多，这倒是事实，因为她的名声早就被"乌鸦"的传奇给玷污了。不过,远在提亲的人上门之前,碧碧就已经清清楚楚地告诉秀莎,绝对不会让她嫁人的。

"我要终结这件丢人的事,"碧碧这么说,"如果你嫁人,你就会像我一样,有个女儿,而她总有一天会离家出走,再不然她的女儿也会。我绝对不会让你生小孩,只有这样才能扭转我们的命运。"

十四岁的时候,秀莎出落得十分美丽,碧碧禁止她照镜子,怕她会变得虚荣,不听管教。到了十六岁,专替有钱穆斯林掘地三尺搜罗绝世美人以充实后宫的媒婆们,纷纷上门提亲。十八岁时,秀莎缝好寿衣,确信自己永远当不成母亲的她,把苦涩的泪珠滴进从离家出走的姨母那里继承来的泪瓶里,然后再一口喝掉,以铭记自己的哀痛。五旬节[1]假期的前夕,碧碧到德黑兰市区去采买蔬果。隔天清晨,秀莎按寻常的时间开店——五点,比沿街叫卖饮用水的男人还早——整个早上都在与挑剔蔬菜价格的顾客讨价还价。接近中午的时候,布尺拉赫曼走进店里,正忙着剥掉莴苣烂叶的秀莎就此坠入爱河。

---

[1] 五旬节(Pentecost Sunday),亦称圣灵降临节。据《圣经·新约》载,耶稣复活后第四十日升天,第五十日差遣圣灵降临,门徒领受圣灵后开始传教。这天也是以色列人传统纪念农业丰收的日子。

他当时在裁缝大师猫婆雅丽珊卓家里当学徒。雅丽珊卓是德黑兰犹太区最与众不同也最神秘的居民,她赞助艺术,还庇护了至少一百二十只野猫。猫儿只要受了虐待或不得宠爱,总有办法找到她家去。雅丽珊卓在犹太区住了八年,但没有人知道她真正的来历,也搞不清楚她当初是怎么来到这里落脚的。她自己一个人走来,什么行李都没带,只穿了一袭丝缎蓬蓬裙礼服,围着皮草披肩,戴着十二串珍珠。头发蓬乱狼藉,覆满尘土,但还是看得出曾经费了一番功夫梳整的痕迹。脚上那双细窄的高跟鞋破旧不堪,鞋底都快和脚底板粘在一起了。

她对区里的犹太人说,她从莫斯科来,出身皇室,是沙皇尼古拉二世麾下最伟大将军的妻子。有天晚上,她和丈夫正要出门去看歌剧的时候,有暴徒冲进她家,把她丈夫当场杀害。雅丽珊卓抓起披肩就跑——她老早就把所有的珠宝缝在披肩里了,因此逃过一劫。独自走在街头,她以疯子和小孩才可能会有的勇气痛下决心,离开俄国。她走啊走啊,穿过自己住的那个富豪区,踏进莫斯科的贫民窟,从士兵、坦克和血淋淋、冷冰冰的尸体旁经过,就这样穿着丝缎礼服,戴着珍珠项链,走啊走,每回鞋跟一着地,她就以为会有一双手从后面伸出来抓住她。

但是没有人阻挡她,她说。最后,她来到德黑兰。

犹太区的人向来对外国人疑神疑鬼,特别是对非犹太人和女人,他们说雅丽珊卓不可能神不知鬼不觉地逃离俄国,说她不可能穿着高跟鞋和蓬蓬裙礼服跋涉数千里。而且即便她的确有一双蓝眼睛,操着俄国口音,可不管怎么说,就刚抵达此地的人而言,她那一口波斯语委实太过流利了。

不过呢,既然她胆子这么大,而且显然有一大笔钱可花,犹太人也就让她住了下来。她用金币付款买了一幢房子,宣称要把七个房间和院子全部留给自己住。她用各种古怪离奇的东西装饰房子:除了桌子、椅子,还有个像怪物的东西,她说那叫"躺椅"——金色的骨架,酒红色的天鹅绒布面。她在墙上凿窗,装上玻璃,让每个人都看得见她家里的房间。窗上挂着石榴红的布幔,垂着深蓝色的丝穗和金色的拉绳。接着,她雇了十几个男人把一头木皮闪亮、龇牙咧嘴的动物拖进她家。看热闹的人群绵延到三个街口之外。

她把这头动物放进她那间可以俯瞰街道的"接待厅"中,卸下它的外装,擦拭干净。然后她坐在椅子上,把手摆在它的牙齿上。那头野兽发出了叮叮咚咚的声音,一点都不刺耳。

"这是钢琴!"她对犹太人说出这头宠物的名字,"母亲曾打算把我训练成一名钢琴演奏家。"

就在这时,第一次有流言传出,说猫婆雅丽珊卓有个"男恩人"资助:替她把钢琴搬进屋里的工人后来告诉犹太人说,这架钢琴是个不愿透露姓名的亚述商人在欧洲买的古董。但雅丽珊卓毫不理会八卦中伤,对它们十分不屑,反用更加精心润饰的细节,把她逃离俄国的那个故事再对人讲述。然后她安顿下来，雇了拉赫曼。

布尺拉赫曼已经为雅丽珊卓工作了七年，负责跑腿打杂，清理房子，替她煮饭，也帮她裁剪缝纫了许多条蓬蓬裙礼服，因为她坚持在又脏又穷的犹太区中还是要这样穿着打扮。每天早上，他会走到碧碧家的铺子买蔬菜准备当天的饭菜。他看着秀莎长大，但是从来没注意过她——因为他比她只大两岁，又是个孤儿，很长一段时间里，女人压根儿没在他的意识里出现过。然后，突然有一天，他看见她，感到口干舌燥，双手冰冷，大脑一团混乱，最后什么都没买就走了。回家的路上，他一直想着秀莎，想着她抬眼看他的神态，她眼眸中的每一丝光影，他完完全全沉醉在这前所未有的意乱情迷之中，连雅丽珊卓的午餐都忘了煮。

整整两个星期，他每天到铺子去，站在街角盯着秀莎看，然后什么都没买就回家去。有天晚上，雅丽珊卓坐下来吃晚饭的时候，他清了清喉咙，问她认不认识卖菜的碧碧。

雅丽珊卓把那张涂脂抹粉的脸转过来看着他，显然对他的轻慢感到很不高兴，正准备提醒他，仆人不该拿私人的问题来烦主人时，却看见拉赫曼脸色惨白，紧张得不得了。她知道他心里必定藏了什么了不得的事，于是精心修画的眉毛一扬，在描过眼线的眼睛上方弯成一道完美的弧形，她仔细端详拉赫曼，明白他是为情所困。

"原来是这么回事啊。"她微微一笑，"你看上菜贩的女儿啦？"

雅丽珊卓等拉赫曼替她斟完酒，端上她教他煮的汤，然后告退，站到房间后侧，即她正背后，这样他能在不侵扰她隐私的情况下，随时还能照应她的大小需求。直到这时，她才像评论那碗汤似的随口说:"去铺子里邀她们来喝茶吧。然后我再看看,怎么样按照你们这种不文明也不入流的求偶习俗,来安排个相亲。"

第二天,雅丽珊卓给碧碧写了封邀请函,派拉赫曼亲自送去。在铺子里,他站在老女人面前,紧张得浑身哆嗦,因为目不识丁,所以只能大概转述雅丽珊卓的意思。"今天下午到我家来,"他说,"喝杯茶。认识一下。"

身高一米九的碧碧,连坐着都像座巨塔一般俯瞰着拉赫曼。她的身躯占满了铺子所有的空间,让他觉得空气稀薄得不够他们两个人呼吸。一如往常,她穿着黑色的长袍,脸上盖着粗糙的面纱,躲在网纱后的双眼炯炯有神,如此炽烈,如此坚定,纯然是个决心以一己之力对抗全世界的女人。拉赫曼仿佛等了一辈子才等到她开口回答。

"我不喜欢茶,"她说,"而且我也不需要和谁认识。"

她的回绝对雅丽珊卓来说简直是奇耻大辱。若是平常,她铁定以一辈子对碧碧视而不见来报复。但是,那天她瞥见拉赫曼颓丧的表情,决定为这孩子的心理健康牺牲一点自己的尊严。她派他带着另一封邀请函去找碧碧。

"那么,来喝杯酒吧。"他又转述大意道,"有很重要的事我们必须谈一谈。"

"只有男人和妓女才喝酒!"碧碧回答说。

猫婆雅丽珊卓恨恨地叹了口气,决定给碧碧一点教训。她回到房里,换上一袭淡紫色的天鹅绒礼服,套上三层蓬蓬裙和一件短背心,脚蹬颜色相衬的真丝鞋,颈上戴了一条紫水晶项链,抓起一把紫色蕾丝阳伞,往身上洒上一点紫色风信子香精。

"走吧。"她对拉赫曼说，从挤在她脚边腻腻歪歪的猫群里开出一条路来，"我有句话要对那个卖烂菜的女人说。"

他们在铺子后面找到正在抽水烟的碧碧。

"这个年轻人替我工作。"裹在紧身上衣里酥胸半露的雅丽珊卓，居高临下地用浓重的俄国口音对碧碧说。秀莎站在铺子后面的角落里侧耳凝听。"我们之所以到这里来，是因为他对你女儿有意思，请我代表他来提亲。"

碧碧瞄向她的目光，似乎让摆在敞口箱子里的蔬菜全凋萎了。

"滚开。"

雅丽珊卓深吸一口气，用力之猛，连脖子上的水晶也叮当作响。

"很好，"她气炸了，"我该说的话都说了。或许下一回幸运来敲门的时候，你会头脑清楚，知道该好好把握。"

她昂首阔步往外走，发誓再也不来了。

猫婆一走，碧碧转头找秀莎，伸手就掴了她一巴掌。她叫秀莎回家做晚饭，别再痴心妄想等着拉赫曼来找她，因为她不会嫁给他，也不会嫁给任何人，更别想再用她的眼睛勾引其他男人。

碧碧直到半夜才关店，然后带着西瓜回家准备晚饭之后吃。她一切开西瓜，房里就弥漫着紫色风信子的香味，让她想起那个穿天鹅绒礼服的俄国钢琴家。

那天晚上她不得不睡在院子里——为了避开雅丽珊卓的香水味——第二天早上醒来犯了头疼。一整天在铺子里，客人不停抱怨东西闻起来都像"那个养猫的疯狂钢琴家"，她提早关门，去了澡堂，洗刷掉皮肤上雅丽珊卓留下的香水味，可是一回到家，邻居就尖声怪叫，说她毁了他们的晚餐，害他们的孩子生病，因为她在家里摆了风信子。

碧碧当时四十七岁，已经守寡十六年了。她不怕上帝，不怕恶魔，甚至也不怕伊朗古老神话里的邪灵。但是她由衷相信命运的力量，她明白，驱之不散的风信子香味和脑海中挥之不去的猫婆雅丽珊卓，是来自上天的预兆，预示着秀莎命中注定要嫁给拉赫曼。所以她没交代秀莎一声就出了门，直接闯到猫婆家。

"不准举办婚礼，"拉赫曼一开门她就说，"我不给嫁妆，也不要你的聘金。你星期四晚上可以带她走。到时候我不在家。"

就这样，美人秀莎嫁给了布尺拉赫曼，并住进猫婆的房子。雅丽珊卓知道光靠男仆的薪水拉赫曼无法养家糊口，于是训练他当裁缝，放他出去自立门户。之后拉赫曼和秀莎搬出猫婆家，住在向碧碧租来的两间房里。每隔一年，秀莎就多添一个孩子。她母亲从未过来看她或孩子，但是每回生了女儿，她就捎话来要秀莎小心，因为迟早有个女儿会让母亲蒙羞。就在这时，仿佛为了取悦碧碧的命运诸神似的，罗珊娜诞生了。

1938年的夏季，异乎寻常地炎热干燥。城市周围沙漠吹来的尘土，在犹太区四处飞扬，给所有的东西——连小孩的睫毛和老太婆暗沉的下颔都不放过——盖上一层薄薄的沙膜。人们热渴难耐地醒来。动物变得躁动不安，在街头流窜。身穿黄金甲胄，带闪亮银剑的男子，骑马奔出古老童话的卷轴，来到这个永远渴求救赎的犹太区的阴暗后巷。

这是秀莎八年来第四次怀孕。她变得恍恍惚惚，心不在焉，对自己的孩子和日常生活起居都漠不关心。她在院子一坐就是一个上午，总要挨到邻居觉得她快中暑了，把她拖进屋。她一进屋就躺下，对周围走动的孩子们视而不见，既不给他们弄吃的，也不给他们清洗。布尺拉赫曼很担心妻子的状况，去找犹太区最好的产婆姬瓦商量。姬瓦说秀莎是因为怀孕而出现了暂时的老化现象。

"这是由胎儿的血和母亲的血不兼容引发的。"姬瓦解释说，"等孩子出生之后，你就会明白我的意思。你老婆和这个孩子永远都理解不了对方。"

日复一日，秀莎变得越来越安静，越来越心不在焉。怀孕六个月的时候，她有整整七天没开口和任何人说半句话。拉赫曼吓得半死,找来一个水蛭仙,那人把秀莎的衣服褪下肩头,放了四条黑色的水蛭在她背上。尽管有水蛭在身上,但秀莎还是一动也不动地趴着,显然没感觉到穿透肌肤的痛楚。等身上的水蛭一被拿走,她就坐了起来,穿好衣服。

"我一直想着大海。"她对拉赫曼说。

拉赫曼从没到过海边,他只从猫婆雅丽珊卓说的故事里听到过大海的存在。雅丽珊卓说她曾经和丈夫搭乘俄国沙皇的御船横渡海洋。对拉赫曼来说,大海代表了他担心会夺走妻子的世界。

"我问过猫婆雅丽珊卓,"他骗秀莎说,"她告诉我,没有大海这种东西。大海是吉卜赛人说来诱拐小孩的谎言。"

秀莎轻蔑地看着他。

"告诉雅丽珊卓,她错了。"她说,"我们的北方有大海,南方也有。而在两座海洋之间,土地是红色和金色的,非常壮观。"

就这样又过了两个月,连最乐观的人都已经放弃希望,不相信她会恢复正常。怀孕八个月的时候,有天早上,她醒来,唤着蜜黎安。

"去肉铺帮我买条羊腿。"她下达指令,"然后叫你爸爸去找产婆来,我要生了。"

清晨七点钟,拉赫曼走出家门去找姬瓦的时候,感到皮肤被阳光烫得起了水泡。暑热让通常拥挤不堪的犹太区街道冷清得像墓园。有那么一会儿,拉赫曼简直要以为是毛拉下达了屠杀令,吓得所有的犹太人全躲进地窖里了。

拉赫曼在产婆姬瓦位于犹太区第七道大门附近的房间里找到她。她正坐在那头异常矮小的骡子背上,一面用芥菜籽和蛋黄敷着肿胀的腿,一面祈求天降甘霖。她生来双腿就比常人短,所以一次顶多只能走个几步路,而行动不便让她变得肥胖笨重,浑身圆滚滚的像颗球。姬瓦年纪还小的时候,父亲为了让她能到处走动,就把她绑在小骡子背上,训练它在屋里行走,不跌倒也不撞坏任何东西。这头骡子是姬瓦长伴左右的同伴,几十年来已经成为她不可或缺的一部分了,除非要上厕所,否则她根本就不下骡子。她甚至还坐在骡子上吃饭,连睡觉时也是半合着眼,身子挺得直直地坐在骡背上入睡。时日一久,她的皮肤变成了骡子皮的颜色,她的声音和它的一样沙哑,而她的长相更是半像女人,半像骡子。

相对地,这头骡子为了证明它对姬瓦的爱,也让自己的身体没长到超出她这个小房间的空间限制,同时也让自己活得比正常骡子更长:在拉赫曼来敲房门这天,产婆姬瓦已经六十八岁了,而她发誓骡子至少和她一样老。

拉赫曼告诉她说秀莎快生了。

"我们得想尽一切办法制止才行。"姬瓦丢下她那包芥菜籽,轻轻推着骡子,要它站起来。她是犹太区有史以来接生过最多新生儿的产婆,她清楚地知道,仿佛铭记《托拉》中的律法那般确定,怀胎八个月生下的孩子不是畸形儿,就是痴呆。

"七个月还好。"她对拉赫曼解释说。她脸上汗光闪闪,骡子豆大的汗珠也滴到地面上,汪成一洼水。"七个月大的时候,胎儿已经完全成形了。可是八个月的时候,胎儿会四分五裂,四肢和器官全都移了位,不在该在的位置上。而等进入第九个月后,所有的部位又都会再度回到原位,为出生做好准备。"

一抵达拉赫曼家,蜜黎安便朝他们奔来。

"妈妈在睡觉。"她迫不及待地报告说,"我给她煮了羊腿汤,润滑子宫,以防万一宝宝要出来了。另外,我把她的腿抬起来,叫她一定要等产婆来。"

姬瓦的骡子不必靠任何人指引就找到了秀莎的房间。它直接闯了进去，跪在床边。姬瓦卷起袖子，用蜜黎安端给她的那碗水洗净苍老多斑的双手，伸进秀莎的子宫里摸索宝宝的头。

"假警报。"她抽回手，又在水钵里洗了洗。骡子站起来，缓缓走回院子。"这天热得人头脑都不清楚了。"

一整天，天气都热得让人难以忍受。

但是那天深夜，一丝微风吹过犹太区，带来湿润空气与沁凉流水的味道，让雾气——浓重得看不穿的白雾——从烤得焦热的地面升起，穿过一幢幢盈满悲哀的房舍，拂过一个个欲望难耐、在睡梦中纠缠她们汉子的女人。黎明破晓时，白雾散去，太阳照耀德黑兰，但却照不到城里的犹太区：犹太区依旧沉寂静默，笼罩在蓝灰色的天空之下——宛如《圣经》中洪水浩劫过后的沙滩——散发着鱼腥味，那气味非常浓烈，浓得弥漫全城，浓得引来了穆斯林。他们在热得头晕目眩的中午转头一望，发现犹太人的那一角天空仍未破晓。

穆斯林向来深信"异教徒"会施展邪魔外道影响天地。他们聚拢到犹太区，却留在七道大门之外，生怕一踏进不洁之地就会被邪法缠身。他们在那里待了一整天，而所有的犹太人却依旧深陷梦境，梦见里海的水，梦见载着无穷欲望的斑斓色彩。只有秀莎清醒地躺着，怀里抱着她刚出生的女儿。

晚上七点，太阳出来了。就从那天起，德黑兰犹太区的昼夜时序永远改变了。

早在碧碧还没出门往秀莎家去——黑色长袍垂在脚踝边沙沙作响,水晶念珠在手腕上叮叮当当,手杖叩叩地敲打着地面,宛如暗夜食尸鬼的心跳——早在太阳迟了十四个小时才升起,大惑不解的穆斯林人山人海围满犹太区的那个晚上,碧碧还没跨进秀莎房间的门槛之前,每个认识这个老太婆的人都敢打包票,她准备亲口宣布罗珊娜就是那个命带厄运的孩子。

他们心中了然,根本不需要听碧碧讲任何理由,或等她提供任何证据。这是不证自明的事实——就像上帝的存在,就像女人的卑微,就像猫婆雅丽珊卓打从来到犹太区之后就和那个负担她所有开销的亚述幽灵商人睡觉——罗珊娜害她妈妈怀孕的时候精神错乱,在绝无仅有的诡异状况下出生,而且已经在犹太区引起不下于大屠杀的骚动。她当然是命带厄运啦。碧碧绝对会这么说。

碧碧踏进屋里的时候,拉赫曼正套上裤子,一面对秀莎嘀咕说他刚刚一定才死而复生——否则怎么可能在她生产的过程中一直睡得不省人事呢。而偷人精塔拉叶则想尽办法要再进入梦乡,她刚梦见自己和一个金色皮肤、紫色眼睛的男人缠绵了整整二十四小时。就在这时,犹如上苍赐下启示般,房门砰然敞开,碧碧登场了。

她体形如此庞大,得弯下腰、侧着身子才能挤进门。

她走到秀莎身边,一把抱走女儿怀里的小宝宝。裹在旧毯子里的罗珊娜娇小苍白,嘴唇粉嫩圆润,眼睛圆睁,盯着人看。那双眼睛直盯着碧碧,让她不寒而栗。她把罗珊娜还给秀莎。

"这是带厄运的孩子,"她说,"可以的话就送人吧。再不然,你自己动手杀了她。"

猫婆雅丽珊卓十万火急地把拉赫曼找来。打从他结婚不当仆人之后，这几年她炒人鱿鱼的速度远比雇人还快，她没法像信任拉赫曼那样信任其他人。她唉声叹气说自己得了"厌倦"的毛病——她对目不识丁的邻居解释说就是精神痛苦的意思，因为和既不了解她也不欣赏她的人一起生活，让她觉得很受不了。她大部分的时间都是自己一个人，穿上蓬蓬裙礼服，盛装打扮，每天下午弹钢琴，不断扩张猫咪王国的版图，设计出更多精巧迷人的家饰来装点房子。从1938年的夏季到秋季，她有段时间关起门，把自己锁在房间里，不让任何人见她一面，一直到初冬时分才再度露面，曾纤细的腰线和粉妆玉琢的外貌已不复。她开始忙着采买大量的食品和生活基本用品，在家里囤积煤、糖和油，还有烟熏鱼、干果和米，把每一个房间及地窖都塞满之后，她才终于罢手，找来拉赫曼。

"战争就快爆发了。"那天她坐在她的躺椅上警告他，身上不是她惯常穿的天鹅绒丝缎礼服，而是下摆仅及小腿肚的普通棉袍，一头灰白的长发——因为长年卷烫而变得又黄又干——披散在肩头。拉赫曼总觉得她像在紧咬着下唇，怕将某个秘密脱口而出。

"我每天晚上都梦见莫斯科大火。"她对他说，表情神似受伤的动物，明明疼痛难耐，却又为自己的痛苦羞愧，"我看见墙上溅满我丈夫的血。大祸就要临头了，我们该做好准备。"

他躬身站在她面前，右手紧抓着左手，等待着。有那么一会儿，她仿佛已经说完想说的话，很不耐烦地看着他，就像以前他在她面前待得太久惹得她不高兴一样。但是，接下来，突然之间，她想起叫他来的原因了。

"你的孩子，"她说，记忆力犹存让她很兴奋，"你们去年生的那个女孩，害街头巷尾全是鱼腥味的那个。我听说她的眼睛很怪。"

她直直盯着拉赫曼，可是他就像训练有素的仆人般，始终低头垂目。

"看着我，"她颐指气使地下令道，"看这边。"

他抬眼看她。

"我听到一些关于那个女孩的谣言。"她说，"很可怕的谣言。我想告诉你，你一定得看好她。"

他好像没听懂。她在躺椅的扶手上使劲一拍，倾身靠近他，好像要把每个字都直接灌进他的脑袋里。

"我听说你老婆打算杀了那个孩子。"

战争果真在1939年爆发了。战火蔓延到苏联的时候，伊朗举国惊慌。拉赫曼早已冷清的生意更是无人问津。食物变得比以前更匮乏，有整整两年，犹太人什么事都不干，每天只竖起耳朵探听是否有纳粹从苏联挥军南下进犯伊朗的消息：当时伊朗的国王礼萨·汗比较支持希特勒而非盟军。他准许德国间谍进入伊朗，并且不顾英国的再三警告，拒绝了盟军借道伊朗运送急迫需要的战争物资到苏联去的请求。1941年，盟军入侵了伊朗。

他们在夜里举兵进攻，击沉伊朗的几艘战舰，如入无人之境似的飞越领空，仅仅几个小时就攻占全国。他们接收了粮田与工厂，把所有的粮食全挪供军队之用，禁绝贸易、商业与旅行。到了隔月的赎罪日，犹太人群集会堂忏悔罪行，感谢上帝赐给他们盟军——因为盟军拯救他们逃离了希特勒的魔掌——同时也祈求上帝保佑他们免于饥荒。

那天，四岁的罗珊娜很沮丧。她父母到会堂去了，留她和蜜黎安在家。所有的人都要斋戒——连正在哺育新生儿的秀莎和根本不了解为什么要不吃不喝的罗珊娜都不例外。随着气温越来越高，罗珊娜口舌越发灼热干燥，她不断问蜜黎安要水喝。没办法，蜜黎安只好向她解释身为犹太人不得不守的戒律，要她起码挨到中午才能喝水。罗珊娜站在门边，等着那个背上捆着水桶卖饮用水的男人出现。但他根本没现身，于是她跑到街上，坐在干涸的水沟边等待着。等着等着，她突然想起邻居家有个贮水槽，就忙不迭地跑去找。

没人听见她怎么掉进去的。几分钟后，蜜黎安在家附近到处找不见，才发现罗珊娜失踪了。过了整整二十分钟之后，她才在邻居的水槽里找到漂在水面上的罗珊娜。这孩子肯定已经溺死了。

人们把浑身肿胀的罗珊娜捞出来，其他人围拢过来盯着她看：她的皮肤蓝得透明，指甲发紫，一大群白色的水虫从她头发里爬了出来，爬到她周遭的地面。这时她叹了口气，宛如悠然醒来的天使，嘴里涌出一注清澈冰凉的水，溅湿了每个人的鞋子。她张开眼，双眸闪着荧光。

"妈妈说我该喝水。"她对蜜黎安说。

1943年，天花肆虐德黑兰。小鸡夫人善恩的丈夫是第一个得病的人，但是他发病很快，在还没有人知道他得的是什么病之前就死了。最初三天，他浑身发热，高烧不退，抖个不停。第四天早上，他老婆进房间时，发现他的身子已经硬了。她跑到养小鸡和公鸡的院子，发现所有家禽就算没死的，也已经丢了半条命，奄奄一息。这些鸡他们本来是要卖给犹太屠夫的。她想警告大家提防来袭的传染病，但是没有人理她。新颁布的法律准许犹太人住到犹太区之外，小鸡夫人善恩是第一批受惠者。她住进了环抱德黑兰城的北山丘上的一座谷仓里，地点非常荒僻，因此没人想到她丈夫的病会传染给其他人。

但是在她丈夫葬礼过后几天，有位陆军医院的医生病倒了，症状和善恩形容的一模一样。接着，拉赫曼所剩不多的客人，一位十六岁的新娘，也高烧不退。转瞬之间，疫情便在犹太区一发不可收拾。

这年罗珊娜五岁。她听见父母谈起新近染病的人，说医院人满为患，拒收病患，而医生和护士拼命照顾病人，最后自己也病倒了。罗珊娜感觉到恶疾迫近的威胁，那股温温热热的恶臭，犹如一头骇人野兽呼出的气息。她看见一具具赤裸而惨白的尸体,被裹在便宜的帆布里,捆在哀伤的亲人背上,一路扛到犹太墓园去。没过多久,她就觉得自己家里也有了疾病的味道。

"这里闻起来有病味儿。"她对蜜黎安说。但是蜜黎安叫她别再说蠢话了。

"天花根本没有味道,"蜜黎安反驳她,"我听说它是靠水传播的。"

即便如此,罗珊娜还是坚持说她在家里的许多角落都看见发烧的热气,还指着几个地方说那里的味道最浓。1944年春,拉赫曼病了。

秀莎送他到济世医院,回到家时,她遵照医生的指示,烧掉了他所有的衣服。孩子们聚集在院子里,看着他们父亲的衣物被付之一炬。邻居们交头接耳说秀莎一定是疯了,不知在搞什么巫术,不过呢,天花既然是上帝的作为,就算她烧掉自己的房子和家当,也制止不了。

他们的说法倒也没错,因为就在那天晚上,秀莎唯一的儿子发病了。隔天早上,连苏珊也发烧了。秀莎知道自己如果不尽快采取行动,就会落得一无所有,于是鼓起勇气,去找那个她认为连死神都能吓跑的人。

碧碧穿着一袭浆洗到发硬的塔夫绸长袍跨进门来,只斜着眼瞄了罗珊娜一下。

"是她的错,"她开门见山地说,"是她把病带进来的。"

这是事实,秀莎绝望地对自己说,是罗珊娜先在家里谈起这病,才招来了病气;说不定她根本就希望家人得病;说不定是她在那些个展翅飞向秀莎从未听闻过的奇乡异土的夜晚,在睡梦中带回了病气，传染给其他人。

"有她在，你只会厄运缠身。"说完预言，碧碧就开始工作。

她把所有的门关紧钉牢，叫健康的孩子别靠近病人。她把染病的孩子集中在一个房间里，把自己和他们一起锁在里面。因为药品短缺，所以碧碧既不可能有疫苗，也没有办法拿到解毒剂，她只能靠着草药和每天用水蛭放血来治疗生病的孩子。为了驱走罗珊娜带进秀莎家的邪气，她用火盆装满煤炭，点上火，然后拿一个生鸡蛋写上罗珊娜的名字，摆在煤炭上，希望蛋会爆裂开来。她用野生的芸香籽烧出又浓又臭的烟，熏着罗珊娜的脸，熏得女孩泪眼婆娑，而她自己也恶心想吐。她掌心握着一把盐，兜着它们在苏珊和巴赫朗的头顶绕了个圈，然后把盐撒向罗珊娜。

至于秀莎呢，她诵经祷告，哭个不停，甚至动手做杏仁泪，这需要很长时间，也要耗费很大的心力，但它是在其他方法尽皆失败之后，用来寻求奇迹出现的唯一法子。一个星期过去了。第八天，碧碧从生病孩子的房间里出来，看着虽然疲累，却得意洋洋的。她宣布，生病的孩子都活下来了。

"去小鸡夫人善恩家，买一只公鸡来献祭。"她命令秀莎道，"带那个邪气的孩子一起去，一定要她亲眼看着鸡血洒出来。把鸡血装在瓶子里带回来，再带上小鸡夫人帮你写好的献祭经文。然后我们把瓶子挂在孩子房间外面。"

秀莎苍白颓丧地站在她母亲面前，眼睛紧紧凝望着碧碧的眼睛，嘴唇颤抖，仿佛想开口招认一桩她尚未犯下的罪行。她已经暗暗计划要杀掉自己的女儿。

她们走到犹太区边界，雇了一辆马车，搭到善恩的谷仓去。

秀莎原本只想带罗珊娜一个去，但是蜜黎安坚持她和塔拉叶也要一道去。她们远远就看见了善恩的房子——一座位于泥土路中央的小棚屋，屋顶的一侧加盖了一个房间，看起来怪模怪样的。有个身影在那个屋顶房间里对着她们挥手。走近一点的时候，窗里的身影消失了，几分钟之后，又从大门冲了出来：她又瘦又小，穿着一件男式的白衬衫，袖子挽了起来，并用一条普通的绳子把西式长裤系在腰上。头上那顶军用硬帽是她从盟军手里买来的，自己在帽檐上装点了一圈白色纸花。

"请进，请进。"小鸡夫人善恩有点得意地招呼每个人。院子里有不少小鸡，地面上堆着整整五厘米厚的羽毛，混杂着干掉的鸟粪。善恩带秀莎到谷仓，开始沿着架在外墙的梯子往上爬，爬上谷仓的屋顶，进到她搭盖在屋顶上的那个房间，最后再爬上那个房间的屋顶。她站在屋顶上，活像个穿男装的稻草人，对着秀莎和孩子们招手。

"上来吧。"她放声大喊，"从这里望下去，风景漂亮得让人抓狂。"

她看孩子们不敢爬上梯子。

"来吧。"她又大笑道，"往下看才会觉得可怕。"

屋顶是平的，离地有三层楼高，铺着草席，还摆着大枕头、火盆、一根水管和一只烧炭火的铜茶壶。善恩盘腿坐在铜茶壶旁边，咧开缺牙的嘴对着孩子们笑，把红茶倒进指头大小的玻璃杯里。她问起拉赫曼和碧碧，教秀莎该怎么照顾生病的孩子。太阳开始西斜，夜幕渐渐低垂，她喝了一杯又一杯滚烫的热茶，娓娓道起自己的人生故事。

她父母一辈子都在养鸡。认识丈夫的时候，她才十三岁，他不顾父母反对，娶了她。他父亲和他断绝了父子关系。他母亲头披黑纱，带着一把火灰来参加婚礼，她把灰撒在头发上，代表心中的哀痛。

小鸡夫人善恩生了五个儿子，一个比一个健康，一个比一个聪明。她送他们去上犹太区的学校，然后上德黑兰的高中，接着申请奖学金赴法国留学。现在他们全当上医生了，工作太忙，地位又太高，没办法回到犹太区来。

她一直说一直说，说到黄昏转入薄暮，薄暮变成黑夜。她的声音甜美如青春少女，心情轻松快活，仿佛很庆幸有秀莎为伴。天色越来越暗，罗珊娜看着讲个不停的善恩，不知不觉趴在蜜黎安身边，缓缓入睡。

突然有只手拉了拉她的脚。她张开眼睛，看见姐姐们已经开始爬下梯子。善恩还是滔滔不绝，一面忙着拉毯子，给火盆添火，一面告诉秀莎说她们应该留下来过夜，真的，虽然礼萨·汗已经在国内实施军管，但是一个犹太女人带着三个女儿在夜里长途跋涉还是件很危险的事。

"过来。"秀莎拉着罗珊娜的手，"我们下去吧。"

罗珊娜压根儿没想到该逃。

多年之后，月姑蜜黎安回想起那天夜里的事，还感到一股悠远的恐惧，重温那段经历让她浑身战栗。天幕上星辰密布，月亮宛如明镜映照着地球。月光下，罗珊娜苍白娇小，眼睛半闭，蓬松的鬈发披散在脸周围；身穿着褪色的蓝色旧棉袍和从姐姐那里接收来的大了两号的旧鞋，看起来全然不像凡人——她是个天使，蜜黎安想，是个从天而降，停歇在善恩屋顶的天使。

就在那时,周遭隐隐骚动。一阵微风,宛如邪魔呼出的气息,再不然就是一只盘踞黑夜的灵魔在睡梦中一翻身,倾覆了梦境与现实之间的平衡。霎时,院子里的小鸡开始惊声啼鸣,拍打着翅膀,天空上出现一群鸽子,宛若一抹灰色的阴云,羽毛片片飘坠,遮蔽了明月。秀莎把罗珊娜推下了屋顶。

"别!"蜜黎安尖叫道,但是太迟了。

罗珊娜仰面落入夜色,缓缓下坠,展开双臂,双腿放松,宛如浮在水面上的泳者。她往下坠落,一点声息都没有。鞋掉了,眼睛大睁,却并不恐惧。就在快要碰到地面的时候,她开始上下挥动手臂,仿佛第一次展翅飞翔的小鸟——寻找身体的平衡,品尝着空气的滋味,爱上飞翔的自由。接着,她更有自信地摆动双臂,飞得越来越高,掉头越过善恩家院子的围墙,远离秀莎的身影和她那双行凶的手,远离德黑兰和它的恐惧,飞向白雪皑皑的厄尔布尔士山脉的顶峰,然后越过山峰,飞向波涛汹涌的里海。

事后，每个人对那天晚上目睹的事都有不尽相同的回忆。月姑蜜黎安说罗珊娜长出了翅膀——是那种有银色与白色羽毛的天鹅翅膀——往北飞，飞得越来越远，最后变成地平线上的一个小白点，然后消失无踪。塔拉叶佐证了她的说法，还有一些住在那条路上的邻居也说，夜里被鸽子惊叫的声音吵醒，看见一个有白翅膀的女孩飞过他们家的屋顶。小鸡夫人善恩不记得自己曾见到什么翅膀。她说罗珊娜像鬼魂一样飘了起来——轻若无形，靠着双臂就飞了起来——而且罗珊娜一直是清醒着的，她意识清明，完全知道自己在做什么。善恩的说法格外让秀莎胆战心惊。她不知道善恩说的到底对不对。不过秀莎坚称，是一大群鸽子突然飞拢过来，它们涌起的强劲气流，把罗珊娜给吹走了。

然而，就连秀莎也无法否认，那天晚上罗珊娜的确消失了五个小时，等她终于回来的时候，现身地点也是她自己选择的：在济世医院门外的台阶上，因为她要去找爸爸。罗珊娜光着脚，惊恐万分，衣服碎成一条条的，夹杂着树叶，脸上满是尘土。她的瞳孔放得很大，看起来像个猛然面对强光的梦游者。

护士告诉她医院不准探病，因为有被传染的危险，而且话说回来,像她这个年纪的小孩,说什么都不该一大清早自己一个人在城里晃荡。罗珊娜站在大门口的台阶上,吵嚷吼叫,拼命想冲进大厅里,弄得护士长只好从背后一把抱住她,要把她拎出去。罗珊娜张口使劲咬住护士长的小臂,咬到皮开肉绽,护士长痛得松了手。罗珊娜跑上台阶,一群警卫和护士追在后面,等他们终于在二楼逮住她的时候,她已经放声大喊拉赫曼的名字好多遍,把其他病人吓得抓狂。

负责城内安全的宪兵被叫来帮忙。宪兵是徒步过来的——他们的车子好几天前就已经没油了。他们瘦弱的身躯上松垮垮地挂着褪色的制服,肩上扛着他们根本不知道该怎么使用的过时武器。几番奋战之后,他们让罗珊娜安静下来,然后带她回家。那时,秀莎和孩子们也都回到家了。此前她们在泥巴路和善恩谷仓周围光秃秃的山丘上四处搜寻罗珊娜,却始终找不着,累得精疲力竭。

罗珊娜一看见秀莎,就本能地奔过去,想要得到妈妈的抚慰。但是,她突然停下脚步,抽身后退。有那么一会儿,她呆呆地一动也不动,嘴唇泛白,然后垂下头。

"我知道你做了什么。"她轻声说。

从那天起,打出生就百依百顺的罗珊娜开始像被千百恶魔附身了。或许是因为她曾经和死亡天使加百列打过照面,永远忘不了;或许是因为她从屋顶摔下来的时候震坏了脑袋;再不然,就是她无法接受,看起来这么爱她的妈妈竟然想杀掉她。无论原因何在,自从展翅飞翔过后,罗珊娜就变得躁动不安,她没办法在同一个地方坐太久,随时急着保护自己远离不管是真实还是假想的危险。她几乎再也睡不着觉了。

在家的时候,她不听蜜黎安与秀莎的话,只要她们想打她,她就动手还击,她们想把她关起来,她就逃得远远的。她总是好几个小时之后才回家,浑身带着血迹,蓬头垢面,脚上的鞋子湿答答的,衣服也破破烂烂的,一副准备吵架的样子,所以没人敢惹她。拉赫曼出院回家以后,她暂时安静了一段时间。从知道是秀莎动手推她——不只是那天晚上把她从屋顶上推下去,还有赎罪日那天,趁她口渴的时候,把她推到邻居家的水槽里——的那一刻起就挥之不去的恐惧在拉赫曼回家之后暂时消失了。但只是暂时。罗珊娜知道秀莎怕她,她知道秀莎偷偷掉眼泪,低声对拉赫曼说:"把她送走吧。我好怕她。"罗珊娜心知肚明,而且她对自己也起了疑心——她怀疑自己真的很邪恶——弄得她快抓狂了。

两年过去,战争结束了,但是盟军继续占领着伊朗。拉赫曼一贫如洗。他的子女挨着饿。他的妻子一直提心吊胆,担心罗珊娜会害他们大祸临头。拉赫曼自己则怕秀莎会再次对罗珊娜下毒手。

因此,在罗珊娜满八岁那年,拉赫曼的所作所为一点不让人意外,他决定毕其功于一役,一面挽救家庭生活,一面拯救罗珊娜的生命——他要找个愿意收留罗珊娜的人,把她像个蹩脚礼物一样包好,送走。

猫婆雅丽珊卓把拉赫曼叫到家里去,说她又在找仆人了。过去十二年,她用过三十多个男仆。这一次,她说,她打算雇个女仆。

"男人动作慢又迟钝,天生就很难管教。"她对拉赫曼说,"去萨卜泽瓦尔附近的村子,替我买个聪明伶俐、可以训练来服侍我的年轻女孩。"

雅丽珊卓要拉赫曼去做的并不是什么异乎寻常的事。农家父母把孩子卖到城里替有钱人家工作是常有的事。雅丽珊卓准备付一大笔钱,买个聪明伶俐的女孩。一听到她的要求,拉赫曼就知道这是个绝对不容错过的好机会。他吞吞吐吐地问猫婆,与其找个农家女孩,她或许可以考虑一下他的女儿?

"你想要她留在这里多久都没问题。"他说,但是没提他心里想的是哪个女儿,"而且你一文钱都不必给。我唯一的请求是,让她每天去学校上几个钟头的课。"

这时是中午十二点,雅丽珊卓正在家里的院子中吃早餐。她撑开伞,免得细腻的皮肤被太阳摧残;蓬蓬裙礼服重见天日,因为她腰臀多余的赘肉都已销声匿迹;而头发呢,那头用从黑市买来的一加仑[1]英国啤酒清洗保养的头发，在头顶上盘成足足有五十厘米高的圆锥形，用上百个发夹固定成髻。一如往常，她在餐桌上铺了上浆的亚麻桌布，摆上昂贵的瓷器，把看歌剧用的眼镜摆在盘子边。这会儿，她拿起眼镜，仔细端详着拉赫曼。

"我要的是个可以一辈子留在我身边的女孩。"她冷冷地说。她的视力一直都不太好，从盟军占领以来更是持续恶化，现在就算靠着歌剧眼镜，她也只看得见模模糊糊的轮廓。可是她的自尊心太强，不肯承认自己需要眼镜，而且也还维持着惯有的自信，所以就连在她视力尚可时与她朝夕相处的拉赫曼，也没注意到她已经差不多全瞎了。

"你可以一辈子把她留在身边。"他说，突然羞愧得满脸通红，垂下目光盯着鞋尖。

雅丽珊卓放下眼镜，让拉赫曼回到近日以来时时笼罩在她身边的茫茫白雾里。她心想，看不见自己不想看到的东西，可真是惬意啊。她啜着咖啡，把椅子往后挪了一点，躲进伞影里。

"你要把大家都说是坏坯子的那个女儿给我。"她说。

他还是垂着头。

"我听说你老婆把她从屋顶上推下去，想杀了她。"

他不肯抬头看她。

"你早该知道的。我警告过你。"

拉赫曼竟然没反驳。他袖手旁观，眼睁睁看着这种骇人听闻的事发生，让她很愤慨。

"你真丢脸。"她说。拉赫曼被激怒了。

---

[1]. 英制容积计量单位，1英加仑约等于4.546升。

雅丽珊卓受够了。

"好吧。"她站起来,"把那个女孩带来吧,我得先看看她。"

星期四下午,拉赫曼带罗珊娜到市场去,给她买了一件新袍子、一条甜面包和她生平第一双新鞋子。他告诉她,新鞋不能穿上街,因为会弄脏弄坏,她得拎在手上,等到了目的地再穿上。

罗珊娜欣喜若狂,不知道自己到底是做了什么好事,让爸爸对她这么好。那天和拉赫曼一起走出市场的时候,她下定决心要改正所有的过错,让自己值得拥有这些珍贵的礼物。

但是,拉赫曼没带她回家,而是去了猫婆家。

他们进门的时候,雅丽珊卓坐在钢琴前面。她一抬头,看见两个人影,一高一矮,她知道是拉赫曼带女儿来了。在钢琴上摸索了一阵之后,她想起自己把眼镜留在卧房里了,于是只好用那双患白内障的眼睛使劲瞧罗珊娜。雅丽珊卓的麻烦就此开始,因为她看见的不是一个有棕色鬈发与白皙皮肤的女孩隔着茫茫白雾在对她微笑,她看见的是她自己。

雅丽珊卓出生在俄国与伊朗交界的奥鲁米耶。她母亲是个天生失明的钢琴老师,出门的时候总是在眼睛上蒙一条白色蕾丝巾,在脚踝上挂一串细小的牛铃,提醒沿途的人她看不见。她没和雅丽珊卓的父亲结过婚,也没有其他的亲戚或朋友,一辈子都担心自己死后没有像样的葬礼,所以打从年轻时代就拼命攒钱准备后事。她无视自己和雅丽珊卓最基本的生活所需,攒下每一分钱,藏在钢琴里,留作葬礼之用。

母亲过世的时候,猫婆雅丽珊卓二十二岁。她一辈子最大的心愿就是离开奥鲁米耶，嫁个有钱人。此时她面临抉择，是要办场像样的葬礼完成母亲的遗愿，还是要抛下母亲，利用这笔钱远走高飞。最后，她把母亲的遗体就那么丢在了家里，没入棺也没入土。

她趁夜逃走，以为自己很快就会忘了那个老太婆。她觉得，活着的人既然这么需要钱，就不该把这笔钱浪费在死人身上。她告诉自己，她总有一天会回去，只要她找到有钱人结了婚，就会回去。她会找到母亲的尸体，办场母亲一心想要的隆重葬礼。

在莫斯科，雅丽珊卓嫁给了沙皇麾下的一位将军。后来他死了，但并不是像她说的那样死在暴徒的手里，而是因为欠赌债打架丧命的。雅丽珊卓再次孑然一身，也不得不再次想办法脱身。

她遇见了另一个男人——一个没什么雄才大略，但娶了有钱老婆的亚述商人。那个老婆当然了解男人都有生理冲动，所以一夫一妻制是行不通的。不过呢，她很有钱，有钱的女人才不像穷人那么在乎什么生理问题。于是呢，不想惹恼老婆而痛失财源的亚述人，只好把他和雅丽珊卓的婚外情藏得不见天日。

他安排她住进犹太区。这里离亚述人住的地方非常远，远得让他老婆绝对听不到这桩绯闻的风吹草动。他相信自己和雅丽珊卓的恋情只是逢场作戏，只要一嗅到危险或她年老色衰，他就会马上走人。但是，雅丽珊卓用优雅世故的欧洲风情与歌剧演员似的艳丽妆容魅惑了他，用迷离奇幻的故事和虚妄不实的习性引诱他踏进蛛网，越陷越深，终致无法脱身。每天晚上，犹太区沉沉入睡之后，他就偷偷穿过巷弄到她家里来，和她交欢直到破晓。没人见过他，连替她服务了七年之久的拉赫曼也没见过，连搬出大宅自立家业之前有一小段时间和猫婆住在一起的秀莎也没见过。原本一切都很顺利，真的，除了一个不小心，竟让那个没心肝的绿眼黄发怪物来到世间。

战争爆发的前一年,雅丽珊卓怀了亚述情人的孩子。她告诉他的时候,他要她故意跌下楼梯,流掉孩子,但是雅丽珊卓不肯。于是他叫她把自己锁在房子里,别让人知道她怀孕了。孩子生下来之后,他带回自己家里抚养。他告诉老婆说,女孩是个远房亲戚留下的孤儿。他老婆信了他的话。他们雇了个奶妈,让孩子在家里无忧无虑地长大。

猫婆雅丽珊卓从没问过情人,他们女儿叫什么名字,或她长什么模样。她从来不觉得把女儿送走有什么好丢脸的,因为她头脑很清楚,知道自己别无选择——没有真正的选择——因为赌注这么高,而胜算又这么低:她明白,选了女儿,就要失去情人,而没有情人,她就会穷困潦倒,孤苦无依,被弃之如敝屣。拉赫曼带罗珊娜来的那天,猫婆看着面前的女孩,就像看见了她自己:一个别无选择的女孩。

"让她留下来吧。"她说,并挥手要拉赫曼回到迷雾里。

起初，罗珊娜适应得很好，雅丽珊卓让她目眩神迷。她的模样，她的气味，她整日带着成群猫咪和已故沙皇的回忆在屋里到处转的生活，都让罗珊娜着迷。一身浆烫得笔挺的蕾丝花边与印花丝缎，头发飘着香水味儿，睫毛刷得又浓又黑，雅丽珊卓活脱脱像个陶瓷娃娃，像蓝眼罗特菲还没在郁金香大道开铺子之前在自家地下室卖的那种娃娃。

无论是雅丽珊卓主宰之下的静默，还是走廊里她自己脚步声的回音，或是那些没人住的空房间，摆着的不用的家具，都让罗珊娜叹为观止，啧啧称奇。猫儿躺在雅丽珊卓床上，猫儿舔着钢琴脚上的金叶镶边，猫儿在屋里的每个角落瞪着她看。

每天上午雅丽珊卓都在睡觉，直到罗珊娜从学校回来，替她端上咖啡才醒来。接着她要在梳妆台前面耗上三个小时，给头发卷上小发卷，把眉毛拔得精光，再重新画上两道眉；然后，把身体塞进紧身衣里，开始烦恼该穿哪件礼服，配哪串珍珠。等罗珊娜上完下午的课回来，猫婆也打扮停当，准备登场了。

她下午三点钟吃午餐，五点钟喝咖啡，赶在太阳快下山前踏进音乐室。这时，音乐室里灯火辉煌，表面覆着黑漆的钢琴闪着光泽，灿烂如展示柜里的珠宝。罗珊娜拉开窗帘，让每天定时聚集在窗外的褴褛孩童与无业老人饱览女主人的丰采。雅丽珊卓以王公贵族的高贵仪态面对观众，屈膝致意，坐了下来。刹那间，她已化身为沙皇尼古拉二世宫廷的首席钢琴家。她是沙皇最美丽动人的朝臣，在莫斯科歌剧院满座的观众面前展现千载难得一闻的琴艺。

琴声一波波涌起，衬着灯光，满室回荡，宛如阵阵波涛，在四墙之间跃动。雅丽珊卓打个信号——几乎无法察觉地微微点头——罗珊娜就打开所有的窗户，让琴音流进犹太区。乐音飘过巷弄，穿透墙壁半塌的房舍，唤醒两千年来始终沉睡在逆来顺受之中的犹太人，让他们在那一瞬间涌现奋起抵抗的渴望。

雅丽珊卓弹奏肖邦、贝多芬与舒曼，没有人知道她弹的是什么，也没有人能分辨她弹得好不好，因为他们以前从没听过像这样的音乐，也不知道该抱持什么期待。然而他们每天都来，不管日晒雨淋，顾不得午睡，牺牲在凉爽的咖啡馆喝热茶的乐趣，只为了来欣赏这个养了一大群猫的奇女子，欣赏这迷离国度的疯狂奇观。

天黑之后，雅丽珊卓回到卧房，倚在她的躺椅上，看书直到半夜。她给这条躺椅取了个女人的名字——约瑟芬。她告诉犹太人说，约瑟芬是伟大的战士拿破仑·波拿巴挚爱的女人，他封她为法兰西帝国的皇后。多年之后，罗珊娜的姐姐洛雪儿用这把椅子的名字给自己的女儿命名，希望她长大之后也能嫁个帝王。

上床之前，罗珊娜会在房子里绕一圈，点亮烛台，哼着雅丽珊卓弹奏的旋律，感到乐音在黑夜里隐隐回响。

罗珊娜在学校里会碰到姐妹们，但是她不敢问起父母，也不敢问她为什么非要永远住在雅丽珊卓家不可。她知道，这是为了惩罚她，因为她不听话，因为她床上满是羽毛，因为她如影随形的厄运。她知道她并不是唯一一个被迫在孩提时期就离开家的女孩：很多女孩被送到遥远的城镇去工作，再也见不到父母；还有很多女孩在青春期还没开始之前就被嫁掉，或被送给无法生育的亲戚。

然而，罗珊娜还是觉得妈妈很讨厌她。

"这不是你的错。"有一回蜜黎安对她说，"妈妈怕她自己会没命，她以为把你送走就可以改变我们的命运。"

事到如今，船锚已断，罗珊娜只能孤零零地迷失在大海之上。

她明白了现在雅丽珊卓的房子是她唯一的家。她认真工作，想尽办法不被思念父母的情绪或梦中所见的人事景物惹得心烦意乱。然而，每天早上醒来，她眼里看见的还是映照在里海碧蓝水面的金色阳光；而一走出房间，她就踏进了雅丽珊卓的回忆里：回忆的幽灵在这屋里到处走动，有血有肉，活生生的，比生命本身还要来得真实。

罗珊娜看见年轻的雅丽珊卓，穿着粗衣布衫，但总带着高人一等的神态。那女人不停念叨着她丢下的棺材和没下葬的孤零零的尸体，她说，她把尸首丢在那个再也回不去的城市里，她再也回不去了，因为市名改了，边界不见了。除了在老人家的记忆里，那里的大街小巷也已经不复存在了。

罗珊娜也看见雅丽珊卓的母亲：在雅丽珊卓弹钢琴的时候坐在她身边，手拍着大腿打拍子，脚踝上挂着麻风病患的铃铛，手指上戴着廉价的戒指。

只有那个像鬼魅一般的情人从未在罗珊娜面前现身。

他很高，罗珊娜从他抵达时地板吱吱嘎嘎的声音判断。他总是在罗珊娜上床之后才来。她看得出来,猫婆雅丽珊卓很怕他有一天会抛下她,在清晨离去后,永远不再回头:每天晚上,在他抵达之前,罗珊娜不论走到哪里都听得见雅丽珊卓的心跳声。等他终于来到之后,雅丽珊卓才如释重负地舒一口气。猫儿被赶下床去,恨恨地喵喵叫。一会儿之后,有个轻微的金属声响起,像个铃铛在轻轻敲着床头柜的陶瓷镶板。

罗珊娜来到猫婆家六个月之后,那个鬼魅般的情人不再到访。

有天晚上,雅丽珊卓等他直到天明。她在屋里,在院子里,踱来踱去,开门,关门,然后又开门。一直到第二天的午餐时间,她还在等,等到天黑,他还是没来。

第三天晚上,雅丽珊卓打从午夜时分就站在窗边,不肯走开,生怕错过情人跨进院子的身影。天亮罗珊娜到鱼池洗脸的时候,雅丽珊卓还躲在卧房的层层窗帷后偷偷往外看。她自尊心太强,不愿让人看见自己。

罗珊娜伸手入水,拍散了一个十分眼熟的鬼魂倒影:一个有双绿眼睛,穿着漆皮皮鞋的女孩。她双手舀起水,把那个鬼魂的倒影往脸上一泼。

"走开。"她心烦意乱地对那个鬼魂倒影说。她对神出鬼没的身影已经习以为常,早就懒得去分辨他们是真是假。"今天猫婆没心情见你。"

女孩映在池里的倒影一动也不动。在她身边,罗珊娜看见一个男人的倒影,一个她从未见过的男人。

他很高,头秃秃的,嘴唇红得有点过分;身穿背心口袋露出一截表链的欧式西装。相较于身体的其他部位,他的腿显得很肥。

罗珊娜转头看站在她面前的男人和女孩。

"雅丽珊卓告诉我你会飞。"他对罗珊娜说。

他的声音轻轻柔柔的,像女人的声音,说话的时候,他身体微微往前倾。他一脚踩在鱼池边上,手肘靠着大腿,微微笑着。

"这是我女儿。"他指着那个穿白皮鞋的女孩说。

"你们两个年纪应该差不多。"他说,"她要来和你们一起住。"

那女孩穿着浆得笔挺的白衬衫、深蓝裙子、蕾丝花边的白袜,鞋子新得像没穿过似的。在她身旁的地上,罗珊娜看见一个棕色的硬纸板手提箱立在尘土之中。

"她叫茉希狄。"那男人用舌尖舔舔红润的嘴唇,"她还不会讲波斯语,只会说亚述语,不过她很快就可以学会了。"

他望着自己映在鱼池里的倒影。

"而且呢,"他说,"你要帮我带个口信给雅丽珊卓。"

霎时,所有的鱼儿开始狂乱游动。罗珊娜抬头望向猫婆的卧房。她知道雅丽珊卓正透过她的歌剧眼镜看着他们。

那男人有点犹疑。

"告诉她,我不能再留着这个孩子了。"他说。他脖子上开始冒出汗珠,汗水顺着洁白的衬衫领往下淌。他看看茉希狄,看看卧房窗户,又回头看着罗珊娜。

"告诉她,"他吞了吞口水,"我不能再来了。"

鱼儿钻进池水深处,没再现身。男人呼了一口气,直起身子,勉强走到女孩身边。他用一种奇怪的语言对女孩轻声说了几句话,指背轻抚着女孩的脸庞。茉希狄缩了一下,没抬眼看他。他没办法,只好把原本的话再说了一遍,指指房子,一面对罗珊娜点点头。女孩一句话都没回答。

罗珊娜觉得这个女孩很坚强,坚强得吓人,不管成年人想怎么样,都打定主意绝不理会。他掏手帕揩掉手上的汗水时,她看见他左手无名指上的黄金婚戒。

"再见。"亚述人对罗珊娜说,想挤出微笑,却怎么也笑不出来。

一整个早上,罗珊娜和茉希狄彼此对望着。

茉希狄还是站在池边——一身富家千金的行头,洁白无瑕的袜子,系着深蓝宽缎带的白色草帽,她看起来如此完美,一点都碰不得的样子。站在她面前,罗珊娜那么渺小无助,很清楚自己和茉希狄没得比,一心只想要取悦她,只想求她别再用这种嫌恶的眼神看着自己。

接近中午的时候,罗珊娜猛然想起自己今天没去上学,而且也已经一整天没看见雅丽珊卓了。她走到雅丽珊卓房门口,敲了敲门,但是没人回答。她等了又等,不敢再次敲门。

"走开。"一会儿之后,雅丽珊卓的声音穿门而出,"我需要你的时候会叫你。"

罗珊娜走进厨房,找出前一夜的剩菜。她把饭菜摆在盘子上,忍耐着饥饿,端到外面给茉希狄。

"拿去,"她把盘子放在池边,为自己的慷慨大方而得意洋洋,"这是给你的。"

茉希狄瞥见饭菜的那一瞬间,罗珊娜就羞愧地一缩:顷刻之前还显得如此新鲜可口的东西,在这双富家千金眼睛的绿色光芒之中,立刻变得腐臭,变得难以下咽了。罗珊娜像粘在地上一样一动不动,无法决定该不该把餐盘端走。过了一会儿,趁茉希狄转头看着别处的时候，她伸出手，悄悄取走盘子。

后来，她看见茉希狄坐在池边，膝盖几乎抵住行李箱，但背还是挺得笔直，决心和全世界对抗。一直到晚上，茉希狄都还是一动也不动。

"你可以到里面来睡。"罗珊娜对她说，但一点用都没有。

院子里很暗，充斥着犹太区夜晚的各式声响——从街头传来的喃喃低语，回荡不歇。鱼池里暗影浮动，多彩的金鱼在月光下闪着荧光。罗珊娜怀念家里的众声喧哗，姐妹们坐下来吃饭或忙着做家事，秀莎喂着小宝宝或帮拉赫曼做衣服。看着一头黄色头发，全身白衣的茉希狄，罗珊娜比以往更觉得自己寂寞孤单，她好希望自己像茉希狄这般坚强，好希望妈妈留她在身边。

她在雅丽珊卓卧房外面的地板上睡着了，一整夜都梦着秀莎。第二天早上醒来，她对前一天夜里发生的事只有模模糊糊的印象。她看见自己躺在地上，什么都没盖，身上穿的还是学校制服，而雅丽珊卓的门还是锁着的，窗帘还是拉上的。罗珊娜于是站起来，去院子里看了看。她还在，猫婆雅丽珊卓和她那个有妇之夫情人生下的绿眼睛女儿，穿着深蓝色的百褶裙，坐在鱼池边，看起来精疲力竭，一脸苍白，但还是——还是没被击倒。

月姑蜜黎安打从在雅丽珊卓家院子里看见茉希狄的那一瞬，就很讨厌她，因为她傲慢得不得了，一句话都没说就把罗珊娜给惹哭了。罗珊娜劝不动茉希狄进屋里去，也没办法把雅丽珊卓哄出卧房，只好到学校找蜜黎安求救。她们一直等到下了课，校长睿智太太放学生回家之后，才一起走到猫婆家，一路上，罗珊娜都紧抓着蜜黎安的手。

蜜黎安是个很漂亮的女孩——修长苗条，出落得比同龄的女孩都标致，尽管有家族遗传的问题，还是吸引求婚者们不顾一切地上门提亲。但截至目前，来提亲的都是有缺陷的男人，他们知道要讨老婆就得做些让步。性情温和、美貌绝伦的蜜黎安，配那样的男人显然是浪费，所以她父母也舍不得把她嫁掉。

当然，蜜黎安一点都不质疑父母的判断力——虽然她已经十五岁，就快到女生开始变老再也嫁不掉的年龄了。她天生就温驯听话，对任何命运都逆来顺受。她具备女人的美德，一向谦卑恭顺，而且也不相信美貌是她踏进幸福人生的垫脚石。她在学校里用功读书，听老师的话，从不卖弄学识，也不曾吐露心中的秘密——在中学毕业之后还想继续升学。从年轻时起，蜜黎安就相信忍耐——接受人生带来的失望,让自己不致崩溃的力量——是人类最崇高的品格。她成天穿着严肃的黑色与悲伤的棕色衣服,把头发盘成紧紧的发髻,很少解开,年纪轻轻,就浑身散发出一股准备要当老处女的气息。她自己负起的责任比其他人加之于她的更多,连最微不足道的欢愉都唯恐避之不及,生怕它们会让自己的身体与心灵受到污染,随时准备好面对最糟糕的情况。正因为如此,在见到茉希狄之后,她才会这么突然又长久地记恨上茉希狄。

她们站在猫婆的院子里,瞪着彼此——茉希狄坐了一天半,累坏了;蜜黎安看见这个华丽耀眼到令人难以置信的金发女孩,惊讶得目瞪口呆。一会儿之后,她恍然大悟,自己若不马上发动攻击,就只能乖乖接受失败。

"恶魔才穿亮闪闪的白鞋呢。"她的声音冷若冰霜。

她绕着茉希狄打转,找寻可以下手的弱点,发现了那个行李箱。

"她爸爸一定很想摆脱她。"她大声说出心里的推论。

她问也没问就打开行李箱,在一大堆浆烫折好的衣物里翻找——全都是白色的蕾丝和柔软的棉料,还有三双漆皮皮鞋(一双白的,两双黑的,鞋底几乎都还是全新的),让蜜黎安嫉妒得双手发冷。她轻蔑地哼了一声。

她对罗珊娜说:"她穿着这些东西一踏上我们的街啊,就全毁喽。"

茉希狄气得不得了,撤下心防,对着蜜黎安吐出一连串的咒骂。从她嘴里吐出来的字字句句,在空中晃啊荡啊,宛如挂在肉铺里的那些禽鸟肉。她说的是亚述语,蜜黎安听着完全无法理解——所以也就没有任何效果,这只证明了茉希狄也有弱点,只证明了她面对这些讲着她不会说也听不懂的语言的人时,有多么无能为力。

蜜黎安这一回合赢了。

"我们去找猫婆。"她对罗珊娜说。

她们在雅丽珊卓的房门上敲了两下。

"夫人阁下,"蜜黎安高声喊道,刻意用尊称来唤这位老妇人,"有件非常紧急的事,需要您来处理。"

没有回答。

"夫人阁下,"她又喊道,"您家院子里有个陌生的女孩,带着个行李箱,装满了可能是偷来的衣服,您的仆人罗珊娜和我,不知道该拿她怎么办才好。"

最后,她们打开门,走了进去。

雅丽珊卓端坐在她的"约瑟芬"上头。头上的发髻半塌着,手臂软软地垂在躺椅上,身上还戴着三天前等候她那个不会归来的情人时戴的珍珠。门一打开,她就倒抽一口气,仿佛从漫长的睡梦中突然惊醒,然后扬起下巴。尽管脸上的妆已经斑驳脱落,眼睛布满血丝,几乎张不开,但她还是想保持仪态。只是她必定也知道伤害早已无可挽回了——在此之前一直完美无缺的偶像,瞬间变成了盐柱——因为她对着两个女孩伸出手,要她们扶她起来。她们扶她到梳妆镜前,帮她脱下衣服,解开紧身褡,脱掉鞋子,然后让她躺在床上。

她在床上足足躺了十一天,分不清映在眼里的阴影与睡梦的昏沉,她非常享受她的平静,珍惜她的自由,可以不必忆起一丝一毫的现实,若非罗珊娜和蜜黎安不时煮粥,把黏糊糊的汤汁灌进她的喉咙免得她饿死,她很可能就这样永远沉浸在一语不发的失神状态里了。到最后,她总算起床了,但除了自己的幻想之外,她觉得什么都无所谓了,也不再掩饰她眼睛已经全瞎的事实。

和她母亲一样，猫婆开始告诉罗珊娜该怎么安葬她。

"叫你爸爸卖掉我的钢琴，用那笔钱来办场隆重的葬礼。"她说，"邀请我的情人来。帮我换上绿色的塔夫绸礼服，挂上长串珍珠，把我的嘴唇涂成鲜亮的红色。把我埋在靠近清澈水流的地方，每逢下雨时来为我上坟。"

她有时说得泫然欲泣，自怜自艾，有时却心如铁石，随口轻描淡写，仿佛明白历史之所以不断重演，全都是因为上帝太缺乏想象力了。她沉浸在自己的思绪里，对于罗珊娜一想到可能失去她就心惊胆战的那种绝望，完全不理解。

天使罗珊娜每咬一口食物就尝到饥饿的滋味，每到晚上就担心秀莎会来要她的命，但是，比起这所有的恐惧，最让她害怕的是雅丽珊卓终将一死的时刻。

正因如此，罗珊娜才会格外小心地照顾猫婆，像照顾小婴儿似的喂她吃饭，替她更衣洗澡；也因此，罗珊娜才会对茉希狄这么有耐心：忍耐她乱发脾气、暴跳如雷，随时堆满微笑、心平气和地走近她，直到慢慢地，慢慢地，茉希狄终于放下恨意，把罗珊娜当作朋友。她们都孤苦无依，都被父母抛弃，都只能靠着雅丽珊卓过日子。尽管如此，罗珊娜这么放不下猫婆，还是招来茉希狄的嘲笑。

"别再把她当成没人发现的国宝啦。"她对罗珊娜说，醇厚似天鹅绒的嗓音，也掩不住怒气。在犹太区住了一年之后，她学会了波斯语，但还讲得不太流利。"我倒是祈祷她早死早超生。那样我就可以离开犹太区，永远不回来。"

希望这个女人早点死，一点都不让茉希狄有罪恶感。这个女人带她来到世上却抛弃了她，以前不想要她，现在又假装她根本不存在。她看不出她有任何理由，应该觉得自己和雅丽珊卓有关系，或者应该像罗珊娜不时幻想的那样，期待父亲会再回来，带她回家。住在犹太区的这段时间，茉希狄只有一个追求不懈、最后也终于达成的目标：尽快离开，钓个蠢得不只给她钱还给她自由的富有男人，让她可以无牵无挂地独自去见识世界，再也不必因为仰仗任何人而换来失望。

早在年纪还没大得可以执行计划之前，她就已经拟好策略了。例如，她知道自己有超乎常人的美貌，她知道自己的身体虽然还不到发育期，却已经散发出引人遐思的挑逗意味。每当她穿着棕色的学校制服款款穿过男生群时，总能让他们脸红心跳。她很讨厌制服粗糙的布料，也不肯穿上所有女生都必须穿的——都怪该死的睿智太太——那种厚得像油布的黑色裤袜。取而代之，她穿上白色的薄丝袜，把头发放下来垂在肩头，直到有一天早上朝会，睿智太太用那双黝黑的手抓住她，把她的满头金发浸到一桶泥巴水里，然后扎成紧紧的辫子，紧得让茉希狄觉得鼻子以上的皮肤都快裂开了。睿智太太保证说，如果下一回茉希狄敢再"不梳头"就来学校，就要剪掉她的头发。这番话显然达到了效果，因为茉希狄开始扎马尾。即便如此，她走起路来马尾还是左摇右晃，不时甩一下，弹一下，让头发像以前一样不安分，充满暗示。

随着岁月流逝，年龄增长，雅丽珊卓家的一双女孩成了犹太区嚼舌根的话题。罗珊娜骨架纤巧，皮肤白皙，有双焦糖色的眼睛，纯真无邪的模样，仿佛不食人间烟火。她身上褪了颜色的衣服是用雅丽珊卓不要的旧布料缝制的，总是太长太宽，因为她老笔直地裁剪布料，缝起来活像个布袋。她也穿蜜黎安从家里带来给她的旧鞋子。她捧着书走路上学的时候，背后总有一串恶毒的议论如影随形。在她身边，昂首阔步的茉希狄像匹冠军马似的——胸膛挺得高高的，眼底尽是不屑的神色——只要有哪个老太婆敢对她品头论足，马上就骂回去。

"这不是她们的错，"罗珊娜对她说，"她们会这么刻薄，是因为她们老了，而且她们心里很难过，怕自己就快死了。"

"她们早死早好。"茉希狄心不甘情不愿地休兵，"穷人活那么久要干吗？有钱人才该长命百岁。"

茉希狄想要有钱，也想要长命百岁。她的注意力全集中在男生身上，她不等他们先来找她，而是主动找上他们，好测试自己的威力，划出势力范围，让犹太区的其他女孩不敢越雷池一步。十二岁的时候，她光靠那双豹子似的媚眼，靠她弹动的胸部，轻启的琥珀色双唇，以及她朝他们走去时的模样——靠得那么近，近得可以感觉到他们的身体在打着补丁的制服下颤抖——就足以让男生陷入无法自拔的绝境。她轻声叹息，呼出的白色轻雾蒙上他们被太阳晒得黝黑的脸庞，在那一瞬间，他们感觉到此生再也无法体会的幸福快乐。然而就在此时，她却又一转身，宛如一阵尘烟，远去无踪。

十四岁的时候，她让男生趴在母亲膝头哭泣，让已婚男人在她的挑逗调情之下自惭形秽，回家揍老婆。

十六岁的时候，她不再上学了，大半的时间都在德黑兰鬼混，四处寻觅可以带她脱离猫婆家的有钱穆斯林。对那些早在她还没和任何人上床之前就骂她是"妓女"的犹太人，她理都不理。罗珊娜警告她说，她钓上的男人是在利用她，上完床就会抛弃她，她哈哈大笑，说还不知道是谁利用谁呢。她把他们送她的钱和礼物拿给罗珊娜看，证明没有人占她的便宜。

七年过去了。挑起全家生活重担的罗珊娜，把除了钢琴之外所有能卖的家当全卖光了，可即便这样，也只能勉强凑足三餐度日的钱，她还得靠蜜黎安的帮忙。蜜黎安从高中毕业了，刚开始当老师，教一年级。她大半的薪水都拿来养父母和弟妹，有时还想办法挤出一些来给罗珊娜。事实上，猫婆和罗珊娜的生活多半是靠茉希狄的钱来维持。

有些个晚上，茉希狄根本没回家。隔天早上，摸黑赶往邻近村庄的摊贩看见她溜下闪亮亮的轿车，睡眼惺忪但趾高气扬地走过犹太区窄窄的街道，哼着异国的曲调，脸上挂着藏了秘密的微笑。

回到家里，她就着将明未明的晨光缓缓褪去衣服，脱掉她从郁金香大道上的蓝眼罗特菲店里买来的丝袜，以及她强迫罗珊娜替她做的紧身衣。她细数德黑兰的那些男朋友给罗珊娜听：他们都是年纪比较大的男人，她说，因为年轻小伙子没钱可挥霍，且只给点小之又小的礼物就期待能有"真爱"当回报。

罗珊娜不懂她的朋友怎么会这么讨厌有人爱她。

"我呢，想要有个爱我的男人。"她对茉希狄说，"我不在乎他有没有钱，只要他愿意带我回家，永远不离开我。"

然后她会往后靠着枕头，形容她未来的男人，说得活灵活现，仿佛已经见到这么一个人，在等着她。

"他很年轻，很亲切，我们会一起生个全世界的人都喜欢的女儿，因为她比任何人见过的任何东西都漂亮——比月姑蜜黎安漂亮，甚至比你还漂亮。更棒的是，她还很聪明呢，你光看她的眼睛就知道，连睿智太太都不敢不让她上大学。因为睿智太太知道，每个人都知道，我的女儿总有一天会光宗耀祖，洗刷我带给家族的所有耻辱。"

她们就这样静静坐着，罗珊娜梦想的魔力缓缓充塞了整个房间，一景一物那么栩栩如生，让茉希狄觉得仿佛一伸手就摸得着，在那短短的一瞬间里，她们的喜悦唾手可得。但是，茉希狄最后还是会强迫自己摆脱这疯狂的念头。

"你就像其他人一样蠢。"她会哈哈大笑，"你嫁的那个男人会把钱花在其他女人身上，留你在家里替他养小孩。等我意气风发骑在某人头上的时候，你就只能洗米，做白日梦，幻想你的女儿有一天会征服全世界。"

茉希狄果然找到了她的男人。

他是个有钱的穆斯林，名叫阿敏，在伊朗全国各地拥有一大串纺织工厂。那些工厂原本生产规模不大，厂里的机器在盟军占领期间全停工生锈了，可是等盟军一撤退，阿敏又重起炉灶，让工厂转瞬成了现代化的生产企业，大发利市。为了管理德黑兰的工厂，他雇了个经理。

这个经理没什么钱，也没见过什么世面，可是他大权在握，能够雇用或开除员工，所以呢，尽管穿着一身破旧的西装和磨坏鞋跟的鞋子，他还是敢去找茉希狄，唯一怕的只是被她取笑罢了。他在蓝眼罗特菲店里发现正在浏览进口唇膏的茉希狄，他问她愿不愿意和他到对街去喝杯热茶。

茉希狄只瞥了这人脏兮兮的鞋子和皱巴巴的长裤一眼，就知道最好别浪费时间。

"我不喝茶。"她回答说，然后心照不宣地对着蓝眼罗特菲微笑，"我只喝烧酒。"

那名经理深受鼓舞，问她要不要到他家，参加他为老板举办的派对。经理骄傲得不得了地说，他的老板是大名鼎鼎的阿敏，全国所有的棉花田和纺织厂，除了被国王偷走的部分之外，都是他的。

"到我家来吧，你爱喝多少烧酒都可以。"他坚持，"你想抽鸦片也没问题。"

茉希狄回家换上白色的丝缎洋装。她在一本买来时就已经过期一年的旧杂志上看见这套衣服，硬要罗珊娜帮她做。结果不尽理想：衣摆一边长一边短，袖口也太紧。但是穿上之后，茉希狄看起来活脱脱像个电影明星，像个她知道自己总有一天会当上的电影明星。

那名经理在蓝眼罗特菲铺子外面的车上等她。他说她太美了。

我们等着瞧吧，看你老板是不是值得我费这番功夫，茉希狄在车里点起一根烟时这么想。

那位贵宾五十几岁，有两个老婆，七个孙子，还有一大群他连名字都懒得记的情妇与姘头。他比茉希狄原本盘算的还有钱，但是除了有钱之外,他还是个人品高尚,而且没什么坏心眼的男人。所以那天晚上,他看见茉希狄站在房间的另一端,隔着一大群脱掉外套喝烧酒的男人对着他微笑时,根本想象不到她会给他的人生带来什么灾难性的影响。他盘腿坐着,面前摆着一根水烟管,吃着甜点,抽着许多伊朗人日日不可或缺的鸦片。一整个晚上,她都背靠墙站着,抽着香烟,盯着阿敏看。直到夜色深重,阿敏起身准备搭司机驾驶的轿车离去时,她款款走近,问他愿不愿意带她回家。

"那我们的主人怎么办?"阿敏问,她的大胆逗得他开心。

电影明星茉希狄盯着阿敏看,眼神如此温暖,让他觉得自己愿意沉浸在她的目光里,永远不离开。她伸出手,用指尖在他那块镶钻的金表表盘上轻轻画着圈。她领头走在他前面三步,怒火中烧的经理眼睁睁看着老板带走了他的战利品,却生怕逾越他在工厂里的身份,敢怒不敢言。阿敏一坐上车,她的腿就盘上他的腰,舌头溜进他的嘴里。

1955年的夏季,有整整四个月的时间,电影明星茉希狄没回犹太区的家。罗珊娜等了她好几天,然后又等了一个星期,最后担心茉希狄出了事,就到德黑兰去找她。罗珊娜找到郁金香大道上的蓝眼罗特菲的铺子。

"别再白费工夫等她啦。"罗特菲劝她。他是个很亲切的人,因为个子太小,所以看起来不太有男子气概,但是那双清澈的蓝眼睛和宽解人心的态度,让大家都很喜欢他。"她已经挖到金矿啦,如果她那双绿眼睛后面还有半个脑子的话,就绝对不会回来了。"

罗珊娜不相信罗特菲的话。

"茉希狄不会没告诉我一声就离开的。"

即使过了好几个月茉希狄依旧音讯全无，即使流言四起，说什么茉希狄嫁给阿敏啦，怀了他的孩子啦，还说她和他的大老婆住在一起，罗珊娜也坚持己念，不为所动。没了茉希狄带回家的钱，罗珊娜和猫婆从一贫如洗沦落到一无所有，于是，有些知道她们情况的犹太人跑去找拉赫曼，要他帮自己的女儿一把。

在家里，雅丽珊卓穿着破破烂烂的礼服，成天晃来晃去，对着她想象中的俄国皇宫仆役发号施令："晚餐我们要吃龙蒿炖羊肉，莳萝拌番红花饭，配上红酒，还有香橙雪酪。别像上次那样把龙蒿给烧焦了。"

实际上，她们吃烤薄饼、橄榄油拌饭，配上小黄瓜和核桃。每天都是一样的东西，午餐和晚餐都是，至于早餐呢，就喝一杯甜茶配前一夜剩下来的饼。但是雅丽珊卓一整个星期都穿着同一件紧身低胸礼服，露出她皱巴巴的乳房，在幻想中正踮着脚尖，围着她身着戎装的将军丈夫跳芭蕾舞，之后他们会坐下来享用白葡萄酒和用火葱及韭葱调味的康沃尔母鸡。

茉希狄住进了阿敏在德黑兰众多房宅中的一幢。家里有成群的仆役伺候，出门有司机开的斯蒂庞克代步。花起钱来活像刚抢了国王宝库般大方。她没向阿敏提出任何要求——不要他的时间，不要他的爱，也没要他保证至少会照顾她到她找到下一个男人为止。她之所以和他若即若离，并不是因为顾忌他的家庭或他的社会地位，而是因为她知道，单单从她每回一下床就发现他双手变得冰凉这件事来看，阿敏已经一脚踩进洞在飞速坠落而不自知。

她留在他身边整整四个月，然后打包好他送她的衣服和珠宝，说她要离开了。阿敏哈哈大笑，当然啦，他确信她只是虚张声势，因为她既没有其他男人供养,而且名声坏到这个地步,也不可能回犹太区了。那些犹太人突然大起胆子来,没准会丢石头砸死她。可是,等她真的走出大门的时候,他慌得要和她谈条件。

"别走。"他说,"我会娶你,和你约定一段六个月的短期婚姻。"

什叶派伊斯兰律法准许男人娶四个永久的妻子,但只要精力应付得来,想讨多少个临时老婆都可以。这是个光明正大的方法,让男人既可以拥有情人,又不违背真主禁止通奸的律法。但是,成为临时妻子的女人却会失去贞操,日后也没有冠夫姓或享用夫家钱财的权利。

电影明星茉希狄头也不回地离阿敏而去。

她带着装满衣服的行李箱回到犹太区,浑身散发着高雅贵气,怎么看都像是有钱人的情妇,连脚上那双昂贵皮鞋蒙上的灰尘,都没减损她一现身就绽放的灿烂光芒。

"就快了。"她低声和罗珊娜咬耳朵,冷冷的嘲讽语气,活脱脱是个知道自己就快达到目的的女人,"等我结婚之后,你可以来和我一起住。"

当然啦,阿敏对她的不知天高地厚只一笑置之。他是个家财万贯的男人,而她只是个有一顿没一顿的年轻女孩,没有家世背景,除了出众的容貌之外,没有什么麻雀变凤凰的指望。在之后的九个星期里,他一心相信茉希狄绝对逃不出他的掌心。他甚至找了另一个情人,一个至少假装在乎他这个人甚于他的钱的女人。然后,有天早上,坐在理发店的椅子上,他瞥了一眼镜里的自己就抓狂了。镜里的不是那个志得意满地拥有许多工厂和许多女人的年轻男人,阿敏看见的是一个年华老去的家伙,须发花白,下巴松弛，看似已走到人生的尽头。他脑袋里有个东西失声惊叫——很大声，以至于他觉得店里的其他人肯定都听见了——等惊叫声平息之后，他顿时醒悟，他要茉希狄回来，因为她是他的青春，是他的野心，是他气喘吁吁的肺里吞吐的每一缕气息。

他派车到犹太区去接她，但是她把车打发走了。

他送给她一双镶着细碎红宝石的手绘缎面鞋。她收下鞋，但是对他送出的讯息没给半点响应。

最终他亲自来看她。有天傍晚，他到猫婆雅丽珊卓家里来找她。茉希狄告诉他，如果想再度拥有她，唯一的方法是休掉他所有的老婆，只娶她一个。

电影明星茉希狄在1956年3月21日的早晨离开了犹太区，身穿阿敏在德黑兰最有名的裁缝那里为她定制的白色结婚礼服，有上千人夹道目送她离开。成群的犹太人一直跟着她走到犹太区的大门口，看着她坐上阿敏的车子，十年来第一次，每一个人，从最慈悲的到最毒舌的，全都哑口不言。

城市 1956

巴士司机有一身蓝皮肤。

他坐在车站外面的泥地上——一个庞然大物，秃顶，肌肉壮硕，看起来七分不像人。他穿得像个摔跤选手：一条只长及膝盖的宽松短裤，一件紧身无袖上衣，露出大半个上身。那双黑眼睛湿润润的，宛如鱼一般，弯弯的眉毛完美得像是画到他脸上似的。另外他的皮肤上，从剃光的头到弯曲变形的脚趾顶端，全是刺青——所以罗珊娜第一眼看见他的时候，就只觉得他是蓝色的，像头海豹。

她从雅丽珊卓家走到车站，带着几张钞票，还有一个小袋子，塞着她仅有的一条好裙子。她穿着学校制服，带着笔记本，看起来像是要去上学，但她不是要去上学，而是要搭巴士到德黑兰去。她不知道自己要到哪里去，只知道电影明星茉希狄嫁的那个男人叫什么名字。

总有这么一天的啊，此刻月姑蜜黎安对我说——因为她相信命运，也相信万事皆有因果——罗珊娜总有一天会追随茉希狄的脚步到德黑兰去。罗珊娜最终离开犹太区并不足为奇，比较奇怪的是她竟然等了这么久才采取行动——而且呢，虽然并非直接相关，但她之所以离开还是因为蜜黎安。

1956年，月姑蜜黎安二十四岁——就算按犹太人比较跟得上时代潮流的标准来看，也都已经是个老处女了——能结婚的概率差不多为零。她已经教了五年一年级，虽然她母亲一直说她才只有十八岁，但是事实很明显，蜜黎安想找个丈夫已经没什么指望了。不过呢，比起自己的婚事，蜜黎安比较挂心的还是塔拉叶和洛雪儿的归宿。弟弟巴赫朗和妹妹苏珊还在念书，所以大家也懒得问他们有朝一日变成家计的负担和绑在父亲脖子上的绳套时该怎么办。身材单薄，紧张兮兮，凡事向来做最坏打算的洛雪儿相信，卡在蜜黎安和塔拉叶后面的她，永远都结不了婚了。而一心只想和男人上床的塔拉叶，整日躺在床上，抱着枕头哭，嚷着要离家出走——像她姨妈和电影明星茉希狄一样——去当妓女，因为只有那样才能和男人上床。

所以，那天蜜黎安抱着一大摞准备要改的一年级考卷回家，在院子里看见一群神情严肃的妇人时，压根儿没想到她们是为她而来的。那几个妇人和拉赫曼坐下聊天，秀莎忙着端茶，上甜点，奉上她在自家地下烤炉烘焙的面包，以及加了冰块、兑了水的樱桃蜜饮。谁是最重要的客人一目了然：那个有两颗金门牙的女人，因为拉赫曼和她谈得最热络，而秀莎对她的态度也最殷勤。

那个女人正在替两个男人找老婆。一个是她的儿子，二十五岁，目前没工作，当初去伊斯法罕的瓶子工厂打工前，曾上了一年的学。他妈妈用英国王室的名字，给他取名叫查尔斯先生。她一心一意相信，儿子虽然目不识丁，现下又没有工作，但是只要讨对老婆，将来必定能成大器，可以坐拥庞大权力与耀眼财富。对另一个准新郎,她就没这么热心推销了:哈比博是她弟弟,长得不怎么样,但工作卖力,三十岁的他在市集里有家卖银饰的铺子。

蜜黎安在卧房里找到塔拉叶和洛雪儿。她们正在偷瞧访客。

"有人上门提亲喽。"她告诉她们,然后就去改她的考卷。

院子里的妇人待了一整个下午。她们把拉赫曼的女儿一个接一个地叫出来,从蜜黎安开始,到苏珊结束。她们叫女孩咧嘴笑,检查女孩的牙齿;叫女孩开口讲话,跨步走过院子再折返,为了证明她们还是处女。失去童贞的女子走起路来会把大腿张得开开的,查尔斯先生的妈妈解释说,因为她们已经没有什么东西需要守护了。

之后,她们把女孩们赶回屋里,开始讨价还价。蜜黎安等结果等到睡着了。塔拉叶不改本性地出言要挟说她如果没被挑上,就要离家出走,去当妓女。洛雪儿坐在门边,偷偷瞧着外面,勉强压抑内心的焦虑。

结果呢,查尔斯先生的妈妈替查尔斯挑中了蜜黎安——因为蜜黎安长得很漂亮,查尔斯先生的妈妈很想要相貌出众的孙子孙女。她替弟弟哈比博挑了塔拉叶,因为塔拉叶看起来就一副很渴求男人的样子,不管谁讨她当老婆铁定都会很满意的。

不过实情是每个婆婆都需要武器,而这几个女孩都已经是老处女的事实,正是查尔斯先生的妈妈打算用来对付她们一辈子的武器。

一开始,她要求拉赫曼支付按传统该由男方负担的婚礼费用。她也坚持每个女孩都要有体面的嫁妆——如果拉赫曼需要的话可以去借钱——而且还大言不惭地说,连自己名字都不会念的查尔斯先生正在用功读书,准备当医生。至于弟弟哈比博,她倒没必要扯什么谎，只是隐瞒了一件相当古怪的事：他虽然已经三十岁，却还是对任何形式的肢体接触唯恐避之不及。

当然啦，拉赫曼真的得去借钱筹办女儿的婚礼，不过呢，只要能看到蜜黎安和塔拉叶嫁人，做什么都是值得的。他在家里举行婚礼，邀请罗珊娜和猫婆来参加。他甚至还帮罗珊娜买了一件新衣服。

罗珊娜挽着雅丽珊卓的手回来，在这栋她曾经被扫地出门的房子里，显得羞怯不安。她让雅丽珊卓穿上了她的新衣服，因为她不想看见这老妇人穿着破烂又过时的礼服，变成全场的笑柄，不料却反而让两人都落到难堪境地。罗珊娜找不到衣服穿，只好套上学校制服；而年华老去，皮肤皱巴巴，又涂得一脸五颜六色的雅丽珊卓穿上打法国细褶的白色棉布洋装，则变成一个十二岁的小女生在满场飞。

她们两个太扎眼了，以至于一登场就让婚礼戛然而止。婚宴上的男人对着雅丽珊卓皱起眉头，直说看见这么个年老色衰的家伙，真是触霉头。女人们则真心哀叹，惋惜雅丽珊卓不久之前的青春美貌，也忧心自己看来难逃一劫的未来。查尔斯先生的妈妈大声埋怨秀莎和拉赫曼邀请的宾客素质不佳，看到秀莎亲吻雅丽珊卓的头，让她坐在新郎家族旁边的贵宾席时，更是不以为然。

蜜黎安叫罗珊娜过去。"我会常常去看你的。"她想让妹妹安心，"查尔斯先生的妈妈不让我出去工作，可是我会想办法给你钱。就算以后有了小孩，我还是会照顾你的。"

罗珊娜只是低头盯着自己的鞋子，点点头。蜜黎安说的话她显然并不相信。

婚礼进行得很顺利,唯一的插曲是哈比博那个八岁的侄子。为防头虱而剃了个大光头的他,一脸惶惶不安地呆站在塔拉叶面前,眼睛瞪得大大的,一副垂涎三尺的模样,任谁都看得出他的心思。原始的冲动让他的大腿内侧承受着庞大的压力,所以每隔几分钟,他就得跑到外面,对着拉赫曼家的墙壁尿尿,舒缓"小弟弟"的焦虑。

接近午夜的时候,查尔斯先生的妈妈唤来两对新人,祝福他们,然后让他们各自启程回新家。塔拉叶和哈比博要住在萨尔切什梅附近租来的房子里。蜜黎安和查尔斯先生则和他妈妈一起住。

宾客陪着两位新娘离开婚宴,穿过犹太区,到她们的新房去。秀莎和拉赫曼随大家一起去了,当然,洛雪儿和苏珊也去了。但是罗珊娜留了下来,因为她没办法一路拖着雅丽珊卓走,更不能把她一个人丢在这屋里。

也就因为这样,后来罗珊娜去叫雅丽珊卓,发现她已经像具木乃伊一样,冰冷僵硬,死去多时的时候,家里除了几个年纪非常大的老人之外,什么人都没有。

罗珊娜知道,在这个节骨眼上,最好别拿死讯惊动任何人:在婚礼上,一面破掉的镜子将暗示婚姻不美满;而死亡,特别是猝死,则表示新娘命带厄运。于是罗珊娜将雅丽珊卓留在原地,让她背靠抱枕坐得直挺挺的,眼睛睁开,露出现在人们已经司空见惯的那种盲人的眼神,艳红的嘴唇微张,戴满廉价戒指的手指紧抓着身上那件少女洋装的细褶。看着她,罗珊娜——宛如一个想起自己过去的丧亲之痛的人——微微有些悲哀,但是并没有她料想中的那种惊恐。她想,拉赫曼得卖掉钢琴来支付葬礼的费用。得有人去通知那个魅影情人。罗珊娜她自己还得找到茉希狄,把这个噩耗告诉她。

他们把雅丽珊卓安葬在"天堂地",也就是德黑兰的犹太墓园。因为穆斯林不准墓园扩建,所以几个世纪下来,墓园里的尸骨只能一层又一层地往上堆叠。葬礼上来了好几百个犹太人。雅丽珊卓的那群猫儿察觉到主人不在了,所以追随着她的味道一路找到墓园来。魅影情人也出现了——迈着他的肥腿,穿着他的三件套西装,露着半截表链——证明他的确像雅丽珊卓所爱的那个人一样有男子气概,但同时也像抛弃她时那样懦弱无能。他是带着妻子、儿女,甚至岳父一起来的。他一看见裹在白色尸布里的雅丽珊卓的遗体,就膝盖一软,跪了下去,当着所有犹太人和家人的面,哭了起来,仿佛爱她爱得永难自拔,也不怕别人知道。

这也许是个终能沉冤昭雪的伟大时刻,但或许根本就只是命运的嘲弄,一切皆尽枉然的嘲弄。在雅丽珊卓再也享受不到任何好处之后,魅影情人才终于承认他们的关系。可是,墓坑的土一填满,他就走近罗珊娜,告诉她得把屋子还给他。他是合法的屋主,他想卖掉屋子,因为猫婆已经不在了。他还很好心地建议罗珊娜应该搬回去和家人一起住,在她父亲的屋檐下,那才是——他竟有脸这么说——女孩家在出嫁前该住的地方。

被那个情人赶出雅丽珊卓家的时候,天使罗珊娜并不是非离开犹太区不可。蜜黎安不会拒绝给她一个栖身之所,塔拉叶也很可能会收留她,甚至还可能会有男人要娶她。她之所以非离开不可,是因为早在她还不会听、不会说话之前,就已经有人告诉过她,她命中注定要离开。

"你所要做的,"雅丽珊卓说过,"就是别回头。"

巴士车站是一间砖房，让司机可以在轮班的空当吃饭睡觉，让旅客在雨天或下雪的时候有个可以候车的地方。只有一辆巴士——破破烂烂，空空荡荡，轮胎磨得如皮肤一般光滑——等在外面，像条忠心耿耿的狗。

司机看着罗珊娜走近，当然啦，因为那天街上只有她一个人，但是他不动声色，因为他是个鲁提人，也就是那种身强体健，以行侠仗义为志业的人。他受过严格训练，除非有女人主动对他说话，否则不准和女人说话，甚至不准看女人。她走到他面前，膝盖颤抖着停下脚步。

她手指间夹着一张钞票，就像偶尔会搭上他巴士的女孩，那些和男生睡觉，怀了孩子，离家出走躲避父亲责骂的女孩。他很纳闷，她到底知不知道今天是穆斯林的节日——纪念某位先知的门徒被暗杀的日子。整个德黑兰的什叶派信徒全上街游行去了。他们身穿黑色衬衫，悲痛难遏地撕裂衣衫，拿铁链鞭挞自己和孩子。他们把铁链缠在手腕上，鞭打他们赤裸的背、脸以及头，打得自己皮开肉绽，骨断血流到不省人事。在每一个游行队伍里，把自己伤得最重的那个人会被认为是距真主最近的人。

这个巴士司机不太相信什么自我鞭刑,也不喜欢打伤自己,因为一旦伤口愈合,他身上的刺青图案就会变形。他没理会罗珊娜,自顾自地埋头吃午餐。他的午餐是一碗汤——洋葱、土豆、白豆和黄鹰嘴豆炖牛腿。他把蓝色的手指伸进汤里,捞起所有固体的东西,摆进碗旁边的小钵里;然后把碗端到唇边,一仰头,气也不喘一口地一股脑把汤灌进喉咙里。喝完之后,他打了个饱嗝,咂咂嘴唇,赞美安拉。

她还站在那里。

他转向小钵,把从汤里捞上来的肉和豆子搅碎,弄得黏糊糊的,然后用手指舀起来,涂在一大块薄饼上。他在饼里夹进生洋葱,然后卷起来,把卷饼对折再对折,然后赞美安拉,展现他在德黑兰鲁提人中赫赫有名的绝技,把整个卷饼一口塞进嘴巴里。

罗珊娜静静地盯着他。

他为自己倒了一杯葡萄烧酒,一口喝光。又一个饱嗝,让他的皮肤变得更蓝了,他哈出的热气灼伤了罗珊娜的脚。

"咱们不管你是不是犹太人哪,姐妹,"他终于开口,用"咱们"来代表"我",这是所有鲁提人的习惯,"可是你应该让男人安安静静喝他的烧酒啊。"

有条龙从他的头颅上喷出蓝色的火焰,烧向他的眼睑。

"我想买一张车票。"罗珊娜怯怯地说。

他哈哈大笑。

"你不知道今天是阿舒拉节吗?"他问,"你要咱们开车穿过游行的队伍啊?"

她一脸不解的样子,他觉得她有些可怜。她夹着钞票的手缩了回去,有那么一会儿,他以为她准备回家去了。但是,突然之间,他很肯定她是要离家出走了。

"姐妹啊,你有丈夫吗?"

她摇摇头。

"父亲?兄弟?或者能照顾你的叔叔伯伯?"

"没有。"

她的声音像水一样。她的眼睛也是,水汪汪的。

"我朋友嫁给一个叫阿敏的人,"她解释说,"我要去德黑兰找她。我一定得去通知她。你知道,她妈妈死了。"

他看着罗珊娜的眼睛,看得越久,越觉得双腿发软,也越觉得鼠蹊涌上一股暖意,就像每个星期五准备去找他的女人法丽芭的时候一样。法丽芭是他一生中唯一拥有的女人,她喂他吃烤羊睾丸,喷鸦片烟到他嘴里,让他觉得自己有力量征服全世界,把一切奉献在她脚边。

法丽芭是个模范主妇,一个尽责的母亲。在她接待"朋友"的时候,她那几个生父不详的孩子就在院子里玩。有时候,当巴士司机事情正办到一半,他们就跑到卧房门口,抱怨这里疼那里痒,谁打了架,谁掉了玩具。但是他们从来没挨过饿——巴士司机最佩服法丽芭的就是这一点——从来不脏兮兮的,甚至也不无聊。

她无微不至地照顾"朋友",像照顾儿女一样。每到星期五早上,她就点起水烟,摆一块棕色的鸦片泥到炭上加热,然后在火盆里燃起火,把她前一夜就用大蒜和洋葱腌好的四打羊睾丸串起来烤。她把烧酒放在冰上,等司机一来,就把酒淋在他身上,让他的皮肤摸起来像热冰。接着,在他抽鸦片喝烧酒的时候,帮他按摩。她从火盆上拿来热乎乎的羊睾丸。烤叉好烫,害他抓起来的时候烫伤了手指(他永远都是用手抓东西吃,因为他就是这样的男人啊),然后一口吞掉半打罢丸。

可惜今天才星期二。法丽芭规矩很严,绝对不接待不速之客。他又灌下一杯烧酒,扯掉满布刺青的脚上的帆布拖鞋。

"你爱找谁就去找吧,姐妹。"他对罗珊娜说,"至于我呢,今天打算在这里睡觉。"

他睡了五个钟头,醒来的时候,罗珊娜孤零零地坐在巴士上,手里还抓着钞票,等待着。他一看见她就哈哈大笑起来。

"你以为我会只为了一个客人就开巴士上路啊——何况还是个犹太人?"他从躺着的地方对她喊道。她从座位上站了起来,走到门边。

"天黑了。"她说,小心翼翼地怕得罪他,"游行已经结束了。"

他这才明白,她根本不死心。他突然生起气来,恶狠狠地咒骂先知和他所有门徒的圣灵,祈求《古兰经》和隐身伊玛目[1]的赐福。最后,他从地上爬起来,坐到驾驶座上。"哪一站?"他问,从后视镜里看着她。

看她回答不出来,他一点也不惊讶。

"上城。"她勉强挤出自信的表情,"我知道该在哪里下车。"

在伊朗,每逢阿舒拉节,所有的人除了上街游行之外,都会留在家里。所有的一切都会停止运作,就连收音机也停掉宣传政令的常态节目,改播毛拉在清真寺里涕泪纵横诵经祷告的实况录音。司机发现空荡荡的马路上没有别的车子和他争道,就踩足油门,开

---

[1] 伊玛目是伊斯兰教社会的首脑。在什叶派中,伊玛目是拥有绝对宗教权力的人,只有伊玛目能洞悉《古兰经》的奥秘。此外,在清真寺领导祈祷者的穆斯林也称伊玛目。什叶派穆斯林的一个支派十二伊玛目派相信,在伊拉克消失的第十二个伊玛目已成为隐身于无形的伊玛目,未来将以救世主的身份重回世人面前,统一伊斯兰世界。

得飞快,每回一转弯,车子就好像要翻过去。从后视镜里,他能看出来罗珊娜很害怕,因为他开得这么快,她根本看不清路标,更别说要读上面的路名了。但是开得飞快,过站不停,让他非常痛快,他才懒得管乘客怎么样。

"你到站的时候告诉我。"快到上城的时候,他对她喊道。

他们开到这条路线的尽头,穿过整座城市,进到凡纳克区,一直开到没路才停下来。他拉起手刹,转头看罗珊娜。

"终点站。"

她滑下座位,站了起来,一脸惨白,微微颤抖着,显然很害怕。等她走到他身边时,他才知道她是想付车钱。他突然心生愧疚。

"钱留着吧,姐妹。"他咕哝道。

他看着她走下车。

"不关咱们的事,"他说,很小心地回避着她的目光,"可是不管你到底是干了什么好事,在这样的夜里,回家去找你老头,总好过待在外头吧。"

罗珊娜看着巴士开走,司机身影的颜色融入夜幕。一等他开到安全距离之外,她就开始往回走,踏向她最后看见还有马路的地方。在黑漆漆的夜色里,在离犹太区如此之远,连上帝都找不着她的未知之地,她隐隐有些兴奋。

她走了快十分钟,听到后面有个声音,于是转头去看。她看见一辆车——又长又黑又亮——滑过街道,宛如一条黑水中的鳗鱼。车窗全贴上了深色的隔热纸,原本闪射出不同层次与色泽的暗黑,等驶近之后,映出了罗珊娜的倒影。她闪到路边,让车子经过。车慢了下来,几近停止,然后又加速,开走了。

她开始快步走,突然很怕自己走在街上会引起疑心,或被宪兵逮捕。这条街是以第一位巴列维国王,也就是当今国王的父亲命名的。礼萨·汗喜欢替自己竖立纪念碑。他原本是个识字不多的士兵,是英国人选来替他们治理伊朗的傀儡,后来不乖乖听话,所以英国人就把他拉下王位,让他的儿子取而代之。虽然这两个巴列维国王在位时间都不算长,但德黑兰大部分的街道还是被重新命名或改名来歌颂他们的丰功伟业。

街的尽头是一个小广场,竖立着礼萨·汗骑马的雕像。罗珊娜看见雕像旁边有条长椅,就坐下来休息。车子的声音又出现了。

车子从另一头开进广场,绕了一圈,又一圈,开得很慢很慢,罗珊娜听着车轮碾过沥青路的细细碎碎的声响,感觉到车里的人在打量她。她吓坏了,冲出广场往街上跑去。车子跟着她,停下,摇下一扇车窗。

"一会儿就好!"

罗珊娜丢下装衣服的袋子,拔腿就跑。

她使尽全力快跑,虽然清楚自己再怎么跑都不是追她的那头野兽的对手,但是她知道自己绝对不能停下来,不管她要跑多久,不管那辆车要追她多远都不能停,因为一停下来铁定就要被抓住弄死。

车子驶过她身边。

在她前面一百英尺[1]处停了下来,缓缓转向左边,挡住街道。罗珊娜大叫一声,转身跑向另一头。车门开了,两个穿黑西装的男子下了车。

---

1. 英制长度单位,1英尺约为0.3米。

"一会儿就好,小姐!"有个不同于先前声音的声音喊道,"听我说句话就好,拜托。"

她气喘吁吁,怕得浑身发抖,没办法转身面对那个男人。

"一句话就好。"

她想跑,但是动不了。

别转身,她对自己说。

那男子向她走来。

别往后看。

他走到距她五步的地方,停了下来。他在等待——等待着,她想,宛如他的生死全系于她这一眼。别转身。

但她转过身去。

后来，在伤痛彻底毁了他们之后，罪人索拉博还清清楚楚记得，那天在自由广场，罗珊娜第一次转身面对他的那一刻，他心中的喜悦。

他是个安静的人，打从出生起就孤僻寂寞——虽然他母亲芙洛莲·克劳德后来把他的郁郁寡欢全怪到了罗珊娜头上。他很少谈自己的事，更少谈起心中的感受。但当他提起遇见罗珊娜的往事时，就一瞬变成了对真爱矢志不渝的男人，洋溢着温柔与甜蜜。

他当时二十一岁，已经踏出校门，在替父亲工作。那段时间他们全家人都出了城，到戈尔甘[1]——异教徒铁慕尔所拥有的海滨村庄——度假。索拉博提早回德黑兰。在回家途中，他遇见了罗珊娜。

他起初以为她是迷路了，所以要马西堤放慢车速。但是她转身藏起自己的脸，勾起了他的好奇心。他是个很有教养的人，不会拦下不想被惊扰的人，所以他们加速开走，开了一小段路，到了自由广场。

罪人索拉博向来觉得自由广场是他开始拥有记忆的地方。第

---

1. 伊朗北部濒临里海的城市。

一次到这里的时候,他七岁,才上二年级。课堂上正在教授伊朗最新版本的历史,也就是礼萨·汗命令历史学家修改过的版本。和之前与之后的所有版本一样,这一版的历史描述了历朝历代的高压暴行,颂扬当前这个王朝的丰功伟业。但还是略有新意——书中提到人身与政治自由,还提到依据《宪法》制定的法律,必须赋予每个个体平等的权利。有天晚上吃饭的时候,索拉博想对父母献宝,把学校老师说的那套关于自由的定义,拿出来现学现卖。

芙洛莲·克劳德大大称赞了他,当然啦,因为索拉博是她眼中的宝贝,做什么都对。但是他看得出来,他刚学到的这些东西惹得父亲不太高兴,因为父亲根本就没抬起过眼睛正视他,全程像没听见似的。之后好几个晚上,铁慕尔都忙着在晚报上找自己想要的消息。有天晚上,他终于找到了。

"那天早上我们早一点出门。"他对索拉博说,"我带你去看处决。"

处决的日期总在晚报上公告周知:受刑的有杀人凶手、毒贩和外国间谍,而为数最多的是国王的敌人。礼萨·汗吊死的人实在太多了,铁慕尔说——很多都是什叶派教士——要不了多久,德黑兰死人的数目就会超过活人了。

一整夜,索拉博都觉得父亲没入睡,在一楼的客厅中踱来踱去。凌晨四点,铁慕尔把他叫醒。

"走吧,"他说,"你应该看看自由是什么样子。"

坐在车里,索拉博想握紧爸爸的手,但是铁慕尔把儿子的手拂开了。铁慕尔直视着前方,像个知道自己即将执行某种恐怖行动的人。

在自由广场周围,空气像沙子一样——粗粗的,裹挟着尘砾,冻得人胸口发疼。来看处决的有好几百个人,大部分都是男人,脸色苍白,眼眶有一圈黑;但人群里也有女人,大半都裹在长袍里暗暗啜泣着;到处都有孩子躲在母亲怀里。

索拉博看见四排临时竖起的绞架,每排有五个。士兵手持来复枪,面对群众戒备森严。

五点三十分,一辆军用卡车开进广场。士兵跳下车,押解着已被定罪的人犯。有几个囚犯一无所惧地向前走着;其他的则在苦苦哀求饶命,被士兵拖着走;还有几个双手掩面,不住祷告。

一个接一个,索拉博看着那些人被吊上绞绳。

尸体会被留在绞架上一整天,恨不得让所有人民都看看和礼萨·汗作对的下场。一具具尸体挂在绞绳上,活像铅铸的雕像——头垂向一边,眼睛凸出,舌头肿胀。矗立于广场中央、骑马拯救世界的礼萨·汗雕像从未转身看他的受害者是如何丧命的。

"记住这个!"铁慕尔对索拉博说,"这就是你们老师告诉你们的自由。如果你们相信她,这就是你们要付出的代价。"

此后,罪人索拉博每回走过或开车经过自由广场,都会反胃想吐。处决那天感受到的恐怖惊慌,让他好几个月都惶惶不安,那种感受直到现在经过自由广场时还会涌上心头。碰见罗珊娜的那个晚上,车子经过广场的时候他闭起眼睛,打算离开那个地区之后再睁开。但是眼睛一合上,在一片黑暗里,他又看见了她,想起她在凡纳克区转身避开车子前那一瞬间的面容。他叫马西堤掉头回去找她。

在他经历过此生最痛苦时刻的地方,在这个让他童年告终,信念崩塌的地方,索拉博看见了一片灿灿绽现的光芒,让他觉得自己宛如第一次睁开眼睛。

她告诉他,她要去找朋友,一个和她年龄相仿的女孩,不久之前才嫁给一个名叫阿敏的人。索拉博说他认识阿敏,阿敏是他父亲的朋友。他说阿敏带他的新婚妻子到欧洲旅行去了。

罗珊娜摇摇头。

"不可能的。"她说。

索拉博看得出来,她没有别的地方可去。

"碰巧我很肯定。"他坚决地说。

他朝她走近一步,希望不会吓着她。

"他们已经去了三个月了。阿敏的儿子负责照顾生意。没人知道他和茉希狄什么时候回来。"

罗珊娜看起来很惶惑,让他觉得像是自己背叛了她似的。

"请恕我放肆,少爷。"司机马西堤挺身而出。从小看着索拉博长大的他,觉得自己有责任带小主人远离危险。只要看看索拉博从第一眼见到罗珊娜,眼睛就一眨不眨的模样,他就知道这个女孩太危险了。

"或许我可以载这位小姐回她的家。"

罗珊娜马上拒绝了。

"不。"她直接对马西堤说。

索拉博知道她又想跑了,他知道自己也一定会像猎捕受惊的小鹿那样穷追不舍,因为他没办法眼睁睁看着她离开。

"那么,和我们一起回家吧。"他对她说。如此突然,连马西堤都一时没意会过来。"我住的地方离阿敏家不远。你先住一个晚上,明天早上就可以去找你的朋友。"

马西堤慌了起来。

"可是,少爷……"他哀求。

罗珊娜犹豫不决。

"少爷。"马西堤又出声了。

索拉博拉起她的手,带她上了车。

在车里,罗珊娜双手合拢放在膝盖上,不肯抬起头来。马西堤从后视镜里看着她。她身上有些东西——譬如她皮肤亮得让他想摸摸看是不是真的,譬如她看起来和周遭环境格格不入的那股气息——让他不寒而栗。在她身边,索拉博忘我地沉浸在喜悦里,仿佛变了一个人。

远远地,铁慕尔的大宅像座纪念碑浮现在信仰大道上。车子穿过庭院的后门,开上铺着鹅卵石的车道,经过繁花盛开的果树和正在沉睡的花床,开抵一片修葺整齐的空地,主屋在它中央,四墙攀满了茉莉花藤。从庭院踏上七级大理石台阶,才能到达两扇足足有两层楼高的蚀刻玻璃大门。有个仆人,也就是马西堤的老婆,透过玻璃窗看见车灯,跑出来迎接索拉博。自从主人出门度假之后,她就省事,没再穿上芙洛莲·克劳德要她穿的那套可怕的衣服——长袖白衬衫配黑色长裙外加白色围裙,这是每个仆人都得穿的制服。她穿着自己的长袍,蒙着头,光着一双脚丫,袖子卷到手腕上,让双手可以利落地干活。她一看见罗珊娜就停住脚步。

"真主杀了我吧!"她尖叫一声,立刻用手捂住眼睛,"我相信那是个英国人。"

其实马西堤的老婆曾经有个名字,但是已经太久不用,连她自己都想不起来了。她年纪很轻的时候就在村子里嫁给了马西堤,跟着他到德黑兰来为铁慕尔工作。现在,她是家里最资深的仆人,也是芙洛莲·克劳德最倚重的帮手,她负责管理家里所有的女仆,除了放荡的伊菲特之外。马西堤的老婆坚守道德与伦理的立场,死也不肯监管伊菲特。伊菲特已经在铁慕尔家帮佣七年了,却连一把扫帚、一根鸡毛掸子都没拿过。她睡遍了每一个园丁、每一个男仆,以及凑巧经过后门的所有推销员,弄得整个屋子乌烟瘴气,弥漫着堕落败德的气味,让马西堤的老婆每天都扬言要辞职。

不过,老实说,马西堤的老婆反对的可不只有伊菲特的水性杨花。虽然她大半辈子都在铁慕尔和芙洛莲·克劳德家里帮佣,但是她打心眼里不信任所有来自外国的人和事物,不信任吸血的犹太人、喝威士忌的亚美尼亚人、黑皮肤的阿拉伯人和光脚丫的吉卜赛人,而在所有人之中,她最不信任的是那个最残忍恶劣的人种——那头为全世界带来痛苦的蓝眼动物,那头所有毛拉都说的制造贫穷又缺乏信念的野兽,那条睡在每个国王床上,盘踞在每个犹太人枕下的毒蛇——英国人。

马西堤的老婆不认识半个活生生的英国人,也无法想象毛拉说会伪装成人形来愚弄虔诚穆斯林的是什么模样的东西。当然啦,有好多次,英国人到铁慕尔家里来做客,参加宴会或谈生意,但是每回碰到这样的情形，马西堤的老婆就遵奉毛拉的教诲，躲进自己房里去。毛拉说，任何虔诚的穆斯林只要看一眼英国人，就会马上瞎掉。任何没马上瞎了眼的人，必定不是真正的穆斯林。

不过，她既没见过英国人，又不肯看他们的照片，所以马西堤的老婆除了自己的族人之外，根本就分辨不出其他种族以及信奉其他宗教的人，也因此一辈子都惶惶不安。本来老板异教徒铁慕尔有一半的犹太血统，人生的前二十年都住在西方，他的妻子芙洛莲·克劳德据说在德国出生长大，这对马西堤的老婆来说已经是倒霉到家了。每个恪尽职守的毛拉都对她说，穆斯林替犹太人工作，在他们的屋顶下行走，吃他们的食物是一种罪孽。有好几年的时间，马西堤的老婆坚持只吃硬邦邦的水煮蛋，喝加糖的玫瑰水，因为她相信蛋壳可以提供保护，免得食物因异教徒的碰触而遭污染。她每天沐浴祷拜五次，用铁慕尔和芙洛莲·克劳德替她出的钱，一年去圣城马什哈德[1]朝拜两次，她会跪在伊玛目侯赛因陵园的大门前面，为自己拿犹太人钱的罪孽祈求宽恕。

她从不费事掩藏或粉饰她对犹太人与外国人的仇视，连对自己的雇主也不例外。这在世界上其他任何地方或许都会显得非常怪异，但是在这个因为历史造化而迫使不同民族齐聚一堂的国度，人民说着几十种不同的语言，每个省份都相信自己是个独立国家，与敌人共存已经久得变成习惯，再也没有人会浪费时间去深究了。对马西堤的老婆来说，最难应付的是每回有陌生人——逊尼派穆斯林啦，铁慕尔或芙洛莲·克劳德的朋友啦，索拉博的朋友啦——进到屋里来的时候，她会觉得早已沉寂的怒火又烧了起来，但是她

---

[1]. 伊朗什叶派穆斯林的圣地之一。

既然没能力对抗异教徒,就只好把气撒在马西堤身上。

罗珊娜下了车,在马西堤的老婆面前低头表示敬意,然后轻声问好。老妇人后退一步,双手仍然捂着眼睛,听任索拉博带着罗珊娜踏进屋里。

一条铺着黑色大理石的长廊通向有三座水晶吊灯与厚重木家具的宏伟客厅。客厅尽头有扇法式大门,开向一条檐廊,大门的锻铁栏杆上攀满了紫丁香。

罗珊娜缓缓走进去,一路上什么东西也不看,似乎对周遭穷侈极奢的华丽陈设一点也不在意,不吃惊,甚至也不意外。她以前就见过这种房子——她曾经站在像这样的檐廊上,闻着紫丁花香——或者应该说是很像这样的房子。她在雅丽珊卓的回忆里见过,那是雅丽珊卓与丈夫翩翩起舞的宫殿,是雅丽珊卓年纪尚轻还没被魅影情人藏到犹太区之前,闲坐用餐的庭院。

马西堤的老婆一副世界末日就要来临的模样。

"真主杀了我吧,因为我罪孽深重啊。"她一而再再而三地对丈夫说。每回只要她的脸颊像这样红了起来,马西堤就知道自己又要一夜不得安宁了。"这丫头不是个犹太人就是个英国人,搞不好还是英国犹太人咧,我连她是怎么上了你的车的都不想知道。"

她一转身,头也不回地走向坐落在主屋后面的仆人院落。她看到荡妇伊菲特把新鲜的面团塞进胸罩里,舔舔嘴唇,添点润泽,然后穿上制服,准备在索拉博面前现身。

"快点滚,去招呼索拉博汗[1]。"马西堤的老婆下达指令,她很

---

[1] 汗(Khan),中亚地区对酋长、显贵或官吏等的尊称。

讨厌这个劈开大腿讨生活的女人,"他一定想要吃晚饭了。他还带了一个英国人回来过夜。好好盯着,别让她偷了什么东西。"

伊菲特笑得花枝乱颤地往外走,马西堤的老婆忙着转开头,免得看见她嘴里的每一颗牙齿。

伊菲特是铁慕尔唯一亲自雇用的女仆,也是他唯一不准芙洛莲·克劳德解雇的女仆。他甚至还让她去上学,但是她在学校里只学会了怎么用她的裙摆钓男人,接着是化妆、喷香水和垫高胸部,再来是吃避孕药和做堕胎手术,弄到后来伊菲特搞坏了身体,医生告诉她,以后就算她想怀孕也不可能了。

她一点羞耻心都没有,有一回穿着学校制服,光着脚丫出门去买面包,结果一个月后才回来,她说她和驻扎德黑兰的一个美国大兵结婚又离婚了。那天美国大兵挡住她的去路,盯着她的光腿看,然后她就跟他走了,虽然两人根本言语不通,但是他们光做爱不说话,直到再也撑不下去才分开。于是伊菲特又回到街上,虽然失踪了一个月,却还是光着脚丫。她带着一束红玫瑰和一抹歉疚的微笑,回到芙洛莲·克劳德的门口。

有好几年的时间,她也一直想追求索拉博,成天穿着短裙,打着赤脚,趾甲涂得红艳艳的,在他面前晃来晃去。当芙洛莲·克劳德或马西堤的老婆不在家的时候,她甚至连胸罩都不穿。她会在半夜过后,随便找个借口到他房里去,坐在他床边,谈起她的情人以及她为他们做的事,说她有多喜欢在做爱之前把乳头浸到蜂蜜里,她有多喜欢在罩袍底下什么也不穿地和情人上街去,这样她表面上看起来虽然包得严严实实,但是她和情人都知道在罩袍里的她是赤裸裸的。她费尽心机,却还是一无所获,顶多只换来索拉博包容的微笑。他礼貌地听她说完,然后送她到门口,让她不得不违背真心期待地相信,这个男生在此时此刻是不会冲动行事的。

直到今天,伊菲特还是把头发打理得油光锃亮,她的笑声还是如同十数个银铃清鸣合响,她依旧和不同的男人上床,仿佛永远青春不老。

马西堤在玄关苦苦哀求索拉博。

"少爷,"他很谨慎地压低声音说,"你连那女孩的名字都不知道。我们可能一觉醒来就发现她放火把房子给烧了。"

但是索拉博没看马西堤一眼。一瞧见伊菲特,他松了口气,好像找着了天生的盟友,要她带罗珊娜到房间去。

"少爷!"马西堤又恳求道,他对老婆怒火的恐惧远远超过对罗珊娜会做什么坏事的忧虑,"我绝对不赞成!"

罗珊娜听见他的话,走进玄关。

"我只待一个晚上。"她说,声音如此温婉,让马西堤羞愧得手心冒汗,"你要我睡在哪里都行。我保证,我不会拿任何东西。"

她随着伊菲特进了一楼的客房。这间房比楼上的房间小一点,但是离索拉博的房间有段安全距离,伊菲特想,而且离仆人院落也够近,足以让马西堤的老婆觉得满意。罗珊娜很快道了晚安,关上房门。她和衣躺在床上,侧耳倾听着。

过了好几个小时。罗珊娜还清醒地躺着,重温这天发生的种种,很想知道爸妈和蜜黎安一旦发现她离开犹太区之后,会有什么感觉,会怎么想。她栖身的这幢房子里,有一些东西——某种既陌生却熟悉的东西——让她很不安。等她觉得所有人都入睡之后,就下了床,走出房门。

她穿过走廊，走上楼梯，进到一间间摆设着漆彩木柜的奢华空卧室，嵌着镜子、镶金镀铬的水龙头能淌出钻石色清流的卫生间，穿过玻璃门，停在能俯瞰庭院的圆形阳台上。她看见索拉博睡在房门半开的卧房里，接着她探头看了看芙洛莲·克劳德的卧房，然后是铁慕尔的卧房。罗珊娜觉得自己像是隐形了，轻盈得没人能听见她的脚步声，自由得可以敞开双臂，随心所欲地从任何阳台迎风飞起。

楼下，厨房有四面大大的白墙和一大堆橱柜，紧邻的一个小房间里，摆有一张可坐八人的长方桌。两个房间之间另有个小隔间——非常窄小，灯光微弱，里头只有一张矮凳、一个火盆，以及一支水烟管。

有个男人坐在矮凳上。他穿着深棕色的西装，戴着一顶棕色扁帽，套着一双棕色的皮鞋。白衬衫的领子浆得挺直，但没打领带。他的眼睛全是眼白，没有瞳孔，但是罗珊娜还是觉得他看得见她。

沉浸在既陌生又熟悉的静默气息里，闻着鸦片的香味，感受着这老人盲眼的凝视，天使罗珊娜顿时醒悟，她已经踏进了异世界之屋。她不慎走进这里，再也找不到路出去了。

芙洛莲·克劳德后来会诅咒这一天,说这是她这辈子最倒霉透顶的一天——星期六早上,她和铁慕尔从戈尔甘回来,发现有个离家出走的犹太区女孩鸠占鹊巢,索拉博被那女孩迷昏了头,眼底和微笑里尽是女孩的影子。伊菲特对罗珊娜很不放心,跟在她背后,保持十英尺的距离,发誓说这女孩是个灵魔——栖身在波斯夜色里的精灵,可以幻化为人形。罗珊娜才在这房子里待了三天——她已经在星期四亲自证实茉希狄的确和新婚夫婿到欧洲去了,于是她只好又回来找索拉博,因为她无处可去,也不打算再回犹太区。

芙洛莲·克劳德恶狠狠地瞥了罗珊娜一眼,知道非赶走这女孩不可。

"真是够了。"她对马西堤说,不愿和罗珊娜说半句话。这时是清晨七点钟,罗珊娜站在主屋大门外的台阶上。"给她五十里亚尔,让她到市区去搭巴士。我们家又不是旅店。"

她随手把外套放在楼下的栏杆上,踩着细跟凉鞋上楼回卧房。鞋跟很高,让她每踩一步都像要跌倒似的。虽然背对着门,但是她可以感觉到罗珊娜一动也不动地站在屋外,她知道罗珊娜是个下贱的东西，也可以嗅到自己的不屑一顾让罗珊娜困窘不安。她进了卧房，关起门，但没料到索拉博竟然跟在她身后。

"让她留下来。"他请求道。

芙洛莲·克劳德摇摇头。

"只要几天就好。"他坚持道，"等到阿敏和他的新妻子回来。罗珊娜是来找茉希狄的。她说她们以前在犹太区的时候住在一起。"

芙洛莲·克劳德听了更气：这女孩曾经和毁了阿敏家庭与声誉的女人住在一起，简直是罪加一等。而且让芙洛莲·克劳德更恼的是，索拉博竟然直呼那女孩的名字。

"这下子我们更有理由尽快赶她走了。"她说。

这天早上他们摸黑在凌晨三点离开戈尔甘，这样铁慕尔可以赶回来上班，为此芙洛莲·克劳德两点就起床准备。这会儿她又累又困，偏偏从来不违抗父母决定的索拉博又对罗珊娜有这种反应，更让她气恼。芙洛莲·克劳德很想舒舒服服地瘫在椅子上，脱下夹得脚出现深深红印的高跟鞋，把脚抬到脚凳上，喘口气舒缓一下。她很想拔下头发上的夹子，解开加在发髻里增添发量的那把染成金色的马毛，洗掉涂在睫毛上沉甸甸的、让她的眼睛在这天清晨泪水汪汪的睫毛膏。

但是，除非索拉博离开她的房间，否则她无法放松。在二十六年的婚姻生活中，她从来不准除了伺候她入浴的马西堤老婆以外的任何人——包括她的丈夫、儿子，家里的其他仆人——看见她没化妆、没穿高跟鞋的模样。她衷心相信，婚姻美满的秘诀在于妻子只能以最好的一面出现在家人面前，尽管如此一来必须额外耗费许多心力，尽管她儿子已经二十一岁，而且还在她的卧房里惹得她烦躁不安,也绝对不能稍加松懈。

就在这一瞬间,索拉博突然拉高嗓音。

"你不能赶她走!"这是他长大以来头一次对妈妈大呼小叫,"我不准!"

她站了起来,深吸一口气。

"这很不得体。"她解释说,"她这么年轻,还没结婚,和我们又非亲非故。她爸妈迟早会来找她,不管她为什么要离家出走,他们都会怪到我们头上。再不然,她也会有更多的期待——特别是对你的期待——到时候就更难让她离开了。"

他对她的推论没有兴趣。

"请您三思。"他说,"我是不会让她离开的。"

接下来的许多年里,芙洛莲·克劳德不止一千次地回想起这天的情景。当然啦,事后看来,她当时连一分钟都不该让罗珊娜多待的。她应该报警或叫国民警卫队来;应该派马西堤去买老鼠药掺在罗珊娜的食物里;应该告诉马西堤的老婆说,这女孩是如假包换的英国人,理当被绑上刑架活活烧死。如果知道后来会发生什么事,芙洛莲·克劳德一定会在院子里堆起柴薪,亲手在罗珊娜脚下点起火。可是,此时此刻,索拉博赖在她房里,打从出生以来第一次反抗她,要她准那女孩留下来,芙洛莲·克劳德向来拿儿子没办法,又因为脚踝酸痛难耐,所以一时心软,告诉自己说事情或许没那么糟,毕竟索拉博是个需要有女人为伴的男人,他们可以多留罗珊娜几天,等那搞得儿子晕头转向的需求得到满足,或等到迄今还没表态的铁慕尔替芙洛莲·克劳德挺身而出。

此后,每过一天,芙洛莲·克劳德对自己的决定就更懊悔一分。

　　罗珊娜并非索拉博前所未见的惊世美人,她行事并不张扬,也从不向任何人索要任何东西。但是她身上有种奇特且令人不安的气息——她那种和芙洛莲·克劳德与索拉博认识的其他犹太人看起来迥然不同的模样,还有她那仿佛不受重力牵绊般轻盈的一举一动。她会以近乎空洞的眼神环顾周遭事物,好几个小时不说一句话或弄出半点声响,到芙洛莲·克劳德几乎都已忘记她的存在时,突然迸出犹如三岁稚童的笑声——这动人的喜悦音籁宛如盛开的粉色樱花,从她身上片片飞舞而出——屋里的人不管正在做什么,都会停下来,抬起头,仿佛看见她笑声里的缤纷色彩。她就在那里,娇小年轻而且出奇自信,光着脚站在仆人院落里,帮着伊菲特拧干刚洗好的床单,薰衣草漂白水溅上她粉白的臂弯,滑落到她细瘦如孩童的双腿上。再不然她就在厨房里,小心避开芙洛莲·克劳德,找"果冻"雅各布说话。大家都知道雅各布已经看不见也听不见任何真实的东西了,但是只要和罗珊娜在一起,他就会想办法正正经经地聊天,甚至还能在正确的时机笑起来。

　　让芙洛莲·克劳德最火大的就是罗珊娜竟然能与耽溺幻想的雅各布正常交流。没错,雅各布大半的时间都活在幻觉里,但是他的痴呆并非一无是处。大家遗忘了他的存在,反而让他可以尽情观察周遭的一切——仆人,客人,甚至铁慕尔——然后,偶尔在很罕有的清醒时刻,把芙洛莲·克劳德从来没发现的事一五一十报告给她听。

　　芙洛莲·克劳德忍了罗珊娜一个星期,才去找铁慕尔。有天早上,她穿上红色的羊毛套装、镶莱茵石的高跟凉鞋,在马西堤的老婆还来不及准备早餐之前就到厨房去。罗珊娜坐在餐桌旁,和伊菲特一起喝茶。她已经换掉学校制服,穿上马西堤的老婆给她的穿变形的旧衣服。芙洛莲·克劳德一走进来,罗珊娜就和伊菲特一起站起来,垂眼盯着地面。

"早安。"芙洛莲·克劳德微微一笑,没特别朝向哪一个人。在小隔间里,"果冻"雅各布在鸦片烟里沉沉入睡,只偶尔动一下,拍打他脸上和头上巨大的苍蝇。芙洛莲·克劳德走近铜茶壶,倒了一杯热茶和一杯热水,在银托盘上铺了一条浆烫平整的亚麻刺绣餐巾,然后摆上那两杯水,以及一碟椰枣和一朵粉红色的玫瑰。她在水槽上方的镜子里照了照,仔细端详自己的妆容、头发和唇线,然后端起托盘,走向铁慕尔的卧房。

"早安,早安。"她歌唱似的声音顺着楼梯往下传,让马西堤的老婆很不以为然地皱起眉头。在卧房里,铁慕尔坐在书桌旁,看昨天的晚报。她走进来的时候,他抬起眼,露出微笑,然后一言不发地低头看他的报纸。

她把托盘摆在书桌上,把热茶放到铁慕尔面前,然后端着她的热水在他对面坐下来。每回有重要的事情要讨论,她总是来上这么一套。只是,这一次,铁慕尔似乎没心情讲话。

芙洛莲·克劳德清清喉咙。结婚将近三十年了,但只要一靠近铁慕尔,她依然觉得心脏在狂跳。

"索拉博带回家的那个女孩,"她开口说,"已经十一天了……我们对她一无所知,只听说她母亲把她送给了那个俄国女人。我想我们应该打发她走。"

铁慕尔碰也没碰他的茶。她再次清清喉咙。

"看起来索拉博想让她留下。"她之所以这么说,与其说是要铁慕尔了解事态的严重,倒不如说是要掩饰自己的惊慌失措,"但是我不知道她要用什么身份留在我们家,而且我也很担心未来的问题。"

她顿了一下,啜口热水,望着铁慕尔。他的眼睛盯着报纸,但是一动也不动,什么东西也没读进去,只是为了避开她的眼神。

"不管怎么样,我想,今天等你和索拉博去上班之后,我就要打发她走。或许等你们一起出门之后,你再对他提起,说这是你和我共同的决定,这样他就不会找我吵了。"

在这一瞬间,她突然觉得自己根本不该来,根本不该对铁慕尔提起这件事。她猛然起身,搓着双手。

"就这样吧。"她说,想赶在铁慕尔有机会开口之前就离开,可是来不及了。

他盯着她看。她觉得他看起来比她熟悉的他来得更黑,更哀伤,更孤独。

"让她留下来吧。"他说。芙洛莲·克劳德听见自己的人生纷纷碎落。

异教徒铁慕尔是穆罕默德·阿里国王[1]的外甥，吉尔苏丹亲王的外孙，也是号称"王中之王""上主之影""宇宙之光"的卡扎尔王朝[2]纳赛尔丁国王陛下的曾外孙。铁慕尔的父亲，凡夫所罗门原本是个犹太歌手，生就一副令人难以抗拒的好样貌，拥有倾倒众生的迷人魅力，所以在当时的王公贵族圈里大受欢迎。他母亲卡扎尔王朝的塔拉是位穆斯林公主，与犹太人坠入情网，不顾她父亲的反对结了婚。她带所罗门到德黑兰的玫瑰宫居住，那里墙上尽是钻石，水塘是用青玉铺成的，玫瑰园中花朵终年绽放。他们度过了二十年幸福美满的生活，做爱，生小孩，在舒适安全的环境里养大小孩，浑然不知宫墙外战火四起，革命已然迫近。

异教徒铁慕尔是父母最小的孩子。他于1907年出生，那之后"立宪革命"推翻了穆罕默德·阿里的统治，王室被放逐。铁慕尔的母亲抛下不肯离开伊朗的丈夫，拖着孩子，跟随被罢黜的国王流

---

1. 穆罕默德·阿里（Muhammad Ali Shah, 1872 — 1925），伊朗卡扎尔王朝1907年至1909年的国王，因解散议会，废止《宪法》而被罢黜，由儿子继位，流亡俄国，策谋复辟失败，再次流亡。最后身故于意大利。
2. 从1779年到1921年为止，统治伊朗的王朝。

亡到了俄国。他们一直住在俄国，直到发生十月革命，然后转往欧洲，最后去了土耳其。他们每隔几个月就搬一次家，靠着被废黜的伯父给他们的那份日益缩水的津贴过活。塔拉把孩子们托付给家庭教师米尔札照管，他逼他们背一大堆数据和数字，害他们脑袋全变得不灵光。年纪比较大的几个儿子长大后成为戴眼镜的绅士，受过高等教育，风度翩翩，在法国和英国过着落难贵族的苦日子，大半辈子都在计算他们因为"立宪革命"和礼萨·汗政变而损失的财产。年纪比较小的儿子，铁慕尔和他哥哥莫拉德，对母亲失去的财富完全没印象，因此并没和她一起怀忧丧志，他们一心想要的只是能在一个地方待久一点，待到能产生归属感。

1927年，卡扎尔王朝的塔拉对孩子们宣布，他们又要搬家了——从他们在巴黎的房子搬到一个远亲圣克劳德叔叔家。那是他们十年来第十一次搬家。

那年异教徒铁慕尔二十岁，他想离开母亲家已经很久了。他想和缠着母亲的那股无用的怒火一刀两断。他知道她绝对不会放他走，绝对不会原谅他的不孝。可是，在权衡轻重之后，他还是去见了母亲。

"我不和您去圣克劳德家。"他在母亲的会客厅里对她说。

塔拉当时站在她祖父纳赛尔丁国王巨大的画像底下。很多自以为了不起的欧洲人都认为她是个冒牌货——号称具有王室血统，但在他们看来，她分明只是个吹嘘自己身世的落魄移民。她得靠这张肖像向他们证明，她是货真价实的公主。她曾经美貌绝伦，现在却看起来比实际年龄老得多，泛黄的皮肤铭刻着流亡岁月的艰苦辛酸，红唇也因为香烟而暗淡泛黑。她烟抽得越来越凶，这让她变得越来越瘦，越来越狂躁，周身永远萦绕着法国香烟的味道。

"你没法选。"她对儿子说,"我们没有别的地方可去。"

铁慕尔告诉她说,他要回伊朗去。

"绝对不行!"她掴了他一巴掌。血从他的鼻子里冒出来。塔拉看不起那个反抗她家族统治的国家,以及那些推翻她伯父王权的人民。而最重要的是,她恨礼萨·汗,那个声称卡扎尔王朝不仁不义,痛斥他们窃取国家财富,却只是为了接收他们的王位,开始自己动手偷窃的人。

"你是卡扎尔家族的人。你还没抵达首都,礼萨·汗就会找个理由把你给杀掉。"

这倒是事实,在伊朗近代史上,每个刚取得政权的君王都习惯于铲除任何接近他的前朝遗族。不过,铁慕尔毕竟也是犹太人的后裔,他父亲默默无闻地死在了德黑兰。

他对塔拉说,他会改用父亲的姓,告诉大家说自己是个犹太人,摆脱母亲家族的苦难与渴望,开创自己的人生。

"这是叛教啊。"塔拉怒不可遏,"改变信仰的穆斯林注定会不得好死。"

她拦不住他。

回伊朗途中,异教徒铁慕尔一路不停地梦到母亲的狂怒。他独自起程,耳中回荡着塔拉恶毒咒骂的声音,等他搭火车再换乘船抵达伊朗时,距他关上母亲躲避命运的最后一座欧洲城市的最后一幢房子的最后一扇门,已经过了两个月又十三天了。他对德黑兰市集里那家大客栈的老板自称是犹太人的儿子,在海外由穆斯林母亲抚养长大。他在外交部找到了一份工作,担任法国、德国和英国外交官的翻译。靠着薪水,他在德黑兰的凤凰大道上买了房子，雇了马西堤和他老婆当司机与女仆。然后他遇见芙洛莲·克劳德，或许就像她常自夸的那样——是她给铁慕尔带来了好运。

她是设拉子[1]来的鲁哈拉的女儿。鲁哈拉在德黑兰最小的市集后巷里有间布店。他在礼萨·汗执政初期来到德黑兰，不久之后，就把妻子和小孩从设拉子接来。他们有六个儿子和一个女儿。这个名叫葛娜兹（意即"美丽花儿"）的女儿认为，她人生的使命就是照顾一家子男人。抵达德黑兰后不久，鲁哈拉的妻子吃了一颗酸瓜，隔夜就因为胃痛死了。医生说死因是阑尾破裂。

和那一辈所有的男人与女人一样，设拉子的鲁哈拉宁可相信流传久远的经验法则，也不相信这个刚出娘胎没多久，只因为在什么大学混了五年，就突然以为自己能替上帝发言的毛头小子所做的可笑诊断。他毫不迟疑地对那个人说，他有多痛恨医生的铁石心肠，明知妇人无法替自己辩解，竟然还这样诋毁她——说她身体里有个破掉的东西。鲁哈拉要求道歉，因为这个诊断有损他儿女未来谈婚论嫁的身价，医生马上就竖白旗投降了。事实是这样的，虽然设拉子的鲁哈拉没什么钱，社会地位也不高，却是个很受欢迎的家伙，交游广泛，满德黑兰都是他的相知，他只要在市中心

---

[1] 位于伊朗南部，为伊朗第六大的城市。

的国王咖啡馆吃盘洋葱配香烤小牛肝，喝几杯威士忌，闲聊几句，就足以成就或摧毁一个年轻人的前途。

母亲过世几个月后，葛娜兹离开学校，开始照顾一家子男人。她看着兄弟们一个接一个完成学业，结婚，找个政府小职员的工作，被迫收贿维持家计。她打理家务，替鲁哈拉管账，每天给他零用钱去和朋友玩双陆棋。年复一年，她觉得云英未嫁的自己越来越老，而且——她心知肚明，从来不存妄想——越来越没吸引力。

倒也不是说她的外貌没有可观之处，亮丽的棕发，深邃分明的五官，细得不可思议的纤腰上耸立着丰满的胸部。她有双匀称的长腿，若非顶着四四方方活像个洗手台的肥臀，看起来一定更加纤巧动人。然而，随着岁月增长，生活日益艰难，葛娜兹也知道只有靠着"正确"的婚姻，她才有机会改善自己的人生，拯救兄弟于贫苦。可仿佛觉得这个任务还不够艰巨似的，她竟然还更进一步，爱上了铁慕尔。

话说回来，她对铁慕尔的倾心，与其说是爱情，倒不如说成是一种由衷的爱慕或崇拜还更贴切。她是战前在城里看见他的，那会儿他还在外交部工作。当时拥有汽车的人很少，所以她大老远就能认出铁慕尔的福特。或许是因为他异乎常人的俊俏外貌——黝黑的皮肤，配上一双绿眼睛，让他散发出威慑逼人的野兽气息——也或许是他身上如影随形的传奇，据说他那个演奏塔尔琴的犹太父亲，在某个蚂蚁与蝗虫铺天盖地肆虐庄稼的旱年，以歌声召唤上天降下甘霖；或许是因为每回她看见他坐在马西堤驾驶的车子后座上抽烟读报纸的时候，总是那么悲伤，那么孤独，就连他的手，她想，看起来都好悲伤。成群的乞丐挤在车旁，他一一施舍，甚至还给那些剃了光头、蛀坏牙齿的小男孩钱，却不拿他们推销给他的便宜货。他从不拒绝任何人。如果他笑也不笑，如果他一句话也不说，那完全是因为他太悲伤了，而不是因为他冷酷无情，她想。

因此，就像世上每一个昂然踏进早已四崩五裂的人生却自以为是慈悲天使的蠢女人那般，葛娜兹下定决心要嫁给铁慕尔，要让他幸福快乐。

1933年，她二十八岁——比铁慕尔大两岁——只上过六年学，对何谓优美，何谓精致，一无所知。她知道铁慕尔从来没注意过她，就算她在雨夜光着身子出现在他门口，他也不会注意她。但是葛娜兹是那种必要之时绝不怯于采取激烈手段的人。所以她去找放高利贷的人，拿父亲的店铺做抵押借款，交代兄弟们照顾生意，然后买了两张票——给她自己和鲁哈拉——搭船赴德国。他们不会再回来了，她对她的朋友说，他们也没什么遗憾不舍的。

六个月后，鲁哈拉回到德黑兰，穿着衬有垫肩的羊毛西装、开司米长大衣，戴着一顶让他看起来百分之百像他想扮演的百万富翁基督徒形象的帽子。他手里挽着一个年轻女郎，她有一头浅金色的头发，两道精心修整的眉毛，容貌和葛娜兹出奇相似，但她说自己名叫芙洛莲·克劳德。她只会说一点带德国口音、不甚流利的波斯语，她说她一直住在法兰克福，在那里研习"艺术"。她对扮演这个角色投入之深，时间之久，让她的老朋友们把她归入了疯子之列，懒得戳破她编排的故事。

芙洛莲·克劳德在凤凰大道上租了一座房子，就在铁慕尔家往下走一点的地方。下午，她陪父亲出门散步很久，头顶垂着薄纱的帽子压得低低的，遮住眼睛，上身穿一件系腰带的紧身开司米毛衣，让她的胸部像一对并排摆放的硕大甜筒。她还穿着高得不可思议的高跟鞋，让腿看起来更修长，让屁股看起来没那么笨重。她和父亲引见的每一个男人握手，喝茴香酒，抽香烟，大方地给小费，嚷着要买辆车。过了两个月，她借来的钱眼看就要花光了，那些昂贵的新衣服也因为频繁穿用日渐变旧，于是芙洛莲·克劳德开始对铁慕尔采取行动。

有天下午，她穿上金色的蕾丝洋装，踩着金色的高跟凉鞋，披着米黄色外套，和父亲一起到铁慕尔家去。

"他不在家。"那名女仆当着他们的面想把门关上，还闭起眼睛不看这个她怀疑是英国人的女人，免得被污染。但是芙洛莲·克劳德把门往里一推，走进屋里。

"我们等他。"她说起话来活像习惯使唤许多仆人的大小姐，"给我们倒点茴香酒，再端两杯土耳其咖啡来。"

一个半小时之后，铁慕尔回到家。设拉子的鲁哈拉露出开怀微笑，伸出温暖的手迎接他。

"你的新邻居。"鲁哈拉自我介绍道。

他将手搭在铁慕尔肩头，让他转身面对坐在椅子里，背挺得笔直，脚踝交叠在一起的芙洛莲·克劳德。她身体微微侧向一边，让自己的双峰显得益发雄伟。

"我女儿克劳德。"他说，"从德国来面试有可能的结婚对象。"

铁慕尔对他们的冒昧报以微笑，他太有礼貌，也或许是太孤单，所以没开口要他们离开。他们一起啜饮茴香酒，谈论文明欧洲的种种惊奇异事。芙洛莲·克劳德赞美铁慕尔对颜色的品位，还说到仆人，也就是马西堤的老婆，需要稍加训练。然后，她站起来，对铁慕尔伸出手。

"这次拜访很愉快。"她说，"我保证，我们会再来。"

接下来的两个月里,每个星期有三天下午,原本出身设拉子与德黑兰的犹太人芙洛莲·克劳德,总不请自来地拜访铁慕尔。马西堤的老婆简直被吓死了,一整个晚上连带第二天,都不停地擦洗芙洛莲·克劳德和鲁哈拉踩过的地板,希望能中和掉他们带来的污秽。马西堤的老婆最恼的是芙洛莲·克劳德老是开口要铁慕尔家里没有的稀奇古怪的东西:法国干邑白兰地,德国巧克力,七天大的鸽子蛋——而她矫揉造作的姿态和刺耳的口音对铁慕尔的耐心也是一种挑战,老惹得他常常不愿接待她。然而,她之后还是让父亲两度回去找放高利贷的人,借更多的钱,拿来买自己的衣服和送给铁慕尔的礼物。最后,有天下午,她问他会不会跳华尔兹。

"干什么?"铁慕尔问。

她露出纵容的微笑。

"只是想遵从习俗啊。"她说。

他一头雾水。

"什么习俗?"

"我们的婚礼啊。"她回答说,"我想用华尔兹开舞。"

在那一瞬间——在映照了铁慕尔所有的寂寞与芙洛莲·克劳德所有的渴望的那一瞬间,在他不只明白她所提出的问题,也意会了她所想达成的目的的那一瞬间——看着她因为怕他嘲笑而面无血色的微笑,变得青紫的指尖,他明白了,她爱他,她为了让他爱上她而改造自己,如果他拒绝了她,她就会深叹一口气,在他面前化为尘土。

"很好,小姐。我们就用华尔兹开舞。"

于是,芙洛莲·克劳德就这样嫁给了铁慕尔,和他一起住在凤凰大道上。她就这样用父亲的店铺还掉所有借款，打发兄弟们去做生意。她就这样锦衣玉食地供养父亲，直到有天早上他在国王咖啡馆，手握一杯樱桃甜酒咽了气。索拉博是她唯一的儿子，出生在1936年，长得很漂亮，所以芙洛莲·克劳德常常不愿让他在访客面前现身，怕恶魔之眼会盯上他。此后，她再未怀孕。至于原因嘛，要么就像马西堤老婆一口咬定的，是芙洛莲年纪太大了，要么就像马西堤猜测的那样，是铁慕尔多半时间只待在他自己的那间卧房里。

在第二次世界大战爆发的几年前，礼萨·汗开始建造伊朗的第一批现代化工厂。芙洛莲·克劳德说服铁慕尔辞掉外交部的工作，去当金属中间商，接着铁慕尔自己做起了金属买卖。就在大战前夕，有人指点他去买橡胶。"多买一点，而且长期囤积，不要卖。"

在1941年盟军占领期间，就是橡胶让铁慕尔和芙洛莲·克劳德赚进了不可思议的财富。美国人需要橡胶去制造军用车辆的轮胎。他们付出巨额高价，付得爽快，什么问题都不问。铁慕尔拿赚来的钱去投资，从金属到水泥再到基础的粮食物资。之后他买下信仰大道的这块地皮，盖了这幢令全城嫉羡的豪宅。

搬进新家的那天，芙洛莲·克劳德以为她再也不会有哀伤遗憾了。这些年来，她过着无忧无虑的幸福生活，照顾丈夫与儿子，享受她的庞大财富和崇高的社会地位，让大小灾祸都近不了身，她甚至从没失望地皱一下眉头或叹口气。等索拉博渐渐长大，她把时间全花来选择聚会与社交活动，雇用阵容日益庞大的仆佣队伍，到欧洲和美国旅行。到后来，她甚至还让弟弟雅各布先生搬进家里来和她与铁慕尔同住。

雅各布运气很背，竟然爱上了鸦片，喜欢鸦片远胜于其他的一切。在好几年的时间里，他光抽鸦片，其余什么事都不做，靠铁慕尔帮他付房租和孩子的教育费。有一天，他老婆不想再照顾这个废物丈夫，就把他送去给芙洛莲·克劳德。铁慕尔没反对，因为他是个慷慨为怀的人，从来不为家里的日常杂务费心，但是芙洛莲·克劳德很怕在她社交圈的朋友面前丢脸，所以就把雅各布藏在房门紧闭的客房里。她对仆人说他有神经方面的疾病。对其他人，她则压根儿否定他的存在。她就这样一直装作若无其事的样子，直到有一天，铁慕尔说雅各布总有一天会叼着鸦片烟管死去，而且会死得孤零零的，因为芙洛莲·克劳德不让别人靠近他。

此后，她就把雅各布移到厨房和仆人餐厅之间的小隔间里去了。马西堤的老婆叫他"果冻"，因为他老是颤抖个不停，其他仆人则避开他，因为他们相信他身上有恶灵。因此，几年之后，铁慕尔的哥哥不声不响地出现在他们家门口的时候，芙洛莲·克劳德也就没有任何立场可以抱怨亲戚侵扰他们的隐私了。

传信人莫拉德已经十五年没见到铁慕尔了。

"妈妈临死之前还在诅咒你。"他对铁慕尔说，"她说她这辈子都没法原谅你离开这事，她到死都不原谅你。她会一辈子盯着你，不让你安宁，任何对你重要的东西，她都要夺走。"

芙洛莲·克劳德第一眼看见莫拉德就不喜欢他。她讨厌他带来的消息。而更重要的是，她讨厌铁慕尔把哥哥拉近跟前，拍着他的背，脸上露出的那抹微笑，她这辈子都没见过他对其他人这么笑。她听铁慕尔说过，莫拉德是个花花公子，同时和许多女人交往，一辈子没做过半天工作。他理所当然地接受了铁慕尔的邀请，在德黑兰落脚，和他们一起住了一段日子。

她忍耐了莫拉德将近一年的时间，铁慕尔才替他买了栋房子，并给了他一份工作，只是他一点也不想做，只靠着铁慕尔的慷慨解囊和众多女友的馈赠过活。芙洛莲·克劳德甚至帮他找了个妻子，一个出身偏远省份、不识世事的农家女子。这妻子给他生了三对双胞胎儿子，当然也还是靠铁慕尔抚养。不过，芙洛莲·克劳德很高兴莫拉德不再在她面前碍眼了，因为别的不提，光是每回看到铁慕尔和哥哥说话时把他当成世界上唯一可信赖的人那副模样，她就妒火中烧。

她告诉自己——在注意到铁慕尔深爱莫拉德，而且也明白铁慕尔从未对她有相同感觉的时候——男人要得到幸福，并不一定非爱老婆不可，美满婚姻的秘诀在于相互包容，而非热情，在于彼此尊重，而非亲昵。她知道铁慕尔从来没后悔娶她。她也知道儿子索拉博会娶她替他挑的妻子——一个完美无瑕、优雅高贵、家世良好、美貌绝伦的女孩，比索拉娅王后[1]和她所有的珠宝更加灿烂夺目；一个绝对无法与她竞逐索拉博的爱的女孩；一个他不会像爱自己，或者像爱他母亲那般深爱的女孩。

结果呢，出现的却是罗珊娜。

---

1. 索拉娅王后（Queen Soraya），伊朗末代国王巴列维的第二任妻子。

天使罗珊娜相信，万事万物在被命名之前，都是不真实的；而人呢，除非在可以听见他们故事的见证人面前被高声提及，否则也是不存在的。至于其他的一切，她认为，包括痛苦在内，都只是虚妄的想象。

　　于是，她从那年开始守着秘密——她对那幢大宅诡异的影响力，还有无论身在何处都环绕着她的光芒，就是那道光芒魅惑着索拉博，让他无法把视线从她身上移开；就是那道光芒惊扰着铁慕尔，让他不敢看她一眼。她守着所有的秘密，就算秘密开始发芽滋长，就算秘密开始行走呼吸，用它熟悉的语言对她说话，就算秘密像她自己的影子那样盯着她不放，她还是紧紧守着秘密。她知道，就是这个秘密，让索拉博对芙洛莲·克劳德的警告充耳不闻；就是这个秘密，让铁慕尔保持缄默，硬起心肠，拒芙洛莲·克劳德于千里之外；而最重要的是，这个秘密让罗珊娜没被赶出异教徒铁慕尔的家。

　　她第一眼见到铁慕尔就注意到，他不肯看她，他刻意不看她。他和芙洛莲·克劳德从戈尔甘回来的那个早上，罗珊娜看见他下了车，谢过马西堤，然后拾阶而上，和索拉博握手。铁慕尔是头雄狮，她想——年事已高，饱经风霜，但依旧威仪堂堂。她知道他分明看见她了。尽管她一直站在他面前，但是他却转开目光，不肯看她。

那天，在走廊和院子里，他有好几次碰巧从她身边走过。他听见仆人对她议论纷纷，把她当成刚从西洋来的新奇玩意；他也看见每回有人提到她的时候，芙洛莲·克劳德就气得满脸通红。他看见索拉博在"果冻"雅各布的鸦片烟雾里盯着她，但是自始至终，铁慕尔还是不肯看她一眼。

他这样视若无睹让罗珊娜很不自在。没有人，就连对她那么不屑一顾的外婆碧碧，也不会看都不看她一眼。她很想去找铁慕尔，站在他面前，倾身靠近他，直到看见自己的身影出现在他的眼睛里。她想唤他的名字，问他索拉博说他祖母曾经将烧热的铁块烙在仆人腿上，还说她曾经把敌人活生生丢到热油锅里，是不是真的。

"这么说来，他也没有同情心。"她这么对索拉博说。这让她很害怕，但同时又很迷惑。

夜里，罗珊娜走过整幢大宅，停在铁慕尔卧房外面。她听见静默——就像许久以前，亚述情人还造访时她在雅丽珊卓家里听见的那种静默。她知道铁慕尔醒着，戒备着，他的感知能力扩大了，在漆黑之中，他的眼睛锁住她，如同猛兽锁定猎物。她惊恐万分地冲回自己房间，闭上眼睛，想把他的影像从心底赶走。可是她知道，铁慕尔比任何人更能看透她。他看见她赤脚在闪亮亮的黑色大理石地板上踩出的光晕，他感觉到她站在他房门外恐惧发冷的肌肤，他看见她逃走时在灰泥墙面上映出的身影。她知道他听得见她的身体在被单底下窃窃低语，感觉得到她的眼睛因血液直冲脑门而在燃烧沸腾。

于是她开始了解到再过许多年才会有人稍起疑心的事：铁慕尔之所以不看她，是因为她早就已经在他眼里了，早在他还未见到她，早在她还未离开犹太区之前；铁慕尔不必靠近她，因为他知道她身上有他曾经航行过的海洋的气息；他不必碰触她，因为他知道她没有重量——宛如睡梦，宛如欲望。于是她明白，他已经看见她的翅膀——那透明的羽毛，只有在夜里，衬着她一心渴望的蓝宝石夜空，才会现出颜色。也就因为这样，罗珊娜才会留在信仰大道的这幢大宅中——因为从见到她的第一天起，到多年之后，异教徒铁慕尔都不看她一眼。

她站在仆人院落里,面前是一桶园丁刚采下来准备酿酒的红葡萄。她光着脚,白色的衣裙溅上了点点紫红,手肘以下全浸在正帮伊菲特一起榨压的葡萄里。索拉博走近时,她微微一笑,就又低头看着桶。伊菲特看得出来,索拉博想和罗珊娜独处,所以她偏要留下,连珠炮似的说个没完,明明白白表示她不愿让位。最后,索拉博只得开口请伊菲特离开。

"我爸爸允许我来问你。"伊菲特离开后,他对罗珊娜说。他紧张得双手发抖,微笑里隐隐有一丝祈求的意味。

"我在想,你是不是愿意当我的妻子——也就是,嫁给我——和我们一起住在这里。"

罗珊娜吓了一大跳,连忙把手从那桶压得半碎的葡萄里抽出来,在衣服前襟上抹了抹。白色的布料上留下一条条紫红的印子。

"我对爸爸说,我不是个聪明人,"他说,"可是我真的很喜欢你。我要你知道,你有自由决定的权利,可是我希望你答应,也希望有一天,你会爱我。"

她凝望着他。夏日午后的热气从红砖地面蒸腾而上,停驻在索拉博的额头,滴落在罗珊娜湿漉漉的双手上。

她想起铁慕尔，想起他那天早上从她身边走过的情形，他的步伐比平常快，仿佛急着要脱离她的掌控似的。走到门边的时候，他停了下来，将手贴在刻花玻璃镶板上，在那一刹那，她还以为他要开口对她说些什么。

他现在也在望着她吗？他知道她要对索拉博说什么吗？他想要她嫁给他儿子，住在他家，睡在索拉博床上吗？

她对索拉博说，任凭他做主——不管他们要不要结婚——因为她只是个犹太区离家出走的女孩，无处可去，也别无选择。接着，她对他说，她认为他应该知道——她是个命带厄运的孩子，她家每一代女人都会做出有辱门风的事，她命中注定要离家出走，若非背弃父母就是抛弃丈夫，说不定还两者兼有；也就因为这样，她母亲曾经想杀掉她；也就因为这样，她父亲才会把她送给一个和鬼魂生活在一起的女人。

索拉博哈哈大笑，告诉她说，什么命中注定都是骗人的。

罗珊娜起初吓了一跳——他竟敢这么大言不惭，蔑视宇宙运行的法则。但她看见索拉博的眼睛，那双盈满对她爱慕之情的黄眼睛，于是生平第一次，她想她或许找到一条逃离宿命的生路了。她想起她和茉希狄聊过的事——她说过的未来会爱上她的男人，以及她会生的小孩。这时，她看见那个孩子了，一个生来富裕，不识贫苦，拥有爱，没有恐惧，生性乐观，不受命运捉弄的女孩。在这幢远离犹太区的大宅里，在不受上帝与大自然威力震慑的人们之中，天使罗珊娜想，她可以生个女儿，她或许可以避开母亲的伤悲，给女儿崭新的命运。

索拉博和父亲先敲定了日期，然后才通知芙洛莲·克劳德。不过呢,在那之前,就连女仆都全知道了。

有好几天,伊菲特整天垮着一张脸,说她是因为在索拉博面前表现得"太淑女",才错失了拥抱幸福人生的机会,还说她下回如果碰见一个够格的男人,绝对不问他同不同意,就直接把他带上床。她也谈起要为"大事"做件新衣服。她没提到大事是什么,但是每回芙洛莲·克劳德碰见她们在说话的时候,马西堤的老婆总是恶狠狠地咒骂一声,咬紧嘴唇,所以芙洛莲·克劳德知道她们一定有什么严重的事瞒着她。

她走进厨房,叫醒雅各布。"她们在聊什么事?"她问他。

"民族起义啊。"他的脑袋敏锐清晰,"美国中央情报局付钱要人民支持国王。他们的坦克车开上街道,谁挡了路就开枪。"

"还有呢?"芙洛莲·克劳德努力耐住性子追问。可是她的心脏快跳出喉咙来了。

"上回暴动的时候,你老公的伯公派出刽子手,用他的匕首弄瞎了一整座城里所有人的眼睛,所以留在家里吧。世事难料啊。"

芙洛莲·克劳德勃然大怒。

"伊菲特说的那件'大事'是什么?"

雅各布对她皱起眉头,好像她是个笨蛋。

"当然是你儿子的婚礼啊。伊菲特要给自己做件新衣服。"

芙洛莲·克劳德当然想阻止这桩婚事。她浴血奋战，费尽心思，筹谋对策，诅咒怒骂，威胁要自杀，还在索拉博请她同意婚事那天演出心脏病发的戏码。她跳到铁慕尔那辆黑色福特车前面，说她宁可一头撞死，也不要承受一辈子的漫长煎熬，她甚至把所谓的母性天职发挥到极限，企图毒死罗珊娜：她拿下自己项链上的珍珠，放到做番红花粉的小臼里磨成粉，然后要马西堤的老婆每天在罗珊娜的食物里掺一点。这应该很管用的，因为珍珠粉会在消化系统里产生有害的沉淀物，让人逐渐吃不下东西，最后活活饿死。芙洛莲·克劳德认识的其他女人用这个方法无往不利。但是罗珊娜吃掉了一整条珍珠项链，却一点消化问题都没有，甚至胃口还好得很呢。绝望之余，芙洛莲·克劳德遍访城里最顶尖的巫医和算命师，找德黑兰的戒严司令和首席拉比诉苦，还向穆斯林的阿卜杜勒·阿齐姆沙阿圣陵[1]捐钱，祈求圣灵为她伸张正义。

然而，最后，让芙洛莲·克劳德缴械投降的并不是索拉博。当然更不会是罗珊娜：芙洛莲·克劳德什么大风大浪没见过，岂会栽

---

1. 为纪念公元9世纪殉教的圣徒阿卜杜勒·阿齐姆沙阿而建，为什叶派圣地。

在这个从犹太区离家出走,没有钱,也没有亲戚可以替她撑腰的十八岁女孩身上。到头来——这是最难接受的事实——是铁慕尔收服了她。

他想要这桩婚事。

芙洛莲·克劳德不知道为什么,也没想办法要他解释。他对索拉博的幸福向来不像芙洛莲·克劳德那样上心,这是事实。受够了母亲念念不忘家族血统与社会地位造成的痛苦,铁慕尔鄙夷这种阶级观念(否则他怎么会娶芙洛莲·克劳德?),嘲笑妻子不断拓展正确社交圈的努力,这也是事实。可是在过去,他很能理解芙洛莲·克劳德必须掌控家务的需求,随她去搞那些琐碎费心的小事和堂皇的大计划,用包容换取平静,有时候甚至让她误以为他的兴致缺缺是某种淡然、消极的爱。

他对罗珊娜的态度似乎也一样:一直保持沉默,从不干预,对她的存在视而不见,直到芙洛莲·克劳德当面对他施压,才含含糊糊地支持索拉博。此后,芙洛莲·克劳德节节败退,终于有一天,索拉博向铁慕尔坦承了他对罗珊娜的爱。

关于丈夫为什么这么做,芙洛莲·克劳德唯一想得出的解释,觉得唯一说得通的可能性,就是铁慕尔从来就不爱儿子,也不在乎索拉博或家里发生什么事。

而这件事,芙洛莲·克劳德也怪在了罗珊娜头上。

7月17日。这个日期一直在芙洛莲·克劳德的梦魇中浮现,让她血脉偾张。

一位医生每天到家里来替她打针,原本是想让她心神安定,却反倒让她更生气,害她嘴里长了水泡,一吃东西一喝水就灼热刺痛。马西堤的老婆只好在冷水里加进盐和酒精，让芙洛莲·克劳德泡脚，将芥菜籽药包贴在她额头上，喂她吃新鲜的芫荽，喝甜柠檬汁。芙洛莲·克劳德待在卧房里，除了马西堤的老婆之外，没有人可以进来看见她没化妆、没梳整头发的样子。马西堤的老婆对其他人转述芙洛莲·克劳德恶化的健康状况、她的心碎以及希望幻灭的苦涩滋味。

然而，婚礼的筹备工作还是按照既定计划进行。芙洛莲·克劳德最深沉的恐惧终于成真，随着罗珊娜的出现，她的存在突然变得可有可无。压垮她的最后一根稻草是索拉博联系上罗珊娜在犹太区的家人，邀请他们全家一起来参加婚礼。

他们浩浩荡荡一起抵达，活像一大群遮天蔽日的蝗虫降临麦田，但破坏力犹有过之——二十七个世居犹太区的犹太人，身上带着樟脑丸和小豆蔻的气味，面黄肌瘦，衣衫褴褛；孩子们缠着大人，活像遭逢海难时，紧抱着腐朽木板不放的水手——芙洛莲·克劳德不必见到他们都知道，她想要他们每一个，连小孩都不例外，全都死在犹太区的乱葬坑里，好让他们永远无法踏进她家一步。

马西堤的老婆搀着芙洛莲·克劳德，走到二楼卧房的窗边，让她看见这大队人马。总共有五个男人，十个女人，十二个小孩。男的穿着市场小贩似的西装，那衣服套在身上活像负担——袖子太长，裤腿在脚踝边鼓了一圈，衬衫直扣到最上面一颗扣子，却没打领带。他们之中有的胡子有两三天没刮了，满口黄牙，抽烟抽得嘴唇发黑。女的看起来全像要靠衣服掩藏某些恐怖罪行的模样。她们干巴巴的，满脸皱纹，除了塔拉叶之外，都没化妆。

塔拉叶把衣服拉得老低，领口能露出半个胸脯来，头上戴着宽边帽——上面夹杂着粉红翠绿的装饰，最吓人的是还缀着皱巴巴的纸花，像只在街头钓最后一名恩客的巴黎流莺。在她身边的月姑蜜黎安，像个准备带走尸体的收尸人，而她们的母亲，曾经有"美人"称号的秀莎，那一脸的羞愧神色，连罩袍都掩不住。

一把芙洛莲·克劳德扶到窗沿，马西堤的老婆就逃之夭夭，躲进自己房里，免得被犹太人污染送命。铁慕尔召集了其他的仆人，要他们在主屋门外的台阶上列队迎接这家人。

这群娘家客人走近迎宾队伍的时候有点踌躇，于是拉赫曼走到前面领军。他显然很自卑，连面对仆人的时候都有点抬不起头来。他和马西堤以及园丁握手，对每一个女仆屈身致意。

铁慕尔和索拉博来到门边，欢迎他们。众亲戚还是茫茫然没回过神来，好像脖子上扛了石磨似的，对发生在此地的迷离诡异之事显然难以理解，这一定是搞错了吧——说什么罗珊娜要嫁给索拉博，说什么她要住进这幢豪宅里。

只有蜜黎安尽可能保持客观的态度。她用怀疑的眼神打量索拉博和他父亲，一副仔细检查沉船遗骸，寻找人为疏失迹象的模样。然后她走进屋里。

"罗珊娜呢？"她问。

罗珊娜从她房里出来，穿着索拉博给她买的新衣服，羞涩地微笑着。每个人都盯着她看，就连那些年纪小得不通人事的孩子，似乎也知道有极其重大的事发生在她身上了。

蜜黎安上前拥抱罗珊娜。接着是秀莎，然后是洛雪儿和苏珊。塔拉叶一动也不动。拉赫曼只是紧张地搓着手，像个迟迟还不出债款的人。他叫罗珊娜"克哈努"——也就是"小姐"——仿佛她尚未举行的婚礼已经大大提升了她的身份地位，让她远远凌驾于自己父亲之上。

伊菲特带众人到各自的房间去。她注意到蜜黎安一路上的不满神态，眼神里带着疑虑而非赞赏，充满不屑而非感激。

"这房子里有鬼魂。"蜜黎安在查尔斯先生的耳边说。

在楼上的卧房里，芙洛莲·克劳德脱掉睡衣，下令准备入浴。她的体温还是很高，她觉得很虚弱，可是还没病到不能忍受找发型师和女裁缝到家里来的程度。事到如今，既然无法制止婚礼，她决定，该是结束休养，重新登场，让这些从犹太区来的野蛮人知道她还是这幢豪宅的女主人的时候了。

婚礼那一夜，天空是钴蓝色的，月亮好大好大，宛如第一次升空俯瞰大地，让夜色沐浴在柔和清澄的光晕里。德黑兰每一条主要街道上都点燃了成排的火炬，照亮了整座城市，从城北一直到南面的犹太区大门，再扩及外围的沙漠。无数男女老少受到灿烂灯火的吸引，长途跋涉来到德黑兰。在住宅区和主要市集周围，巡守队穿着新的制服，嘴里喊道："在国王陛下庇荫下，永葆安康！"眼睛低垂看着他们的怀表——铁慕尔和芙洛莲·克劳德送的礼物。

沿着信仰大道，身穿白色制服的接待员鞠躬迎接搭乘敞篷马车或闪亮轿车行经他们面前的宾客。大门口，戴着面纱、着白色长袍的女郎们怀里抱着翠绿和土耳其蓝的珐琅小火盆，盆里装着烧成琥珀色的煤炭。每有宾客经过，她们就抓起一把野芸香籽，丢到炭上，烧起浓浓的白烟，并把烟吹向客人，象征纯洁与即将到来的好运。

庭院里，步道两旁挂起一盏盏纸灯笼。两百棵树，每一棵自树干往上都沐浴于光亮中，在夜色里宛若闪闪发光的精灵。每一畦花圃和每一个水池边，都有园丁特地为今晚而新种的花草，让茉莉清吐的芳香与山茶绽放的洁白花颜铭刻于德黑兰居民的记忆深处,永远和天使罗珊娜的名字,以及她如何成为全伊朗女人艳羡对象的传奇紧紧相连。

白色丝缎地毯从大门一直延伸到接待区,两旁有小提琴手列队演奏着莫扎特的曲子。容貌酷似出自古波斯画像的年轻女郎引导莅临的宾客进入庭院。她们一走动,挂在脚踝上的金币就随着步伐叮当响,随即在宅邸正面主露台上上千宾客的轻声低语与浅笑声中隐匿无踪。

穿着米色燕尾服的索拉博看起来就是个活脱脱的王子。不过话说回来,当年英国人如果没推翻卡扎尔王朝,他本来就该是个王子啊。芙洛莲·克劳德着一袭用金色塔夫绸制成的镶黄色莱茵石的礼服,头戴钻石宝冠,这顶冠是用从印度买来的钻石在巴黎镶嵌打造成的。她给雅各布也穿上了新西装——黑色羊毛西装,配背心,露着表链——把他移出厨房的小隔间,坐在大会客厅的一把安乐椅上。一整个晚上,雅各布叫着每个仆人,拉扯每个客人的外套,吵着要他的水烟管和火盆。

传信人莫拉德把老婆孩子丢在家里,单身赴会,勾引他身边每个有钱的女人。伊菲特也换上了白丝礼服,头发上簪着白玫瑰花苞与满天星。她满场飞舞,说自己是"新郎的近亲",和已婚的老男人喝马提尼,马西堤的老婆不断对她使眼色警告,她却只是不以为意地耸耸肩。

"如果你和英国人上床,就会变成英国人。"马西堤的老婆准备回房休息之前特地提醒她。

"我还求之不得呢。"伊菲特顶嘴说,"英国人比你和我都棒,不然上帝怎么会让他们生成英国人?"

十点钟时,小提琴停止了演奏。二十四个阉人歌手唱起传统的波斯婚礼歌谣。然后,一个不足三英尺高的小男孩,从暗处走了出来,站在直通宅邸的步道尽头,从口袋里掏出一支笛子,开始吹奏,乐音如此轻柔悠扬,一个个音符在空中盘旋,唤醒了每个宾客心中沉睡的欲望梦影。那男孩一面吹奏,一面看着房子顶楼左边的角落,他看了良久,眼神如此专注,引得其他人也随着他的目光望去,于是他们也都看见了,在那扇斜面玻璃门后面,突然射出了白色的光芒。

那道光芒缓缓地从一面墙移到另一面墙,照亮了一个个房间,穿过三楼的时候变得更亮了,然后走下楼梯,穿过二楼,再到一楼,等到了正门口的时候,整幢房子全亮了起来——宛如一艘灿烂金船从黑暗的水面升起——敞开双臂,让罗珊娜登场。

她的皮肤很白,身上的礼服是用意大利修女纺出的蕾丝裁制的,头纱是一整匹真丝薄纱,垂盖住了她的脸和一整袭礼服。她款款步下缀满白色玫瑰的走道——轻盈的步履,十八岁的笑颜,都如此美丽,在那一瞬间看见她的人都敢发誓,她必定是上帝亲手完成的杰作。

罪人索拉博在罗珊娜面前鞠躬。他的眼睛像老虎一样,是黄色的,射出深棕色的光芒。每回一抬眼看她,目光就亲吻着她。

在垂覆着白纱并缀满山茶花的顶盖之下,天使罗珊娜坐在索拉博身边,聆听拉比诵念婚姻誓言,他们环绕在一片闪烁的烛光中。之后,铁慕尔送给罗珊娜一份礼物:一条深色的蓝宝石项链,并亲手为她戴上。她抬眼看他,低声道谢。就连这个时候,他也没看她。

可即便在这个时刻月姑蜜黎安望着罗珊娜,还是相信宿命难以违抗。偷人精塔拉叶因愤怒嫉妒而泪流满面,泪水顺着她涂满脂粉的肉嘟嘟的脖子往下流,在她每回逮到机会就厚颜无耻露出来的乳沟上汇成一摊小小咸水。她一整天都在发脾气,不理孩子,辱骂老公,一看见罗珊娜那条项链,就绝望地叹了口气,痛哭失声,害弟弟巴赫朗得把她带离现场,免得丢人现眼。在推拉中,塔拉叶的鞋跟断了,所以她只好整个晚上都被迫留在指定的席位上,和家人坐在一起。这之后,她再也无法忍受家人,还觉得自己能压抑住情绪实在是很了不得。然后,就在喝完汤还没上柠檬雪酪间的空当,她又开始落泪。

几个小时之后,太阳升起,这幢信仰大道上的豪宅,渐渐隐遁了灯光。最后一批客人累得神志不清地开车离去了,仆人们关上门,拉下帷幕。布尺拉赫曼拉着女儿的手,把她交给铁慕尔。"我女儿是你的奴隶了。"他覆诵着依照传统新娘父亲该说的话,"请耐心教导她。"

这时,芙洛莲·克劳德感觉自己又发烧了,于是逃回床上,就着一罐冰冷的黄瓜汁,吞下一把安眠药,希望一觉醒来能发现这只是一场噩梦。踩着断跟鞋的塔拉叶,一拐一拐地走向她永远再也无法与丈夫分享的人生。蜜黎安发誓绝不嫉妒其他女人的好运,要凭一己之力赚够大钱。洛雪儿则决定要回家嫁给唯一来提亲的人——那个头像甜瓜,凸眼睛,小个子,只要有女人走过身边就目不转睛盯着看的男人。

回到沐浴在晨光中的卧房,索拉博看着镜前的罗珊娜。

"你是从哪儿来的?"他问。

罗珊娜没回答。她看着镜中的自己。她还能听见小提琴的乐音,还能看见自己穿过人群,还感觉到整晚不停向她伸来的手,摸着她的脸,她的背,她的肩膀——所有的人都想认识她,或许还想要沾一点她的好运。

她在镜前转了三圈,每转一圈,就祷告一声:

阳光不灭,
青春永驻,
女儿有双黄眼睛,一生好命。

在好几年的时光里,音乐从未停歇。

私人派对与正式酒会,里海岸边的旅行,造访裁缝师与绸缎铺。美发师到家里来,把罗珊娜的头发浸在冰冷的啤酒里,卷成小小的发卷,垂在脸庞周围,让她看起来甚至比实际年龄还小。美容师用小火熬煮红糖和柠檬汁,熬上足足十个小时,然后把温热的金色蜡液倒在她皮肤上。她们等蜡冷却之后,再拿亚麻布将它搓掉,让罗珊娜的腿光洁无毛,宛如幼童。修甲师把她的指甲先浸过肥皂水,然后涂成琥珀色。伊菲特问她知不知道和索拉博上床之后该做什么,还大方提供了她和其他男人交手的丰富心得。索拉博无时无刻不爱罗珊娜。就连芙洛莲·克劳德都努力和她和平共处,强忍下心头恨意,接受她的存在,因为芙洛莲·克劳德恐惧稍一不慎,她细心呵护的家庭就将毁于一旦。

铁慕尔看着她。

他现在还吓不着她——不像后来那样,后来他的眼睛成了她的囚徒,后来她终于明白他永远不会允许她离开他的视线,因为这么做就表示他放弃了自己最后的一线希望。在这段日子里,他的眼中尽是溺爱与保护,有着谅解,有着和罗珊娜一同守护秘密的沉默密谋。有时候，铁慕尔的出现让她有忍不住想哭的冲动；有时候，她醒来以为他就站在她上方，看着她睡觉；有时候，她独自一人，而他在远处，但她一转身，就能感觉到他在轻轻唤着她的名字。

在婚礼两个月之后，阿敏度完蜜月回来了。他花掉了十万美元，而且在途中失去了妻子。他们游遍欧洲之后，茉希狄想到美国去。到了洛杉矶，她在日落大道上买了一幢房子，左邻右舍都是电影明星。她说她要永远留在美国。她说，她太年轻了，不该把生命浪费在阿敏身上，她太美丽了，不该当个妻子或母亲。她想成为明星，就像那些躺在国宾大饭店泳池旁边，头发染色，脸上戴着太阳镜，在下午做爱，靠喝酒才能入睡的女人。

沮丧羞愧的阿敏为了在德黑兰保住面子，抵死不承认茉希狄离开了他。他对朋友说，她只是暂时留在美国，日落大道上的豪宅只是幢度假屋，他每隔几个月就会去探望一回。为了证明所言不虚，他不时到洛杉矶去，还拍了照片，他身穿亚麻衬衫和白西装，搂着茉希狄的腰，俪影双双倒映在游泳池的湛蓝水面。他送她珠宝，劝她回来，在她身上花了其他人永远不可能花的大价钱，想阻止她和别的男人上床。她再也没回过伊朗——甚至连1966年，阿敏因为溃疡出血病逝，她也没回来。后来，罗珊娜写信给她，希望她至少回来一趟，在猫婆雅丽珊卓的坟上献朵花。

"献花干什么？"茉希狄回信说，"我唯一能做的就是坦荡荡地活着。"

罗珊娜把茉希狄的信收在盒子里，和结婚戒指，以及索拉博送她的其他礼物摆在一起。她用一支红笔圈起茉希狄打在信封上的寄信地址。

后来，孩子在1966年出生了——一个有双黄眼睛的女孩，罗珊娜给她取名叫莉莉，这是个将来会拯救上千条人命，让他们免于丧亲之痛的女孩。索拉博以为他们还会有其他子女，结果并没有。

像我母亲一样，我会孤零零地长大。也像她一样，我被自己的祖母瞧不起。芙洛莲·克劳德把我当成索拉博自暴自弃的最终明证。

异教徒铁慕尔到我出生的医院去，多年来第一次开口对罗珊娜说话。"女儿长得很像你。"他说，嘴唇懊悔得直颤抖。

蜜黎安带着自己的女儿来看罗珊娜。她一岁的女儿嘴唇像红宝石似的，眼睛如同黑玉石，只要有人对她微笑，她就会迸出一串串笑声。

洛雪儿和丈夫一起来的。她丈夫眼睛不停地滴溜转，坐在房里就拿起烟管抽了起来，还邀索拉博去参加他每周一次的双陆棋赛。

秀莎和拉赫曼等天黑下来，知道不会碰见索拉博和他家人之后才带着歉疚的眼神来了。他们带来一盘自己做的甜糕，好让罗珊娜能在产后恢复体力。

偷人精塔拉叶捎话来说她没办法来，因为她自己有三个孩子要照顾，而且罗珊娜也从没去探望过她。

但是在所有人当中，因我的出生而受到最直接影响的是伊菲特。她第一天没到医院来，因为芙洛莲·克劳德交代她做太多无关紧要的琐碎家务，害她没时间好好梳头。第二天，她花了一整天梳头、买衣服。才不管是不是仆人呢，她对马西堤的老婆说，她看起来绝对要比那些倚在病床上不过就是完成自然使命却一副达成什么了不得功勋模样的女人来得更有魅力。第三天，她起程前往医院，遇见了她梦寐以求的男人。

他呢，是个如假包换的英国人。

他到德黑兰来担任水坝建造工程顾问。他在街上拦下伊菲特，问她伊丽莎白女王大道怎么走。

"是的，阁下。"伊菲特对他说。她只懂得这两个英语单词，是好久以前从她那个美国男朋友身上学来的，他每回想和她上床的时候，就要她这样回答。对美国大兵来说，这只是个无伤大雅的玩笑，可是它却彻底改变了伊菲特的人生。她对这个英国人露出最迷人的微笑。

"你会讲英语吗？"那人问。

"是的，阁下。"她把胸部贴得离那人的胸膛更近了一些。

"你能带我到英国大使馆去吗？"

"是的，阁下。"

她看得出来，这个英国人快失去耐心了。在罗珊娜技高一筹地从她身边抢走索拉博之后，伊菲特就发誓，她绝对不会再在追求幸福的旅途中浪费一时半刻。所以，这天她勇往直前，挽起这名陌生男子的手。他以为她是要带他去大使馆。她叫了辆出租车，带他去了"新城",她姐姐在那里开了一家专门接待美国和英国士兵的妓院。她要了一个房间,对着他袒胸露乳。这个脸色苍白的龅牙英国人有点局促不安,想要抗拒,但最后还是放弃了。

在第一次做爱之后,他想要礼貌地和她谈谈话——证明他不是个野蛮人——可是伊菲特觉得这种谈话根本没必要,所以接下来的四天他们都在做爱,一起吃烤羊肉串,喝烧酒,抽鸦片烟。等到伊菲特想起罗珊娜,想起自己为什么要去医院,母亲和新生儿已经回家了。伊菲特带那个英国人去见了铁慕尔。

"老天垂怜啊。"她哀求铁慕尔道,"就算遭天打雷劈,我还是要求您帮这个忙。我告诉这个人说您是我的父亲——我是您和其他女人生的,因为我知道芙洛莲·克劳德绝对不会帮我圆谎的。至少,我认为我告诉过他,您是我父亲了。我姐姐妓院里有几个女人说她们会讲英语,帮我翻译了。"

铁慕尔温厚地笑了起来。伊菲特大受鼓舞,得寸进尺。"我希望您告诉他这是真的,因为他是英国人,您知道,英国人除非身不由己,否则绝对不会想跟普通女仆上床的。"

她以为铁慕尔会勃然大怒。结果他却说,无论她要他怎么说,他都会照她的意思告诉英国人。她大松一口气,拉起铁慕尔的手,亲吻着。

"您的妻子配不上您。"她悠悠地说,字字是肺腑之言,"只有我配得上您。"

接下来几个月里,伊菲特和那个英国人约会,不顾马西堤的老婆吓她说她是在与魔鬼交合。她趁芙洛莲·克劳德不在的时候带他回家,假扮起女主人。她借来罗珊娜最好的衣服,自信满满地穿上,俨然是个青春正盛的富家千金。她去上英语课和打字课,练习波斯语的基本读写能力。然后有一天，她宣布她要离开伊朗了——到英国的肯特郡去，她说，她要在那里嫁给那个英国人，生一大堆儿子。

马西堤的老婆很不耻。"你会下地狱，被火活活烧死，烧得连灰都找不到。你生的儿子没老二，只长角，你生的女儿没屁眼，一肚子英国大便解不了。"

在离开伊朗嫁给英国人的几年之后，伊菲特写了封信给铁慕尔。信封上盖着英国邮戳，是封用拉丁字母写的波斯文信。她说她很幸福，有两个儿子和一个女儿，她仔细检查过孩子的身体，他们没长尾巴，也没有魔鬼的耳朵。

她的离去是诸多离别之中的第一桩。

结婚十年之后，月姑蜜黎安还是住在犹太区——因为查尔斯先生的母亲不肯离开她生下宝贝王子的这幢房子，而查尔斯先生只要离了母亲身边，住哪里都不会满意。可是蜜黎安善用她过人的天分与活力，奋力在逆境中求生存，甚至还想办法帮丈夫找了份工作，创造收入：她花钱从塔拉叶丈夫那里买进便宜的小银饰，埋进地下，过一阵子再挖出来，用锤子敲打一番，弄得像古董的样子。她把"古董"交给查尔斯先生，他就拿上街去卖给外国观光客和有钱的主妇，保证那是最近才从哈马丹[1]古城挖掘出来的。

这个主意虽是蜜黎安想出来的，但是她不肯自己上街去兜售。"我不能拿这些东西去骗人，"每回查尔斯先生想叫她去帮忙的时候，她就出言要挟道，"你也知道，我只要一看见别人笨笨地乱掏钱花，就忍不住想纠正他们。"

在20世纪60年代初期，她赚了不少钱，足以把查尔斯先生管得服服帖帖的，而且还有余力买下哈比博银铺的股份。然后，她说服查尔斯先生和哈比博关了市场里的铺子，搬到上城去，跻身于费

---

[1]. 伊朗中西部城市，据信是伊朗最古老的城市之一，城内多古迹遗址。

尔多西大道两旁的时尚精品店之列。这次迁店眼光精准，时机恰好，原本应该让相关人等都幸福快乐的，结果却事与愿违，反倒成了大麻烦的开端，因为在扩店与随后搬迁的忙乱中，塔拉叶的丈夫顾不了家人，于是有天一觉醒来之后发现，他的小孩没人管，而他的老婆竟然和他的侄子上了床。

1969年，塔拉叶三十六岁，是三个小孩的母亲。她一个星期至少和丈夫睡两次，而且每个星期五晚上，她在喂他吃过裹上胡椒碎与小豆蔻的鹰嘴豆肉丸以增强精力之后，更是必定要上床。但是他们在床笫之间毫无热情可言，几乎还没开始就已经结束，所以塔拉叶老是觉得很生气，很不满，也相信自己是上当了。或许就是因为这样，所以她才会勾搭上侄儿当情夫。说来也不奇怪，反正她一直都像只发情的母狗。

这个侄儿老是在哈比博家附近晃来晃去，帮塔拉叶看孩子，让她可以做家务，或者帮她做点什么他做得来的事，就连他应该上工的时间也不例外。没错，塔拉叶并不像别人以为的那样迟钝又没远见，但是就连她都没料到，侄儿会突然从还没发育的毛头小子变成威猛的年轻小伙儿。在二十一岁生日的早晨，侄儿没征得父亲同意就穿上父亲最好的一套西装，偷了母亲上澡堂的钱，买了一盒糖分已经在盒盖上结晶的陈年糖果，然后在巴列维大道上摘了一把国王近日为美化市容下令栽种的天竺葵，用报纸把花连同脏兮兮的根一起包起来，在上午十一点钟，不顾自己死活地敲了塔拉叶的门。

那时，塔拉叶正坐在卧房里，她热得浑身冒汗，心底想着该怎么做才能让丈夫更常和她上床。她一听到敲门声，就知道是侄儿来了。她一想到他,大腿之间就一阵燥热,得扇一会儿风才有办法起床。

她一开门,侄儿就发出撕心裂肺的呼喊——既凄楚又兴奋——扑倒在塔拉叶胸前,十三年来的饥渴终于获得满足。他手里的天竺葵掉了下来,糖果撒到塔拉叶脚上,粘上了她光裸的腿,以及他父亲的皮鞋,可是侄儿一点没注意,他只是抽抽噎噎地吻着塔拉叶的胸部,若非塔拉叶拉他进卧房,他很可能想也不想地就当着她三个孩子的面,和她在院子里做起来。她把他拉进卧房,关上门,用牙齿把他的西装从背后扯了下来。

正午来了又走,塔拉叶和侄儿还是无影无踪。塔拉叶的孩子们被先前在院子里目睹的场景,以及妈妈卧房里传出来的声响,吓坏了,跑去敲房门,吵着要进去却没得到半点响应。下午,他们喊着说肚子饿,可是塔拉叶充耳不闻。等天黑了,他们就到邻居家,直等到爸爸哈比博在九点钟回家。

"我想妈死了。"大儿子对爸爸说。

他们在床上找到塔拉叶,她一个人,满足得不得了。

那个夏天,整整三个月的时间里,偷人精塔拉叶都让侄儿到她丈夫的房子里来,他们交合到精疲力竭、浑身乏力、频频颤抖,像就要抛弃灵魂的人。侄儿告诉他父亲说,他在德黑兰有份工作,得走很远的路去,如果他做得够认真,这工作会让他飞黄腾达。每一天,他都穿上父亲的西装。那套西装在塔拉叶郁积情欲的拥抱之下沾满汗水,已变得皱巴巴不成形了。他还擦上从蓝眼罗特菲铺子里买来的古龙水,钱是塔拉叶从每个星期的家用里挪出来给他的。古龙水的味道像新鲜的薰衣草,她对他说,渗进他身体的每一寸肌肤,让她想吃下一大堆东西,想跳进火堆里,想在犹太区的广场裸奔。

古龙水的香味随着侄儿离开他父母那三间分租来的房间，穿过犹太区，一路来到叔叔哈比博家。在那里，他双手插在口袋里，心快从嘴里跳出来，一直等着那可怜的人离开家，然后急切切地去敲塔拉叶的房门，仿佛是来告知首都陷入战火的消息。他们一起消失在房里，直到夜里人们才会再次看见他们。

日复一日，邻居看见塔拉叶的孩子们没人看顾，独自在街上游荡。只要有人问起，他们就说妈妈"和所罗门堂哥一起睡在床上"，但就算是最会疑神疑鬼的人也想不出像塔拉叶乱伦这种骇人至极的场景，所以她就这样无灾无难地继续搞她的婚外情。

到了七月底，侄儿的母亲被满屋子飘的薰衣草香弄得头晕。她对朋友诉苦说，她儿子工作太卖力了，这些日子瘦了好多，也变得健忘暴躁。"就像那些到处乱搞，"她不知道自己离真相有多近，"迷上狐狸精和妓女的男孩。"八月初一个安息日的傍晚，她顺道到小叔家拜访，侄儿刚走，她闻到了儿子古龙水的香味，不但院子里有，连塔拉叶身上也有。第二天，她跟踪儿子到哈比博家门口，看见塔拉叶开门，把年轻人带进卧房里，却还是无法相信自己亲眼看到的事实。她每天跟踪他，跟了一个星期，却不敢当面质问儿子，恐惧他可能说出的答案。最后，她到哈比博和查尔斯先生开的新铺子，哭哭啼啼地拖他们回家，让他们亲眼看看她说不出口的事。

塔拉叶赤裸裸地坐在她卧房的地板上，伸着手指喂侄儿吃甜糕。她看见自己的好事被识破了，就站起来，拿床单裹住身子，叫侄儿也穿上衣服。她异常冷静，甚至还很愉快地对哈比博说，她宁可和侄儿一起受地狱烈火焚身，也不愿再和哈比博多生活一天。

她说她愿意马上离开,消失在城市里,永远不再来看他或他的孩子——只要他不让她被石头砸死就行。

哈比博又气又惊,一句话都说不出来。孩子们哭哭嚷嚷地拉着塔拉叶的裙角。她毫不犹豫地离开了。

在犹太区,拉比宣布哀悼一天。

哈比博把儿子们锁在家里,把门窗全漆成黑色,服了一整年的丧。他再次于人前露脸时已改名换姓,带着破碎的家庭去了巴勒斯坦,希望那里没有人知道他的过往。

月姑蜜黎安追踪塔拉叶和侄儿到了他们藏身的德黑兰僻远一角,想让他们恢复理智,却徒劳无功。一个星期之后,他们到设拉子去了,因为塔拉叶听人说那里不怎么在意荒淫败德。

在他们离开之后,一辈子都在想办法避免有辱门风丑事的美人秀莎拿了三条蝎子尾巴放进一锅黄花九轮草茶汤里煮,然后一口灌掉了毒药,杯子不及离口,她就心力衰竭,当场咽了气。

秀莎自杀的前一夜，罗珊娜梦见了母亲的葬礼。

他们走在一条没有尽头的游行队伍里——罗珊娜和索拉博，蜜黎安和洛雪儿，还有其他的家人，全都一身黑衣。几个男人扛着一具裹在寿布里的尸体。在犹太墓园中，他们把尸体放进一座挖开的坟里。有人唱起哀悼经文。男人——只有男人，因为女人不配亲手安葬她们的亲人——开始把土铲到尸体上。最后，罗珊娜走到墓边，看着里面：尸体、寿布和所有的东西，全爬满了黑色的蝎子。

她坐了起来，气喘吁吁地张开眼睛，惊恐得失去知觉，四肢冰冷冒汗。她开了灯，看见索拉博睡在身边。她穿过走廊，到我房间来，看着我睡觉。她好渴：梦里的蝎子害她喉咙中毒。于是她下楼到厨房喝水。

"果冻"雅各布一动不动地坐在他小隔间的凳子上，一如往常，穿着棕色的西装，戴着棕色的帽子。他的眼睛睁得大大的，看不见瞳孔，根本看不出是睡是醒。罗珊娜从冰箱里拿出一杯水，在女仆的餐桌旁坐下，揉揉眼睛，希望能擦掉梦中残留的影像。等她抬起头时，却看见了铁慕尔。

她站起身，突然惊慌起来，椅子在她背后砰的一声倒地。

"我听见有声音。"他说。她心里涌起一股兴奋得意的感觉，一股很可怕的感觉——是她每回意识到他近在咫尺时就会有的疼痛感，一种让人既甜蜜又恐怖的疼痛感。在那一瞬间，她想她该跑开。可就在此时，他的目光紧紧抓住了她，她仿佛又回到了十八岁，赤脚站在他的卧房门口，除了欲望，身上什么都没有。

他们就这样静静站着，在飘满白色鸦片烟的黑夜里，他们的身影映在雅各布的眼睛里，他们突然明白已经走得太远，永远不可能回头了。

罗珊娜顿时领悟，她即将要放弃她来到这个家所追寻的人生——或者应该说是终于要拥抱她真正想要的人生。

她想起即将要跨过的门槛，那是她早在多年前就已跨过了的门槛，就在她第一次看见铁慕尔，渴望着他的时候，再不然就是在她嫁给索拉博，却明知自己爱的是他父亲的时候。

她心想，如果紧紧贴着铁慕尔，倚在他身边，任他的手在胸前上下逡巡，闭上眼睛，感觉他看着她，就像他许久以来一直想做——也是她希望他做的那样，会是什么感觉。

她靠向他。

她把指尖贴在他唇上，轻轻拨开他的嘴，然后抓起他的手放在自己脸颊上，那是他一直渴望触摸的——看看她是不是真实存在的，看看她的肌肤会不会轻轻一碰就烟消云散。有种冰冷的液体——如一注葡萄酒——从他掌中倾泻而出，注入她的身体。她往后一仰，靠在墙上。

第二天早上,"果冻"雅各布看见芙洛莲·克劳德走进厨房,他叫住了她。

"过来。"他挥着颤抖的手说,"昨天晚上你老公上了那个犹太区来的女孩。"

于是,我们每一个人的人生就此开始踏向终点。

"果冻"雅各布吐出一团甜甜的白雾,这一口泄露天机的气息吹散了他姐姐满屋子的幸福,宛如一阵惊扰大地的微风,唤醒了栖身黑夜的恶灵。

芙洛莲·克劳德伸手捆了雅各布一巴掌——很用力的一掌,打得他跌下凳子,水烟管碎成千片。她厉声骂他是个老烟鬼,早死早好。

马西堤的老婆刚好经过厨房,听见芙洛莲·克劳德的声音就停下脚步。

"怎么回事?"她问,"他干了什么?"

芙洛莲·克劳德没回答。她任雅各布躺在地上,自己浑身战栗地上楼回到卧房,但她马上又下楼来,逼问雅各布对自己看见的事情是不是真的那么肯定。

马西堤的老婆把他从地上扶起来，喂他喝糖水，帮他稳定血压。

"老天垂怜啊，"她对芙洛莲·克劳德说，"他一整个早上都在说你丈夫的龌龊事。"

芙洛莲·克劳德从马西堤老婆手里接过那杯糖水，开始亲自喂雅各布。他一认出她，就又讲起昨夜的事。

"他们闹了大半个晚上。"他说，"你一定会以为他们一辈子都在干那档子事。"

这是事实。芙洛莲·克劳德看见雅各布的眼白里还留存着那幅景象。她把糖水往他脸上一泼。

他以为自己是被海浪打中了，开始拼命划动双臂。阿曼湾的灰色海水漫过他的头顶，只有身边的芙洛莲·克劳德能救他，可她却袖手旁观，冷眼看着他垂死挣扎。他大声喊她，一次又一次，可是她不为所动——她曾经是他最亲密的朋友，最忠实的守护神，她把秘密托付给他，像抚养自己儿子一样抚养他。此刻她看着他，觉得他是个陌生人——就像铁慕尔和索拉博，就像她爱过的其他人一样——他已和她恩断义绝，他背叛了她。

她的满腔怒火最终化为怨恨。

她去找铁慕尔，要用自己这双手打他，如果狠得下心，她甚至要杀了他。她到他卧房里找，到书房里找，最后又回到一楼的会客厅。马西堤的老婆一脸狐疑地瞪着她看。

"你丈夫已经走了。"最后她仿佛赐予莫大恩惠似的说，"他天还没亮就走了。他叫醒马西堤，说他们要离开一段时间。"她停顿了一下，仔细端详着芙洛莲·克劳德，"我以为你知道。"

她看得出来，芙洛莲·克劳德是真的吓呆了，在漫长曲折的一生中，她第一次看到芙洛莲·克劳德这么不知所措。刚听到雅各布说的话时，马西堤的老婆以为是他瞎掰的——就像他口中那群在午休时间奔窜过厨房的白色蒙古马，或者是他指天誓日说的全身赤条条躺在他脚边的奥斯曼国王后宫的嫔妃们，还说因为他不肯碰她们，所以那些女人只好彼此交欢。

可是现在，看着面前的芙洛莲·克劳德，马西堤的老婆不太敢确定铁慕尔和罗珊娜的事到底是不是雅各布捏造的。

"如果真有这种事，穆斯林早就羞愧得不敢见人了。"她噘起嘴唇，一副不屑的样子，"可是你们这种人哪，不敬真主，也不敬先知，所以你老公和儿媳之间搞不好还真有一腿呢。你最好先去找那个女孩，问她是不是真的。"

她抓起芙洛莲·克劳德的手肘，推着芙洛莲走向楼梯。在二楼，索拉博还没醒，罗珊娜却不见人影。

"去楼上找找看吧。"马西堤的老婆提议。

罗珊娜站在三楼宴会厅的露台上，身体倚着露台的护栏，双手紧抓着栏杆。听见芙洛莲·克劳德的声音，她悚然一惊，仿佛从深沉的睡梦中惊醒，倏地转身。她很苍白，白得近乎透明——像尊完全由玻璃塑成的雕像，只是眼里垂下两行清泪。她嘴唇掀动，但是喉咙里发不出声音。她又试了一遍，还是没用。所以她对芙洛莲·克劳德伸出手，要她靠向前来。芙洛莲·克劳德没理她。

马西堤的老婆走向前去，把耳朵贴在罗珊娜唇边。她嫌恶得脸色泛紫。

"她说了什么？"罗珊娜说完之后，芙洛莲·克劳德问。

"原谅我。"马西堤的老婆重复她的话。可是，已经来不及了。

罗珊娜没等芙洛莲·克劳德告诉索拉博,她自己叫醒了他,她穿着仍然飘着铁慕尔气味的睡衣,把她所做的事告诉了他。

她告诉他,这事早就注定要发生,甚至早在她看见铁慕尔,或者应该说是铁慕尔看见她的那一刻就已经开始发生了。她说,她根本就不该到他们家来,她既然一心渴望着铁慕尔,根本就不该嫁给他,她既然知道自己会毁了所有的人,根本就不该留下来。她现在知道,她母亲说得没错:罗珊娜是活生生的厄运,无论走到哪里都会带来耻辱。

索拉博静静听着。

他们听得见芙洛莲·克劳德在自己房里啜泣。

他们闻得到马西堤的老婆在炉子里烧的野芸香籽味——好赶走罗珊娜带进家里的邪魔恶灵。

在清晨的昼光里,索拉博看着罗珊娜,静静聆听她所说的每一个字、每一句话。

罗珊娜告诉他,她要离开,她知道他会让她走,她想要走。她说她什么都不带走——连女儿都不带——因为她知道女人没有权利夺走男人的子女。她说,她想远走高飞,比想要自己的孩子,比想要获得宽恕的念头都更强烈。

她趴在索拉博手上哭泣。她的泪沉甸甸的,像铅一样,他以为自己的骨头就要被压碎了。

等她说完之后,索拉博站起来,开始着衣。他没洗脸,没刮胡子。才刚烫好的西装,一套上身碰到他的皮肤就变得皱巴巴的,等他穿好衣服后,看起来就像几天没换洗似的。她以为他要去上班。可是他又躺回床上,仰面朝上,睁着眼,双手交叠在肚子上。

他们在卧房里待了一整天,罗珊娜背靠着床脚,窝在地板上,索拉博躺在床上，醒着，一言不发。

芙洛莲·克劳德等着铁慕尔回来。但是铁慕尔没回来，也没打电话。

传信人莫拉德顺路来看弟弟，知道自己误闯进了愁云惨雾里，又走了。

夜色缓缓降临。早上帮我换衣服的那个女仆喂我吃了晚饭，睡觉前带我去找罗珊娜。三岁的我伸手揽住罗珊娜的脖子，亲吻她。然后，我走向索拉博，问他可不可以带我回房间。他抱起我，带我出去。罗珊娜望着他。他很年轻，她想，而且很哀伤。他爱他的女儿。

他回到卧房之后，终于对她开口。

"你不能走。"他说。

第二天早上,我在嘈杂的噪音里醒来,身边有木头嘎吱嘎吱,金属哐啷哐啷碰撞,钉子刮着砖块被从墙里拔出来的声响。房间里还很暗。我光着脚跑去找罗珊娜。

"是马西堤的儿子。"她把我抱到床上。她的床单很冷,仿佛她一整夜都没躺在上面。"他要把家里所有的门都拆下来。"

我们静静躺着,听着噪音。罗珊娜微笑地看着我。

"别怕。"她说,但是我从她眼睛旁边的皱纹里看见了她自己的恐惧,"和你无关,全都是因为我。"

我们下床,走到楼梯顶端。芙洛莲·克劳德正等着我们。

"是我儿子下的指令。"她立即出声攻击罗珊娜。她的脸白得像粉笔,松垮垮的,一双眼睛又肿又红。"他想出这个办法,这样能日日夜夜每时每刻盯住你。"

罗珊娜垂下眼睛,想把我抱回她房间。

"等一下。"芙洛莲·克劳德拦住我们。我紧紧贴住妈妈,芙洛莲·克劳德靠向前来。

"我丈夫娶了我之后,还和很多女人睡过,"她说,"我不是不知道。我不在乎,因为他知道那些女人都只是妓女,他自己都这么说。所以发生这种事我不怪他。我怪你,我的儿子也怪你。"

我感觉得到罗珊娜惊恐万分。芙洛莲·克劳德步步进逼。

"你或许以为我儿子准你留下来,是因为他还要你。"她哼了一声。

"你或许以为他决定留你,是因为这女孩需要母亲。可是我了解他,我告诉你,你之所以留在这里,是因为他想报复。

"他一定会报复。

"而且我会帮他。"

罗珊娜和我一整天都待在她卧房里。到了傍晚,马西堤的老婆来叫我去吃晚饭。我拉拉罗珊娜的手,想拉她和我一起出去,拉她一起到楼下,让她成为我和芙洛莲·克劳德之间的缓冲,但是罗珊娜不肯。我自己下了楼。芙洛莲·克劳德和我坐在餐桌旁。吃饭的时候,她没看我一眼。

我尽量耐住性子静静坐着。吃甜点的时候,我站起来,问是不是可以先回去。芙洛莲·克劳德抬眼看我,这一整个晚上第一次正眼看我。年幼的我惊骇不已,愣在那里,笼罩在这个素来恨我的女人冰冷的目光里。

"搞清楚,"她说,"你是你妈的孩子,不是我儿子的孩子。要不了多久,你妈就要离开这个家,而你,也必须走。"

我冲出餐厅,跑向走廊。

"妈妈!"我大叫着跑上楼梯,奔向罗珊娜安稳的怀抱。

"妈妈!"

我狂奔着穿过走廊,冲向她的房间。突然,我停下脚步,转身,看向身后。

走廊在我眼前铺展开来，宛如一匹微亮发光的丝绸——光滑，平坦，诱人。门一拆掉，所有的房间都彼此相通，声息相闻，藏不了秘密，我的视野一下子无遮无掩，宛如置身梦境。

"我在这里。"罗珊娜唤我。

她坐在梳妆台前，身上睡衣是淡得近乎褪色的粉红色的，大波浪卷的头发松松地垂绕在脸旁。她的皮肤闪闪发光。我看着她，一如往常，心想，她真是完美无瑕。

她张开双臂，像捧着花一样拥我入怀。她身上有雨的味道。

"现在我连睡觉的时候都可以看见你了。"她在我耳边轻声说。

月姑蜜黎安去了铁慕尔家,捎来了秀莎的死讯。

"我想尽各种办法要联络你。"她在入口的蚀刻玻璃门边对罗珊娜说,她带了女儿一起来,小女孩在妈妈近旁的地上玩着,"我打了电话,人也来了,可是你婆婆叫仆人不要放我进门。那个女人,马西堤的老婆,她可乐得从命呢。"

她等着罗珊娜露出意外的表情,或解释这是怎么回事,但是罗珊娜只是轻轻点头,目光闪避。她明白罗珊娜不打算请她进屋里去,她知道罗珊娜是怕芙洛莲·克劳德会撞见,不准她们再见面。于是她四下张望了一下,在满园古树与花圃的庭院里,深吸一口气,开口说明来意。

"妈妈煮了几条蝎子尾巴,然后把毒药给喝了。"她直截了当地说。

"事情发生得很突然。"她继续说,"因为没有半个人听到她的叫声。可是毒药一定害她的身体灼伤穿孔了,血从她背后流了出来。苏珊发现她的时候,她口吐白沫,还在垂死挣扎。"

罗珊娜膝盖发软。蜜黎安抓住她的手臂,扶她坐在屋外的台阶上。生活的艰辛与重担让蜜黎安变得强悍、刚毅,最看不惯软弱无能。但是对罗珊娜,她向来比对其他人更加宽厚。她让罗珊娜先喘过气来。

"上个星期的今天,我们葬了她。"她温柔地说,把手放到罗珊娜头上,轻抚着她的头发,"这样也好,你知道的,她很累,想要休息了。我想塔拉叶的疯狂行为只是最后的一根稻草。"

就在这时,芙洛莲·克劳德走到屋外,看见了蜜黎安。她气得脸色发白。

"别到我家来兜售你那些不值钱的银货。"她咬牙切齿地对蜜黎安说,"滚开,把你那个迟钝肮脏的小孩带走!"

蜜黎安的女儿莎拉不敢再玩,她躲到妈妈背后,不敢看芙洛莲·克劳德的脸,扯着妈妈,好像在恳求妈妈走。罗珊娜没抬起眼看她们。

月姑蜜黎安缓缓地调整了下头上的丝巾,把打在下巴上的结重新系好。她瞪着芙洛莲·克劳德,然后看看罗珊娜,最后目光又回到芙洛莲·克劳德身上。

然后她的目光越过芙洛莲·克劳德,望向走廊,注意到所有的门都被拆掉了。

"这里有些不对劲儿。"她实事求是地说,"你们就要惹出事情来了,我看得出来,很不好的事。"

蜜黎安的直言不讳把芙洛莲·克劳德吓了一跳。

"不管是什么事,"她继续说,"都要小心了。这房子里有沉睡很久的鬼魂。只要一个错误的举动,他们就会醒来,让你们到死都不得安宁。"

事情就是这样发生的。月姑蜜黎安提起信仰大道这幢大宅里的窃盗鬼,于是,就让窃盗鬼还了魂。

起初,他们偷些无关紧要的东西:一把剪刀啦,一叠床单啦,一锅菜啦。索拉博书桌上的文件不见了;芙洛莲·克劳德想不起来她最后把老花眼镜摆在了哪里;女仆为了遗失的洗涤衣物相互指责;马西堤骂老婆把袜子丢了,可是她却信誓旦旦说她老早就补好了。

有一天,罗珊娜洗手的时候取下结婚戒指,等她想再戴上时,却发现戒指不见了。她很确定自己把戒指摆在水槽边,在浴室里到处找,在地毯底下找,在药柜里找,还在她身上那套衣服的所有缝边皱褶里找。她拿打毛衣的棒针去捅排水管,捅马桶,把整个浴室全都翻遍了,最后却还是两手空空。

芙洛莲·克劳德注意到戒指不见了。她当着索拉博和马西堤的老婆的面说,女人弄丢结婚戒指是典型的道德败坏。铁慕尔远行未归,索拉博在办公室待得越来越晚,所以芙洛莲·克劳德成了无人可以抗衡的一家之主。她宣称罗珊娜完全不可信任,因为她故意弄丢戒指,好勾引以为她还未婚的男人,所以不让她出轨的唯一方法就是时时刻刻盯牢她。

"你要出门得先得到我的许可,还要有人陪同才行。"她警告罗珊娜。

罗珊娜默默接受惩罚。索拉博已经好几个星期没和她说话了。他看起来不像芙洛莲·克劳德说的那样生气或怀恨在心,大部分时间都一副很哀伤的样子,偶尔罗珊娜想找他说话,他也只是礼貌性地说上几句,然后就沉默不语。

她又去找他。

"你妈妈不想要我留在这里。"有天晚上,他睁着眼躺在床上的时候,她对他说,"我知道你也受不了和我一起生活,连我都受不了自己了。让我走吧。"

他闭上眼睛,知道她看着他,知道她如果胆量够大,就会伸手摸他,让她留在他灵魂上的伤疤得以愈合。他想着自己的孤独——他的孤独浩瀚、灰暗、恒久不灭,因为他知道她不要他了。

"我知道我不能带走莉莉。"罗珊娜继续说,像个小小孩似的苦苦哀求,"你不会放弃她,我也不想带她走——我不能带她走,像我这么不幸的人,会害她的人生沾染上厄运。我只求你放我自由。"

他想起第一次遇见她的那个晚上,她在街上奔跑,周身有一圈透明的光晕,在黑夜中留下一条光影。

"如果你不放我走,我就会逃走。"她说,"不会事先警告,不会给你或莉莉留下只言片语。"

他睁开眼睛,突然怒火攻心,对着她大发雷霆。

"那就走啊!"他放声大吼,"看看我把你抓回来之前你能跑多远。走啊,看你能在街上待多久!"

她头一次看见他这么生气。

"在世界的这个角落,女人如果没有丈夫的书面许可,是不能出城去的。我会报警,让你被逮捕。我会要爸爸通知国家警卫队,把你抓回来。"

他转身背对着她,下了床,走到窗边。一会儿之后,他回过头,看见她还坐在那里——娇小,无助,困在绝境里。他觉得她很可怜。

"如果我让你走,"他说,放缓了语气,但怒气未消,"你会走丢的。你必须一辈子逃亡,你会孑然一身。有一天,莉莉会问我你到哪里去了,会问我为什么要让你走,而我将无言以对,没办法解释我所做的事。"

他看得出来,她不相信他。他也不确定他相不相信自己。

过了四个星期,铁慕尔回来了。他沉默严肃,看起来比以前老得多。他没请索拉博或芙洛莲·克劳德原谅,也没解释他去了哪里,或为什么离开。他想尽办法避开罗珊娜。面对芙洛莲·克劳德的憎恨,他为自己的软弱而羞愧——没错,就是软弱,就是因为放不下身段,他才会让明明一心渴望揽进怀里肌肤相亲的女人成为自己的儿媳——于是他把自己封闭起来,任罗珊娜去受芙洛莲·克劳德的复仇凌虐。接下来的几年里,他有过许多情人,不时展开漫长而且没有必要的旅行,只有在绝对必要的情况下才开口对儿子说话。但是夜里,每天夜里,他躺在没有门的卧房里,倾听着罗珊娜呼吸的声音。

他的手滑下她的胸口,从她乳房之间,到她的腹部,他的手指在她的肌肤上留下了苍白冰冷的痕迹。

铁慕尔回来几天之后，芙洛莲·克劳德掉了一副镶钻的绿松石耳环。事情发生的那天发型师刚好到家里来。芙洛莲·克劳德认识这个发型师已经十几年了，但是她毫不迟疑地得出最显而易见的结论。

"那个女人是贼。"她在社交圈里大肆宣扬，说了一遍又一遍，说她是怎么拿下耳环，摆在面前的桌子上，然后，突然之间，就再也没人见到那副耳环了。她在好几天里想尽办法诋毁发型师的名声，让发型师失去所有的好顾客。发型师要求见她，洗刷自己的罪名，但是芙洛莲·克劳德不屑地拒绝了。

就在芙洛莲·克劳德开除发型师之后，她马上又丢了两双凉鞋，仆人之间也为了个人物品消失吵得不可开交，因为每个人都怪其他人偷了自己的东西。铁慕尔不再每天早上找他的袖扣，索拉博不再带文件回家来看。接着，罗珊娜也坦承，她的蓝宝石项链不见了。

"是那个新女仆！"芙洛莲·克劳德说，"我一直觉得她心术不正。"

新女仆十六岁，是每星期来三次帮忙洗衣服的那个洗衣妇的远亲。芙洛莲·克劳德叫她来的时候,她趴在芙洛莲·克劳德鞋边哭泣,哀求饶她一命,活像小命就要不保似的。她发誓说绝对没偷任何东西。她说,如果家里知道她被安上了小偷的罪名,他们会在村子里把她给活活打死。

"告诉我,你把东西藏哪儿啦,"芙洛莲·克劳德冷冰冰地说,"我就让你安全离开。"

那女孩没招认。于是芙洛莲·克劳德要马西堤在仆人院落里烧起一堆火,把女孩手脚都绑住,威胁除非她坦白,不然要在火堆上烧死她。她一直到火把女孩的脚烧出水泡才罢休,当然啦,她没打算真的烧死那个女仆。她把女孩送回家去,还附带了一张清单,一五一十地列出家里丢掉的所有东西。

她并非天生就这么残酷。她之所以变成这样,是从她最珍重的东西被罗珊娜夺走之后才开始的。

年轻女仆的离去原本应该让所有的麻烦告一段落,只是三楼宴会厅茶几下那张六英尺长的波斯地毯突然消失了,还有一套二十九件的瓷器组——芙洛莲·克劳德的朋友送给罗珊娜和索拉博的结婚礼物——也不声不响地被从上锁的柜子里拿走了。

"是那个厨子!"芙洛莲·克劳德断定,一句话不多说就开除了那个人。

"是那个洗衣妇!"马西堤大叫,于是她很快也滚蛋了。

铁慕尔将客厅里那座有四百年历史的彩绘玻璃吊灯算在了园丁头上。负责熨衣的妇人发现自己是偷走索拉博那些皮面精装书的罪魁祸首。日复一日,从白天到黑夜,罗珊娜和芙洛莲·克劳德都在到处找她们丢掉的东西。

到那年岁末，芙洛莲·克劳德已经开除了家里除马西堤和他老婆之外的所有仆人，马西堤没有嫌疑。每回被问到另一件价值连城的古董到哪里去的时候，马西堤的老婆总是暗暗气得七窍生烟。芙洛莲·克劳德深信这些人全是罪有应得，就算开除他们之后，她发现自己在和窃盗鬼的战争中仍然没占上风，也绝不改变心意。新仆人顶多只待个几天，一段时间之后，芙洛莲·克劳德决定不再雇人——她才不在乎家里变得又脏又乱呢——等她先找出罪魁祸首再说吧。

然后她把矛头转向了自家人。

芙洛莲·克劳德已经告诫过罗珊娜，娘家的亲戚不准再到家里来，因为他们显然是小偷。现在，她告诉索拉博，不准再邀请任何人到家里来。雅各布的老婆和小孩久久才来探望他一次，也被要求打开提包，让她搜查。她打电话给相识二十年的朋友，也就是战争部部长夫人，问她上回来访的时候有没有误拿了一块名士表。那些没被直接套上罪名的人也听说了芙洛莲·克劳德疯狂的疑心病，还有她那幢脏兮兮的豪宅里空荡荡的橱柜与光秃秃的地板，因为什么东西都留不了几个星期就消失无踪了。他们听说罗珊娜永远都在找不见了的东西，也听说我，她的孩子，再也不敢独处，因为——芙洛莲·克劳德警告过我许多次——偷走这许多东西的人很可能也会在我最意想不到的时候抓走我。

大家听说这些故事后，都躲得远远的。他们相信，厄运已经降临。

罗珊娜去找铁慕尔。幽禁的压力与索拉博哀伤的重量沉得让她难以负荷，所以她去找他，说她想离开。那是一个星期五下午，铁慕尔坐在书房里抽烟，看着报纸。和往常一样盛装打扮的芙洛莲·克劳德坐在他书桌对面，看见罗珊娜走进来时，她大吃一惊。

罗珊娜比以前更瘦，更苍白，也让她的眼睛显得更大了。芙洛莲·克劳德发现，她长大了，变得更漂亮，也更具威胁性了。

"我来请求您成全。"她直接对铁慕尔说。

铁慕尔看着罗珊娜的时候，芙洛莲·克劳德观察着他。他的眼神顿时凝结，端起茶杯的手微微颤抖着。

"我想离开这个家。"罗珊娜看着他说，"我告诉过索拉博，我什么都不要，只要自由。我要您同意放我走。"

芙洛莲·克劳德忘了如何呼吸。她瞪着丈夫，暗暗祈求他，请求他，哀求他，说出他第一天就该说的话——罗珊娜可以走，她必须走，铁慕尔会让她走，让芙洛莲·克劳德可以重拾过往的生活。

他放下眼镜，站了起来。他从来没怕过任何人，也从来不畏战，可是他不敢看着罗珊娜。

"你是我儿媳。"他说，"就算我想，我也不能把你从他身边夺走。"

那天晚上,许多年来第一次,天使罗珊娜再次梦见她可以飞。她醒来,查看自己的床:她的床单干干净净的,枕头也是干的,但是整张床,还有黑色的大理石地板上,全铺满了长长的淡蓝色羽毛。

莫拉德对铁慕尔说，他们应该采取强硬手段来防范盗贼。

"你想怎么做就去做吧。"铁慕尔漠不关心地对他说，"你什么也阻止不了的。"

于是莫拉德去找索拉博，他们一起拜访了铁慕尔的朋友，那位负责德黑兰治安的将军。将军加派了额外人手来保护大宅，还在信仰大道上布了六个岗哨。他们在庭院的围墙上拉起有倒钩的铁丝网，把铁门换成厚重的实心金属门，还买了四条护院犬。他们要马西堤白天时用铁链套住狗，晚上才放它们出来，喂它们吃生的牛犊肝，用鞭子抽得它们暴躁狂怒。

马西堤把它们养在温室里，让高温惹得它们更生气。夜里，它们绕着房子到处跑，追着每个影子，攻击除了给它们喂食的马西堤之外的每个人。一段时间之后，因为窃盗鬼没被吓退，所以他白天也放狗出来——确保没有人能偷偷溜进院子里。它们整天狂吠，想跳过隔开仆人院落和庭院的围墙，攻击洗衣服的芙洛莲·克劳德和罗珊娜。这几条狗没能保护大宅免于窃盗鬼肆虐，反倒成了看守大宅的狱卒——就像芙洛莲·克劳德拆掉的门、开除的仆人，以及在这条街上巡逻的士兵一样。

日复一日，罗珊娜觉得自己被困得越来越严了。

我五岁生日那个晚上,罗珊娜告诉我,等没人看见的时候她就要远走高飞,无论在大地或海洋都再也找不到她的半点踪迹。

我们躺在她的床上。她还是和索拉博一起睡在二楼的卧房里。有时候,索拉博在书房待得很晚,她就会带我到她床上,过了半夜还和我聊个没完。

"他们会来找我。"她说,"一千个男人,提着一千盏灯笼,就算他们翻遍每一寸土地,找遍每一条河流,也永远找不到我。"

无助的我静静聆听着,努力压抑着害怕想哭的感觉。我知道她之所以对我倾诉,是因为我是她唯一的朋友,我是这个家里唯一毫无条件爱她的人。我从来不懂她为什么想要离开。

"异教徒铁慕尔会找上国王军队的每一位将军,你爸爸会召来军队里的所有士兵。"她说,"他们会攀上高山,爬下谷底,但是我已经远走高飞了,没有人能找得到,而且这一次——这一次,我不会回头。"

她一定知道她这样做是在伤害我。她双手捧住我的头,亲吻我的眼睛。我吸进她头发里的海洋气息,屏住呼吸,不敢哭出来。

"对你来说会很痛苦,"她说,"我知道。我很小的时候也失去了妈妈。可是你必须活下来,就像我一样,而且我知道你办得到。

你必须活下来,因为你留在这里,和爸爸在一起,才有未来。我不能夺走你的未来。"

夜里,在梦中,我赤脚走在沙漠上,手里提着灯笼,周围有上千个孩子——是我自己的影子——唤着天使罗珊娜的名字。

芙洛莲·克劳德召开了一场家庭会议。她叫来铁慕尔和索拉博，罗珊娜和马西堤，甚至还有莫拉德和"果冻"雅各布。她不会再像几年前那样屈服于丈夫了。

"我和好多个安保方面的专家谈过，"她说，"他们都认为我们家的失窃事件是内贼做的。"

她一面说一面在房里踱来踱去，双手叉在纤细依旧的腰上，看起来很镇静，掌控全局，比屋里的其他人都更有权有势。铁慕尔的不忠默许了她拥有操控大局的权利。

"有个住在这里的人给我们招来了厄运。"她没提罗珊娜的名字，因为每个人都知道她说的是谁。

"果冻"雅各布的手不停举起放下，好像要唤醒他自己的身体。

"和厄运无关。"他说，"是那两个到家里来的男人把东西都拿走了。"

没人理会他的话。

罗珊娜知道芙洛莲·克劳德骂的就是她。她坐在索拉博身边，静静看着芙洛莲·克劳德，此时的她一心相信自己拥有腐蚀一切的影响力——像光晕一般环绕她周身的厄运，会传染给每个她碰触的人。

"我想，知道敌人在哪里是很重要的。"芙洛莲·克劳德继续说，"我们必须保护自己，不受敌人和敌人后代的攻击。"

索拉博抬起头。原本一直心不在焉的铁慕尔也突然转头看向芙洛莲·克劳德。

"这幢房子着魔了。"她继续说，"我们应该搬家——我指的是真正的家人——让其他人留下来。"

莫拉德扬起眉毛，一脸讽刺的神情，很想知道芙洛莲·克劳德会嚣张到什么地步。

"谁才算真正的家人？"

"铁慕尔、索拉博、雅各布先生和我。"

连雅各布都吓呆了。

"那你要拿罗珊娜和莉莉怎么办呢？"莫拉德问。索拉博起身离开。他自己一个人走出去，没对母亲或妻子说半句话。铁慕尔也回到书桌旁，坐在堆积如山的文件后面，开始看了起来。

"不必搬家。"雅各布努力想让别人听见他说的话，"你们要做的只是别再让那两个男人把东西搬光了。我每次看见他们就大声喊，可是没有用。我听得见自己讲的话，可是最近我的声音好像都传不出去。"

又高又瘦，永远都是小白脸的传信人莫拉德，穿着一身量体定做的黑色西装跨过客厅，完全无视芙洛莲·克劳德的存在，开口对他弟弟说。

"是时候管管你老婆了。"他说，一手抚着刚刮过胡子的皮肤，"她当着你的面发疯，你却一点都不在意。"

芙洛莲·克劳德扑向莫拉德，打了他一耳光。

"你自己照照镜子吧！"她对着大伯破口大骂，"你靠我丈夫施舍过了二十年。你根本就是条流浪狗，要不是他接济你，你早就饿死在贫民窟里了。"

就因为这样，莫拉德才会心生此念——在接近人生终点的此刻，除了他自己之外，每个人都很清楚，他什么都不是，只是个受过教育的纨绔子弟——他下定决心要向芙洛莲·克劳德证明自己的生意洞见，不再仰赖铁慕尔的金钱资助。

那天他做的第一件事是回家，告诉老婆儿子，以后别再到铁慕尔办公室去领每个月的津贴了。然后他到银行，查了储蓄账户里的存款余额。

"三万里亚尔。"认识他的那位经理很热心地微笑着说，"但是，当然啦，您随时可以用您弟弟的信用额度。"

莫拉德摇摇头。在1971年，三万里亚尔够让他请几个朋友在夜总会吃顿晚餐，不过当然不包括酒钱啦。若要当投资的资本，这笔钱连零头小费都不够。

他把钱全领出来，邀银行经理一起去吃晚餐。他们喝伏特加，吃鱼子酱、红酒炖鸡，还有浇上巧克力酱与发泡奶油的香草冰激凌夹心泡芙。吃甜点的时候，莫拉德要经理贷款给他——不靠铁慕尔的户头，他特别强调，而是看在他们新友谊的分上。经理喝下一杯波尔多红酒，握握手就同意给莫拉德没有上限的信用额度，心中暗暗认定铁慕尔会像以往一样做担保人。

然后经理告诉莫拉德，有笔很棒的投资，能让他马上发大财。有个和王室有货真价实血缘关系的空军将领，在北部拥有一块一千英亩¹的已开垦的上好农地。这是他和国王的兄弟合伙买的,可是国王陛下不赞成这桩交易,所以将军被命令卖掉土地——得赶在国王还没失去耐心之前卖掉。他急着脱手,所以愿意吞下巨额亏损,这也就意味着买家会大有赚头。

他们又喝了一杯红酒。经理的信任让莫拉德很感动。

"就凭您的家世,您的见识,您的正直,还有谁比您更适合成为陛下兄弟的合伙人呢?"经理怂恿莫拉德道。

一亿里亚尔——三十万美金多一点——莫拉德就能踏上致富之路了。

他回家告诉儿子,他要自食其力让他们大富大贵。他捎了信给铁慕尔,说他已经和高官权贵搭上关系,不再需要弟弟的接济,兄弟之间没什么好计较的。铁慕尔打电话给银行老板,打听到,莫拉德靠着铁慕尔的信用借来的钱买的那块地,的确是片一等一的地产——就因为太好了,所以执掌所谓的巴列维基金会的国王姐姐已经宣布,基于国家安全的理由要没收充公,所以那位将军才会这么急着找买家——他要赶在国王姐姐把地产夺走之前至少拿回自己的本钱。

铁慕尔找莫拉德来。莫拉德志得意满,神采飞扬,穿着靠赊账新买的行头,漫不经心地对铁慕尔解释说,他现在是王室的合伙人了。铁慕尔哈哈大笑。他打开抽屉,写了张取款条给莫拉德。

"这是你这个月的钱。"他很和气地说,"那笔土地交易是个骗局。"

他没生莫拉德的气,但他也没想到这个消息对哥哥的打击会

---

1. 英制土地面积计量单位,1英亩约等于4047平方米。

如此之重。他从没想过这会要了莫拉德的命。

就因为这样——月姑蜜黎安非常肯定：传信人莫拉德是伤心而死的，虽然他看过的众多医生下了一连串什么用处都没有的诊断。他全身胀满了悲痛——他可以摸到皮肤底下胀得硬邦邦的——悲痛毒害了他的细胞。悲痛威力无穷，会让人血糖飙高，会让人在睡梦中昏迷，完全不知道发生了什么事。悲痛会攻击神经细胞，让受害者不良于行，靠轮椅度日。在西方，医生和科学家给悲痛酿成的病症取了名字：癌症、糖尿病、多发性硬化症。他们声称没人知道这些病是怎么来的，也不知道该怎么治疗。但是在东方，自太古之初，在有医生出现之前，就有人因悲痛而死，从来也没有人觉得有什么疑惑不解的。波斯语里头甚至还有个专门的词：Degh——字面意思是"因伤心而生病致死"。这就是莫拉德的遭遇——医生和所有的科学家都束手无策。

那天，莫拉德坐在铁慕尔的会客厅里——西沉的太阳照在窗户上亮闪闪的——将近一个小时，半句话都没说。然后他开口要了杯水，喝掉之后，发现自己胃痛得厉害。他回了家，好多天的时间里，什么东西都没吃，只喝冰水和家酿的原味酸奶。但是，他胃部的灼痛还是没消失。

老婆劝他去看医生。莫拉德当着她的面摔上门，仰卧在床上，听着国营电台播送歌颂国王的宣传节目。几天之后，她在他的马桶里看到了血，骂他一定是和哪个有钱女人睡觉，被传染了不治之症。莫拉德大发雷霆。为了惩罚老婆，他又去看了那个有钱女人。

打从四十多年前开始生理发育以来，莫拉德的身体第一次不听他的欲望指挥。

这回他去看了医生。他告诉那人说他最近瘦了15公斤，就算待在温暖的房间里，也老是发冷、颤抖。医生发现莫拉德在发烧，于是给他做了检查。诊断结果是，莫拉德的发抖是由他拼命压抑的疼痛造成的，而这疼痛是由长在他胃部的肿瘤——而且很可能是恶性肿瘤——引起的。

莫拉德去找弟弟帮忙。

异教徒铁慕尔把医生叫到办公室来，反复质问，好像这医生是个犯下重罪后被逮到的卑贱罪犯。铁慕尔带莫拉德去看了第二个医生，接着又看了第三个。他要求亲自查看检验报告，并付钱请其他医生来分别解读报告。

"亲爱的先生啊，"有个戴眼镜的X光设备操作员吹声口哨说，"就肿瘤的大小来看，我建议明天就开刀，否则您就得接受您哥哥快死了的事实。"

铁慕尔气得脸色发青，用力在X光设备操作员的桌上一拍，对他宣战。

"去你的，什么快死了。"他说，"我要带他到美国去。"

经伦敦飞纽约的班机预定在1971年6月18日上午七点起飞。铁慕尔和索拉博要陪莫拉德一起去。这是他们用尽一切办法所能安排到的最早起程时间。他们贿赂了好几个官员，才跳过通常不可免的漫长等候流程，迅速拿到护照和签证。

这会儿，莫拉德又瘦了好几斤，他老婆天天到铁慕尔家里，哭诉说如果不快点采取行动，她就要变成寡妇了。铁慕尔看着哥哥，颤抖叹息，叹息颤抖。

他对莫拉德保证，美国医生会治好他的肿瘤，他们很可能不必开刀，因为只有那些在医学上毫无长进的东方蛮医，才会把外科手术当成是最后的手段。毫无疑问，他们会给莫拉德开一些药丸，指示他吃合宜的饮食，或许还会判断出根本没有肿瘤要治。

芙洛莲·克劳德很后悔自己对莫拉德做的事，请了毛拉到家里来，宰了一头羊献祭。她把几滴羊血放进一个小瓶子里，然后将瓶子交给莫拉德。

"戴在脖子上吧，从美国回来再取下来。"她教他，而这辈子都对怪力乱神嗤之以鼻的莫拉德也乖乖听从了。

他们在凌晨三点出发去机场。我和罗珊娜起床送行。

莫拉德的老婆靠在他肩头哭，泪水把他的外套沾得又湿又黏。

芙洛莲·克劳德把他拉近胸前，头碰着头，掉下真情实感的眼泪。

罗珊娜站在楼梯顶端对他挥手。她穿着淡蓝色的长睡衣，头发披散在肩头。她看起来像根蜡烛，我想。如果她再往前靠个一寸，就会翻过去，跌下栏杆，落到门口的黑色大理石地板上，摔得粉碎。

他们离开之后，罗珊娜拉着我的手，带我回到我的房间。

芙洛莲·克劳德在走廊上碰到我们。她有点妆容不整，她上彩妆向来一丝不苟，现在眼睛周围的妆花了。她抓住罗珊娜的肩膀。

"就只剩下你和我了，"她咬牙切齿地说，"滚吧。"

日子一天天过去，整个夏天家里没半个访客。芙洛莲·克劳德锁起门，放狗出来，不准罗珊娜和我出门——哪怕一天也不行，一个小时都不准。她整天都在弄头发，修指甲，煮东西，照顾"果冻"雅各布。罗珊娜和我打扫房子，一起坐在厨房里，躺在她放在露台的床上读童话故事，一起在她卧房里吃饭。我很怕芙洛莲·克劳德，担心罗珊娜会实现她之前说的话，逃离这个家，留下我一个人——也担心窃盗鬼会把我从她身边抓走。我紧紧跟着罗珊娜在家里到处转，一刻都不放松。我倾听她的脚步声，学会睡眠很轻，只要听不见身旁有罗珊娜的呼吸声就醒来。我常常整夜不睡，在罗珊娜床边看着她，提防着芙洛莲·克劳德和窃盗鬼。

我想告诉她——我的妈妈，一心一意只想离开的妈妈——我多么希望她改变心意，和我一起留下来。我想说，罗珊娜是我唯一的朋友，有她在身边——就算是在这幢满是恐惧的房子里，就算是在这个暑热蒸腾、危机四伏的夏日——也是我最接近拥有安全感的时刻。

"如果你要走，就带我一起走吧。"我想这么说。可是我怕罗珊娜会拒绝，我怕她再一次告诉我，她要怎么逃走，怎么消失，让所有的人都找不到她。

我从来没开口。

唯一还到家里来的外人是海绵女芭西耶。她长得很矮，宽度和高度差不多。她的腿胖得像两条晃荡的肥油。她总打着光脚，因为找不到能塞进自己那双肥脚的鞋子，所以她的脚底板很厚，黑得像皮革一样。她手上也有厚厚一层茧，手掌甚至没法握起拳头来。

海绵女芭西耶穷得买不起手推车或驴子来载她的货。她把杂货——清洁剂、肥皂、洗衣粉——装在两个很大很大的袋子里，扛在肩上走。她每个星期六早上在太阳还没变得炽热之前，到我们家来，而且不卖掉一些东西绝不离开。芙洛莲·克劳德到处找小偷，骂人忘恩负义，也没吓倒她。马西堤威胁要报警，她充耳不闻。就连狗都没办法赶她走。

"滚——开——"她厉声喝住那几条狗，声音之响，让她脚下的红砖步道都现出微微的裂痕。恶狗在她面前只呻吟几声就退下。她拖着身体跨过庭院，走上门口的三层台阶。

"看看你噢，"那年夏天，我应门的时候，她说，"这么好命，简直让我想吐。我比你还小的时候，不到四岁吧，我妈就把我从村子里带出来，拿个背囊让我扛着。她给我核桃，让我论斤卖。如果卖不掉，我们就没东西吃。其他和我同龄的小孩都在当乞丐，我妈也当乞丐，可是没有人会免费给我任何东西，因为我长得太丑了。"

她把同样的故事说给罗珊娜听，还对芙洛莲·克劳德说，她才不管我们这天需不需要任何东西呢，我们必须跟她买东西，是因为我们欠她，因为我们很富，花得起闲钱。

"要是你们不买,"她坦白地警告芙洛莲·克劳德,"我就永远留在这里不走。再不然我就诅咒你,带走你儿媳还没来得及摧毁的所有运气。"

芭西耶说着说着叹了口气,放下肩上的袋子,把东西都倒在地上。

袋里如泉涌一般冒出五彩斑斓的物品——几十个绿色、橘色和红色海绵,一瓶瓶靛蓝色的漂白水,一块块粉红色的肥皂,一盒盒香喷喷的洗衣粉,从她的袋子里跳出来,宛如从恐怖野兽嘴里吐出来的珠宝,散落在我脚边的地面上——穿透蚀刻玻璃门的光线,在这些东西上映出一片方方长长的白色光影,把我所处的这个充满恐惧与忧伤的世界变得奇幻多彩。

"看看这些东西,"芭西耶面对着这堆她创造出来的物品,露出神一样的微笑,"挑你想要的吧。"

我跪在地上,伸手让整个手肘没入这堆东西里,希望能永远留住这缤纷的色彩。

没有半点声响，只有一只冰冷的手的抚触，它动作轻快地把我拉出被单，让我坐起来。有人帮我套上鞋子，披上外套。我闻到海洋的味道，睁开眼睛。罗珊娜在黑暗里对我微笑。

"嘘！"她轻声说，几乎是用唇语，"别说话。"

她抱我下床，走到窗边，光着脚，鞋子放在外套口袋里。她的脚步声很轻，听起来像雨滴打在石材地板上。她在窗边停了下来，望着院子。

"我们要爬下梯子。"她说，嘴唇抵着我的头发，"你要紧紧抓住我，别放手。等我们到了下面，我会拉着你的手一起跑。"

她背起我，让我用双臂抱着她。五岁的我已经快要重得背不动了，可是罗珊娜动作轻巧，好像浑然不觉我的重量。

她攀上窗台的时候，我把头埋进她的肩颈间，不敢往下看。

我们家房子的外墙是用黄色砖块与白色石块砌成的。罗珊娜打算靠专门用来修理房子和清烟囱的梯子从二楼爬下去，从我的房间到院子里去。

"狗怎么办？"我问。

"狗全死了。"罗珊娜如释重负地叹了口气，"海绵女把它们给毒死了。"

那是十一月初。传信人莫拉德还和铁慕尔与索拉博一起在美国。我已经开始上幼儿园了,但是罗珊娜还被拘禁在家里,在芙洛莲·克劳德的监视之下,不准拥有任何自由。

"芙洛莲·克劳德睡熟了。"她对我说,"我们会赶在她醒来之前回来。"

夜晚的空气沁凉舒爽,但是也亮闪闪的,很惊人。罗珊娜吸了一口,想压抑自己的兴奋,等她吐出气来的时候,就像个无忧无虑的孩子。

我老是想象我们家外面的世界,天黑之后就会像我的房间一样寂静无声。现在,我站在人行道上,抓着罗珊娜的手,第一次看见黑夜在我面前绽放千万朵光花:穿工作服的男人走过我们身边,一面抽烟,一面聊天;每个街角都有裹着毯子的乞丐出声呼喊,看罗珊娜不给钱就咒骂起来;满脸疮疤、光着脚丫的孩子扯着我外套的袖子,拿着一盒盒口香糖、一包包红色万宝路香烟和一叠叠乐透彩票,猛往我面前递。

音乐从过往车辆敞开的车窗里流泻出来,宛如流水般淌过我的身体。一个裹着报纸保暖的老人用皮带牵着一只猴子,在寻找能让他的动物表演的地点。那只猴子穿着缎面背心和镶亮片的短裤,头戴皮草帽子。每回老人一喊它,猴子就转过头,不屑地看着它的主人。

有个卖花的小贩,怀里捧着一把园圃里栽植的玫瑰,一不小心撞上了那个老人,她怀里的玫瑰散了一地,飘落的花瓣撒满了人行道。

"看！"罗珊娜拉拉我的手。

有个女人跨过街来。一袭白色长袍在风中飘扬，露出她一双修长美腿。她没穿袜子——只套了双长度过膝的红色漆皮长靴。她的现身让街上的司机们乱了章法。车辆急刹车，在结冻的马路上滑行，一面闪避她一面狂按喇叭。那个女人头一扬，长袍滑下肩头，她发出一声清亮悦耳的笑声，回荡在整条街道上，让其他的声响都相形失色。这就是长靴帕丽，罗珊娜告诉我，德黑兰最出名的妓女，以她那双只穿长靴的修长美腿而闻名。

有辆出租车停在帕丽脚边几英尺处的地方，车里塞满乘客——这辆小小的橘色汽车里坐了七个人——司机下了车，坚持要他们离开。乘客们纷纷抗议，要求搭到他们的目的地，但是司机不为所动。

"帕丽小姐要乘车。"他对乘客说，尊称帕丽为小姐。他们周围的交通变得混乱而狂躁。大家下车对着出租车司机狂吼，叫他把车移到路边，让其他人可以过去。长靴帕丽就只是披着垂到肩头的长袍站着，笑了起来，她一头黑发闪亮柔软，光溜溜的腿一点都不冷的样子。即使隔了段距离，我还是闻得到她的香水味，熏得她年轻的手指黄黄的香烟的味道，看得见她每回张口一笑就从嘴里冒出来的干冷白雾。

我们走到下一条街。罗珊娜想叫出租车，却招不到：车全客满了，载着许多人前往同一条路线上的不同地点。最后，罗珊娜选择叫一辆非法做出租车生意的私家车。

"如果有人问起，"她警告我，"绝对别说出我们的名字。城里的每个人都认识你爷爷，他们很可能会告诉芙洛莲·克劳德说他们看见了我们。"

一直到这时,我才发现自己还穿着睡衣,外面套着我及膝的大衣。

我们沿着一条宽阔拥挤的街道往北开,车里坐满陌生人,我只得垂下眼睛,看着脚边,心脏兴奋得快跳出胸口。车子终于停下来之后,罗珊娜拉着我走上满是音乐又人潮涌动的人行道。红色、蓝色、橘色的灯光在我眼前闪烁。

"这个游乐园一年到头都营业。"罗珊娜告诉我,"每天晚上都开,我常想着要带你来,结果都是自己来。"

售票亭的那个人瞎了一只眼,那只眼睛没有瞳仁,全是白的。

"你们不应该在没有男人陪同的情况下上街。"他把票递给罗珊娜的时候说。

我们排队等摩天轮。一坐上位子,罗珊娜就微笑着捏捏我的手。我看着地面离我们越来越远,人变得越来越小,听着音乐渐渐远去,然后再绕回来,又升起,再回来。罗珊娜伸手托住我的下巴,让我仰起头。

"往上看!"她说。天空宛如流水淌过我全身。

"我有一次飞了起来。"罗珊娜说,"六岁,还和妈妈住在一起的时候。有天晚上,我长出翅膀,飞了起来。"

她看见我目瞪口呆的表情。

"我不知道是怎么回事,"她耸耸肩,"说不定只是做梦,说不定我就是和平常人不一样。

"但是从那个时候起,我就再也受不了双脚站在地面上的感觉了。"

传信人莫拉德从美国回来了,他躺在担架上,胃旁边吊着一个塑料袋子。铁慕尔走在他后面,眼神狂暴,手提着装满止痛药的箱子。美国,他对芙洛莲·克劳德说,是笨蛋去的地方。

医生说莫拉德还剩两到六个月的生命,但他回到家不到三十天就死了。

芙洛莲·克劳德不敢在家里守灵,因为每天这么多人进进出出,让小偷又有机会来偷她的东西。

"可是已经没有东西可偷了。"铁慕尔苦涩地说,环顾着空荡荡的客厅,以及消失的画框在墙上留下的尘迹。

在七日丧期[1]的那个星期,我待在家里没去上学,穿着一身黑衣,看着来来往往吊唁的人。铁慕尔的朋友带着妻子一起来,他们被空荡荡的大宅吓坏了,彼此交头接耳说芙洛莲·克劳德的说法是真的,她儿媳的确带来了厄运。莫拉德的众多情人或独自或陪着丈夫一起来,个个都是身穿紧身洋装,腿裹黑色丝袜的美丽女子,

---

1. 犹太人第一阶段的守丧期,家人过世七日之内,丧家在自宅接受亲友吊唁,并在家中一同祈祷。

浓妆艳抹，浑身珠光宝气。她们和每个人握手，然后坐下来，一面仪态优雅地拧着面巾纸哭，小心翼翼不弄花睫毛膏，一面四下张望，寻找可能的新情人。她们对铁慕尔和索拉博微笑，提供同情慰问——任何时间，不分昼夜——以及她们的电话号码，她们温暖的怀抱。

洛雪儿来过两次。她穿着皮草大衣，一坐下，脚几乎不落地，冷眼看着她丈夫想办法在莫拉德留下的那些女人中哗众取宠。每隔几分钟，她就到浴室里去补妆，抽根摩尔香烟。

苏珊来过一次，对罗珊娜谈起她的未婚夫——一名鞋子脏兮兮、外套皱巴巴，自称是个建筑师的男子。他对她谎称年龄，少报了好几岁。他把能扯的谎全扯了，她知道自己如果嫁给他，总有一天会在最紧要的关头伤心失望。她问罗珊娜，嫁给一个爱她的有钱人是什么滋味。

"我不知道。"罗珊娜平静地说。她没注意到我在看她，她不知道我听见了苏珊的问题，我再一次从妈妈的反应里感觉到背叛的锥心刺痛。"我过的仿佛是其他人的人生。"

一整个星期里，罗珊娜都坐在铁慕尔正对面。他从没看她一眼。她知道索拉博和芙洛莲·克劳德都盯着她。然而，她极度渴求通过靠铁慕尔如此之近，知道他本能地感觉到她的存在，知道他的身体、他的每一条神经都和她同步共鸣。

一次又一次，她看见自己朝他走去，就在这间坐满盯着他们看的男女老少的房间里，在这间窗户垂下黑色帘幔、没有镜子、每张桌子上都摆满丧仪白兰花的房间里。她看见自己走向铁慕尔，走向救赎的最后一段旅程，站在他面前，深深凝望着他。她弯下腰,缓缓地,让她的脸碰触他的脸颊。她的唇轻啄着他的肌肤、他下巴的轮廓、他的嘴。

"再一次吧。"她在他耳边低语,她知道会有什么后果,也不怕会带给其他人什么痛苦。他的目光穿透了她。她拉起他的手,让他解开她的衣服。她的肌肤赤裸,冰冷,饥渴。他轻抚着她的胸、她的腹、她的大腿内侧。她叹了一口气,张开腿,坐在他双膝上,面对着他,把腿缠在他腰上。

在房间里,大家哭泣,交谈,为死者祷告。罗珊娜从没离开她的座位。

月姑蜜黎安在守丧的最后一天来了。

她依旧是个美丽的女人,但早已习惯了牙尖嘴利的学校老师的形象,老是一副认真严肃、天不怕地不怕的模样。她永远只穿黑色的衣服,不化妆,也不做头发。她比罗珊娜认识的其他女人都勤奋两倍——生儿育女,管理丈夫的生意,打理婆家和娘家的大小诸事,更重要的是,努力迎战接踵而至的人生挑战。

她给罗珊娜一个瓶子。这是一个有纤长瓶颈的圆底绿瓶。

"妈妈的泪瓶。"她淡淡地说,"只要失去了她生命中某个重要的人,她就对着瓶子掉眼泪——她姐姐离家出走啦,她把你送给猫婆啦,塔拉叶勾搭上侄儿啦。她收集自己的泪水,等瓶子满了,就喝掉,好证明她心中的哀痛。"

罗珊娜接过瓶子,茫然盯着。蜜黎安看着她。

"这是妈妈唯一留给我们的东西。"她说,"我想这样很公平,因为你那么小就被她送走了,在她所有的孩子里,你最应该得到她遗留的东西。"

罗珊娜抓住瓶子，抓得很用力，好像快把玻璃捏碎了。

"每回我看到你，你都更瘦了。"蜜黎安对罗珊娜说，"我知道你的生活有点不对劲儿。"

她等着罗珊娜回答，但是罗珊娜还是盯着瓶子，没抬起头来。蜜黎安自己下了结论。

"查尔斯和我终于搬出犹太区了。"她说，"我们得先等他妈妈过世，因为她不肯住在其他地方。现在我们住在波斯波利斯大道108号。"

她往前靠，轻声说出最后几句话。

"如果你能想办法逃开那个女魔头，"她朝芙洛莲·克劳德的方向点了点头，"就来找我，告诉我出了什么事。"

罗珊娜打开泪瓶。里面能看到秀莎泪水的盐结晶覆盖在玻璃上。她想着，蜜黎安的做法还真讽刺——带来妈妈的泪水给她，让她继承了悲伤与羞辱。有那么一会儿，罗珊娜觉得应该毁掉这个瓶子，但她最后把盖子重新盖好，将它收进了她的房间。

那天晚上，她梦见了蓝宝石大象。

那些大象是深蓝色的，浑身发光，身形比真的大象还大，晶莹剔透得像玻璃一样。它们站在她床边，用清澄如水晶的眼睛凝望着她。它们灿烂的色彩让她目眩神迷，竟没有马上发现它们是活的，会动。她伸手触摸其中一头，但只是轻轻一碰，那头大象就粉碎成了千千万万片。她又摸另一头，再一头，每一次，大象都爆裂成亮闪闪的蓝色玻璃碎片。它们的肢体分崩离析后跌落在大理石地板上发出震耳欲聋的声响，让她再也听不见其他声音。她醒了过来。

罪人索拉博俯望着她。

"你做梦了。"他摸着她的头发说,"别怕。"

她一直等到他又睡着了才下床。她看见地上有根白色的羽毛,就悄悄用脚把它推到墙角。她想,索拉博迟早会注意到这些羽毛,会问她羽毛打哪儿来的,会知道她的秘密。

她走到卧室尽头的水槽,洗了脸。她想起梦中的大象,想起铁慕尔在婚礼那天晚上送给她的蓝宝石项链。她记起他把宝石戴在她脖子上时,手轻触着她肌肤的感觉。她感觉到串串水滴,冰凉凉打在皮肤上,淌下脖子,流进了她赤裸的胸膛。

她在镜里瞥见自己:三十三岁,困在人生的尽头。

她知道铁慕尔醒着。他在镜里看着她,等待着她,渴望着她。她倾身向前,靠近自己的镜影,让她的呼吸在镜面上留下一个雾蒙蒙的影子。她在雾里吻他。

"带我走。"她对他说,"让我出卖我的灵魂。"

她走到窗边,望着院子。她一定得离开这幢大宅,在再次向铁慕尔屈服之前,她一定得离开。

她来到我的房间,看着我睡。她吻了我的额头,翻过我的手,吻我的掌心。

"好好睡。"她说。

我听到她的声音,但没张开眼睛。我已经好多年都是半睡半醒的,永远留意着妈妈的一举一动,永远观察着她。我爱她的亲昵,爱她目光的重量——甚至也爱她行止之间的哀伤。那天晚上,她离开房间的时候,我下了床,跟踪她。

走廊好暗,可是我看得见罗珊娜那袭宛如明亮光影的白色睡袍。她不知道我跟在她背后,跟着她爬上楼梯顶端,倾听铁慕尔的动静。有那么一会儿,她以为她会呼唤他,以为她会张开久久紧闭的嘴巴,高声呼喊他的名字,把一屋子的人全叫醒,砸碎这片死寂——这紧紧禁锢着我们,压得人喘不过气来,蚀骨灼心的死寂,这压抑所有的本能与欲望换来平静的死寂。她已经听得见她自己的声音——尖锐、响亮、曾经勇于提出要求的声音。她会唤醒铁石心肠、拒人于千里之外的铁慕尔,唤醒眼盲心疯的猫婆雅丽珊卓,唤醒目空一切、快活自在的电影明星茉希狄。她也要唤醒秀莎——这个母亲只将眼泪留给了她——要她收回她的泪水。她要唤醒她的父亲,哭喊说在恍如隔世的那个晚上,在小鸡夫人善恩家屋顶的那个晚上,他应该要在场的呀;他应该在那里,站在罗珊娜和她母亲之间,不让罗珊娜跌落,救回自己的女儿。

但是罗珊娜没高声呼喊,她用牙齿紧紧咬着舌头,咬得一嘴血,滴到睡衣的前襟上。

她转身,往楼上走。虽然她的眼睛在一片漆黑之中曾停驻在我身上,但她没看见我。她爬上楼梯。

我们家的整个三楼是一大间宴会厅,有许多相通的门,是铁慕尔和芙洛莲·克劳德在冬天招待宾客的地方。以前这里布置着意大利家具和法国真丝绣帷,现在空荡荡的,满室尘埃,所有的东西都被偷了,只剩下芙洛莲·克劳德和铁慕尔去度蜜月时在德国买的巨大吊灯。房间靠外的一面是一整排落地的蚀刻玻璃门,通往宽阔的露台,露台锻铁栏杆上攀着白色和粉色的茉莉花。就在这里,透过玻璃门,罗珊娜在婚礼那天晚上第一次在宾客面前现身。

现在,她穿过宴会厅,踏上露台。在她背后,一阵微风轻轻拂动着吊灯上的水晶垂饰,扬起细碎的烟尘,水晶叮当响,宛如风铃。我听在耳里,打了个哆嗦。

罗珊娜爬上栏杆。

"妈妈。"我有点迟疑地喊她,冲进宴会厅。我怕她会气我跟踪她,但是我马上就知道,她根本没听见我的声音。

她站在栏杆上,光着脚,身穿白睡衣。她没往下看,反而仰望着夜空。

突然之间,我明白她要做什么了。

"妈妈!"我大喊道,"妈妈!"

她转头,往后看。她的视线停在我身上,但是没看见我。我在她眼里是隐形的——是众多鬼魂中的一个,一个她听不见的声音。

她张开双臂,迎向夜色。

我的哭声响彻整幢宅子。

索拉博冲上楼来，看见我攀在栏杆上放声尖叫，叫得那么用力，害他担心我脖子和额头的血管会爆裂。他抓住我，但是我疯狂地死命挣扎。他把哭叫不休的我抱起来，带到水槽边。他泼到我脸上的冷水只让我惊吓得更厉害。我一直喊着罗珊娜的名字，惊魂难定。芙洛莲·克劳德上楼来，后面跟着铁慕尔，接着是马西堤。

"喂她一点鸦片吧。"马西堤建议道。

他们把我带到厨房，抓着我，让"果冻"雅各布朝我嘴里喷鸦片烟。我挣扎了一会儿，慢慢觉得浑身乏力。我的肌肉放松了，头朝后仰，哭喊到一半就突然安静下来。

索拉博以为我是因为鸦片而引发了心脏病，惊慌失措。

"别管她。"芙洛莲·克劳德把他从我身边拉开，"她只是昏过去了。"

他们站在我身边，完全不知道我看见了什么，也没发现罗珊娜不见了。我急促惊慌的喘息逐渐变得平缓放松。有那么一会儿，家里唯一的声音就是我的呼吸声和雅各布抽水烟的声音。芙洛莲·克劳德注意到雅各布有话要说，他挥着手想引人注意，这是他发不出声音时惯有的动作。她知道雅各布的血压一定又降低了，就泡了糖水，用勺子喂他，让他恢复体力。

就在她准备从他身边走开的时候，他从帽子底下抬眼看她。

"我看见那个女孩了，"他说，"你儿媳。她有双白色的翅膀，从厨房的窗外飞了过去。"

他们搜索大宅、女仆宿舍和庭院。索拉博和马西堤坐上车，开遍方圆十英里[1]内的大街小巷。到了早上，铁慕尔打电话给一个朋友——德黑兰的警察局局长，告诉他罗珊娜的长相。"一个年轻的女人，"他说，"身材像小孩，却有一双很老成的眼睛。"

警察局局长要铁慕尔放心，他一定会找到罗珊娜。他保证，永远没有人能躲得过皇家军警的，更别说是穿着睡衣，光着脚，没钱也没证件的女人。

"她今天吃晚饭的时间就会回家了。"他保证，然后挂掉电话。

我们等着。铁慕尔又打了几个电话。索拉博从中午到晚上找遍了全城。他们问我问题：你看见什么了？罗珊娜是什么时候离开的？她跳出窗户之前有没有对你说什么？

我很想帮他们——即使这样做等于背叛罗珊娜，等于违背她的意愿，带她回到这个她长期以来一直想逃离的家。我很想告诉他们，罗珊娜是怎么告诉我说她可以飞，是怎么从好几个月之前就警告我说她终将离开。我想描述我以为自己目睹的情景：罗珊娜像小鸟一样展翅飞翔，从我们家飞走了，完全没落地过。

---

1. 英制长度计量单位。1英里约为1.6千米。

他们会相信我吗？

疑惑让我哽咽难言。

铁慕尔和索拉博在城里挨家挨户找。他们到蜜黎安家，循着她给的每一个线索去找。他们也找了洛雪儿家和苏珊家，甚至还到布尺拉赫曼在犹太区的家里去。警察把罗珊娜的家人找来盘问，在他们身边安插眼线，只要她一联络就打报告。他们搜查德黑兰的巴士和火车站，在城里的每个十字路口拦下出租车，闯进外国间谍和毒贩的巢穴。他们检查核对指纹与足印，突袭检查红灯区，收买皮条客，巡查市集里恶名昭彰的暗巷和秘密会所。每一天，他们对搜索行动都更加狂热，警告更多人藏匿罗珊娜避开皇家警队搜查的后果。但他们还是一无所获。

关于她的失踪谣言四起。她的照片登上了晚报和女性周刊。有人说是外国情人趁夜诱拐了她，有人说是巫术让她消失的，就像铁慕尔家里消失的其他物品一样。

月姑蜜黎安每隔几天就来探问我的情况。她的问题老惹得我哭起来。如果可以，我真的很想帮忙，可是我的伤痛实在太深太重，恐惧让我无法动弹，无法开口。

蜜黎安从不放弃。

"不管怎么样，"她说，"我们都会找到她的。我知道，因为我了解你妈妈。是我把她带大的，我知道她不会永远抛下自己的孩子的。"

一听到罗珊娜的名字，我的皮肤就起水泡——一粒粒小小的悲痛在夜里冒了出来，好痒好痒，直到黎明破晓。

流亡
1971

张开眼睛之后，罗珊娜发现自己站在卡拉季河里，水深及腰，四周黑漆漆的。这里离铁慕尔家有好几公里远，她浑身冰冷，奋力抗拒着随时可能把她轻若无物的身体冲走的强劲水流。她寻找河岸，但是眼里尽是黑夜的幻影，她什么也看不见，只能试着跨步前行，知道只要踏错一步，就可能跌进深洞里，再也脱不了身。可是罗珊娜不怕，她终于如释重负了，感到如此自由，觉得自己无所不能。

她看见几块岩石，接着是灌木丛，然后是崎岖不平的河岸。爬上岸之后，她才想起自己没穿鞋，脚已被刮伤流血了。她远远地看见横亘在德黑兰与北方大地及里海稻田之间的厄尔布尔士山脉的蓝色山峰。她想起猫婆雅丽珊卓常说的故事，说她是怎么逃离俄国的：有天晚上她穿着高跟鞋、戴着珍珠项链出走，走啊走啊，一次也没回头，一直走到德黑兰。

"我看到过里海白虎。"雅丽珊卓炫耀地说，"那是世界上最了不得的动物，非常稀罕，皇后愿意付出任何代价，只求有人能捉到一头，送到她面前。我搭的是一艘手工造的船底都快腐烂的船，吃活生生被叉上棍子烤熟的鱼。我睡在葱茏的丛林里，睡在稻田里，搭上俄国走私船。之所以熬得过去，是因为我不怕流亡。"

罗珊娜也不再怕流亡。她只身一人，几近全裸，快要冻死，不知身在何处，但是这都无所谓。她再也见不到铁慕尔，索拉博会想尽办法追缉她，她在黑夜里抛下自己号啕大哭的女儿，也全都无所谓。她拯救了自己，她不打算再回头。

她坐在河堤上，等待黎明到来，那时才能找到路或决定自己的去向。过了一会儿，在她的耳朵习惯了河流的声音之后，她想办法辨识出远处几辆卡车上坡时轰隆隆的引擎声。天一破晓，她隐隐约约看见一条蒙眬的泥巴路，从河边蜿蜒而去，通向一片光秃秃的平原，那里没有栽植作物，也没有任何生命迹象。

她顺着路走。一辆卡车经过，司机放慢车速，但没停下来。一个小时之后，一辆蓝色的小巴士，载着一车缠棕色头巾、留络腮胡的年轻神学士，开上山坡。那些男人透过肮脏又满是划痕的车窗，盯着罗珊娜看。她看见他们嘴唇掀动，仿佛好奇她是什么人或什么东西，她看见他们的目光在巴士卷起的烟尘里紧紧追随着她。

她一直走。农家小孩骑在骡子背上，从她身边走过。流浪狗在路旁对她吠叫，但是不敢靠近。现在太阳升得很高了，不过天空还是雾蒙蒙的。罗珊娜迈着一双流血的光脚，穿着透明的白睡袍，看起来宛如睡意迷蒙的旅人或濒死之人创造出来的影像。她在路中央坐下。下一辆经过的车会带她走。

这是一辆苔藓绿的伊朗培康汽车，挡风玻璃已经破了，被用一块用封管胶布贴住的塑料板盖了起来。车停在离她十英尺的地方。司机倾身越过方向盘，从塑料板后面瞄着她。他不相信自己的眼睛，侧身向右，摇下前座的车窗，看个清楚。罗珊娜望着他——黑眼睛，窄鼻梁，一天没刮的胡子。冷风灌进车里，让他打了个哆嗦。他像个怕被发现行踪的人，小心翼翼地打开车门，走了下来。

他穿着一件厚重的外套，戴着手套和滑雪帽，脖子上裹着围巾，包住了嘴巴和下巴。他瞪着她看，但没靠近。罗珊娜朝他走去。她的脚在沙地上留下一道血痕。

"你可以带我到你要去的地方。"她走近之后对他说。她的嘴唇泛白，双手发蓝，湿透的睡袍在冷风中冻硬了，直挺得像张纸。"别怕。"

这辆车副驾驶座的门卡住了。她从车后绕过去，打开驾驶座的门，爬上他的座位，然后再爬到邻座。

那人看得目瞪口呆。

"没关系的，"她说，"你要我下车，我随时可以下车。"

他们开向了加兹温[1]。司机一根接一根地抽着万宝路。他很年轻，不到二十岁，而且很显然搞不清楚罗珊娜到底是怎么回事。他用眼角打量着她，可是没和她说话，甚至没问最基本的问题。如果他们交谈，她也会提出问题，那些他不想回答的问题。

他车子后座上有两罐瓦斯、一篮食物、两条毯子，以及水。他在加兹温城外停下车，吃着篮里的东西当午餐：烟熏白鱼，腌大蒜，烤薄饼。罗珊娜望着他。他问她饿不饿。

"只是口渴。"她说，没对他微笑。他们的目光紧紧锁在一起良久。然后他低头看着自己的手，继续吃。

开过加兹温两个小时之后，他们停在一间茶馆外面。这是座脏兮兮的小棚屋，矗立在没铺路面的小路边，靠着两盏煤气灯照

---

1. 伊朗西北部城市，加兹温省省会。

明，靠一台便携式的暖炉取暖。那人把罗珊娜留在车上，径自下了车，回来的时候带着一大杯红茶、三块方糖、一盘泡在油里的炒蛋。

"吃吧。"他平静地说，"这个夜晚会很漫长。"

他们再次上路后，漫起浓雾，除了车头灯照亮的一点地方之外，路的前方什么也看不见。那人伸手到后座，拿了条毯子给罗珊娜。

她想，他也在逃亡，他觉得害怕，很担心被发现，有个女人，或许是他母亲，帮他准备了当午餐的熏鱼和大蒜，知道自己再也见不到他了。

"你打算走多远？"午夜将近时他问。

"能走多远就走多远。"她回答。

他低声笑了起来。

"从你这身衣服来看，不可能太远的。"

"我是从丈夫家逃出来的。"她说，并观察着他的反应，"我抛下女儿，她才五岁。我永远见不到她了。"

他继续盯着道路，双手抓紧方向盘，唇间叼着一根点燃的香烟。

他原本是德黑兰最古老的那所大学的学生，出身中产阶级，拥有小小的远景和更小的野心。他原本该到学校研习工程学的，可是他却结识了一群决心颠覆国王独裁统治的左翼学生和教授。他参加了几场会议，发了一些宣传单。结果他的一个朋友，最热心的家伙，却是个内奸。他给国王秘密警察提供了名单。这年轻人的名字也在其中。两天之内，他有十二个朋友被捕。他们被严刑拷打,被电针刺进下巴,被注射吐实血清,被从直升机上丢进咸水湖,然后沉进湖底,尸首再也浮不起来。这个年轻人在被捕之前逃走了。

"我要去土耳其。"他只对罗珊娜这么说,没再多透露什么,"我会载你到边界。"

他们从加兹温到赞詹,然后经米亚内再到大不里士。他们开进没铺路也没照明的山路,只在非常偏僻的茶馆停歇,让他不至于碰上武装警察。他整夜不停地开,在中午时分才驶离马路,睡上几个小时。他的朋友告诉他,如果他有必要逃离祖国,在靠近土耳其和伊朗边境的凡城[1]有座安全房宅,他可以到那里避难。

裹着毯子的罗珊娜从没和他一起走进茶馆。她很理解,他留她在身边是违背自己理性判断的,他知道她有可能是间谍或者警察,再不然,她也可能在他让她下车之后出卖他。可是他也是只身一人,很害怕,有她在身边让他稍稍宽心。

有一回,他把座椅往后推准备睡觉的时候,她倾身过去,伸手摸他的嘴。他震了一下,仿佛被电到了,抓住她的手,用力之猛,让她以为他想扭断她的手腕。这时他明白她没有伤害他的意思,她的手指冰冷、轻盈,可以疗伤止痛,于是他就放手了。

她掰开他的嘴唇,轻轻地摸着他的下唇内侧。然后她褪下睡袍,赤裸裸地爬到他身上。她好白,他想,如果他伸手摸她,就会玷污她的肌肤。她背对方向盘坐着,膝盖紧靠着他臀部两侧。她倾身吻他,眼睛一刻也没闭上。

她和他做爱,在亮晃晃的昼光里,在大剌剌停放在路边的汽

---

[1] 位于土耳其东部凡湖(Lake Van)边的城市。

车里,在这个被控通奸的女人会被石头活活砸死或丢进深井灭顶朽烂的国度里。她和他做爱,一次又一次,在每一个停车点,每一座村庄里,没问他的名字,也没提自己的名字,不爱他,也不觉得羞愧。

"我再也不会觉得羞愧了。"她有一回对他说。那时他正警告她说,路上经过的人可能会看见他们在赤条条地交欢。"我放弃了全部的人生,放弃了我的女儿,所以我不会再觉得羞愧了。"

在马兰德,他给一个农妇钱,换来衣服和一双手工缝制的帆布拖鞋,交给罗珊娜。在霍伊,他数了数身上所有的钱,交了一半给她,够她一个人过上三天,甚至五天。

他们在夜里跨过国界,浑然不觉自己已经踏进土耳其了。那里没有警卫,没有围篱,没有隔开两国的界线。没有人查核护照或身份证件。景观依旧一模一样。在高速公路上奔驰的卡车还是挂着伊朗车牌。但是天亮时,他们看见土耳其军人坐在标有徽章的车上,还有一面褪了色的告示板,宣布他们已经进入凡城辖区了。他停下车子,说她该走了。

"我要去找的那些人,"他歉疚地说,"不会理解你为什么和我在一起,他们会把我们两个都赶走的。"

她下了车,就像那天上车时一样随意。

她在一座古老的边境城市里，一个群山环绕，景色荒凉，漫天尘埃，暴戾凶险的地方。山是蜜糖色的，光秃秃的，险峻的黑色陡坡——像矛似的——为这座城更添了几分严酷残暴的气息。一块形状像船的巨大岩石耸立在远处的平原上，这块凡城之岩是块裸露于地表的狭长石灰岩，据信就是《圣经》里的挪亚方舟，也是凡城新旧城区之间的天然疆界。

新城很现代化，但是单调贫瘠，居民大多是库尔德人，塞满车流与行人的狭窄街道旁坐落着各色商铺与民宅。满脸风霜、指尖弯曲的老人是昔日战争与血腥叛变的幸存者，他们肩上扛着粗糙的土耳其地毯，挨家挨户敲门，希望做成买卖。年轻一些的人，看起来怒气冲冲，煞气逼人，倚站在墙边和路灯下，一根接一根抽着美国和俄国香烟，筹谋新的战役。凡城是土耳其最古老的城市之一。这里曾经是古代乌拉尔图王国[1]的首都，是诸多部落与民族的发源地，经历过许多大型战役与无休无止的大屠杀。这里的人残暴、冷酷、不怀希望——他们在伤痛与挫折的记忆中成长，不停

---

1. 公元前9世纪至前6世纪在现今土耳其东境建立的奴隶制国家，文化后为波斯帝国继承。

被外国阴谋与强权出卖。

但是这里没有女人。在街道上，商店里，建筑物门口，车上，罗珊娜没看见半个女人。凡城有种正被兵临城下遭遇围困的气氛，所有的妇女小孩好像全藏了起来躲避敌人似的。

一车男人拦下她。他们是武装警察，没薪水，没训练，无时无刻不在寻找另辟财源的方法。罗珊娜来到凡城还不到两个小时，从她的服装，从她到处走来走去浑然不觉一个女人只身走在路上只会惹祸上身的模样，他们就看出来她是个外国人。他们用土耳其语问她要证件。

她用波斯语回答说她没有。他们押她上车，带她到哨站——一座只有一个房间的水泥建筑，里面尽是一脸凶恶的警察，留着黑色小胡子，身上配备了太多武器。他们大多能用波斯语沟通。他们对罗珊娜的来历，抑或她到凡城来的目的没有兴趣，只想知道她身上有多少钱。他们把钱全拿走后，让她坐上一辆吉普车，说要送她到一间"离家出走者住的旅馆"去。

他们朝巨岩的方向开去，过了那头，就是旧城了。

旧城是座满布尘土与瓦砾的巨大坟场，只有零星几座破旧的宣礼塔，唤起对长达数世纪的血腥战争的回忆：在这里，萨尔贡二世[1]曾把敌军全员斩首，然后把砍下的头堆在城门口，也是在这里，第一次世界大战期间，土耳其人屠杀了一百多万亚美尼亚人。

但是出了旧城，有一座湖。

这座湖横亘在荒凉的平原上——土耳其蓝的广袤平静地平线

---

1. 公元前8世纪的新亚述的国王，在位时扩张领土并实行土地改革，是第一个在两河流域建立多民族中央集权帝国的国王。

衬着白雪覆顶的棕色山脉，一弯熔岩沙滩拥抱着内海，那美，令人称奇，那遗世独立，更让人赞叹。那水碱性高得不容饮用，不容灌溉，也几乎不容生命生存，因此湖里一条鱼都没有。湖岸光秃秃的，岩石崎岖，不容靠近。

这不是罗珊娜常在梦里见到的大海，不是那座她从犹太区飞去又飞返的海洋。那海是绿色的——古翡翠的颜色——周围有浓密的丛林，生命繁茂；闻起来有雨和黎明初晓的味道；海豹优游上岸，鸟儿群集沙滩。

她已失去了那片海洋。现在，她人在这里，在这座见证百万无辜性命陨落与许多帝国盛衰的湖边，要被这些留着黑色小胡子、双手肮脏的人载到那幢孤零零矗立于地平线最远处的房子去。

那是一幢用深色木材搭建的房子——一幢摇摇晃晃的孤独建筑，周围什么都没有，只有岩石。房子没有外墙大门，没有引领进到入口的小径。罗珊娜以前常听人提起边境城市里的土耳其妓院，那是廉价且来者不拒的地方，既雇用十一岁的处女，也接纳五十岁的祖母。现在，即使门关着，她还是能闻到腐朽的木料、干燥的牛粪、冰冷的精液、新鲜的汗水和淤青的四肢在没洗的床单上磨蹭的味道。

有个女人来应门，她看上去三十多岁，有头乌亮的黑发，涂着黑色的眼影，一看见警察就微笑，露出两排完美整齐的金牙。

"给你带东西来了。"其中一个男人说，"她才刚到这里，一句当地话都不会说。"

那女人恶狠狠地瞥了罗珊娜一眼，挪了一下身体，让罗珊娜能挤进门来。

"在玄关等着。"她说。

罗珊娜,一辈子都怕成为她母亲口中"声名狼藉女人"的罗珊娜,终于踏进了妓院。

"放弃她吧。"有天清晨芙洛莲·克劳德警告铁慕尔和索拉博说。罗珊娜从家里逃走已经是两个月前的事了。

"她已经走了这么久了,就算还活着,在这个复杂又大得像地狱的国家里,你们永远找不到她了。放弃她吧,好好认清事实,她抛弃你们啦。"

芙洛莲·克劳德站在铁慕尔卧房的门口。一整夜,她从自己位于走廊对面的卧房望着他,空荡无门的房间入口框住了他的身影,她看见他站在窗边,凝视着天空。那一刻,她很替铁慕尔难过。自从他和罗珊娜背叛她,自从那天她在厨房里听雅各布吐露秘密以来,第一次,芙洛莲·克劳德感觉到丈夫所受的痛苦,想要安抚他。

但是一到早上,芙洛莲·克劳德就冷静了。索拉博来到父亲房间,低声说没有消息,秘密警察打来电话让他知道——因为有个地位显赫的将军替铁慕尔请他们帮忙——他们四处探查,却还是打听不到罗珊娜的下落。芙洛莲·克劳德看见索拉博和铁慕尔交头接耳,好像把这当成一桩攸关生死的大事,她吓坏了。她顿然领悟,他们已经变成盟友了,原本因为个性相克,后来又因为同时爱上罗珊娜而形同陌路的父子,已经发展出一种邪恶的紧密关系,他们团结一致,因为他们需要找到那个女人,那个摧毁了他们,摧毁了芙洛莲·克劳德的女人。

所以她走近他们,带着她的恨意,说出事实。

"现在她的尸体很可能都腐烂了。"她说,让索拉博勃然大怒也不在乎,"再不然,就是睡在某个人的床上,靠他吃饭,就像她以前靠你们吃饭一样。已经闹够了。告诉莉莉,她妈妈发生了什么事。告诉其他所有的人,别再找了,我们继续过日子吧。"

我独自在卧房里,坐在马西堤已经摆好早餐的小桌旁,一字一句听得清清楚楚。

那天下午放学回家之后,我发现家里乱透了。

院子里有好几个拿着电锯的男人,在忙着砍树。在持续不断的嘈杂机械声中,他们高声叫唤着彼此,疾步后退,看着树木倒下,造成小小的地震。在强烈得足以把灵魂烧成灰烬的怒火和失望的引爆之下,异教徒铁慕尔下令毁掉庭院。

好几天里,树木纷纷倒下。警察到家里来,威胁要对铁慕尔妨碍周边治安的行为开出罚单,然后他们带着贿赂离开了。内政部的人来警告铁慕尔说,如果不停止砍树,后果将不堪设想。他们说,因为德黑兰市区有严重的烟雾问题,所以国王陛下宣布砍树是重罪。铁慕尔许诺在公司里替他们安插工作之后,他们也离开了。

树倒下的时候,马西堤不禁落泪。这些都是树龄悠久的老树,比宅子的年纪老得多。每有一棵树倒下,房子里就有一扇窗户应声粉碎,大理石地板上也随即裂开一条缝。

马西堤那个打从芙洛莲·克劳德指控她偷窃之后就不肯踏进

房子一步的老婆,一直站在大门口,警告说,土崩地裂会吵醒早已沉睡地底的死人。

在楼上的卧房里,芙洛莲·克劳德穿着红色的天鹅绒睡衣和她最好的一双高跟凉鞋,享受着坚韧不屈终至胜利的滋味,她终于战胜了那个在夜里突然出现,最后又像个小偷似的在夜里消失无踪的女孩。

铁慕尔没看芙洛莲·克劳德,也没看任何人。他站在正门外面的平台上,就在他第一次看见罗珊娜的地方——就在那天,他看见她,以为她不是真实的,以为她会很年轻就香消玉殒,再不然就会永生不死,像天使一样。

在学校里,老师们盯着我看,彼此交头接耳议论我妈妈的事。每回我走过看门人身边,他总要低声念句护身咒语,还告诉老师们也该这么做——才能躲过我肯定会不停散播的厄运。其他孩子把他们妈妈在家里说的话转述给我听,说罗珊娜没有逃走,而是被丈夫和婆家的人关了起来,关在阴暗的地窖或某扇厚重的大门后,一直哭喊求救,最后活活饿死了。

就连学校的校长也同样好奇。她把我叫进办公室,一副要探讨校务的样子,问我铁慕尔为什么要毁掉庭院。

"因为有小偷。"我自己掰了个说法。我端端正正坐着,双手摆在膝盖上,脚踩不到地。我觉得自己虚飘飘的,就像我说的话一样,只因憋着口气,才不至于支离破解。

"爷爷觉得只有这样做,小偷才不会在白天躲进院子,晚上趁我们睡着之后溜进屋里。"

校长背着手,绕着办公室走来走去。六十几岁的她依旧魅力不减——她是位前朝亲王的远亲——而且紧抱着这份昔日荣光不放。她对铁慕尔的大小诸事格外感兴趣。

"你祖父怎么说你那位逃出家的母亲的?"她那张扑着厚厚的

粉与胭脂的脸绽出一抹微笑。

我摆在膝盖上的手颤抖着。

"他没谈起她的事。"

我强忍着不掉泪,强忍着不把脸埋进手里哭起来。

"可是我妈妈会回来的。"我说。

校长跨着鹅鹏般的大步,在屋里走来走去。一手带大她的法国家庭教师教给她欧洲女人所该有的优美仪态。她相信淑女走路应该像舞者——腿伸直向前,脚尖先着地,然后才是脚跟。

"她一定会的,"她的话一点说服力都没有,"大部分母亲都会。"

但女家教也教她要坦率直言。

"可是我听说,你知道的,你母亲死了。"她昂首绕办公室走着。

"我听说她自己跳出了窗户,你父亲把她埋在院子里,所以他们才会把院子全铺上水泥,免得尸体被发现。"

月姑蜜黎安又到我家来了,要求见我,这回有洛雪儿和她那个抽雪茄的矮老公陪同。从罗珊娜逃走后,已经过了四个月,我们家里再也没有人提起她的名字。

"你们这些人或许已经放弃了,"蜜黎安和芙洛莲·克劳德杠上了,"可是我绝对不会放弃。没有人会像水滴一样从地表消失。要不是你们杀了她,就是她逃走了。如果她死了,我要看到尸体。如果她逃走了,我一定会找到她,把她带回来。"

我独自在妈妈的房间里,站在她的梳妆台前,穿着一身蓝白色的学校制服。我每天早上都在这里梳头,每天下午一放学也马上冲到这里。每天傍晚,每个周末,都耗在这个房间里。我站在她的镜子前,就在我发现马西堤的儿子拆掉屋里所有的门的那天傍晚,她站着,转身对我说这样我就随时看得到她的位置。现在,我在房间里找她,却只能看见自己的镜影——苍白的脸,惊恐的眼,瘦伶伶的腿,白色长袜直拉到膝盖。我茫然、害怕又无力。我早就知道罗珊娜有一天会离开,但是,尽管我很想,却阻止不了她。我喊她的时候,她听不见,她转头往后望的时候,甚至没看见我。

我在最爱的人眼中,竟化为无形。

"你爱怎么做就去做吧。"芙洛莲·克劳德在楼下玄关对蜜黎安吼道,"埋了她,找到她,或者用她的名字给你孙女取名。随你便,我才不在乎呢,只要别让我再看见她或你们就好了。"

芙洛莲·克劳德讲话的时候,蜜黎安步步进逼,拼命往屋里挤。

"我要和莉莉谈谈。"她对洛雪儿和洛雪儿的丈夫说。

我不知道我是该奔向她,还是该躲着她。但是,她突然出现了,在我妈妈的镜子里,她的身影叠上了我自己的影像:她脸上戴着一副厚厚的眼镜,没化妆,手上戴着男表。

她把手放在我肩上,把我转了过去。

"没事了。"她轻声说,一听见她的声音,知道她是唯一还在寻找罗珊娜的人,我哭了起来。

她原本应该拥我入怀的,但是从没接受过这类亲昵抚慰的她,不知道该怎么表达情感。于是,她拍拍我的背,拨开垂在我脸上的那绺和罗珊娜同样颜色的头发。

"'果冻'雅各布发誓说他看见你妈妈了。"她说,"如果她来找他,那么也一定会回来找你。"

我摇摇头。泪水让我说不出话来。我又失败了。罗珊娜没回来找我。

蜜黎安放开我的肩膀,调整了一下她的头巾。她看着梳妆台上罗珊娜的化妆品,又四下张望,仿佛要从这些个人物品中寻找妹妹存在的踪迹:这是她的床、她的衣服,她的室内拖鞋整整齐齐地摆放在椅子旁边,还有蜜黎安交给她的那个泪瓶。

"不管怎么样,"她深吸一口气,强迫自己坚强起来,"我要你时时注意,留心她的踪迹。无论你在哪里,不管其他人怎么说,你都要知道，罗珊娜会回来的。就靠你和我去找她了。"

在蜜黎安来看过我之后的好几年里，我夜晚躺在床上时都醒着，凝神等待妈妈在黑夜里敲门的声响。我会在人群里寻觅，在街上跟踪陌生女子，只因为她们和罗珊娜有几分相似，不论相似之处如何微小。我会在铺了水泥的院子和街道上搜寻，想象我妈妈的身体困在水泥底下，活生生地腐烂。在学校里，我会突然大汗淋漓，一阵惊恐，确信当我不在家的时候，罗珊娜回家来找我了，确信她在呼唤我的名字，确信她会在我还没回家之前就再度离去。在家里，我喜欢坐在厨房内，挨着"果冻"雅各布，等待着她回来，他还是坚称自己在窗外看见了罗珊娜。我在每面镜子、每片玻璃前驻足，转身，暗自期盼看见罗珊娜回头看我。当然，她从来没有。她早就告诉过我，她不会回来了，就像她早就告诉过我她会逃走一样。她无影无踪，永远都无影无踪，然而我还是寻寻觅觅，一间房接着一间房，一年接着一年，寻找一扇可以打开的窗户，寻找一个我的希望能比现实更坚实可靠的夜晚，让妈妈回到我身边。

在东星之家里,男人们都带着刀上床,他们随时准备在争斗中相互砍杀,或宰掉某个不肯乖乖从命的妓女。来的人有薪水低得可怜的士兵,长途货车司机,这辈子头一回进城的农夫,走私伊朗大麻和美国威士忌的走私犯,以及长期因叛乱未定深受其苦的库尔德人。许多嫖客患有淋病或梅毒。还有许多人在这里播下种,生出在妓院长大,而且未满十二岁——无论男孩还是女孩——就被纳入花名册接客的孩子。

妓院老板是个阿塞拜疆族的土耳其人,在土耳其、伊朗与俄罗斯边境经营着十二家像这样的妓院。他一个月来一次,找他委以管理重任的女人收钱。负责这家妓院的是那个满口金牙的女人,她自己也是个妓女,对手下的女人比任何老鸨都苛刻。她下令鞭打不愿和恩客上床的男孩、女孩,永远让妓女们处在饥饿状态,好让她们知道自己的极限,服从她的命令,她甚至任由男人们割伤不讨他们欢心的人,然后还要求受害者自己清洗血迹。

她把规矩告诉罗珊娜。

"只要我愿意收留你一天,你就得在这里工作。"她说,口气又轻蔑又冷淡,活像她嘴里的两排金属。

"如果你想逃，或者不听客人的话，我就会要我的男孩割花你的脸。如果你病了，我就让你死。"

和方圆百里之内的其他妓院比起来，这里的情况没更好，也不更差。环顾周围，罗珊娜知道这是她从自己的噩梦，从秀莎告诫她从家里逃走的女孩会遭遇什么、会怎么生活、会怎么死的故事里，看过听过的妓院。她想起以前那些故事，那个离家出走的阿姨，因为梅毒而瞎了眼，还有另一个阿姨想躲开情人却被他丢进湖里淹死。罗珊娜没有理由相信自己的命运会有所不同。

然而，在她明白自己将过着什么样生活的第一天，让她深感震撼的并不是她心中的恐惧，而是她的领悟。她明白，自己竟然这么快也这么轻易地实现了外婆的预言；她明白，自己会多么自由自在，因为除了自我伤害之外，她再也不会伤害任何人了。

她被分配到一间有床和替换床单的小包厢。她要随时听从经理的命令接客。其余的时间，她得帮其他女人煮饭洗衣，做家务。她的第一个客人是从凡城来的年轻人，办事只花了不到一分钟，接着就亲吻她的手，说他爱她。第二个客人把她打得从床上滚下去。此后，她不再计数了。

她会逃走的，她知道。她只需等待时机。

税吏小诺利这三十年来每年都要造访铁慕尔家两次：在春天的第一天——波斯新年，传统上要送礼的日子——和圣诞节。他会提醒铁慕尔，所有的"文明社会"在这天都会慷慨行事。1972年，他来了第三次，在七月，也就是暑热逼得疯子跑上街头，每天都有几十个人尸沉大海的时节。他老婆打算离开他，他知道，因为她等他给她买座公寓等了二十年，已经等厌了。小诺利需要一点红利，一笔额外的现金，来当买公寓的头期款，否则他的婚姻铁定完蛋了。他翻查"客户"名单，挑上铁慕尔——这不只是因为铁慕尔很有钱，也因为近来罗珊娜的失踪被传得沸沸扬扬，他料定铁慕尔情绪低落，不会想吵架。

小诺利很矮，秃秃的头活像颗甜瓜。他右腿比左腿短，往内弯，所以走起路来一跛一跛的。跛了一辈子脚的他，为身体的残缺而深感羞耻，以致无法正视自身。直到三年前，他还把跛脚归咎于长年坐办公桌缺乏足够运动造成的血液循环不良。然后，他有回冒险穿过铁慕尔家庭院的时候，被芙洛莲·克劳德的狗咬了，它们啃掉了他右侧大腿上的一块肉，于是就给了他新的可讲的故事。

"我是因为执行公务才跛脚的。"他对他所谓的客户们如是说，"在铁慕尔阁下的宅邸里。那真是幢富丽堂皇的豪宅，虽然厄运当头哪。我可不想看着那宅子因为迟付税款，被国王陛下的政府没收充公哦。"

在政府预算并不是以收到的税款来决定，而是以国王和皇亲国戚享用国家财富后所剩余额为基础的国家，在政府雇员完全靠贿赂维持生计的地方，税吏小诺利和数千个像他这样的官员到处收的不是税金，而是贿款。

这天正午，他腋下夹着一只绿色公文包，不请自来。他的西装皱巴巴的，腿上有一大块油渍，因为他抹了羊油来促进大腿的血液循环。经过这么些年的定期造访，他没等人邀请或欢迎，就径自穿过走廊，闯进铁慕尔的会客厅。在窃盗鬼未肆虐之前，他总是叫伊菲特给他端上加冰的醋蜜果子露；现在他就只能口干舌燥地坐下，希望芙洛莲·克劳德至少会给他一杯水。

她没有。

小诺利叹口气，打开他的绿色公文包。他拿出一摞账册、一本小笔记簿、各个政府机关的备忘录，还有他记录有关铁慕尔诸事的手写笔记本。他没办法偷偷躲过芙洛莲·克劳德新买的那两条狗，只好努力视而不见，它们正整个身子抵在玻璃上，透过窗户朝他狂吠，试图攻击他，爪子把窗子刮得嘎嘎响。他低声咒骂它们，心里重温着三年来念念不忘的故事版本，他是怎么被狗攻击腿才残疾的。它们让他胆战心寒，汗水湿透了外套。

过了一个小时。小诺利走到门口，大声喊，但是没人回答。他走到回廊，看见我坐在楼梯顶端，脚伸出栏杆，晃啊晃的，低头俯视着他。

"去找你爷爷来。"他说,可是我一动也不动。铁慕尔在他房里躺着休息,没睡,但我知道最好别为小诺利去吵他。

到了下午三点钟,小诺利还穿着外套,面对一叠账册坐着。因为狗的关系,窗户关了起来,太阳炙烤着玻璃,房里开始热得像火炉。他气呼呼地从公文包里抽出一本杂志,开始翻看一张张胸部硕大、屁股上有刺青、正对着他抵唇吮指的裸女图片。这是一本过期的《好色客》,是他每个月从一个订阅的客户那里接收来的。他看着看着,脸色越来越苍白,表情越来越羞赧,嘴角挂着半抹微笑,沉浸在无比的喜悦之中,完全没听见铁慕尔走近的声音,等他发觉时,已经太迟了。

"你早来了五个月。"铁慕尔耸立在他面前。

小诺利急急忙忙收起杂志,想站起来握手,然后想到这么做一点好处都没有,所以又坐下来。他把椅子拉近桌边,掩饰自己的勃起,抱怨芙洛莲·克劳德的待客之道。

"我已经来了三个小时,竟没人端杯水给我。"

铁慕尔一点反应都没有。小诺利摇摇头,高声说有钱人是世界上最没有同情心的人,所以厄运当头也是罪有应得。接着他把笔记本翻到做了记号的那一页,开始详看。他细数铁慕尔欠了多少该付的税款,加上利息和逃税的罚款,还提醒铁慕尔,如果想对他的估算提出异议,必须负担多少打官司与请会计师的费用。说来悲哀,他说,在富藏石油和其他天然资源的国家里,我们竟然还得缴税,可是法律就是法律,而他也不过是个政府雇员,领固定工资,没有额外红利,有四个小孩要养⋯⋯

"你要多少钱?"铁慕尔打断他。

小诺利一副去买钻石却拿到一袋烂西红柿的模样。

"对不起，先生。"他的微笑带有几分谴责的意味，"我们今天谈的不是我的需要。"

这招在过去屡试不爽，就像一支练习了上千次的舞蹈，只不过这一回，铁慕尔没照舞步来。他将手伸到外套口袋里，掏出一沓钞票。

"拿去吧。"他把钞票往小诺利面前的桌上一丢，"十二月再来！"

那颗甜瓜头涨得通红，活像颗甜菜。小诺利看着钱，数也没数，开始把文件收进公文包里。他看得出来，铁慕尔心情很坏。可是，他的婚姻眼看就要因为他渴望得要死却买不起的一千平方英尺[1]的公寓而破裂了，所以他才不会让一个住在宫殿里——甚至许多房间都空着没用——的人骗去他该得的酬劳。

他关上公文包。

"我需要五十万里亚尔。"他直说，"明天以前准备好。"

就在这时，铁慕尔决定要付清他欠的税款。

他叫了四个会计师到他位于费尔多西大道的办公室来。他们全是从美国留学归来的年轻人，急着想在伊朗商界打响名号。他告诉他们，他已经近三十年没缴过税，他们微笑地说他们了解。等他说他已经受够那个带着绿色公文包和色情杂志的猥琐小吏的威胁，想付清所有税款时，他们全都摇头，摸着下巴，仿佛在说铁慕尔疯了。

他带他们到办公大楼的地下室——一间尘埃密布、通风不良

---

1. 英制面积计量单位，1平方英尺约等于0.093平方米。

的小房间，没有窗户，杂乱无章地堆积着二十年来的文件。

"全在这里。"他说。会计师们简直像看见自己的坟墓一般。"把这些记录整理出来，弄个可以应付政府查核的数字。"

有个会计师鼓起勇气发言。

"您了解的，阁下，付清税款并不能保证让您免受那些人的索贿。"他身上的白色亚麻裤和白色皮鞋已经被地下室的灰尘弄脏了。"您该知道，这个体系不是靠诚信来运作的。"

铁慕尔没回答。这位会计师受了鼓舞，乘胜追击。

"况且，"他说，"没有人想看您自动自发付清这些年来的税款，问题会接踵而来：税务官为什么从来没逮到你？既然愿意自动付这么大笔钱，那你到底有多少钱？国王陛下对不按这个体系运作的人都会起疑心。您只会惹来麻烦。"

铁慕尔的回答让他不寒而栗。

"麻烦，"他说，"恰恰是我需要的。"

罪人索拉博告诉我,我必须离开。

那是1972年5月,罗珊娜失踪五个月之后。我正在二楼餐厅的露台和索拉博与芙洛莲·克劳德一起吃晚餐。在我们下面的院子里,马西堤洗着水泥地,对着这座他曾经悉心照料的心爱庭院掉眼泪。现在这个院子里没树也没绿意,冬天覆满冰雪,到了夏天就变成满是热气烟尘的大火炉。每天晚上,马西堤都要拿水管冲洗水泥地,水花围着他飞溅,弄得他好像隐身在了水幕之后。这之后,他会把水管卷起来,一面放下裤管,一面咒骂罗珊娜第一次搭他的车到这里来的那个夜晚。

索拉博吃着他母亲准备的烤茄子西红柿大蒜沙拉。芙洛莲·克劳德摆了三份餐具——因为铁慕尔再也不回来吃晚餐了——她坐在索拉博正对面的那把高背椅里,更显得身形矮小。索拉博努力想打破沉寂,问起学校的事,我只用简短平静的语句回答,很少抬眼迎接父亲的目光。芙洛莲·克劳德静静看着。她注意到这几个月来我长高了。我有父亲的黄眼睛,他严肃的表情,甚至他说话的神态。

这是芙洛莲·克劳德讨厌我的另一个理由:不管她怎么费尽心

思，都无法假装我不是索拉博的骨肉。

所以她要我离开这个家——离开这个国家，让她眼不见为净。反正罗珊娜也走了，芙洛莲·克劳德想，她可以重拾人生了。

她告诉索拉博，我需要适当的抚养，为我着想，最好让我离开这幢母亲失踪的房子，到一所朋友与老师不会议论罗珊娜的学校去。她告诉他，这是他亏欠我的，他该给我一个新的开始，送我走，可以让我不再重蹈罗珊娜的覆辙。

"送她到美国去吧。"她坚持道，"那里又新又大，这里的人永远不会再缠着她。趁她年纪还小，容易适应，送她去吧。"

说服索拉博并不难。在一个接受大学教育仍是理想多过现实的国家里，有钱的父母常把孩子送到国外读书。大部分孩子都在十三四岁被送出国——到欧洲的寄宿学校学习外语和"文明世界"的礼仪，在那里接受大学教育比在家乡容易。但是芙洛莲·克劳德不想等到我年纪大些，同时也觉得欧洲离亚洲太近。这就是她选择美国——那个害死莫拉德的地方——选择这一年的原因。

"送她到美国念一年级。"她劝索拉博，"让她学习用英语而不是波斯语读写。这会让她比较轻松，对你也一样。"

三月时，索拉博打电话给替莫拉德开刀的医生。在那人的协助之下，索拉博替我在加州帕萨迪纳的一所天主教寄宿学校注册。索拉博没去过帕萨迪纳，在送我去之前也没打算先探访一下。他只知道那是个小城，很安静，而且离伊朗很远。他一直等到五月才告诉我这件事。

"我决定送你到国外读寄宿学校。"他那天晚上毫无预警地对我说。

芙洛莲·克劳德撤掉沙拉，端上配有番红花与马铃薯的烤鸡。

就连她也被索拉博突如其来的消息吓了一大跳。

"我已经帮你注册了,在九月入学,所以你要在八月底的时候出国。"

我瞪着索拉博,叉子举在半空中,目光凝滞。

"学校是由天主教修女管理的。"他继续说,避开我凝望的视线。汗珠从他额头与唇上涔涔冒出。"我选择那所学校,是因为那里很传统,像我们一样,而且他们的价值标准和我们大同小异。我告诉她们说你是天主教徒——否则她们不会收你的——可是你没受过宗教教育。她们答应从头开始教你。"

我早该知道的,我心想。我至少该有点疑心,猜到会发生什么事。毕竟芙洛莲·克劳德从来就没掩饰过想送我走的念头。但是一次又一次,特别是在罗珊娜离开之后,我耳朵里听着她说的话,心想索拉博绝对不会同意的。

"我想在这个学期结束之前,你或许想先和学校里的小朋友们道别。"他在我灼热的凝视下勉强吐出话来,"我知道这事现在看着似乎很难受,可是我想,这样对你最好。离开这个家,你会成长得更快乐。"

这时我哭了起来,求他改变心意。索拉博向我伸出手。他或许拥我入怀了,或许和我一起哭了——我不知道。我心里唯一的念头是,罗珊娜有一天会回来,在夜色里消失无踪的她,也会在相同的夜色里回来,如果我去了美国,她就不知道该到哪里去找我了。

罗珊娜在东星之家待了八个月。她和成百上千个男人上床，吃剩菜剩饭，喝未完全蒸馏的葡萄烧酒。她在冰冷咸涩的湖里洗澡，皮肤上留下点点的盐末，在屋里其他女人也用的那桶脏水里洗衣服。她染上了疟疾和伤寒，之所以能活下来，是因为管妓院的那个女人知道罗珊娜很受男人欢迎。罗珊娜变得又瘦又黄又脏，牙齿因为营养不良而松动，脸上因为她总费尽心力——不停不停地耗尽心力——不去想自己所抛弃的一切而爬上了皱纹。

她必须逃离这家妓院，她知道，要实现的话，她需要钱，以及一个肯帮她的男人。没有这两个条件，一逃到大湖与巨岩之间的广袤平原，不出几分钟她就会被盯上，纪律败坏的土耳其警察会逮她回来，当着其他女人的面把她残酷杀掉，让大家从她身上学到教训。

一个年轻男子每个星期都会带着攒下的钱，作为这星期的第一个客人来和罗珊娜共度几分钟。她是他唯一愿意同床共枕的妓女，因为她对他不错，而且他相信自己爱她。虽说她几乎没和他说过话，而且她似乎也很嫌恶他的身体，每回他倾吐心中永恒的爱恋时，她总是把头转开，可是他愿意等待，他告诉她，只要她不排斥他,终有一天,她会对他滋生出某种情感。

七月,罗珊娜又染上了疟疾,昏迷了两个星期。退烧之后,她知道除非离开这里,否则自己必死无疑。那个男孩下一回来的时候,她开口对他说话。

"我想和你一起逃走。"她掰了谎言,"帮我逃走,我就会永远是你一个人的了。"

他眼里亮起喜悦的光芒,但随即心生恐惧。

"可是他们会逮到我们。"他说,"他们会杀了你,割下我的睾丸,放在我手上。他们就是这么对付帮助你们逃走的人的。"

他再下一回来的时候,她又开口要他帮忙,说他一定得帮她,因为如果他不肯,她就会死,而且还保证,如果她被逮了,也绝对不说是谁帮她的。一个星期又一个星期,她慢慢哄得他的恐惧一点一滴地消失,在他心里填起一寸寸错误的希望。到最后,他偷了父亲的钱,买了两张到安卡拉的巴士车票,还替罗珊娜买了衣服,替自己买了双新鞋。八月的一个清晨,他开着父亲的车,来到湖边等她。

她五点钟就起了床。老鸨才刚睡下,其他女人都还在自己房间里。罗珊娜缓缓溜出门,在约定的地点找到那个男孩。

他们把轿车开到巴士站,然后丢下它。那男孩想,开着轿车太容易被逮到了,只要他父母报警说汽车失窃,车牌马上就会让他们的行踪暴露。

他们告诉巴士司机说他们是夫妻,要到安卡拉去探访亲人。从凡城到埃尔祖鲁姆[1],男孩一路握着罗珊娜的手,亲昵地对她微

---

[1]. 位于土耳其安纳托利亚高原的东部,是土耳其东部山区的最大城市与军事要塞。

笑。到了埃尔祖鲁姆之后，巴士在一间茶馆前停了下来，让乘客们可以吃点东西，伸伸腿。男孩到厕所去小便。回来的时候，罗珊娜已经不见了。

她带走了钱、巴士车票和衣服。她没法走太远去躲起来——只能沿着马路往下走，躲在上一个冬天被雪崩推下山的大岩块后面。可是男孩怕如果他去找她，就会因为帮妓女逃亡而被抓，所以他留在茶馆里等。

巴士留下他开走了，下一班要三天后才来。他没上巴士，他很确定，只要罗珊娜可以，一定会回来的，所以很担心她是在他离开的那短短时间里被警察抓走了。到最后，茶馆老板看他可怜，才告诉他说他是被耍了。

他搭巴士回了凡城，告诉司机说他回家恳求父亲宽恕之后会付清车费。

罗珊娜从藏身的地方走了十个小时，到了另一间茶馆。再次搭上巴士后，她告诉每个人说她是个没有小孩的寡妇，正要到伊斯坦布尔去投靠公婆。

埃尔祖鲁姆很冷，很荒凉，没什么人烟。在乘车前往特拉布宗[1]的途中，罗珊娜凝望着窗外，看着远处杳无树影的平原和光秃秃的嶙峋山脉——地表因极端的温差而崩裂，路上空荡荡的，因为大家都怕盗匪叛军会拦下轿车与巴士，将他们洗劫一空，甚至谋财害命。

黑海滨的特拉布宗是个现代化的城市，挤满车辆与行人，还

---

1. 土耳其东北部濒临黑海的港口城市，为古丝绸之路途经之地。

有摇摇晃晃的房舍与售卖廉价商品的商铺。那里有个港口，还有一座很大的俄罗斯市场。一个拎着许多袋子的老妇人在那里上车，她告诉罗珊娜，这座城里多的是低级妓院和俄罗斯妓女。她一根接一根地抽着土耳其香烟。她说特拉布宗以前是亚马孙人的领地，她们是一支古老的女战士民族。她问罗珊娜要到哪里去。

"到伊斯坦布尔。"罗珊娜说完就转头看向窗外。

"那好远喔。"老妇人咳了一声，重新调整好座位上的袋子。

罗珊娜没再搭话。猫婆雅丽珊卓曾经告诉她，伊斯坦布尔是位于两座海洋之间的城市，是亚洲最远的地方，是通往欧洲的桥梁。

从特拉布宗到伊斯坦布尔大半的路程中，黑海沿岸都环绕着浓密多阴的山峦与星罗棋布的农业小镇。沿着蓝宝石似的青碧海洋，岸边有烟草田、樱桃园，还有白色的沙滩。吉雷松有大片的榛果园，萨姆松有海港，而锡诺普那个小城呢，是当年英法军队联手对抗俄国的克里米亚战争的爆发地。空荡荡的道路向远处绵延着，沥青地的乌黑衬着海洋的蔚蓝。在许多天之后，他们到了伊斯坦布尔。

伊斯坦布尔外缘是贫民窟和廉价住宅区，栖身的都是到城里来找工作的农人。这些趁夜色在海边搭建起来的临时住屋，靠的是一条古老法律的保护：凡是屋顶在夜间搭建起来的房子，都受到法律保护。这些房舍很脏乱，住了太多人，疾病肆虐，永远都在毁灭边缘徘徊。迟早，政府的推土机会开进来——迟早都会来的——铲平这些城镇，挪出空间给拔地而起的新高层建筑。到那时，农人们就得在瓦砾堆中翻找，尽力抢救他们仅有的物品，沿着海滨再往外搬个几里,然后在夜里搭起新的棚屋。

伊斯坦布尔坐落在亚洲面对欧洲的端点上。两个大陆之间隔着一汪土耳其蓝的水域,那是博斯普鲁斯海峡,连接黑海与马尔马拉海,再到地中海的窄窄海峡。沿着海岸两侧,伊斯坦布尔拥挤的街道、摩登的高楼大厦和拥塞的交通在亚欧两片大陆上蔓延数里之远。狭小的鹅卵石巷道里挤满公寓和房宅。露天市集、古老的博物馆、宫殿,以及历代早已倾覆的王朝的君主所建的高塔,随处可见。

罗珊娜在新城的巴士总站下了车。她站在人行道上,人群、噪音、她所不懂的语言和一张张看上去充满异国风情的脸孔以及他们的神态——更似欧洲人而非亚洲人——让她惶然。她不敢找任何人求助。她用仅余的一点钱,向街头小贩买了水果,坐在人行道上吃。她离开凡城已经八天了,而离开德黑兰竟已近九个月。

过了一会儿,她注意到水果商贩在摊子上盯着她看,她明白,他搞不好会叫警察来赶她走。所以她站起来,漫无目的地开始向海的方向走去。她已经走得太远了,她对自己说。就像偷了母亲的钱,丢下母亲遗体不管的猫婆雅丽珊卓,她已然明白,此时此刻,唯一的求生之道就是继续往前走。

我离开的前一夜，索拉博送了我一个手镯，是个细细的金镯子，一面刻着我的名字，一面刻着罗珊娜的名字。他告诉我，他和我很快就会见面。我知道他在骗我。

他送我上床，然后去书房看书。一个小时之后，我起床，爬到隔壁空房间里罗珊娜的床上。

我躺在罗珊娜的床单上，枕着她的枕头，暗自祈祷她会在索拉博把我送走之前回来拯救我。早上四点钟，索拉博来叫我的时候，我还醒着，还在等着。

我用冷水洗了脸，泼湿头发，把它们梳到后面。我穿上新衣、新袜和新鞋。索拉博提着我的行李下了楼。我最后一次进到罗珊娜的更衣室里。

她坐在梳妆台前，微笑着对我敞开双臂。那是屋里拆掉所有的门的那天，是罗珊娜搂着我说这样我们就能永远看见彼此的那天。我把脸靠在她肩头，闻着她的发香；我摸着她苍白的肌肤和淡粉红色洋装的衣料。罗珊娜笑了起来。

在她背后的桌上，散落着一些化妆品和人造珠宝，几支半空的口红，还有碎成粉末又收进盒里的蓝绿色眼影。化妆品旁边有一只手提袋,白色皮面,嵌着圆形的竹把手。梳妆台旁边,橡木衣柜像个正张着嘴巴打哈欠的懒散女人,门微微前后晃动着,链条发出嘎吱的声响。罗珊娜的衣服经过窃盗鬼这些年来的肆虐,全褪了色,不成样了,挂在衣架上,宛如等待灵魂的躯壳。有时在夏天漫长的午睡时间,每个人都睁眼躺着咒骂暑热的时候,我会穿上这些衣服,在家里走来走去,假装是妈妈。

我搜寻着可以带到美国去的纪念品。到处看啊看,猛然醒悟,我早就该收起罗珊娜所有的个人物品,早就该把所有的东西锁起来,免得有人在我离开之后踏进她的回忆里。我看见罗珊娜收起茉希狄地址的那个盒子,马上拿出信封,塞进洋装口袋里。然后我看见蜜黎安给她的那个泪瓶,记起蜜黎安说秀莎是怎么喝下她自己的泪水的。我想带走这个瓶子,但是不知道索拉博会不会反对,不知道罗珊娜是不是会回来找这个瓶子,找不着的时候是不是会生气。索拉博在楼下叫我。我急忙冲了出去。

楼梯底下,站着肩头裹着大披肩的芙洛莲·克劳德。

"要乖。"她淡淡地说,连装个微笑都懒得。

铁慕尔从他的会客厅里出来,背有点驼。他把手放在我的头上,念了一句祷告的经文。

"去吧,"他第一次亲吻我,"愿上帝带你远离我们的生活。"

马西堤打开蚀刻玻璃门,让沁凉的夜风灌进屋来。沉寂片刻之后,被拴起来让我们安全通过的狗儿们又开始吠叫。索拉博拉起我的手,催我走。

他陪我一起坐在汽车后座上,一手揽着我,回避着我的目光,仿佛知道自己罪不可赦。

车子滑过黑暗的街道。我倾听着轮胎碾过沥青路面的声音,马西堤鞋子踩下离合器和油门踏板的声音,还有索拉博在我身边呼吸的声音。我们往北开的时候,天渐渐亮了,厄尔布尔士山脉缓缓现出轮廓。我摇下窗户,抬头仰望。我在世界上的其他地方,再也见不到德黑兰清晨的色彩了。

我们抵达机场的时候是六点钟。有个留着红色长甲的女人检查了我的护照。索拉博脸色惨白,双手冰凉。我们等着。有个声音开始呼叫登机。

索拉博陪我走过海关,跨过跑道,登上飞机。他把我交给空姐,指出我的座位,替我要来枕头和毯子。然后,他抱着我。他抱着我,抱了好久。我知道他要永远把我送走了。

等我抬起头来时,他已经走了。几分钟之后,他出现在我座位旁的窗框里,站在跑道边的栏杆后面。我不确定他是不是能看见飞机上的我,但是他在那个地方站了快一个小时,直到飞机起飞。飞机开始滑行的时候,他对着我的方向茫然挥手。我使劲盯着他,把他的影像刻在自己的记忆里。我努力相信他爱我,相信没有他在身边我也可以应付得来,相信我不会永远失去他,就像我不会永远失去罗珊娜一样。

然后,我把脸贴在窗上,贴在刚才看到他站着的地方,一路哭泣着飞往了美国。

选择与机遇之地

1972

圣抹大拉的马利亚女子学院的安娜·罗丝修女穿着她的修女袍和黑色矫形鞋站在洛杉矶国际机场里,盯着刚下飞机的旅客看。她的脸色因忧心而泛白,嘴唇紧咬,仿佛在强忍住不哭。她被派来接机,带我到学校去,可是她看起来像迷路了,一副茫然无措、迫切需要帮助的模样,没注意到拉着我的手的那位空姐。

"您一定是来接莉莉的。"空姐拍拍她的臂膀说。

安娜·罗丝修女突然倒抽一口气,吓得退后一步。她的眼睛四下张望了一会儿,仿佛是在搜寻距离最近的紧急出口,然后才又转回到面前的这位女士身上。

"这是莉莉。"空姐说。从一登机,爸爸就把我托付给她,告诉她说到了洛杉矶后会有位修女来接我。"我相信您正在等她。"

起初修女有几分怀疑,但等她凝神看着我,血色渐渐回到了她的唇上。她开口的时候,我以为她要鞠躬——身穿黑色修女袍的木偶在冗长无聊的表演之后出来谢幕。

"总算来了。"她轻声说,"我还以为我把她给搞丢了。"

空姐指了指我的行李。

"噢,没错。"安娜·罗丝修女又恍惚了,"当然啦,行李。"

她转身就走,但我还留在原地,抓着空姐的手,不肯离开。

我坐了二十二个小时的飞机——紧张得没吃没喝,甚至不敢起身上洗手间,怕回头找不着座位。飞机先经停了伦敦,又经停了纽约。其他旅客都下了飞机,在航站楼里到处逛,但我一直留在原地,右手插在外套口袋里,抓着我最后一分钟从罗珊娜房间里拿来的信封。每回有人找我说话,我都张开嘴巴想回答,却半句话都说不出来。最后,空姐坐下来,把我拥进怀里。

"别怕。"她抱着我说。这时我感到自己很愤怒,开始对着地板呕吐。

是恐惧——冰冷、惨白、无法克服的恐惧,在飞行途中让我瘫痪,让我变得又聋又哑。这是我认识了一辈子的恐惧,打从我出生的那一刻就从罗珊娜身上继承而来的恐惧。这种恐惧无处不在,在她拥抱我却总是想松开的双手里,在她看着我却总是映照出世界其他角落的眼睛里,我都察觉到这种恐惧的存在。我在她的床上认识了这种恐惧——在我踏进她的房间,却只在床单上找到她肌肤遗留的记忆痕迹的那些个夜晚。有一回,在他们还没拆掉门之前,我站在罗珊娜房间的阳台上,望着院子里的她:她沿着横跨仆人院落的晒衣绳走着。一排洁白的床单晾在一丝风都没有的艳阳下。罗珊娜娇小脆弱的身影在两条床单之间出现,消失,出现,又消失。每回她的身影一消失,恐惧就让我窒息。

那位空姐身上有好闻的粉饼与唇膏味。

"不要紧的。"她想在机场安抚我。她说的是明显的英式英语,和我在幼儿园里学的一样,但我还是听不太懂她说的话。"你会没事的。这位女士会带你到学校,好好照顾你的。"

我把她的手抓得更紧了，张口告诉她，我不想留在这里，不想和这个穿一身黑的女人走。

安娜·罗丝修女抓起我的肘弯，把我拖走了。

我们并肩站在行李提取处。行李随着转盘上的输送带转到我们面前，然后又转开，最后又回来。我们看着同样的行李箱转了三圈，安娜·罗丝修女才知道我根本没搞清楚我们在这里干什么。

"拿起你的行李啊。"她讲话的速度很快，是美式口音。

我看看她，看看转盘，什么也没做。我忘了我的行李箱长什么样子了。

"哪个是你的？"她问我，我还是没回答。

她叹了口气，把重心从一只脚上挪到另一只脚上，大声自言自语说她到底该怎么办啊。然后她拿起我的票根，查看行李标签。

"没人告诉过我她是个哑巴呀。"她低声说。接下来，该怎么找到离开机场的路，回到安娜·罗丝修女停放车子的地方，又是个大问题。

我们走过一个又一个停车场，穿过一条又一条的马路，从地面爬到顶楼，然后又爬下来，循着她踏过的每一步路往回走，查看每一辆车子。安娜·罗丝修女把我的行李箱放在一辆金属推车上，她推着车往前走，根本没回头看我是不是跟上了。她勇往直前，每回都很有把握，就是这一个停车场，就是这一层楼，她的车就是停在这里。找了一个小时和三个停车场之后，她快急疯了，准备要报警说她的车丢了。突然之间，她如释重负地大叫一声，拔腿就跑。就在那里，刚才惹得她痛苦不堪，现在又让她欣喜若狂的东西：一辆伤痕累累的黄色旅行车。这辆车的尾灯烂了,破破旧旧的座位上贴满绝缘胶布。

"我就知道车子在这里。"她惊呼。

我们驶出机场,开上高速公路。我独自坐在后座上,一动也不动,筋疲力尽和恐惧让我变得麻木迟钝,但手还是紧抓着口袋里的那个信封。让我很庆幸的是,安娜·罗丝修女没和我说话,她似乎忘了我的存在。直到她从后视镜里瞥了我一眼,觉得好像有义务打破沉默。

"我听说你母亲过世了。"

高速公路很漫长,路上灰扑扑的,而且几乎什么东西都没有。我们开在慢车道上,每到一个出口,安娜·罗丝修女就仔细查看,怀疑那是她该转出去的地方,她还不时盯着一张手写的方向指引看。她把那张指引贴在仪表盘上,但在真要派上用场的此刻,好像也没能让她宽心多少。我们终于转下高速公路,开进了一条宽阔的大道,两旁偶有庞大的仓库和空荡荡的停车场,接着车转进住宅区,周围是一座座有着破损纱门的平房,身穿汗衫的男人们坐在堆满杂物的门廊里,迎着午后的暑热打牌,脸上脏兮兮的男孩们在裂损的人行道上骑自行车。我们停在一座米白色的平房建筑前,门口有尊雕像,是个满脸愁容的在祈祷的妇人。我下了车,看见前门的一块小铜牌上刻着校名。

"我带你到你的房间去。"安娜·罗丝修女从旅行车后面提出我的行李时说。

一条窄窄的走廊通到一个接待厅,里头有张小桌子和一部转盘电话。我的右手边是一间办公室,后来我才知道那是修道院院长专属的办公室。我的左手边是一条狭窄的回廊，通往教室。我们穿过院子，进了一座更小的建筑：学校买下的邻舍，被改装成了供寄宿生住的宿舍。我看见一间餐厅，三间各有两张床的卧房，以及两间浴室。这些房间都没有人住，黑黢黢的。我的床在俯瞰院子的窗边，院子再过去，有一片小小的墓园。

"你可以开始整理行李了。"安娜·罗丝修女指着我的衣柜说，"你错过午餐了。六点吃晚餐。"

墙上的钟素着一张白脸瞪着我，可是我还不会看时间。安娜·罗丝修女准备离开，却又迟疑了一下，转过身来。

"你听得懂英语吗？"她问。

我点点头，可是她看起来半信半疑。

"这表示听得懂吗？"

我又点头。

"很好。"她说，"学校要再等两个星期才开学。现在这里只有你和我，还有院长。你父亲提早送你来，好让你适应，而且我也可以趁其他女孩来之前，多少教你点东西。"

我坐在床沿。她的身影消逝在回廊的暗处，仿佛从来不曾存在过。

空荡荡的学校寂静一片，日子一天天流逝，我什么事都没得做，只能等待。我待在房间里，沉浸在恐惧与失眠的迷雾中，夜里没法休息，整天心绪不宁。每回我想闭上眼睛，恐惧就撑开我的眼皮。

安娜·罗丝修女给了我一大摞图画书，书里有很大的用大写英文字母写的单词，她要我每天念。我把书叠放在桌上，碰也没碰。

她每天早上带我到小礼堂去,要我跟着她祷告。我看着她的嘴唇掀动,自己却无法开口。在餐厅里,她和我隔着餐桌对坐,要我吃东西。我把食物放进嘴里,却咽不下去。日复一日,从早到晚,我都祈祷爸爸会打电话来。

他在第七天打来了。

"带我回家。"我对着院长办公室外面那部电话的听筒哭道。

另一端的索拉博默不作声。安娜·罗丝修女望着我。

"让我回家。"

"你不需要回家。"爸爸回答说,"你六岁——已经是个小姐了——你必须靠自己站稳脚跟。"

我没怪爸爸。当时没有。还没有。

我反而努力想相信他,努力想克服恐惧与失眠,克服让我皮肤冰冷、让胃吐出吃进嘴中所有东西的惊慌。我努力想要听话,想要不添麻烦,想要有耐心。他打电话来的时候,我告诉他我来美国之后做了什么,描述我房里窗帘的颜色,餐厅的油漆味,我学会的祈祷经文,还有安娜·罗丝修女教我写的英文字母。我一五一十地告诉他,以为这样能让他明白——明白我的需要,明白我拼死渴望回到他身边——然后,迟早有一天他会让我回家,因为在当时,在那么多年的时间里,他仍然爱着我。

虽然索拉博一如往昔那般遥不可及,那般抑郁消沉,但他是我唯一的希望。我当时还没——也还没有能力——怪罪他。

一直到后来,我才开始叫他"罪人"。

圣抹大拉的马利亚女子学院有四十八个女学生。除了我以外,还有三个一年级生,但是住校生只有两个,另一个是四年级的女孩——她爸妈是墨西哥裔的美国人，不时在美国和墨西哥之间往返，只有假日才带女儿回家。她皮肤黝黑，很安静，总是不停写信。她床头挂着日历，不时在上面画框框，数日子。

"还有六十四天，我就要回家了。六十三。六十二。"

我们几乎不交谈。

其他的学生都是美国人，每天早上来上学，课堂一结束就回家。早上，她们跳下爸妈的车，冲进学校找朋友；下午，她们聚在教室前面的草坪上，商量着等会儿要在谁家碰面。我望着她们——在小礼堂里，在教室里，在午餐时间。她们高声交谈，背着书包，每回在路上擦身而过，因为我听不懂也无法参与的笑话而开怀大笑的时候，那满满的自信逼得我不得不退开，盯着墙壁看。她们看见我的时候，总是眼珠滴溜转，扮鬼脸，耸耸肩，仿佛是在说我很古怪。她们对我说话的时候，总是提高嗓门，把嘴巴贴近我的脸，好像以为我是个聋子。

"她是个孤儿。"我听见她们彼此间说。

罗珊娜在夜里走过了横跨金角湾且连接伊斯坦布尔新旧城区的古老浮桥。金角湾是个出海口，三面环水，剩下的一面是建于公元5世纪的狄奥多西城墙[1]的环抱之处，也就是伊斯坦布尔。

伊斯坦布尔坐落在有七座连绵起伏山丘的半岛上，有极其悠久的历史，一直都是伟大帝国的中枢。在还叫君士坦丁堡的时期，这里被誉为拜占庭帝国的珍宝，千年来都是全世界最重要的城市之一。统治这里长达五百年，将版图从黑海扩及巴尔干半岛，再到阿拉伯与阿尔及利亚的奥斯曼帝国，其历代苏丹也都以此地为政治中心。这里有托普卡帕宫[2]，有柯拉修道院教堂[3]，有圆顶层层叠叠的蓝色清真寺[4]，以及聚集四千家商铺的拱顶室内商场。现在，这里挤满居民与观光客，混杂着各色高档餐厅与路边小吃摊，既有可以俯瞰蔚蓝海洋的宽阔街道，路面上阳光普照，也有满是晒衣绳

---

1. 一道拜占庭帝国时期修筑的、用以防卫当时名为君士坦丁堡的伊斯坦布尔的城墙，以当时在位的罗马皇帝狄奥多西二世之名命名。
2. 1465至1853年间奥斯曼帝国苏丹居住的皇宫，由穆罕默德二世所建。
3. 现改为卡里耶博物馆，以拜占庭帝国时期的湿壁画与马赛克作品著称。
4. 以贴满伊兹尼克所产的蓝彩贴瓷、显得色彩迷离而闻名，于1617年完工，为伊斯坦布尔最大的圆顶建筑，三十多层圆顶层层升高，朝巨大的中央圆顶聚拢，十分壮观。

和天线的阴暗后街小巷，街角巷尾堆满杂物垃圾。土耳其有钱人的豪宅耸立在山丘之上，他们开欧洲车，每逢周末就躲在博斯普鲁斯海滨的别墅里享受假期。离他们稍远处是商业区和观光区——坐落着许许多多的清真寺、博物馆、露天市场和餐馆。城市外缘则是贫民区。

但是海洋随处可见。

所以罗珊娜在此落脚。她已经来到亚洲的尽头，无法再走远了。她也已经来到水域环绕的地方，尽管这海水不像她老是梦见的里海的水那般甜美碧蓝，但是环绕金角湾三面的海洋为她提供了一望无际的海平面，没有回忆，也没有极限。

她在托普卡帕车站对面的餐馆找到一份刷洗油腻地板的工作，她搬进了马尔马拉海岸边的库姆卡珀区一条鹅卵石巷弄里，那里的楼房住了太多人。库姆卡珀是伊斯坦布尔的亚美尼亚犹太区，紧邻海鲜批发市场，几乎所有的亚美尼亚人都住在这里。在位于三楼的房间里，罗珊娜日日夜夜都闻得到鱼腥味，听得见亚美尼亚妇人和酒醉的丈夫吵架骂小孩的声音，还有海鲜餐厅里客人吃炸花枝圈，喝狮奶调酒的声音。这栋楼的水管早就朽坏了，罗珊娜房里唯一的照明设备是一颗电灯泡，但是开关也坏了，所以她得靠用手扭紧扭松灯泡来控制明暗。楼道里飘着尿骚味。房东每个星期来一次，收完房租之后就闪得不见人影。

罗珊娜在这栋楼里住了一个星期，然后一个月，然后一年。她搭巴士往返于餐馆与租屋，只要有人问起，就说自己是从伊朗来的寡妇，没亲人也没朋友。她从其他服务生和洗碗工的交谈之中，学会了不太标准的土耳其语——那些打工者也都是近日才刚搬到伊斯坦布尔来的农民——还从进餐馆来吃饭的观光客身上，学会了一点点英语、法语和德语。可是她从来没交过朋友，甚至也从来不去认识同一栋楼里的邻居。偶尔，她太孤独，感觉到皮肤开始变硬、变冷，像鱼鳞一样时，就会带个男人回家，在她那张露出松垮弹簧的小床上做爱。她带回家的男人或许是餐馆里的服务生，或许是在鱼市工作到无聊的亚美尼亚少年，或许是个吃着面前那盘烤牛肉片，恰巧抬起头来看见罗珊娜在烤炉旁边刷洗地板的观光客。如果他们给钱，她就收下，在那台兼作取暖用的手提火炉上煮土耳其咖啡给他们喝。

"说个故事给我听吧。"她会这么说，然后闭起眼睛，在漫长的夜晚或短暂的白昼时光里，侧耳倾听。

过了一年，天使罗珊娜还是住在鱼市对面的那个房间中。慢慢地，她失去了逃跑的渴望，再也没梦见过飞翔。她不再说波斯语，不再看新闻，有意避开伊朗观光客或可能在对话中提及那个国家的人。她不再提心吊胆提防窃盗鬼，甚至也不再提防芙洛莲·克劳德。铁慕尔的眼睛仍然在她床上望着她，隔着安全无虞的遥远距离，她可以整夜赤裸地躺在他的目光下，一无所惧。

只是偶尔，塞在拥挤街头的车潮里，跑着躲避闯进楼房搜查罪犯与妓女的警察，或只是站在街角抽烟的时候，罗珊娜会骇然醒悟，她是这么无拘无束，这么默默无闻，她总有一天会死在这个城市里——自由自在，确实，但也孤苦无依。

室友伊丽亚娜找院长抱怨我的行径。她说,我整夜不睡,太常呕吐,总是坐在那里盯着书看,却半天不翻页;我咬指甲咬得手指流血,还拿铅笔尖把掌心戳破皮;我头痛得厉害,忍不住呻吟;我抓着剪刀,手里拿到什么都剪——我的书、我的制服,甚至我的床单;我拿蓝色墨水笔画得双手双臂到处都是。

院长叫我到她的办公室去,把我训诫了一番。两个星期之后,伊丽亚娜又告状了,于是院长打电话给我爸爸。

"给她一点时间吧。"他对她说,"她需要几个月来适应。"

她第二次警告我,还要我保证一定会改过。

"你到底怎么回事啊?"从院长办公室出来之后,伊丽亚娜问我,"他们怎么会送你到这里来?"

"我不知道。"我说,暗暗祈祷她别再追问。

"噢,那他们为什么不来看你?"

我耸耸肩,加快脚步。她追上来。

"住在比弗利山庄的那个人是谁?"

我继续走。她知道我想躲开她,所以更穷追不舍。

"你知道的,你日日夜夜都摆在外套口袋里的那个信封上的地址。"

我放慢脚步,然后停了下来。

"从开学以后,我就看见你老是抓着这张纸。我看不懂上面那些古怪的文字,可是寄信的是个住在比弗利山庄的女人。"

我心跳加速。我记起信封左上角用红笔圈起来的字,我妈妈认为重要得必须做记号保存的那几个字。我从口袋里掏出信封给伊丽亚娜看。

那皱巴巴脏兮兮的纸让她皱起眉头。然后她把信封抚平,看着寄信地址。

"这里写着:加州比弗利山庄,日落大道1282号。"

我感觉到一扇门敞开了,有光照进来。

那天晚上稍晚,伊丽亚娜坐在床上给她的日历数格子的时候,我问她能不能帮我写封信给比弗利山庄的那个女人。

"你自己写啊。"她没看我一眼,说道。

"我不知道怎么写。"

"不关我的事。"她关掉电灯,回答说,"我又不是你的老师或保姆。"

我很怕她,不敢挑战她的决定,只能静静躺在黑暗里。等到觉得她睡着之后,我起了床,打开电灯。她骂了几句,但没起床关灯。

我坐在桌边,从笔记本里撕下一张纸。那时快到感恩节了,我已经上了两个月的学,却还只会写自己的名字和几个简单的词。我呆坐了好久好久,之后,拿起笔,在纸上写下唯一会写的东西:

罗珊娜

莉莉

拜托

伊丽亚娜趴在床头,嘲笑我写的信,然后,她爬起来,从她的床头柜里拿出一个信封。

"拿去。"她在信封两面都写上地址,"说不定那个女人会来带你走,那我晚上就可以好好睡觉了。"

电影明星茉希狄已经在洛杉矶住了十六年——从她和阿敏度蜜月把这儿当作最后一站，然后打发阿敏离开之后，她就一直住在这里。她和阿敏先到了欧洲的巴黎、伦敦和法兰克福，然后是雅典、马德里和蒙特卡洛。他给她买了一箱又一箱的衣服，飞机与游轮的头等舱票，并在歌剧院订好包厢。起初茉希狄觉得很不自在，想尽办法要靠仪态和穿衣风格来装出自信的样子，她很怕豪华饭店和餐厅里的其他女人一眼就看穿她是个出身遥远国度的犹太区，注定一辈子无法出人头地的可怜女孩。她花大把时间做头发、化妆，虚张声势地踏进饭店大厅，但是不到五分钟，就一副受伤小猫的模样，这模样让阿敏爱到难以自拔。她看见其他女人打量她，意识到自己看起来很不对劲儿。

但是她很快就学到了要领，况且还有阿敏帮她。他带她到皇家御用的珠宝店，让她尽情试戴想要的首饰。她会坐下来，脱掉外套，露出她的颈线和光彩夺目的肌肤。她拿下帽子，让一头秀发倾泻在双肩上，对着那些伺候她，看她看得目不转睛的年轻人若有似无地微笑。阿敏看见那些年轻人高兴得颤抖，听见他们把宝石挂在她颈间眼见它触到她肌肤时嫉羡的叹息声。

他喜欢她买起东西来不管价钱有多贵或东西有没有用都毫不在乎的模样,他喜欢她花起他的钱来目空一切的气势——仿佛连阿敏这个人也不存在似的。大肆采购之后,她会把阿敏抛在后头,踏出店外。不管他送的礼物大小,从来不道谢。男人们驻足再三回头看她,女人们盯着她,好奇她是谁,仿佛她是个名人,仿佛她们都该知道她的名字。

在酒店房间里,他会脱掉衣服,躺在床上等她。她让他等着,让他因欲火难耐而发抖,而喊她。这时她会和衣与他做爱,这样才能让他永远饥渴,永远无法完全满足。

他知道他俩的关系迟早要结束。正因如此,每回她与他做爱时,阿敏都想尽办法要再次挣脱那种无力回天的感觉;正因如此,才让茉希狄显得格外珍贵。他是个男人,被判死刑的男人,每天都努力想要躲开断头台的男人。

他们的关系最终在纽约结束了。

她拖着他去一家又一家餐馆和俱乐部,那些屋子里烟雾弥漫,挤满酥胸半露的年轻女子与趾高气扬的年轻男子。他们住在华尔道夫酒店,在哈利·温斯顿购物。但她不肯让他碰她。

阿敏厌倦了旅行,也讨厌儿子每天打电话来警告他说,他再不回去,家里的生意就要垮了。他感觉到与日俱增的惊慌让自己的判断力变迟钝了,却又找不到办法定下心来。在过去三十年中,他每年都到欧洲旅行,在那里,他是个见多识广的年长男人,有权有势,大家都记得他做成的买卖与征服的女人。他坐在巴黎的丽兹酒店里,细数他所认识的企业家和政治人物给茉希狄听。她侧耳倾听,眼神嘲弄着他,每到故事讲完,她就举杯敬他,因为他们都知道他已经过了风华正茂的全盛时期，再也找不回往日荣光了。

但是在纽约，阿敏既不认识什么人，也没有什么人认得他，他优雅的法语和标准的德语在这里派不上用场，其他人用美式英语对他讲话的时候他也全无招架之力。他的言行举止老派过时，他的绅士风范惹人讪笑。

她告诉他说他们要到好莱坞去。

这原本就是她的计划——打从她还是住在猫婆雅丽珊卓家的小女孩，从蓝眼罗特菲铺子里买来杂志，看着上面那些电影明星的海报与剧照时，就有这个计划了。茉希狄始终知道自己有朝一日会到好莱坞去。

他们到的时候是春天，在国宾大饭店租了一个套房。她买了一件白色泳装、一副黑色太阳镜，以及一根长烟管，整天躺在游泳池边，喝马提尼，拿勺子吃鱼子酱，对身边的阿敏视而不见。身穿米色亚麻西装、戴大号太阳镜、穿白鞋、配金袖扣的阿敏，看起来就像个被罢黜的独裁领袖，失去了军队，也失去了他的男子气概。他喝着柠檬苏打水，把报纸从头版看到最后一版，觉得自己的皮肤快被太阳晒焦了，脚也因为苏打水里的盐分肿了起来。

那里有经纪人，有池畔的午餐，还有阿敏没受邀出席的深夜晚餐。经纪人安排了其他会面、电影试镜，以及和电影人的约会。茉希狄在一部蹩脚电影里客串了一次，和一个不知名的演员演了两分钟的对手戏。回到饭店之后，她告诉阿敏说他必须走。

他像个早就知道自己迟早要被开除的老仆人似的，默默接受了这个消息。他打包好行李，为茉希狄预付了国宾大饭店六个月的房租，留给她一笔够买下日落大道上房宅的巨款，替她在银行开户，以便每个月汇一笔钱给她。这全是她的，他对她说。他唯一的要求是她别和他离婚。

在银幕上，茉希狄看起来冷酷泼辣——完全不像她本人那样风情万种，也不太像是导演所想要的那种外貌。她试过其他角色，和其他经纪人、制片人上床，可是到头来还是枉然。曾经如此轻易开启的大门也很快就当着她的面关了起来。茉希狄生平头一遭尝到失败的滋味。

她变得更生气，也更下定决心要赢得胜利。

"去他的电影。"她坚决道。她费尽心机才离开伊朗，重新打造自己的人生，就算不能凭借美貌征服好莱坞，她也还可以拥有富足的产业来扭转乾坤。

靠着阿敏的钱，她买下好莱坞和日落大道的大片地产——威尔夏大道中段一整个街区的商铺和公寓建筑、破败的房宅，以及东区被焚毁的戏院。她把店铺租给任何来洽租的人，让一个个人口众多的非法移民家庭住进老鼠蟑螂横行的公寓，因为他们不敢去投诉住屋违反卫生与安全法令。年复一年，茉希狄把钱投资在害顾客因食物中毒而生病的餐馆，以及五块钱就可以玩一次的廉价妓女栖身的楼房上。她从来不同情睡在她那些四处漏风公寓里的孩子，派手下经理去对付那些迟付租金的房客时，她眼睛都不眨一下。她这辈子一直都在愤愤不平，就算把自己的怒气转嫁到脆弱与无助的人身上又怎样？

等到阿敏过世，财产全被子女瓜分之时，茉希狄早已靠自己富了起来，不再需要电影来造就她了。

打从信一写完，尽管还没交给安娜·罗丝修女请她代寄，尽管还没看见邮差来把它收走，我就已经在等待茉希狄打电话来了。我从来没见过她，也不知道她长什么样子；我从来没想过，她写信给罗珊娜之后或许搬了家，她或许看不懂我写的信，她或许不想回复我；我甚至也一直没搞清楚，我根本就没给她学校的电话。我一直等，等到过了感恩节，过了接下来的几个星期，过了我孤零零和安娜·罗丝修女与院长留在学校的平安夜和圣诞节。我等着，等到过了寒假的第一个星期。然后，她来找我了。

星期二早上，我听到有辆车停在学校门口，接着听见有个女人对安娜·罗丝修女说话。当时我坐在自己的房间里，用红笔在掌心画线。每回我拿笔在自己身上画的时候，安娜·罗丝修女就会处罚我：罚我不能吃晚饭，取消我看电视的时间。可是我还是不停地画，越来越用力地把笔戳进皮肤里，想尽办法要弄出个形状，弄出个实实在在有血有肉的轮廓，让大家能看见我，让学校里的女生、教室里的老师、我远隔重洋的爸爸，还有罗珊娜，都能看见我的存在。

"我才搞不懂什么违反规定呢。"

前厅的那个女人穿着硬底皮鞋走来走去，高声对修女说着话。我把笔收进制服口袋里，走到门边。

"你必须得到她父亲的许可。"安娜·罗丝修女的声音低了一截。

"我爱做什么事就做什么事，才不需要有人批准呢。"

我突然一阵惊慌，转身跑回床上，盘腿坐在床沿，双手交叠搁在肚子上。

那女人把安娜·罗丝修女甩在身后，径自推开门走了进来，高跟鞋在地板上咣咣响着，一路朝我的房间走来。

"这个地方真他妈像地牢啊。"她大声说，安娜·罗丝修女被吓得倒抽一口气。

那女人推开我的房门，看看里面，几乎什么都没看见，但在最后一分钟，终于看见坐在半明半暗处的我。

"你在这里啊。"她长吁一口气，走了进来。

她很高，很瘦，而且比我见过的其他女人都漂亮。她戴着一顶黑色的帽子，穿着一袭紧紧裹在身上的黑色洋装，露出一双完美的腿，肩上围了一条红色的开司米披肩，脚踏蛇皮高跟鞋，我大老远就能闻到她的香水味。她的皮肤是水蜜桃色的，双唇红艳，眼睛是明亮的深绿色。她一开口，从她唇间滚出的字字句句，在空中跳跃，就像红色、黄色、橙色的糖果。

"你不能进这里。"安娜·罗丝修女追进来，气喘吁吁地站在她身边。和茉希狄一比，她矮了一大截。"我们有规定的。"

她在茉希狄绿色瞳孔的注视之下融化了，身体不安地扭动，搓着双手抹掉汗水。茉希狄连理都没理她。

茉希狄缓缓走近我，小心翼翼——宛如猎豹接近猎物，想办法不吓着它。她越过我的头顶，越过我的床，打开百叶窗。一条条阳光落在她头上，照亮她的眼睛。她傍着我坐在床上。

"老天哪，"她赞叹道，"她终究还是生了个女儿啊。"

安娜·罗丝修女立在床边不走，好像这样就可以把我从魔鬼手中拯救出来。"你没在她的许可访客名单上。"她鼓起勇气说。

茉希狄甚至懒得抬眼看她。

"只有获得许可的访客才能来看她。"她坚持道。

茉希狄还是不理她。

"谁都不行。"安娜·罗丝修女重复道，"包括你在内。"

茉希狄扬起眉毛，上下打量着修女。

"名单拿来，我把我的名字写上去。"

"你不能这么做，只有她父亲才可以。"

"那就打电话给她父亲啊。"茉希狄转开视线，把安娜·罗丝修女甩到世界的边缘。修女啪哒啪哒走开了，脚掌沉沉地踏在拼花木地板上，她要去给索拉博打电话。

"离开的时候把门关上。"茉希狄喊道。

她对我说，她要带我走，到她位于城市另一端的家里去，等过完寒假学校开学的时候再送我回来。她讲的是英语，带着充满韵律的柔和口音，那些话宛如清流般从她口中流出，轻柔地流入我耳中，甜蜜地抚慰着我的心。

我收拾了牙刷和换洗衣物——罗珊娜买给我的最后一件衣服。这件胸前滚着细褶的蓝白格纹洋装在我离开伊朗的时候已经太小了，但我还是带来了，用来证明罗珊娜确实曾经存在。茉希狄看见那件洋装，噘起嘴唇。

"我们得给你买点像样的衣服。"她说,"再买双鞋。"

安娜·罗丝修女回来了。

"我找不到她父亲。"她得意地宣布,但是一看见我的行李就惊呼道,"你在干什么?"

电影明星茉希狄拉起我的手,像挥动的刀刃般迅疾地穿过房间。

"带她走啊。"她回答说,"你星期天会再见到她。"

有辆加长型的豪华轿车等在学校门口。银灰色车身,配着深色的车窗。开车的是个英俊逼人的年轻小伙儿,他皮肤黝黑,有双拉丁人的眼睛。我们走近的时候,他下了车,打开后座车门。他拎起我的行李,扶我上车,然后牵着茉希狄的手,看着她跟在我后面滑进车里。他的目光一刻都没从她身上离开。

在车里,她面对司机的后视镜坐着,身体靠在椅背上,拿下披肩,露出洋装前襟大开的领口,从颈线到前胸让人一览无余。她摘下帽子,让秀发在脸庞四周披散成金色的波浪,点起烟,跷起腿,呼出一口烟雾。他在镜子里看着她。她随他看。

安娜·罗丝修女敲着车窗,威胁要报警。车子开动了。

"你妈妈怎么了?"我们开上高速公路之后,茉希狄问我。

我摇摇头。"我不知道。她走了。说不定死了。"

茉希狄很意外,不知道该拿我的伤痛怎么办才好。她打开车内的一扇门,拿出一只杯子和一个水晶瓶,然后倒了一点棕色的液体到杯子里,加了点冰,慢慢喝了一大口。

"别想不开。"她说,"人生就是这样啊。"

我们在高速公路上奔驰,然后转下前往日落大道的高速路出口。

"看看窗外。"她对我说,酒让她变温柔了,"这就是我的城。"

这时,我看见了我在帕萨迪纳几个月来从没见过的美国——这个美国有绿树夹道的长街和翠阴掩映的人行道,有富丽堂皇的豪宅和看起来神气非凡的男男女女,有绿油油的草坪和亮闪闪的轿车,以及长得没有尽头的马路,一直通向更为宽广的地平线。我们沿着日落大道往下开,茉希狄一一给我指着,那里是露西尔·鲍尔以前住的房子,那是她自己和柯克·道格拉斯共进午餐的饭店,还有那条街啊,是她有一回瞥见玛丽莲·梦露坐在某个金发男子车上的地方。开到日落大道和一条名为山麓街的路的交叉路口时,我们放慢车速,通过一道低矮的锻铁大门,转进一条宽阔的车道,最后停在一幢两层住房的正门门口。住房外层是光滑的黄色石墙,四周花圃环绕。

"我们到了。"茉希狄宣布。

这幢房门口是条铺大理石的宽阔走道,起居室地板上铺着浅蓝色的地毯,屋里有回旋楼梯和三角钢琴。司机把我的行李摆在楼下。有个穿着和地毯同样颜色制服的女人把我带到楼上的房间去。房间里全是丝绸纱缎,浅蓝、鹅黄搭配着蜜桃色,床头柜上堆着杂志,床上放着镶蕾丝的枕头。茉希狄要我冲个澡,换件衣服。我梳洗完之后,她又进到我房里来。

"快中午了,"她说,"我要去睡个午觉。"

她睡了一整个下午。起初我留在房里,倾听着一屋的寂静,望着窗外广阔的后院,那里有座黑色池底的游泳池,草地上摆放着许多躺椅。女仆问我想不想到楼下看电视。

"你一定饿了。"她猜,带我到冰箱跟前。

冰箱最上一层有一瓶西红柿酱、一袋苹果和一条黄油，其他层全塞满葡萄酒和伏特加。

"夫人不喜欢在家吃饭。"女仆解释说。她给了我一个苹果，然后从柜子里抽出一包饼干。

"我也不带吃的东西来，因为我不住在这里。"她说，"我猜，夫人会派我出去给你买点东西。"

下午五点钟的时候，女仆走了。七点钟时，茉希狄再次从房里出来，重新化了妆，换上晚装。她看到我的时候似乎很意外。

"我得出去。"她说，"我安排节目了。可是我没想到你年纪有这么小。你能自己一个人待在家吗？"

"当然可以。"我想办法装出很有信心的样子。我不想一个人留下来，可是又不敢毁了她的计划。她皱起眉头端详了我一会儿，然后耸耸肩，放弃了。

"我想你也不得不。"她下了结论，"只是别接电话，也别开门。看看电视，然后去睡觉。我会把所有的门窗都关好。"

她走向吧台，给自己倒了杯喝的，在起居室壁炉架上的镜子里顾盼一番，然后走回来，最后一次端详我。

"你以前也曾经一个人在家吗？"

我不能让她失望，我要让她喜欢我，我不能成为她想摆脱的负担，这很重要。

"当然啦。"我又扯了个谎。

那天深夜，我清醒地躺在丝缎床单和蕾丝边枕头上，听见豪华轿车停在车道上，屋子前门随即开启的动静。茉希狄踏进屋里，关上门，但是没上锁，爬上楼梯，走进和我隔着走道的那间卧房里。我看见她在床头柜台灯柔和的光线里宽衣。她的动作很慢很慢，都精心计算好了。她在等待。

这时，前门被猛然推开，我看见那个年轻小伙子——那个有双黑眼睛、目光焦躁的司机——穿过屋子，进到卧房。茉希狄拥他入怀，毁了他的人生。

在家里，索拉博再也不和他父亲讲话。他们只在上班的时候，在铁慕尔那间宛如气派的接待大厅的办公室里交谈，那房间里有古董椅、镀金的桌子、深色的波斯地毯和天鹅绒绣帷。身穿黑白制服的仆人把饮料倒进水晶杯里，用银托盘端给他们。有个秘书负责给每次会议做笔记。她是铁慕尔花钱请的，却是国王陛下的秘密警察安插在这里的眼线，所以笔记总是一式两份：一份给铁慕尔，一份给她在警察总部的上司。

那天秘书离开之后，铁慕尔和索拉博坐在一起讨论事情。他们谈起他们的工厂和工人，以及国王我行我素动辄引进新法律的习惯——为了解决一个问题而制造两个新问题。他们谈起还待在费尔多西大道地下室里的会计师。他们被埋在及腰深的文件里，老得太快，却做得太慢。

"打发他们走吧。"索拉博建议父亲道，却徒劳无功，"你自己教过我的，别挑战制度。"

这是索拉博唯一一次提起以前的事，说起铁慕尔带他到自由广场去看绞刑那一天。在罗珊娜失踪的这些年里，在他们把我送走后却还一起住在家里的日子中，铁慕尔、芙洛莲·克劳德和索拉博再没谈起从前发生过的事。他们就像生活从来没被打断过般继续过日子：芙洛莲·克劳德照料房子和雅各布先生，索拉博不是去公司上班就是在家里看书，铁慕尔则是永远不在。或许，索拉博想，是沉默让他们还能住在一起——沉默甚至还抚慰了他们，让他们从彼此的存在里得到安慰。或许他们没什么想说的，因为他们太了解彼此的痛苦了。到头来，唯一重要的是忍耐自己的失落。

异教徒铁慕尔知道他打算付税是引火烧身。他知道，国王的爪牙盯着他，打从他在四十六年前回到德黑兰的时候就盯上他了。国王的眼线到处都是——在小学和医院里，在军队和餐馆里。他的密探整天坐出租车，就只为了探听其他乘客在谈什么，把刺探别人家务事当成内政工作的唯一目标。他们追查铁慕尔的一举一动，他的卡扎尔王朝的祖先与白手起家得来的财富，他自称是德国人的妻子和犹太人父亲，以及消失得无影无踪的儿媳——连个葬礼都没有——还有那幢鬼魂频繁出没却没人逮得着它们的豪宅。他们已经追查过铁慕尔在伊朗的生活点滴，他们绝对不会轻易放过他缴税的事，然而……

然而，铁慕尔倦了。他已经六十六岁，老得知道自己罪该万死了。他抛下沉沦在痛苦之中的母亲，他背叛妻子，欺骗儿子，导致罗珊娜下落不明。而今，面对别无选择的未来，他倦了，也受够了，他不想再被迫贿赂那个提着绿色公文包的龌龊小矮子，不想再害怕那些个戴钻石尾戒、拥着瘦巴巴的情妇的脑满肠肥的将军，不想再在国王面前点头哈腰，在那些给国王陛下打小报告的街头密探面前闭起嘴巴。就是因为这样，所以铁慕尔不肯打发会计师离开，即使他明知道税的问题会毁了自己一生也在所不惜。

我从茉希狄家回到学校三天之后，院长收到一封信，盖着德黑兰的邮戳，据称是我爸爸寄来的。在信里，他同意学校在周末与假期把我交给电影明星茉希狄照顾。

校长因为安娜·罗丝修女违反学校政策，让茉希狄把我带走，已经记了她一笔。而安娜·罗丝修女为此也处罚我一整个星期不准吃晚饭和看电视。信寄来之后，院长很怀疑地再三检查，然后从抽屉里拿出我的档案，比对来信和我申请入学表格上的签名。她马上就发现，两者字迹并不相同。

"太丢脸了。"她对安娜·罗丝修女说，"把那个小孩带来。"

她问我那封信的事——她一口咬定是那个围着红色披肩，在拼花木地板上到处留下鞋跟印的恶魔干的。我据实以告：我对这封信一无所知。我从没对爸爸提过茉希狄的事。

院长拨了他在伊朗的电话号码。

她对索拉博说，她收到一封可能是他寄来的信，她打电话是为了确认信里的授权：是关于一个名叫茉希狄的女人，她不请自来出现在学校，坚称自己有探视权。院长没提到我在寒假的时候和茉希狄住了五天。

她把话筒贴在耳朵上，得意地盯着我看，让索拉博好好消化她刚刚提供的情报。接着，她下巴一垮。

他说，他没写过信，也没在那封信上签名，并且从来没和茉希狄联络过。不过，如果莉莉愿意，学校可以让莉莉和茉希狄一起度过周末和假日。

院长大惊失色。

"在这个国家里，我们绝对不会把自己的孩子托付给骗子和坏人。"她对索拉博说，但眼睛却瞪着我看。

他说的下一句话让她死心了。她缓缓放下电话，折起信，将它收进我的档案里。她往椅子上一坐，手指敲着办公桌。

"真是个奇怪的人。"她轻声说。

整整两年中，费尔多西大道的地下室里一点消息都没有。1975年，那几个人终于从地窖里现身了。他们变胖了，肌肉松垮，脸色苍白，在昼光里会眯起眼睛。他们的组长，也就是第一天穿着白色亚麻裤的那个人，把厚达一千页的手写数据摆在铁慕尔桌上，然后退后两步，全神贯注地等待着。

铁慕尔翻开第一页，盯着那些数字。会计师以为他会很生气，会用力拍桌子，驳斥他们计算的结果。他们想，没有任何心智正常的人会甘心把这么一大笔钱自动自发地交给政府。

铁慕尔合上报告，站起身，与他们握手，然后把他们送回了家。

那天晚上，铁慕尔留在办公室里看报告。索拉博走进来，劝说铁慕尔应该毁掉这份报告，然后买通会计师，让他们不去向国王的手下告密。芙洛莲·克劳德打电话给他，求他大发慈悲，就算不为自己，也要为她和索拉博想想。第二天早上，铁慕尔独自走路到银行去找那个卖地害死莫拉德的经理。

经理一听到铁慕尔的名字，就冲出办公室。他脸上堆笑，但讲话的速度超快，掌心因恐惧而直冒汗。他给铁慕尔端上茶与椰枣，问他喜不喜欢可口可乐，坚持要他尝一点英国苦味巧克力。他对铁慕尔保证，一定会竭力服务，永远忠心，提供比平常更多的优惠。铁慕尔拿起笔，在一张纸上写下一个数字。

"我要开一张银行本票，"他说，"开给税务局。"

经理被吓呆了。

"我不明白。"他嗫嚅道，很肯定自己一定是听漏了某个环节。

"你不必明白。"铁慕尔哈哈大笑，"照做就是了。"

在学校里,我很努力尝试,却一事无成。我的分数很低,进步很有限。我学习,但不专心,我练习说英语,却没法与人沟通。老师放弃了我,其他女生挑我毛病挑腻了,就慢慢遗忘了我的存在。而茉希狄也常一整个夏天忘记打电话或来接我。我留在宿舍里,独自和修女待在一起,仿佛没有形体,仿佛不存在。

这是罗珊娜离开之后的这些年来,我一贯的状态,是我让自己能活下来,继续过下去的方法:我变得隐形,在自己或其他人眼里都是如此。我消失在恐惧与担忧的云雾里——那是从飞往美国途中就一直环绕在我身边的云雾。不,或许更早,早在罗珊娜离开那夜,早在我叫她她回头朝我望来,却完全没看到我那一刻就已经开始了。

于是我拿起笔在皮肤上画图案,画满手掌和手臂内侧。天亮之后,我在淋浴间洗掉它们,但几乎身体一干就又开始画起来,整夜不睡,在肚子、大腿和脚掌上到处画——只要可以用衣服遮住,不让修女看到的地方全画满。我画繁复的圆形图案、弧形、圈圈、长长窄窄的桥,从手掌延伸到手臂,跨过胸膛,向下延伸到另一边的手掌——用日日夜夜的哀伤与无止境的渴望编织而成的迷离图案,让修女讨厌,让其他女生避之唯恐不及,仿佛我身上带着某种致命的病菌，但讽刺的是，这却赢得了茉希狄的欢心。

"你是个伟大的艺术家。"每回看见我衣衫半露，亮出前一夜在身上画的画，她就会说，"你应该画在纸上的，否则就只能光着身子走台步了，让我带你到画廊去展示吧。"

她真的把我展示给了朋友看——在我住在她家，而她决定带我一起出去吃饭的那些个夜晚。我们到查森餐厅喝餐前饮料，到佩利诺吃主餐，到保罗沙龙吃餐后点心。无论走到哪里，茉希狄都有自己的包厢，有受她喜欢专门为她服务的侍者和酒保，有一群忠实的爱慕者，聚在她的包厢中，争相博取她的青睐。

"我侄女，从国外来的。"她向那些叫我"甜心"的男人，以及大部分连正眼都不给我的女人介绍说，"其实是从帕萨迪纳来的。可是那也和外国没两样。"

我会在桌边一坐好几个小时，吃我的东西，喝果汁。茉希狄每隔半小时重新给自己叫杯酒的时候，也会替我叫杯果汁。有其他人在身边，有音乐、笑声和不绝于耳的谈话声，我时常会安心地睡着，大多是在我们去的第二家餐厅里，然后茉希狄就会叫她的司机送我回家。我在床上辗转反侧，和心中的恐惧搏斗，直到最后又拿起笔，开始在皮肤上画了起来。

茉希狄总是快天亮才回家——有时走得稳，有时跟跟跄跄，但永远都有男人陪在身边。她会和他做爱，在客厅或她的卧房里，在厨房，在游泳池边的躺椅上。然后，她会抛下那个男人，独自坐在她不会弹的三角钢琴旁，用食指敲着琴键，轻声哼唱，喝酒喝到睡着。我从房间出来，在楼梯平台上望着她：她的头枕着钢琴，头发披散在琴键上，只有我知道她之所以睡在这里，是因为她就像我一样，害怕孤独。

铁慕尔把银行本票交给税务局之后，过了两天，就有个自称是"国王陛下忠心仆人"的男子来找他。这个男人有个大大的下巴，厚而多肉的嘴唇，可是牙齿却细小而稀疏，像小婴儿的似的。

"拿着你的外套，到外面来。"那个男人透过小婴儿似的牙齿对铁慕尔说，"门口有辆车在等你。上车去，别问问题。"

铁慕尔很努力不让双手颤抖。他从办公桌后面站起来，拉紧领带的结，穿上外套。他从靠街的窗子往外望，然后转头看看门口，希望能看到某个熟悉的面孔走进来。他花了很长的时间找钥匙，塞了两沓钞票到口袋里。看到他和那个男子一起离开，他的秘书明知道他要到哪里去，却还讽刺般地问他要不要回来吃午饭。

铁慕尔走下一层楼到索拉博的办公室，把钥匙交给他。他写下两个电话号码——他在空军的好友的，万一有需要的时候可以代他求情。索拉博陪他一起走到街上。时间是下午两点，他们走出大楼，看见停在入口对面那辆樱桃红的沃尔沃。铁慕尔心惊胆寒，突然希望能回到他一个钟头之前还觉得难以忍受的生活。然而，他想，他这辈子的所作所为必定都是为了迎接这一刻的来临。

司机把他载到了波斯波利斯大道上一幢位于剧院旁边没有标

志的建筑旁。里头有间办公室，摆了一张铝桌、一把椅子，没有电话。一座吊扇心不甘情不愿地嗡嗡响着，却连一丝凉风都扇不出来。门上没有把手。窗户被漆死了。

一个穿粉绿西装和鳄鱼皮皮鞋的男人询问铁慕尔，他想知道工厂的事，想了解铁慕尔的德国妻子，以及莫拉德买下现已属于国王姐姐的那块地的钱。他没提到铁慕尔付给税务局的那张本票，没提出任何指控，也没给任何解释。穿鳄鱼皮皮鞋的男子甚至没做笔录。

他们把铁慕尔留在那幢建筑里两天，然后把他转送到另一幢建筑里。铁慕尔问他什么时候可以回家。

"还要好一阵子。"他们回答。

他问罪名是什么。

"煽动叛乱。"

然后他们就把他送进了监狱。

在牢里，他挨打，受讯，但是除了煽动罪之外，没被指控其他罪名。国家控制的电台宣布他被捕的消息，说他犯了行贿与非法囤积民生物资的罪。经过政府新闻部门检查的报纸在头版刊登了他的照片，推断他在大战期间和纳粹德国可能互通声息。他的工厂关门了，他的财产都被充公了。

房子本来也要被接管，搬空所有值钱的东西，封起来；然后被改装成供游客参观的博物馆，或者当作孤儿院，让王后可以戴上精致的粉红帽子，穿着香奈儿粉红套装，一年来造访一次，和感激涕零的孩童们拍拍照。这些孩子不像谣传的那样——"您自己看啊，王后陛下"——没被绑在床柱上，也没因为营养不良而受苦。若非有鬼魂作祟，这房子铁定要被查封没收。

国王虽然曾昭告天下说现代伊朗没有鬼怪,却也很不愿碰触这个把铁慕尔逼到绝境的不祥之地。他放过了房子,允许索拉博、芙洛莲·克劳德、"果冻"雅各布和马西堤继续住在这里。

接下来的三年中,索拉博都在想办法救父亲出狱。他写信,做出承诺,贿赂高阶官员,上门找低阶的官僚。他打了铁慕尔给他的那两个电话,接着又打给其他人——铁慕尔的每一个老朋友,每一个生意伙伴。无论到哪里,他面对的都是一堵恐惧的灰墙——"我会是下一个吗?"——还有一句"抱歉",仿佛是替铁慕尔说的,他们害怕也被当成是"同情者"。

"同情什么?"每回索拉博在老朋友那儿碰了钉子之后,芙洛莲·克劳德就会苦笑着说,"你父亲这辈子同情过什么啦?"

因为没有钱,也因为知道国王的秘密警察时时刻刻监视着这幢房子,所以她几乎足不出户。她独自在屋里踱来踱去,穿着高跟凉鞋,披着一头直发,脚踝很细很细,连她自己都怀疑还能撑住她的身体多久。她替索拉博和雅各布做晚饭,打扫房子,注意到自从罗珊娜逃走之后,窃盗鬼就再也没出现过。每天下午,在日落之前,她会到厨房去,问雅各布看见什么了。

"没看见什么。"他带着童稚的纯真回答说,"只在窗子里看见了罗珊娜,她有蓝色的翅膀,在看着我。"

芙洛莲·克劳德开始对雅各布的眼睛嗤之以鼻。

她怪他看见的东西，怪他这么轻松自在地对她提起，浑然不觉带给她的痛苦有多深。她恨他看见罗珊娜，连这丫头死了都还看得见。她恨他说他看见索拉博夜里在院子中踱步，长长的影子映在水泥地上，抬眼仰望天空，仿佛在祈求罗珊娜回来。而让她最怨恨的是，在罗珊娜还没失踪之前，他看见她带回家来的那些人——她花钱雇来洗劫她的人，那些窃盗鬼根本就不是鬼，而是训练有素的小偷，是芙洛莲·克劳德用自己的钥匙放他们进来的，还每个星期请他们再来。

从雅各布那里听说罗珊娜和铁慕尔的事之后不久，她就雇了这些人。炽烈炫目的惊慌让她变得盲目，但是芙洛莲·克劳德明白，她必须为自己的未来预做筹谋。她这么轻易就失去了儿子，接着失去了丈夫，她也会很轻易地失去她人生仅存的部分，罗珊娜还未染指的部分——钱是她的，虽然也是铁慕尔的，可是铁慕尔一副满不在乎的样子。她需要保障，她想，万一铁慕尔不要她了，不管是因为罗珊娜而和她离婚，或者就只单纯地要抛弃她，在这个任何男人都可以单方面终止婚姻，而且也没有义务和下堂妻分财产或付赡养费的国家里,在铁慕尔可以轻轻松松带走她终其一生所积攒起来的财富的时刻,芙洛莲·克劳德下定决心,她最重要的任务就是保障自己的安全。

她雇了两个从高加索来的俄罗斯人,付钱要他们去偷她和罗珊娜的珠宝,带到苏联的黑市卖掉,扣除他们的工资之后再交给她。是他们出的主意,把事情弄得像是内贼干的,这样才不至于要报警。

那两个人都在白天来,从仆人入口直穿过厨房,在芙洛莲·克劳德的安排之下,那里除了雅各布,从不会有人在。他看见他们,以为他们是上流阶层的绅士,因为他们穿着昂贵衣饰,手戴金表。

实在太简单了,她爱上了这整个骗局:那两个人登堂入室,弄乱几样东西。接着,他们拿走罗珊娜的结婚戒指、芙洛莲·克劳德的耳环、铁慕尔的袖扣。他们等了一阵子,才又回来拿走那条蓝宝石项链。之后,他们离开,去卖掉赃货。芙洛莲·克劳德数着钱,拿不定主意该把它们藏在哪里,最后塞在了一个信封里,用胶带贴在她的衣柜背面。她体会到从未有过的手握权力的滋味:用她所散播的恐惧去控制每一个人的生活——指控与谴责,让人乖乖听话,毕恭毕敬,更重要的是,再一次掌控她的家庭。

她让那两个人拿走画作、古董和地毯。她把钱摆在自己的房间里,在那座不准任何人接近的衣柜里。她没数那两个人带给她多少钱。钱的数目再也不重要了。她碰上了比钱更强大也更有权力的东西,她停不下来,即使她明知道该是收手的时候了。

正因此,就算夜阑人静时扪心自问,芙洛莲·克劳德也一点都不在乎看见铁慕尔受刑坐牢。比起他深植在她心里的怨恨,比起给她的食物下毒，让她的夜晚成为炼狱的怒火，比起她内心那个与她苦苦缠斗，把她从一个照料所有兄弟生活起居的年轻女孩变成一心一意想毁灭所有人的老妇人的恶魔，铁慕尔在牢里的遭遇根本就微不足道。芙洛莲·克劳德之所以变得尖酸、刻薄、残酷，全是他的错，就算他这时饱受痛苦折磨，也不过是在偿还他欠她的债罢了。

1978年，铁慕尔从国王陛下的牢里被释放出来，就在伊斯兰革命爆发前那延烧数月的骚乱期间。他在牢里被打断了肋骨，断骨刺穿了肺部，后遗症让他痛苦不堪。他死在了家里，就在俯瞰院子的那间会客厅里，在那幢他以希望起造的豪宅里——那幢坐落在信仰大道上的宅邸里。

整个六年级，我都很担心毕业的事。圣马利只是一所小学，六年级毕业之后，还住在宿舍里的人都会去念街底那所公立中学。

在我来到这里后的六年中，学校里有过其他几个住校生——天主教家庭的女孩来住几个月，有时候也待上一整年。只有我从头到尾都没离开。

三月时，我写信给爸爸，问他对我小学毕业之后的去向有什么计划。

"你要继续住在圣马利，"他回信说，"去上公立中学。我已经做好安排了。"

四月时，我寄给他学年结束庆祝活动的邀请函。他回信说他无法参加。

五月时，我打电话给他，求他带我回家。

"别再问了。"他变得很不耐烦，"学校就是你的家。美国就是你的祖国。你在那里待了这么久，应该已经接受这个事实了。"

我自己一个人参加了毕业典礼。六月底，茉希狄派人来接我。

我到她家的时候，工人正在屋前草坪上布置独立纪念日的装饰。有镶亮片的旗帜，真人大小的山姆大叔雕像，手挽手列队跳舞的头戴红白蓝三色帽的比基尼女郎人体模型——她们的腿抬在半空中,露出红黑相间的袜带,在夜里闪闪发光。

电影明星茉希狄家每逢重要节日的节庆装饰,在比弗利山庄很有名。观光客大老远从城里开车来看她在万圣节装置的无头新娘和飞天女巫,或者在圣诞节期间,来看她雇来的手臂上挂满装饰品的男女扮演的圣诞树。日落大道上每隔几个街口就可以看到拉美裔青少年在兜售明星家的地图,他们总会指着她家,要观光客绝对不要错过。夜里,有头戴金色假发的女侍,跳下停在贝克斯菲尔德的小卡车,踩着高跟鞋爬过茉希狄家的围墙,搔首弄姿地和赤裸的小精灵合照;有身上印着刺青、穿皮衣的年轻小伙子从日落大道夜店区[1]的摇滚俱乐部急驰而来,和复活节的巨大塑料兔做爱;比弗利山的市长还曾私下说,比起自己的老婆,他更愿和茉希狄共度生日。

那天我下了车,提着行李进屋。那个曾经上了茉希狄的床,后来又被茉希狄给甩了的拉丁司机,早就被开除了。在好几年里,他还一直回来,在她门口苦苦哀求——哭求再拥抱她一次,再吻她一次——但是她当着他的面甩上门,就像她对付在他之前与之后的所有男人一样。

女仆在门口迎接我。"夫人在睡觉。"她说,"我端杯果汁给你。"

我拿起果汁,走到游泳池边。天气很热。我不想吵醒茉希狄,静悄悄地换好泳装后,滑进了冰凉的水里。

我潜进水下,用双手触碰池底。池水的冰凉,我的轻盈,还有

---

[1] 从好莱坞大道到比弗利山庄的日落大道区域,是洛杉矶知名的夜店区,有许多摇滚乐餐厅、酒吧、俱乐部。

身体无声无息穿破水面的动静，都让我兴奋欣喜。我张开眼睛，游到泳池的尽头，然后再折回来，连气都没换一口。

飞翔一定就像这样，我想。

我感觉到身体轻若无物，无拘无束。虽然因氧气就快耗尽而感到胸口疼痛，但我还是不想从深处浮出水面。

死了一定就像这样。

在水面下再游一圈后，我晕了过去。

女仆和衣跳下水，把我拉了上来。

"你差点要了自己的命。"我咳出鼻腔里的水时，她对我吼道。

月姑蜜黎安去参加了铁慕尔的葬礼。她的出现把一切都毁了。

她没受邀,当然,因为没有人把这件事当成秘密,所以她也知道,她是芙洛莲·克劳德在守丧期间最不想见到的人。一如往常,她穿着深棕色的外套配深蓝裙子,懦弱没用的丈夫在她背后三步远处,打量着那些有可能帮他出掉假古董存货的吊唁者。而她竟然胆敢走近芙洛莲·克劳德,还想握手致意。

芙洛莲·克劳德陡然转开目光,房里所有的眼睛全盯着她们。蜜黎安泰然自若地拍拍芙洛莲·克劳德的肩膀,宛如宠爱儿孙的祖母包容孩童的幼稚举动,然后她依次和索拉博、马西堤、莫拉德的妻儿以及芙洛莲·克劳德的兄弟及其妻子握手。就算知道所有的人都在看她,她也一副不动声色的样子。就算她明白他们心里在想什么,她也完全没表现出来。

毕竟,无论月姑蜜黎安喜欢或不喜欢,她都已经被公认是史上命运最多舛的女人,上帝以前从没给过任何人这么残酷的命运。

她母亲或许喝下毒药,了断了自己的生命;她妹妹或许和侄儿私奔,玷辱了家门;最小的妹妹苏珊或许嫁了唯一上门提亲的人——她明知道会辜负她的男人——却发现他早就结婚了,娶的还是他深爱多年的穆斯林女人；洛雪儿的丈夫或许总不远千里到香港找训练有素的妓女，到曼谷买处女；但是，这世界上所有的事情，甚至包括芙洛莲·克劳德与铁慕尔的悲剧，和发生在蜜黎安身上的事情相比，都是小巫见大巫。

塔拉叶逃离德黑兰之后不久，蜜黎安就决定要自己开创事业。好几年来，她卖假古董给不起疑心的观光客，每一分钱的支出都谨慎计划，把赚来的钱全装进酒罐，埋在床底的地下。这时她数了数钱，对查尔斯先生说，他们应该买一幢公寓作为投资。

在蜜黎安开始四处搜寻最有价值的投资目标时，她的孩子都还很小。她没有车子，也不认为该花钱坐出租车；德黑兰的巴士太拥挤，从不照时刻表行驶，而且每到十字路口就故障，所以她步行踏遍全市的每一寸土地，从城南的塞勒斯大道到城北的费米兰丘。她找每个房地产中介谈过，查阅书籍，寻访周边情况。她会在求售的公寓前面一坐好几个小时，只为了观察进出的是些什么样的人。最后，她遵从本性地选择了一幢并未求售的建筑。

那是一幢逼仄的三层楼公寓，位于波斯波利斯大道，就在她的老朋友高尚西鲁斯带他那位教师女友去看美国电影的剧院的街对面。那条街随时都人潮汹涌，挤满摊贩，充斥着噪音与汽车废气，正因为住在此地的人如此之多，所以蜜黎安相信那幢公寓永远不缺房客。当时她正在看一本美国书：《如何不靠工作赚到你的第一个一百万》。查尔斯先生老是说美国人赚的钱是以百万计的——小于这个数额的钱他们不屑一顾，因为他们实在是太有钱了——而蜜黎安打算遵奉书里的指示：

"如果你有钱，就在**最好的**地段以**最低的**价钱买下**最好的**房产。如果你没有钱，就在**最好的**地段以**最低的**价钱买下**最差的**房产。"

蜜黎安看上的那幢公寓夹在两幢比较高的建筑中间，面对大街，所以没有自然采光。地基形状像个扁扁的长方形，非常之窄，所以每层楼只有一户公寓。窗上装着黑色的铁栏杆，走廊拥塞不堪，房间密不透风，打从建造那天起就没有一丝空气透得进来。

从入口进来，有座狭窄的楼梯通往上面两层楼。楼梯底部，有把木头圆凳，摆着这幢楼房里唯一的一部电话。蜜黎安开始暗暗查访住户之后发现，这部所有住户共享的电话，总是遭人偷听，引起了无数口角，还导致了至少一桩婚姻的破裂。楼梯右手边的一楼公寓，下陷了大约一英尺深，所以有一半是在地面之下，从面对街的客厅望出去，只看得见行人的脚和汽车的轮胎。客厅后面是厨房、浴室，以及两间摆放了铁架床与学生书架的卧房。再后面有个封闭的天井，被当作整幢楼的储藏室，里头的东西包罗万象，从只剩一条腿的木椅到底部破洞侧边长草的陶瓷浴缸，什么都有。后院是一方阳光照不进来的干燥土地，三面围起砖墙，有个空空的圆形水池，大约五英尺深，三英尺宽。

总的来说，这个房产缺点多多，所以蜜黎安认为是她可以负担得起的。她缠着屋主不放，直到他答应卖给她。然后，她又磨着他杀价，直到他愿意免费转让给她，只求恢复生活的安宁。她带全家搬进了一楼的公寓。她很满意，也很得意，为自己和自己的成就自豪高兴——犹太区的贫穷房客终于摇身变成房东了。

她花了几个星期刷洗墙壁和天花板，放老鼠药，给每个角落消毒，重新整理厨房，打扫院子。买二手家具摆进客厅，把天井里的杂物堆摆整齐，但是什么东西都舍不得丢掉。然后她清掉水池里的垃圾，但没放水，反而填进施了肥的土壤。她在池里种了向日葵，在院子里铺上草皮，把砖墙漆成鲜黄色，惹来邻居的抗议，但这的确——或者如她所说的，是向日葵的作用——让房子有了更多光线。完工之后，她告诉查尔斯先生，她准备去找他们的下一笔投资目标。

投资的成功让查尔斯先生也备受鼓舞，他投注所有精力去扩展他的客户群。虽然目不识丁，也不谙人情世故，但他天生记性过人，不只能熟记账目，还靠着听美国与英国客人交谈就学会了英语。他很崇拜英国人，可是却很爱美国人，因为，他说他们比较"贵气"——不见得是慷慨，他对蜜黎安解释（事实上，只要自己的小孩年过十八，有些美国人就不愿资助他们了），却生来就很富裕，甚至连努力尝试都不必，就浑身是钱。每天早上他站在铺子前面，希望在美国人还没踏进其他商铺之前就先看见他们。他把他们从人群里拉出来，抓着他们的手臂，带他们到他的铺子里，端上茶水和开心果，说"别担心，如果你想喝威士忌，我也有"。他带他们参观铺子，每件古董都分别摆在不同的展示柜里。他从来不对美国人用力推销。他想要的不是做成他们的买卖，而是和他们交上朋友。查尔斯先生这辈子最爱做的，就是带美国人回家。

一个月总有个一两次，他想办法迫使几个没有戒心的客人接受晚餐邀请，或撩起他们的好奇心，让他们答应过来喝杯酒。每碰到这样的夜晚，查尔斯先生就会比平常早冲进家门，用一口不标准的英语混杂着半路学来的美国俚语，为他寒碜的居家环境频频道歉。他从来不觉得自己的家庭有什么见不得人的，但有美国人在场的时候就不同了：他的房子似乎太小；妻子似乎太老，也太爱和男人谈些不干妇道人家的事；女儿不够娴静，逮到机会就笑，嗓音也不知节制,听着像个正在发情的轻佻女子;儿子——最糟糕的就是儿子——看起来一副不可能比他父亲有出息的样子。

为了缓和自己的难堪,也为了诱使客人开口畅谈,查尔斯先生会先走近客厅墙角的一个小木柜,拿出他藏在里面的威士忌,以及他不顾蜜黎安激烈反对买来的四只水晶杯。蜜黎安说:"用普通的杯子也能喝酒啊,况且普通杯子没这么贵,也没这么容易摔碎。"他一心认为美国人没有不爱威士忌的,所以倒上一大杯,叫个人——他的孩子、蜜黎安或者某个听到他喊叫也愿意从命的房客——拿冰块来。接着他把点心摆在茶几上:炸茄子和大蒜,去皮小黄瓜、生洋葱与西红柿,烤开心果。他喝酒畅谈,有"贵客"到家里来让他兴奋不已,觉得有美国人为伴,让他的人生境界也大幅提升。喝到第五或第七杯左右时,他就会身子往前一倾,注视着美国人的眼睛,发誓说他很爱他们。"为了你,"他说,"而不是因为你可能向我买东西,而是因为你这个人。"

就在查尔斯先生满怀爱心与敬意招待客人的某个夜晚,有个美国人让他兴起了在水池里放水而不是种向日葵的念头。他们从晚上八点钟开始喝酒,到了十一点左右,查尔斯先生决定带客人参观他的公寓,他带客人走过二楼与三楼,叫醒愤怒的房客,要他们半裸的老婆躲起来,好让半醉的美国人可以兴冲冲地参观他们的卧室和厨房。接着他带客人穿过蜜黎安和孩子的房间、浴室、天井,最后来到有亮黄砖墙的后院。穿一身绿色狩猎外套配红色格纹裤的美国人正在想怎么用最不失礼的方式摆脱查尔斯先生的热情款待。他说他喜欢墙壁的颜色。

"不算太好啦。"查尔斯先生骄傲地接受了赞美,"不过我可是费尽心力才让我们一家住到这里来的。"

那个美国人又啜了一口威士忌,凭他隔天早上就不会记得的东西兄弟情谊说,德黑兰的夏天热得难以忍受,家里有个泳池应该很棒——"比起这个,"也就是,"种满向日葵的大盆子。"

查尔斯先生觉得自己好像顿时醒悟了。

"所以我说英国人最聪明嘛!"

他叫来蜜黎安,要她给水池重新注满水。

"我才不要。"她气得不得了,不只气丈夫的天真,也气那个美国人欠缺远见,"那样我得整天盯着孩子,免得他们掉进池里淹死。"

在其他的事情上,查尔斯先生会在蜜黎安的坚持下让步——就算不是因为她上过十二年的学,还有她念过的那些英文书。但是,家里有座真正泳池的想法,是他认为在生活的每个层面上都比他们更为优越的人所提出的,他说什么都无法就此善罢甘休。他和蜜黎安吵了好几个星期,重申他身为一家之主的权利,还要拿儿子的肯定来背书,说夏天最快乐的事莫过于在冰凉的水里游泳。他女儿知道爸妈绝对不会准她穿泳装或在邻居面前弄湿身体,所以置身事外,埋头准备期末考试。到了六月,她的成绩出炉时,查尔斯先生决定,他不要再争吵了,而是直接采取行动。

有天早上,他带了两个工人到院子里来,把向日葵连根拔起,然后粉刷了泳池。第二天,他扭开水管注水。

那真是个神奇的时刻——干净清澄的水流淌出来,房客从热得像火炉的公寓里跑出来,把手臂和脚泡进沁凉的水里——就连蜜黎安也没反对。

她的女儿,等着适当时机提出要求,看见蜜黎安在微笑,于是就走向前去。因为这学期拿了全班第一名,她问,可不可以邀两个朋友过来喝下午茶呢。

"干什么呢?"蜜黎安问,女儿的轻佻举动几乎冒犯了她,"你整天和一群女孩坐在一起干什么?"

女儿解释说,她只是想和朋友聚几个小时,长到十七岁,这是她第一次邀朋友到家里来,什么都不做,只和朋友聚聚,真的很棒。

"那,好吧。"蜜黎安耸耸肩。和表面上看起来相反的是,她一直偷偷希望给儿女快乐的生活。

"可是约瑟夫没上学,我又有事要做,所以我不在的时候,你要看着他。"

星期四下午,莎拉的朋友们穿着迷你裙和高跟鞋来了。蜜黎安在家待了一个小时,观察每个客人的个性和举止,抱怨她们的裙子太短,化那么浓的妆和每天早晨都忙着弄发卷会让她们看不见自己健康的未来。她下午三点钟离家,七点钟回到家的时候,女孩们都走了,女儿在自己的床上看杂志。蜜黎安到院子里找儿子。他脸朝下浮在泳池里,身体已经发胀了。

月姑蜜黎安清清楚楚记得接下来发生的事,宛如旁观者般清楚客观。她马上就知道儿子已经救不活了。从她背后死寂的重量,她也知道莎拉随她进到院子了,猛然想起自己负有照顾弟弟的责任。她知道莎拉双眼凸出地瞪着泳池,惊恐静默地大张着嘴巴。然后,突然之间,莎拉发出野兽般的嘶喊,奔向池边,跳进水里,喊着弟弟的名字,好像要把他叫得起死回生。她的叫声惊动了房客,他们纷纷跑到窗边,看见蜜黎安看见的景象,于是骚动四起,只有蜜黎安还是冷冷地站着不动，凝神想搞清楚儿子死去的意义。

房客把约瑟夫从水里拖出来，让他躺在草地上。莎拉不愿放弃，趴在他身上，不停叫喊，直到蜜黎安上前拉开她。她奔进蜜黎安怀里。

"别叫了。"蜜黎安掴了她一巴掌，"都是你的错。你杀了他。"

那个夏天，儿子溺死之后的二十九天里，月姑蜜黎安没和莎拉说半句话。她任凭女儿把自己反锁在房间里，穿着一身黑，躺在床上哭到晕厥。在客厅里，蜜黎安和查尔斯先生与其他家人一起守丧。他哭个没完，而蜜黎安则要每个人放心，对每个人说她会没事的。

有几次，洛雪儿和苏珊想谈谈莎拉的事。她们对蜜黎安说，莎拉痛苦得不得了，她很自责，除非取得蜜黎安的宽恕，否则她不会放过自己的。

"这不是宽不宽恕的问题，"蜜黎安回答说，"她应该知道她要负责任的。"

守丧的第三十天，洛雪儿到房间去看莎拉，发现她蜷缩在地板上，口冒白沫，并不断呕出尼罗漂白剂。最后她死在了医院里，临死前口中一直哀求蜜黎安救她。

月姑蜜黎安又守了三十天的丧，然后换掉衣领磨破的黑色衫裙，说她自己已经走出哀恸了。她打包起儿女的遗物，连玩具也不例外，堆在天井的角落里，关起他们的房间，放干泳池的水，再次种上向日葵。接着，她继续寻觅地产，好像没受过任何伤害一样。她发表意见时仍像往常一样铿锵有力，她的步履像往常一样坚定不屈，但是在黑色头巾与宽边眼镜之下，她的皮肤在一年之间老了二十岁，她的脸上再也找不到一丝曾经美貌的痕迹。

"你还没击倒我。"她每年赎罪日去会堂时，会对着上帝这番喃喃诉说。她假装是在祷告，让朋友不知道她受的伤有多重。当查尔斯先生宣称他伤心得无法工作时，她会毫无怨言地扛起工作。当他说快被屋子里的寂静逼疯时，她买来了鹦鹉和金丝雀，让它们从早到晚唱歌，逗他开心。

经历种种，蜜黎安似乎已经忘却她失去的一切。她仍像过去那样意志坚定，无所不能，下决心绝不掉眼泪，让上帝幸灾乐祸。她从不在人前展示伤痛，甚至在她丈夫面前也不。女儿的同学邀请她参加她们的婚礼，她从不显出悲伤；儿子的老同学后来成了医生与律师，她去找他们咨询建议，而且坚持付费，却从来没采纳过那些建议。在她心里，她的儿女一直还停留在死去的那个年纪。莎拉还是十七岁，留着一头乌黑乌黑的头发，动不动就发笑；约瑟夫才十岁，缺了牙，满院子跑来跑去。他们就在她眼前，她每时每刻都看着他们，有时她会情不自禁地伸出手，好像立马就能摸到她活生生的孩子。

雨夜里，月姑蜜黎安坐在床上，惊恐地想到她的儿女已经远去，埋在泥泞的坟地里，而一心想给他们幸福生活的她，却安坐在遮风蔽雨的屋顶下。

芙洛莲·克劳德能闻到火的味道，早在火被放起来之前，甚至早在第一粒火花被点燃之前，她就已经闻到。她闻到血腥和火的味道，看见德黑兰灰色的天际线亮起橘红的烈焰火光。早在第一群暴民首度肆虐德黑兰街头的几个月之前，芙洛莲·克劳德就已看见全城陷入火海。

这是1978年夏天，每一天全城各地的电力都会在奇怪的时间被切断供应。毫无预警，而且持续的时间长短不等。一瞬间，所有的电灯全部熄灭，空调嗡嗡地停止运转，冰箱温度升高，电视里的老剧《我们的日子》与《无敌金刚》突然消失了，绵延长达数里的交通阻塞似乎永无止境。司机把车子丢在路上，靠着煤油灯的照明走路回家吃晚饭，几个小时之后回来，发现车子还是动弹不得。他们暴跳如雷，怒不可遏，但是，怒气慢慢也就消了，因为他们深切感受到末日迫近，感受到城市因发展失利而分崩离析，经济疲软不振，而政府完全失控了。

芙洛莲·克劳德听传闻说外省有罢工事件，还说国王的政敌已经联手各方势力，他们将合力推翻王朝。大部分人都希望另一个在他们看来最有善心的人取代国王的独裁统治。他们说，国王向人民承诺要恢复"伟大的文明",累积无穷的财富,还有一句套话,按他自己的表述,就是建立比瑞典更民主的政治体制。然而,他却靠严刑峻法治国,逮捕每个批评他的人,穿着佩有他颁给自己的十数枚勋章的军服上电视,告诉人民说他比上帝还伟大,比美国总统还有权力,对国家的存亡比面包和水还更重要。

整个六月,芙洛莲·克劳德都能闻到人肉被烧焦的味道。她穿着透明的夏衫在屋里走来走去,索拉博和马西堤对她的衣不蔽体觉得很难为情,她却毫不在意,伸手摸索着她的眼睛老早之前就已经看不见的东西。她不相信任何人,连"果冻"雅各布也不信了。她话说得越来越少,每天花好几个小时在厨房的水槽边,往自己身上泼水,但水一碰到她的皮肤就全蒸发了。她思索着马西堤从街头带回来的消息:传信人莫拉德的大女儿改信伊斯兰教,嫁给了比她大三十岁的丈夫;他老婆从莫拉德的一个情妇那里借了三千美元,用这笔钱把儿子们都送去了美国。"果冻"雅各布的老婆和小孩都到以色列去了,他的小儿子马汀在那里被狙击手轰断了腿。芙洛莲·克劳德那些有钱的朋友和邻居,铁慕尔以前的生意伙伴,以及索拉博的同僚,全都像老鼠一样逃离了自己的国家。

到了八月,暑热更加逼人。街道上的沥青像软橡胶般熔化了,粘在行人鞋子上。成群的蚂蚁组成一英尺见方的阵容,在芙洛莲·克劳德家的外墙上爬上爬下,并侵入她的房间。蜥蜴闯进了较凉爽的露台,被暑热逼得狂躁不安的芙洛莲·克劳德在堆积如山的尘土中追赶它们,用菜刀把它们剁成两半,却只看到它们挣扎了几下,又开始跑起来。

在德黑兰南城,军队开着推土机铲平了用锡板和硬纸板搭建的简陋房舍、挖在地下的茅坑,以及搭在垃圾堆顶上的帐篷,这些全是从其他省份来寻求好日子的人栖身的地方。

国王和他的秘密警察控制了晚报，刊登了一封辱骂阿亚图拉霍梅尼[1]的信。为了抗议这封公开信，德黑兰附近的库姆市爆发了动乱。国王的军队开了火。枪战开打的消息传遍伊朗各地的城市，引发新一波的暴动，造成更多的残杀与死伤。抗议的群众——反对国王的独裁统治、王室的腐败，以及伊朗不循伊斯兰教法的风气——放火烧毁银行和餐厅，政府大楼和私家车辆，以及犹太人开的商店。

位于波斯湾的阿巴丹市[2]，气温高得惊人。有天下午，一整个家族，四百余人，坐在电影院里，火突然烧了起来。入口被锁住了，消防队来得太慢，所有的人都被烧死了。

国王指控反对派在阿巴丹电影院纵火，而反叛者也反过来指控国王。真相永远无法厘清了，但是烧焦的尸体的气味——那腐臭鼓胀的肌肤——乘风北扬，在沿途每座城市播下怒火。全国各地所有的电影院都被付之一炬。

---

1. 阿亚图拉霍梅尼（Ayatollah Khomeini，1902—1989），伊朗什叶派领袖，流亡海外十余年后，于1979年回到伊朗，领导伊斯兰革命推翻了巴列维国王的统治。
2. 伊朗西部城市，距伊拉克边界不远，除因电影院火灾事件引发全国暴动外，后亦因伊拉克发动奇袭引爆两伊战争而几近灭城。

从小学毕业之后,除了一年有几次不得不通知他我在学校的进展,以及问他对我未来的规划与打算之外,我不再打电话给爸爸,也不再写信给他,我放弃了有朝一日能回家的希望,也不再相信我能再见到罗珊娜。

"他是给你恩惠啊,知道吗?"那年夏天我毕业之后,茉希狄对我说,"我得又哄又骗,靠着和一打男人上床,才能离开犹太区,到美国来。你父亲就这样把自由双手奉上,让你想当什么人就当什么人。如果你够聪明,就该感谢他,别老想着再见他一面啦。"

那个夏天我待在茉希狄家里。大部分时间她都不在,她总和不同的男人到不同的地方去旅行。我和女仆待在家里。我们在游泳池边下棋,一起游泳。我帮她打扫。下午,她睡午觉的时候,我就出去散步。

在那段时间,我常碰见伊朗人。他们都是为躲避后来一路演变成革命的暴动,逃到美国来的。他们总是一群群走在一起,男的在八月的艳阳下还是穿着西装,仿佛要向自己也向别人证明他们不是流亡的难民,证明他们人生中还有重要的大事要做,他们的工作和办公室还虚位以待。他们走在妻子前面,手背在身后,低头和朋友交谈，谈论伊朗的最新消息——银行关门了，公司被烧得干干净净，还有里亚尔的汇率。

在他们后面，女人们穿着高跟鞋和窄裙，看起来疲惫苍白，谈着她们抛下的家园："才刚装潢好""才刚买的""才刚刚盖好"。她们坐在日落大道那幢酒店对面的公园长椅上，不知道该拿她们一年没上学的孩子怎么办才好，担心青春期的子女如果在洛杉矶待得太久，会变得"叛逆酗酒"，而且她们女儿竟然说，不管有没有革命，她们都宁可永远待在美国，这更让妈妈们忧心不已。

每回看见伊朗人，我就跟踪他们。

我走在他们后面，坐在他们旁边的公园长椅上，或者在街对面观察他们。我歪着头竖起耳朵，但是尽管靠得很近，他们从来没怀疑我也是他们中的一员。偶尔，他们会用口音很重，而且语法乱七八糟的英语开口对我说话。他们问路，想知道我几岁，念哪所学校。我很想用波斯语回答，但又怕他们听不懂，怕这六年来我只和爸爸在电话里讲波斯语，已经把它忘得差不多了，怕他们会笑我。我也很想告诉他们说我是伊朗人，问他们是不是认识我爸爸，问他们知不知道罗珊娜的消息。

但我没有，我只是望着他们——这群在陌生土地上的过客，等待回家的流亡之人。他们失落，害思乡病，所以紧紧聚在一起，想办法把远离家乡的每一天重塑成我永远无法理解的归属感与社群意识。我才是真正流亡的人，那些日子里，我在公园里想——我才是永远找不到终点的过客。

但在其他场合，看着我这些同胞，不只紧抱着家庭与社群意识不放，而且也背负着希望破灭与期望落空的过往，在这些时候，我会想起茉希狄对我说的话，觉得她或许是对的，索拉博把我送走,或许是给了我一个大恩惠。没错,他夺走了我的希望和家,但他也带走了我整日被窃盗鬼缠身的恐惧,带走了我担心窗边那群疯狗的焦虑,以及怀疑罗珊娜是不是被埋在我们院子的水泥地下的哀痛。他从我身上带走了困扰我母亲一生的悲哀,以及我如果留在伊朗就绝对无法逃脱的命运宰制。

或许这就是他们想为我做的——罗珊娜离开了我,索拉博把我送走——他们让我远渡重洋,就这样,赐给我崭新的命运。

马西堤的孙子,"神的恩赐"霍达达德,十七岁便辍学成为阿亚图拉麾下的全职传道人。他留起大胡子,骑着电动自行车满城跑,到一座又一座清真寺去传道,发送载有伊玛目箴言的录音带和传单。在阿巴丹电影院大火事件之后,他禁止马西堤再替芙洛莲·克劳德与索拉博工作:阿亚图拉从伊拉克捎来信息,说所有发生在伊朗王朝之下的杀戮行为——士兵对着示威群众开火,间谍在电影院纵火——全都是犹太人搞的鬼。阿亚图拉知道得一清二楚,就像他知道真主在梦中对他的开示那般确信不疑。他知道,因为穆斯林根本不可能屠杀穆斯林:真信徒的子弹杀不了另一个真信徒。枪或许会射出子弹,但是在真信真主的人手中,子弹是无法用来杀死另一个弟兄的。

因此,杀害反叛者的士兵绝对不是,也绝对不可能是穆斯林。他们是早就移民以色列的伊朗犹太人,是国王找回来杀害伊玛目信众的人。

"神的恩赐"霍达达德对马西堤说,所有的犹太人都是不信真主的敌人,都罪该万死。

因为烧焦尸体的臭味和自身癌症的治疗而心神耗损的国王，转而与盟友为敌，开始解雇他的大臣和情报局局长。有天晚上，他在电视上现身，看起来憔悴沮丧，请求人民"宽恕"。芙洛莲·克劳德惊恐地看着他。她和索拉博坐在一楼的会客厅里，也就是几年前铁慕尔最后一次接待税吏小诺利的那张桌子旁。知道自己随时可能成为百姓宣泄怒气的对象，他们锁好所有的门，熄掉所有的灯，尽可能让这幢房子不引起注意。

"错误已经铸成。"国王在电视上说，芙洛莲·克劳德知道他已经输掉战争了。她的目光从电视转到索拉博身上。他坐得直挺挺的，偌大的房间内空荡荡的，电视屏幕的光线在他周身映出一圈蓝色的光影。他看起来苍白悲伤，头发未老先衰地变成了灰色，他眼珠的黄色比她以往所见更鲜亮。他看着国王，但她知道他的心早就飘远了，飘到他失去罗珊娜之后——不是在她飞走离开他身边的时候，而是在她和他父亲上床，还亲口告诉他之后——就已悄然栖身的那个惊诧与哀愁的地方去了。

芙洛莲·克劳德拍拍索拉博的手，仿佛要叫醒他。"结束了。"她说。

他没回答。

九月，一场地震摧毁了塔巴斯城，留下一万五千具尸体等待国王安葬。同一个月，他宣布德黑兰戒严。

宵禁的第一个晚上，街头一片死寂。芙洛莲·克劳德敞着窗躺在床上，只听得见军用吉普车开过以及士兵巡逻街头的声音。平常载着示威者在城区里来来去去的摩托车与电动自行车的轰隆声全不见了，军队和反叛军之间的零星交火声也没了。然而，一整夜，她还是隐隐感觉到一场无处不在、势不可当的悲剧正在迫近。

三点钟时，她起床，经过索拉博的房间。他醒着，坐在书桌旁看着报纸。她下楼查看门上的锁。

她看见"果冻"雅各布脸朝下趴在火盆上，嘴巴和鼻孔里都塞满了冷却的灰烬，四肢已经干巴巴，不动了。

第二天，她出门替雅各布买了一套新西装。这套订制的深蓝色西装是宽翻领的，外套两侧各有六颗扣子。她和马西堤扒掉雅各布身上那套穿了二十年的棕色西装，换上新衣。等他们弄好之后，雅各布看起来比结婚那天还体面。然后，他们把他抬到汽车后座上，载到墓园，他的外表让掘墓人啧啧称奇，坚持要先证明他已经死了，直到脱掉衣服之后，看见他枯瘦的骨头与泛黄的皮肤才罢休。他们帮他洗净身体，塞进棉花，裹上尸布，尽快下葬——"果冻"雅各布的一生本该就此画下句点，结果却没有。

因为埋了雅各布回家之后，芙洛莲·克劳德无法狠心丢掉雅各布那套棕色的旧西装，所以她拿衣架把西装吊起来，挂在雅各布惯常坐的那个厨房小隔间里。她也把他的帽子挂在小隔间的挂钩上。

或许是因为这套西装被穿了太久，所以它永远保持着老主人身体的形状；也或许因为这衣服太让人眼熟，所以在厨房见到衣服的人，没谁会想去看看，确认下雅各布是不是还待在里面；再不然就是因为洗刷雅各布尸体的掘墓人不知道该把他的疯狂心灵一起裹起来；不管是哪一种情况，反正雅各布脑海里的意象并未随他入土，它们跟着芙洛莲·克劳德和索拉博回家，不卑不亢地在屋里来回游荡，彼此之间讲述着或对芙洛莲·克劳德讲述着故事。

于是，正午，烈日照着院子的水泥地时，芙洛莲·克劳德一转身，就看见丈夫舔掉罗珊娜睫毛上的泪水。索拉博转进厨房来看罗珊娜，是迷路了穿着旧校服的小罗珊娜，她听着女仆伊菲特讲述的丰富情史，羞涩地微笑着。大白天里，穿细条纹西装的男人扛着地毯和画作出去；海绵女悄悄提出以和雅各布来一炮为条件，"多少次都可以"，交换抽他一管鸦片烟，但他总是拒绝。

夜里，任何在信仰大道上抬头望这幢大宅上空的人都会看见一个纤瘦的身影，穿着发光的白袍，展开翅膀朝天边飞去。

十月，伊朗国家石油公司工人罢工，造成汽油短缺。十一月，楼高十一层的国家瓦斯大楼发生了火灾。然后，银行歇业，市场与政府办公室也接连关闭。国王下令散发宣传折页，警告人民说各城市水沟里流淌的红水并不是真正的血水，而是革命分子倾倒的红色染料，用来造成守法公民的惊慌。

在穆斯林的阿舒拉节来临之前的那段时间，街头的紧张气氛浓得化不开，连芙洛莲·克劳德卧房的窗上都蒙上了一层薄膜。她起身望向窗外：瓦斯工人的罢工不只让工厂停工，也导致暖气与烹饪用油的短缺，甚至石油也几乎告罄。大家在街上推着车子走，彻夜在加油站大排长龙，为了一加仑汽油就放话要拼个你死我活。

骑摩托车的男子挨家挨户宣传，说几条街之外发生了枪战，征召志愿者去站在临时的路障——一辆翻倒的汽车，或一堆石块——后面和军队作战。因为缺乏绷带和急救用品，他们打劫了蜜黎安家，抢走了她所有的床单和毛巾，剪成条状，拿去给伤员用。

到了阿舒拉节那天，德黑兰有两百万人上街游行。他们带着霍梅尼的照片默默走着，没有人怀疑他们终将推翻国王。

月姑蜜黎安在1978年末的那几个月里，忙着想办法把财产变现。她几个月前关掉了古董店——因为已经快一年没有客人上门，也因为这条街上其他的店东都遵循他们伊玛目的命令关门罢工去了。不听从命令的人很快就会被烙上反真主与反伊斯兰的罪名。他们的铺子会被放火烧掉，房子会被洗劫一空。现在，她想给铺子和公寓找买主。她知道这很困难，因为有钱可买的人若非早就把现金转到国外去，就是资产被银行给冻结了。但是月姑蜜黎安坚韧不拔，绝不放弃，而且生平第一次，愿意大亏一笔钱，只求把房产卖掉。

"我知道我在干什么。"她在深夜对查尔斯先生这么说，虽然他从来就充耳不闻，"这个国家就要爆发大战了，留在这里的人全会被活活烧死。"

所以她满城奔波——一个女人只身穿着男人的外套和鞋子，原本可以带给她美好人生却从未如愿的美貌已无迹可寻，每天破晓迎着橙红的天光出门，整日徒步走过枪火四起的街头，穿过躁动残暴的人群，踏过被焚毁车辆焦黑的残骸，进到只剩空壳的建筑里。从追猎政府官员、秘密情报员和有钱犹太人，并把他们拉上街头,徒手打到毙命的嗜血百姓身边走过。

"说'国王该死'。"他们命令挨打者这么说,"说'美国该死'。"

月姑蜜黎安凝神专注在自己的目标上,继续往前走。

她拜访了她认识的每一个人,连索拉博都不放过。她坐在他们家里,告诉他们说为什么买她的东西比较划算。她利用他们的贪婪,告诉他们说这是一生仅有一次的大好机会,说她愿意赔这么多钱卖掉,只因为她必须离开这个国家。

"可是你们,"她对她的朋友说,"你们打算留下来,坚持到底。事到如今,国王随时会觉醒,会对着那几千个示威民众开火,把他们吓得逃回家去。到那时,我的财产就会恢复原本的价值。你们就可以赚到高得惊人的利润,而我呢,就是那个傻瓜。"

在1978年秋天,她接二连三地卖掉了所有的资产,连她和查尔斯先生还住在里面的那间地下室公寓都脱手了。有天夜里她很晚才回家,告诉他说,他们有三个月的时间可以搬家。

"搬去哪里?"他问,完全搞不清楚状况,好像从没听她提起要卖掉公寓的计划似的。他的眼神茫然得像个瞎子,连脸都没正对着蜜黎安。打从失去子女之后,这些年来,查尔斯先生变得温驯,心不在焉,整天照料他的小鸟和花草,态度比他以前对自己的妻子和儿女还温柔。

"我们得离开。"她对他说。

查尔斯先生和蜜黎安一样,这辈子从没出过远门,甚至从没踏出过德黑兰的城界。

"你说离开是什么意思?"他一脸天真地问,"我们怎么离开?"

蜜黎安坐在她刚卖掉的床上,脱掉鞋子。因为走了太多路,她的脚浮肿了,还起了水泡。她伸手从床底下拉出一双查尔斯先生备用的鞋子——尖头男鞋——套在她厚厚的黑袜上。

"有点大,"她说,"不过多穿几双袜子就好了。"

她看见查尔斯先生盯着她,于是叹口气,手插进口袋,掏出一个小包裹。那是一张不透水的油纸,被对折再对折后,用橡皮圈套紧。蜜黎安把纸包摆在床上,打开来。

"看!"她说,突然兴奋起来。纸上有五颗钻石,每颗都有八克拉大。钻石在阴暗的房间里闪闪发亮——蜜黎安的一生,她的希望与成就,她无尽的牺牲,她无穷的悲伤,在烈焰焚烧的城市,躲在隐秘房间里被以半价出售,然后又被当成一颗颗光彩夺目的坚硬石头买进。

"我用我卖掉所有东西的钱买了钻石。我觉得这比较容易藏起来,因为我们必须把值钱的东西偷偷带过边界。可是不管我们到了哪里,钻石都卖得掉。"

查尔斯先生又听不懂了。他的嘴唇发白,脸上冒出汗来。

"你打算穿过哪个边界啊?"

看见他如此惊慌失措,蜜黎安觉得查尔斯先生很可怜。她越过床,把手搁在他的小臂上。他颤抖着抽身退开。

"这里的情势会越来越糟。"她平静地解释。她知道他为什么抽身退开——连问都不必问,因为他怪罪她害女儿自杀,就像她怪罪他害儿子溺亡一样。她知道他甚至有点恨她,她常想,换成其他时候,他或许会离开她;她或许会拿起菜刀,割开他的喉咙,用他的血注满淹死她儿子的泳池。但是,时至今日,他们都老了,也被悲剧折磨得够了,他们只剩下彼此了。

"国王很快就会逃去国外,那时就换毛拉主政了。"她解释说,"这里很可能会血流成河。他们会彼此残杀,可是他们杀得最多的会是犹太人，所以我们非走不可。"

这辈子第一次，查尔斯先生体悟到，除了自己生长的这个城市之外，他对这个世界全无概念。

"我们要到哪里去呢？"他问，"我们对其他地方一无所知。"

德黑兰之外的世界——美国，英国，那些被笼统称为Farang（西方）的迷离神奇的地方，那些他一心向往却从来没真的想过会去的地方，那些他向来喜欢却从未想过要与之共同生活的人——这整个世界突然像个隐秘的黑洞跳到他脸前来瞪着他。

"洛雪儿已经去美国了。"蜜黎安说，努力鼓起勇气，"我弟弟巴赫朗也在那里，在同一个城市。苏珊的丈夫这个星期也要送她和孩子们走。他们都打包好了，每天坐在机场里。他们甚至睡在那里，只等有路可逃，有飞往任何地方的飞机可搭。他告诉她说，会到洛杉矶和他们会合，可是我知道他在骗人。"

她发现自己离题了。

"所以，"她凝望着丈夫的眼睛说，"我想他们都做得到，我们也一定没问题。"

查尔斯先生摇摇头，仿佛确信蜜黎安真的疯了，然后转头继续逗他的金丝雀。蜜黎安很高兴他对这个话题失去了兴趣，端上面包和酸奶当晚餐，然后坐下来，拆掉查尔斯先生那双尖头鞋的鞋底。她要把钻石粘在鞋子里——一只脚藏两颗，另一只脚藏三颗——然后再拿鞋匠用的粗针把鞋底缝好。这不太容易，因为她的手已有早期风湿症的病状，可是她那天晚上还是坐下来动手。蜜黎安知道这场奋战才刚开始。

一整个十二月，她都在德黑兰护照局外面排队。护照局因为罢工而关闭了,当然,就算开着门,就算其他相关代理机构也都开着门,像蜜黎安这样的人取得护照的机会也几乎等于零:就像他们这个世代大部分的人一样,她和查尔斯先生都没有出生证明;也没有身份证明文件和驾驶执照,唯一能证明他们身份的方法是召朋友和亲戚来作证。然而,蜜黎安还是每天去排队,和好几千个人站在那里,直到每天傍晚坦克驶过街道执行宵禁的时候才回家。1979年一月的第一天,她去找了索拉博。

芙洛莲·克劳德来应门,但是不肯开门,怕有暴徒等在门外。

"只有我一个人。"蜜黎安想让她放心,"我甚至没有便宜的银货要推销。"

但是芙洛莲·克劳德不时担心会遭暴民攻击——怕现在全成了敌人的老仆人会在光天化日之下闯进来杀死她,也怕其他恶棍会丢汽油弹把她活活烧死。她在房子的每扇大门上都加了至少五道锁,给门上的蚀刻玻璃钉上厚厚的原木条,只准马西堤进出。

"滚开!"她隔着门对蜜黎安吼道,"你会引来注意的!"

"那就开门啊,否则我就站在这里,喊有血案发生,喊到有人听见为止。"

她看见索拉博坐在他父亲的会客厅里。他的头发全变灰了,双手又瘦又白。他看起来就像是某个"果冻"雅各布不时谈起的鬼魂——英俊,温雅,透明。蜜黎安走进来的时候,他起身,和她握手。

她坐下,调整了一下头上的丝巾。

"你知道国王要离开了。"她直接切入正题说。

他点点头,说他完全可以料想到。

"一旦他离开，新的政权会追杀像你这样的人。"她说。

索拉博的名字已经出现在几份由毛拉掌控的报纸上了，名列于"俗世败类"的名单里。

"夺走你们所有的东西还算是最好的情况，"蜜黎安说，"更有可能的是，他们会杀了你们。"

他又微微一笑，点点头。她一碰上他的眼神，就心头一惊。

"你应该考虑离开的。"她建议道，"带你母亲走。"

"你呢，"他问，"你也要走吗？"

她跷起腿，把皮包摆在双膝上。他想起她以前有多么美丽，想起在他和罗珊娜举行婚礼之前的那个清晨她是什么模样，那天她和丈夫与许多亲戚一起来到这里，看见这个满是奢华、财富与芙洛莲·克劳德野心的地方，看着这一切，说这里被诅咒了。

难道她早在那时就知道罗珊娜会离他而去？

"我希望能帮自己和查尔斯先生申请到护照。"她说，"可是永远没办法了。机场关了，巴士也因为没汽油停驶了。所以我想往东走，到巴基斯坦去。我在护照局外面排队的时候认识了一些人，他们都说如果我可以租到一辆车，雇个向导带我们到那里去，查尔斯和我就可以安然跨过边界。一旦我们到了那里，我就会想办法弄到证件，再到另一个国家去。"

索拉博既觉得有趣，又觉得很困惑。

"你为什么要这样做？"他问，"你这么怕毛拉吗？你愿意放弃你在这里的所有生活，跑到沙漠去？"

她挑起眉毛，仔细端详他。这些年来，尽管不想，也从来没注意到，但她和索拉博早已成了朋友。

"不只是害怕。"她说，"我年纪大了，我明白，这是我唯一出去看看世界的机会。"

"你要到哪里去?"他问,但已经知道答案了。

"到美国去。我妹妹洛雪儿有绿卡好几年了,每年夏天都和她女儿到美国去。她觉得丈夫对她很好——送她到那里去旅行采购。其实他送她到美国,只是为了打发她离开,好让他可以和女朋友们鬼混。"

她看见索拉博笑起来,觉得很受鼓舞。

"反正呢,她这次已经走了,带着她所有的地毯和古董走了。他们甚至买了一幢房子,因为她丈夫很怕这里会发生什么事,他知道她或许永远不能再回来了。他们或许可以替查尔斯和我安排取得签证,如果我们能弄到护照的话。所以我才会来这里,因为我可能再也见不到你了。"

她向前靠近他一些。

"我知道——我听说——莉莉在美国和茉希狄住在一起。我想要你把她的地址给我。"

她屏息以待。他完全没反应。

"她是我外甥女。况且,为了找到罗珊娜,我得先知道莉莉的下落。"

索拉博眯起眼睛,仿佛想让视线聚焦,然后难以置信地摇了摇头。她的信心不是装出来的,他想。她早就决定要相信,决定要有信心。

"你真的相信她还会回来。"他说。

"我心里有数。"蜜黎安叹了口气,但还是在椅子里坐得挺直。

"都已经八年了。"索拉博说。

"就算过一百年我都不在乎。"她反驳道。这时她沉默了。她觉得自己在索拉博眼中看见了疑惑。她再度开口的时候,语气疲急、平淡,没了平常的自信。

"你能承受的伤痛是有限度的。"她说,刹那间声音全吼了出来。她住口,喘过气来,挖出身上最后一点勇气来继续前进。

避免投降的唯一方法就是,索拉博想,勇往直前。

"我失去了罗珊娜两次——第一次是她去和猫婆一起住时,第二次是她逃离这个家的时候。我失去了我的母亲,我的一对子女。我甚至失去了查尔斯,他人在这里,心却早就不在了。或许我需要相信罗珊娜还活着。"

那天,有那么一瞬间,月姑蜜黎安差点儿就撼动了索拉博的决心。

然而,他站起来,向她伸出手。

"祝你好运。"他说。

他的手暖暖的。她握住,不知道自己是不是该再逼近一步,不知道他有没有可能改变心意。接着,她放弃了。

"随你吧。"她的语气又变得坚定了,"可是我要你知道:你和莉莉断绝关系是大错特错。她让你想起罗珊娜,你受不了,所以你把她送走,把她锁起来,假装是为了她好。可是,我还是会找到她的,就像我会找到罗珊娜一样。等我找到了,我会告诉她们说你很爱她们,说你唯一的罪孽就是缺乏信念。"

国王在1月16日离开了伊朗。同一天,一场地震袭击了伊朗东部,活埋了成千上万条人命。

马西堤的孙子出现在电视上,说犹太人是"犹太复国主义者",罪该万死。传信人莫拉德的老管家,满嘴金牙都是铁慕尔出钱帮他镶的那个,每天都到索拉博早已关闭数月之久的办公室去递送死亡威胁。海绵女芭西耶半夜来按门铃,等索拉博一开门,就对着他喊淫秽的字眼。

芙洛莲·克劳德努力想劝服索拉博,说他们该趁还来得及的时候逃走,可是他对她的恳求充耳不闻。所以她勉强压下恐惧,在门上装了更多的锁,彻夜反复查看,数着她的珠宝和钞票,将它们藏到更难被发现的地方。恐惧给她的喉咙打上了解不开的结,然后一路要命地穿过她的胃到达她的肠,在肠壁上蓄积化脓,再变成黄色恶臭的胆汁涌回嘴里,让她无法进食。她的声音变得走调嘶哑,身边永远被一团抹不掉的臭气云雾环绕着。

国王离开之后,他的最后一任首相沙普尔·巴赫蒂亚尔[1]想试着恢复秩序,但几乎马上就放弃了。他听说霍梅尼已经从巴黎起

---

[1] 沙普尔·巴赫蒂亚尔(Shapour Bakhtiar,1914—1991),伊朗巴列维王朝的最后一任首相。

程回伊朗。虽然机场已经关闭,但霍梅尼还是搭机回来了,唯一能阻止他的方法是在空中击落他的飞机。1月31日午夜,沙普尔·巴赫蒂亚尔开放了德黑兰机场。二十四小时之后,霍梅尼的飞机在首都降落。

索拉博用英文写信给我：

"我无法打电话给你，因为线路断了。"他说。

我看见他——我好多年前所认识的爸爸，那个年轻、忧郁、温雅，早晨亲吻我，晚上吃饭时坐着看我的人——坐在书桌旁，伏案写这封信给我，那双苍白优雅的手，几乎完全没碰到纸。

新政府征收了我们的房子，充当"保障弱势组织"的办公场所。芙洛莲·克劳德和我只各被分配到一个房间。有五家人搬进来和我们一起住。

我没办法再寄钱给你，因为我们的银行账户被冻结了。在我和新政府把问题处理好之前，或许你的朋友茉希狄愿意替你支付学费和其他的费用？

这又是她特异独行的个性里令人费解的一个谜团，茉希狄，那个从不施舍金钱给穷人，也从来不同情她那些住在蟑螂横行公寓里的房客子女的刻薄房东，却愿意资助我，不求一点回报，她一直资助我，甚至从来没当面对我提起过这事。

月姑蜜黎安在1981年3月抵达洛杉矶，在她和查尔斯先生躲在租来的沃尔沃里驶过边界到巴基斯坦的两年之后。他们付了十万托曼¹给司机，让司机助他们偷渡出国门。一离开伊朗，他们又付了一笔钱，免得他去告密，把他们出卖给巴基斯坦当局。他载着他们开了三天半的车，到达阿富汗边境白沙瓦的难民营。这个难民营是联合国难民署建立的，用来安置阿富汗与苏联占领军交战期间制造的阿富汗难民。烟尘弥漫，非常拥挤，每天都有新难民涌入，却正是蜜黎安与查尔斯先生躲避巴基斯坦当局查缉的安全处所。

"只要告诉他们说你们是阿富汗人就好了。"司机在距难民营两英里之处让他们下车时说，"反正他们说的也是波斯语，只是有点不同罢了，而且他们和我们长得很像，没有人分得出来。"

蜜黎安和查尔斯先生在难民营里待了十七个月，睡在帐篷里，吃着——用查尔斯先生实事求是的说法来形容——比较适合稚龄幼儿与无牙老人吃的食物。一逮到机会，蜜黎安就打电话到洛杉

---

1. 伊朗货币单位，一托曼等于十里亚尔。

矶给洛雪儿，要她帮他们到美国去。

"查查弄到签证的手续，帮查尔斯先生和我租个地方。"她指示洛雪儿道，"在这段时间里，我会去找出关键人物，收买他们，施加压力，买几本护照。"

她立刻采取行动，找联合国难民署的工作人员问问题，游说，却只拿到更多稀粥和一副男式太阳眼镜，以代替她在逃离伊朗途中遗失的那一副。于是她另觅他途，在营区的其他难民中寻寻觅觅，最后找到途径接触一个男人，他认识一个女人，而那个女人又和某个贩卖偷来的伊朗护照的男人有亲戚关系。在叛军突袭伊朗国家情报与安全局总部期间出土的这批护照，原属于被国王秘密警察逮捕的政治犯，现被走私到伊朗境外，用高得惊人的价钱在邻近国家的黑市出售。

月姑蜜黎安用她最好的一颗钻石换来安排离开白沙瓦的机会。他们乘车到伊斯坦布尔，再搭飞机到法兰克福。在那里，他们住进没有淋浴间，蟑螂满屋爬的廉价旅馆。查尔斯先生怕得不敢跨出房门一步。蜜黎安每天都打电话给洛雪儿。

"给我签证。"她命令道，"查尔斯不停威胁说要去大使馆自首，回伊朗去。"

法兰克福的美国大使馆拒绝给他们政治庇护。他们飞到布鲁塞尔，再次申请。

"我们逃出来时只带着几件换洗衣服。"每天，大使馆一开门，蜜黎安就对柜台职员说。她是每天造访大使馆的好几百人之中的一个。大家的故事都一样，大家的需求也都很明显。然而，蜜黎安仍设法向办事员传递她的惊慌与窘迫，让他们感同身受，无法忽视。也许是她直截了当的态度，或她奇怪的服装；又或是她说话时盯着他看的神态，或者她似乎不必真的开口就能让他明白，比起在这座清冷城市里喧嚣使馆中的区区一个低阶职员，她曾击败的敌人要强大得多，曾克服的障碍也艰险得多。

"我丈夫身上那件衬衫已经穿了十个月了。如果你不肯帮我们，他就会因为沮丧而死。"

她踏遍全市的廉价旅馆，找和她处境相同的伊朗人。她打电话给德黑兰的朋友，写信给任何可能会不怕麻烦给她回信的人，问起她离开之后伊朗的近况。

他们告诉她，政府逮捕了塔拉叶和她的侄儿情人，这两个逍遥了十二年的罪人各被判了四十年监禁。"侄儿"每天都写情书给塔拉叶。有个狱卒发现了这些信，告发了他。在历时九十分钟的审判之后，他被处决了。

就在查尔斯先生快发疯的时候，大使馆发了签证。

在洛杉矶，洛雪儿到机场来接蜜黎安与查尔斯先生。她看着他们走下环球航空的喷气式客机——蜜黎安还是穿着她当初逃离伊朗穿的那件棕色外套与尖头鞋，查尔斯先生拖着脚跟在她背后，把他所有的家当都装在一只棕色与绿色格纹的手提行李袋里，时刻准备用生命捍卫他拥有的一切。洛雪儿看见他们的时候，相比兴奋，反觉得难为情。

她身穿香奈儿套装，脚蹬蛇皮高跟鞋，双唇画着咖啡色唇线，涂成琥珀色，睫毛因为起床太早而涂了太多层睫毛膏，沉甸甸地往下垂着。她迎向蜜黎安，心中希望这天早上没有认识的人在机场。然后她催着蜜黎安与查尔斯先生到停车场，把他们塞进她那辆敞篷梅赛德斯汽车唯一的乘客座位里。

他们将车开到韦斯特伍德的威尔夏大道一幢高层出租公寓旁。洛雪儿告诉蜜黎安，很多伊朗人"暂时"住在这里，等待革命平息，王朝复辟。

"那他们可得等很长一段时间喽。"蜜黎安淡淡地说。

大楼里很拥挤，疏于管理，弥漫着异国料理的气味，每一层楼都有推车装货卸货的噪音。但是蜜黎安搬进了公寓，不抱一点幻想地接受了她的流亡生活。她打定主意要挨家挨户拜访所有的邻居——连美国人都不例外，她说，毕竟，她要征服的是他们的国家。第一个星期，她替查尔斯先生买了新的鸟儿，还把家里的阳台改造成小小的花房，让他可以种花莳草。然后她答应让洛雪儿带她参观一下洛杉矶。

月姑蜜黎安穿着袖子卷到手肘的男装外套走遍了比弗利山庄的大街小巷。洛雪儿之前在罗迪欧大道[1]上花了大把的钱，想让店员留下深刻印象，对她表现出相当程度的尊敬，但她带姐姐到这里来却是大错特错。蜜黎安伸手摸摸衣服，一副挑选活羊的模样，询问价钱，却只是为了告诉店员说所有的东西都卖得太贵了。她在每家店都要求见店长，警告他们——但他们却面无表情，一副冥顽不灵的样子——别触怒全能上主，一旦他低头看见这条"短得像羊老二的街"，发现他们在这个世界上所行之不义：开价要一整个家庭的收入总额，换一件并非真丝，甚至都不是手工缝制的衬衫，而且每回干洗还得花上十八美元——十八美元，按三千伊朗里亚尔换一美元的汇率来算，这笔钱够五口之家在德黑兰市中心付一个月的房租了。

---

1. 为比弗利山庄知名的高档服饰精品街。

姐姐对古驰和菲拉格慕神圣殿堂口出恶言让洛雪儿深感羞愧，她相信自己此后走在罗迪欧大道的每个角落都只会得到嘲弄的微笑，于是催着蜜黎安离开这条街。洛雪儿想给蜜黎安买个蛋卷冰激凌，却又换来她的长篇大论，指责柜台后面那个抽大麻的青少年真是暴殄天物——明明冰激凌只有一个口味也行，却偏偏要搞出三十种花样来。

洛雪儿带身材像梯子、脸上架着埃尔维斯·科斯特洛式大眼镜的蜜黎安到韦斯特伍德大街去，那里的伊朗杂货店和餐馆刚开张营业，但是蜜黎安不肯踏进店里一步，说这儿的价钱比皮科大街和费尔法克斯那边同样的店贵太多。

蜜黎安安顿好之后，每天下午会在海洋大道上散步两个小时，只为了碰见新来的伊朗移民，过不了多久，她就认识了每一个在圣莫尼卡街头混的酒鬼和毒贩。向来深信人类最大的罪恶就是浪费食物的她，会把一些剩下的食物带来给她的新朋友们：摆了三天的莳萝欧芹饭，洋葱、大蒜、番红花煎羊腿，红醋栗、小茴香煨康郡鸡。她把菜肴装在大锅里，用漂成白色的粗棉布包起来，打个结，远远看起来就像个襁褓中的婴儿，或是裹着丝巾的胖女人的头。

蜜黎安的习惯让洛雪儿备感羞辱，而苏珊则抱怨蜜黎安看什么都不顺眼，可是，认识蜜黎安的人也不得不承认，她看人和刺探秘密的天分无人能及。她拥有雷达似的直觉、无与伦比的记忆力，从来不在乎什么隐私或敏感话题，因此，她对住在加州土地上的每个犹太人的身世都知之甚详，连他们家族的来龙去脉都打听得一清二楚。

然而，除非她能达成离开伊朗之前为自己设下的目标：在美国找到我，否则无论是逃离了伊朗或掌控了加州，都不能带给蜜黎安一丝真正的满足。距离爸爸送我离开家,精心安排不让妻族人找到我起,已经过去了九年。

最后,当然,她做到了。

那天早上，月姑蜜黎安从茉希狄家对面的公共电话亭打来电话，对我说："我是你亲爱的蜜黎安阿姨，带大你妈妈的阿姨。你很可能不记得我了，可是我知道你所有的事情，包括那些你从来没想过会是真的的事。"

那是1981年的8月。我已经连续在茉希狄家度过了三个夏天。我是6月初来的。没过多久，茉希狄就临时起意去加勒比海度假了——有个拥有一座小岛的老男人邀她去做客。前一个冬季，他才带她到他坐落在阿尔卑斯山的占地六千平方英尺的豪宅去。

"走到窗户旁边，往外看。"蜜黎安不给我喘息的机会，一口气往下说。

我的心"咚"一下沉到底。我从床上跳起来，抱着电话走到窗边。她在那里，在日落大道与山麓街交叉路口的电话亭里——在清晨寂静空荡的街头，一个顾长的黑色身影，一面说话，一面对我挥手。

"你不知道，"蜜黎安继续说，"我在全加州到处奔走，想找到你。"

她直盯着我的窗户，仿佛看得见我站在这里努力想搞清楚她是不是我想象出来的东西。

"我们不得不逃出伊朗,查尔斯先生和我。查尔斯先生是我的丈夫,他出身犹太区,当然啦,我和你妈妈也一样。但是他母亲自以为生了个摩西呢,所以给他取了个王子的名字:查尔斯,也不管她自己会不会念。

"反正啊,没用哪。他连自己的名字都不会写,更别说要治国了。"

她叹了口气,暗示这是她不想此刻在茉希狄家门外揭开的旧伤疤。

"革命期间,我去看过你爸爸,向他要你的地址和电话号码,他不肯给我。你也知道他是什么样的人。我几个月之前来到洛杉矶。知道你应该是读中学的年纪,所以我一家一家学校找,找遍了整个州的每一所公立和私立学校,问他们是不是有叫你这个名字的学生。我没想到要先找茉希狄,但是一想到之后,就找到你了。挂掉电话,打开门吧。我马上就过来。"

我手里还抓着话筒,看着那个女人挂掉电话,然后从她袖子里掏出手帕,弯腰擦鞋子。她提了两个绿色的篮子——第三世界妇女提去买菜的那种篮子——连看都不看路上车辆就闯过街来。我一直看着她穿过院子,走上门阶。这时我转身,满脸通红,心想,如果她进到屋里来,我该怎么办呢。

我打开门之后的第一个念头是,蜜黎安好老啊——比罗珊娜老得多——"月姑蜜黎安"的意思是"像月亮一样美丽",但是在她身上完全找不到这个美丽名字的蛛丝马迹。然后我想起来,我曾经见过她,那一天她向我保证一定会找到我妈妈,那之前她也来过我家几次，不是捎来坏消息，就是来参加守丧。我问起的时候，罗珊娜回答说没错，蜜黎安是她家姐妹里最漂亮的一个，她比犹太区的其他女孩都漂亮，只有绿色眼眸的电影明星茉希狄堪可匹敌，不过这不算，因为茉希狄是俄国贵族与亚述魅影商人的私生女。

站在我面前的这个女人比常人来得高，也来得瘦，腿长得像正穿着裙子踩高跷，脖子瘦得一点肉都没有，一开口讲话就看见喉结上下滑动。她穿着尖头的男鞋、深蓝的裙子，以及一件棕色的人造纤维衬衫。衬衫外面套着一件灰色的男款羊毛外套——是西装外套，她几分钟之后自己说，这是查尔斯先生以前的衣服。头上还覆着一条黑色的人造纤维丝巾，并在颔下打了双结。丝巾底下的头发用伊卡璐的染发剂染成了橄榄色的，发尾纠缠在一起，而发根全白了。脸上架着一副黑色的宽边厚镜片眼镜——是礼物，她后来自己说，巴基斯坦那里的联合国难民署的救援人员送的。

"莉莉小姐！"她走进来的时候喊着，然后亲吻我的双颊。她闻起来有股肥皂和旧衣服的味道。她退后一步，仔细端详我的脸，然后打量我的身材。

"你几岁了？"她问，"十四？十五？"

她失望地摇摇头。

"你太瘦了。你一定是那种拼命想节食的女生。"节食两个字听起来像在骂人。

我很迷惑，不知道该怎么介绍自己，回答说，我的体重差不多接近建议的标准体重。这句话听起来实在很蠢，但是蜜黎安竟然没觉得奇怪。

"会这么建议的人，自己一定得了厌食症。"她回答说，"难怪你脸色这么差。"

她提起放在地上的篮子,往茉希狄的厨房走去。那里面的炉子难得一用。

"那女人一定是疯了,丢下你一个人和女仆在家。"

仿佛知道有人提起她似的,管家突然出现在厨房里,大惊失色地瞪着蜜黎安看。

"你是什么人?"她问。

"是她的阿姨。"蜜黎安懒得看管家一眼,"你管好自己的事就好了。"

她把篮子搁在水槽旁边的料理台上,脱下外套,整整齐齐地挂在椅背上,开始把奇奇怪怪的食物放进冰箱里。

我站在敞开的门边,一手还握着门把手,不敢置信地看着一瓶瓶玫瑰露、樱桃与椴梓糖浆,一袋袋干荠萝与磨碎的番红花,一盒盒芝麻蜜饼和椰枣,一捆捆小萝卜、菠菜和葡萄叶被摆进了冰箱。蜜黎安拿出两只新鲜的鸡——"价钱实在太贵了,"她说,"可是我只料理依犹太教仪式宰杀的鸡。"——还有一帆布袋被漂白过的米。"香米[1],"她指着米袋前面的大象标志给我看,"印度来的。波斯的米要好得多,当然,现在买不到了,就算在伊朗也一样。"

她透过镜片瞥了我一眼,一面挥着拿刀的手。

"你可以进来了。"她说,朝早餐桌的方向点了点头,她要我坐在那里,"我知道你是个勇敢的孩子,夜里敢一个人待在这里,可别说我把你给吓坏了。"

她打开橱柜,拉开抽屉,重新摆放碗盘,搞清楚怎么用炉子。她找到一个碗,装进冷水,泡进一整包我从小时候离开伊朗之后就

---

1. Basmati,产于印度与巴基斯坦的水稻品种,纤长香浓,透明且黏性低,价格约为一般白米的数倍,是印度极为重要的出口农产品。

再也没见过的蔬菜,然后拿起一把餐刀,开始磨利这里唯一一把菜刀。一直到感觉我准备打电话求救的时候,她才开口对我挑明道。

"我要在这里待一整天。"她说,"我知道茉希狄不想我这么做,你爸爸也不想。可是你是我的外甥女,我想要多了解你一点。所以,既然我人在这里,而你看起来又一副好多年没好好吃一顿的样子,我想我得帮你弄顿饭。"

几个小时之后,我们坐下来吃饭,桌上有两道炖菜,一盘米饭配甜樱桃与番红花烤鸡。我把勺子举到唇边时,蜜黎安瞄见我颤抖的手,又开始发动进攻。

"我知道茉希狄一直在资助你。"

她实事求是地说,但是扬起一边眉毛,显然不太高兴。

"我和她认识很久了,而且我知道她从年轻时起到现在都没怎么变。"

她的眉毛就像我的勺子一样,还是没放下。

"如果我是你爸爸,绝对不会让你和她一起住,更不会让她养你。"

她垂下眉毛,在椅子里挪动了一下。趁她暂时停火的瞬间,我吞下饭菜,把勺子放回盘子里。

"反正啊,"她放缓语气说,"现在我来了,我们可以常碰面,我会让你知道,像我们和你妈妈这样的人过的是什么样的生活。"

我又往嘴里塞了一勺饭,嚼也没嚼就吞了下去,目光一直没离开面前的盘子。她提到罗珊娜,让我心跳加速。饭菜的滋味,茄子和酸葡萄干的气味,勾起了我不愿回想的那个地方与那个时期的记忆。

"我还在找她,你知道。总有一天,我会找到她,带她回来。"

我记起罗珊娜用手给细长的日本茄子削皮,记起和她一起走到院子的葡萄藤下,摘下裹着一层灰的酸葡萄,吃掉的比摆进篮子里的还多。我记起她那张浮现在饭锅上的脸,她盯着我吃饭的那双眼睛。她爱我,我想,我对她来说很重要。

蜜黎安往前倾,在我的饭上多加了些炖菜。

"所以我必须先找到你。因为我知道,罗珊娜迟早会回来找你的。"

听见蜜黎安这么信心满满,我吓了一大跳,仿佛她这说的不是什么来自遥远异国老妇人的奇思异想,而是一个人尽皆知的事实。

"你觉得我妈妈还活着?"我问。

我在她的眼镜上看见了自己的倒影——两个一模一样的纤小面孔,既愤愤不平又消沉沮丧,在这个暂时消失在她自己眼镜后面的女人面前,突然意识到自身的无能为力。

"她当然还活着,"蜜黎安想也不想地说,"她才四十三岁。她怎么会没活着?"

我感到满腔怒火,感到饭菜让胸口中毒,一股灼热就要从嘴巴里窜出来了。

"因为她没活着。"我说。

我没打算说出口的这句话突然冲口而出。我仿佛在听着其他人说话,说着我自己不知道的事。

"我知道她没活着。每个人都知道她没活着。"

蜜黎安坚决而自信地摇摇头。我明白我恨她。

"没有人比我更清楚。"她说。

刹那间,我忘了修女教我的所有规矩和礼貌,忘了自己一个人生活时学会的自我保护方法,我对蜜黎安破口大骂,希望能彻底摧毁她。

"你是个满脑子蠢念头的蠢女人。"我大吼,把勺子丢回盘子里,看着红色的酱汁溅到蜜黎安身上。酱汁弄脏了她的镜片。"你根本什么都不知道,就连你在伊朗来看我的时候,也什么都不知道。"

蜜黎安一动也不动,双手紧抓着桌角,目光异乎寻常地冷静。

"我妈妈死了。"我说,又吓了自己一跳。我想住口,想躲回我住了十年的那个沉默恐惧的小空间里。可是蜜黎安在眼前,我控制不了自己。

"她自杀了。"我放声尖叫,"我看着她自杀的。她死了。"

女仆听见我的叫声,冲进厨房。我站在蜜黎安面前,对自己说的话惊骇不已。

"所以你走,快走,趁茉希狄还没发现我让你进来之前,快带着你的臭食物滚吧。"

我离开饭桌,浑身颤抖地靠着料理台以保持平衡。我暗自祈祷蜜黎安会站起来,安安静静地离开,就像她突如其来地进来一样;我暗自祈祷,我会忘记自己曾经见过她,会忘掉她说过的话;更重要的是,我暗自祈祷她不会找到罗珊娜。

但月姑蜜黎安举刀刺得更深。

"如果她已经死了,"她用面巾纸揩着眼镜,看都没看我一眼地问,"如果你妈妈已经像条狗一样被埋了起来,你会比较容易理解她为什么没回来吗?"

那天离开的时候,蜜黎安已经把孩提时期让我彻夜难眠的那种焦虑,重新植回到我心里。她清理餐桌,洗好碗碟,不准女仆踏进厨房,因为这里突然变成了蜜黎安的领地。她很细心地给冰箱里的食物贴上标签,写下步骤,交代女仆留在炉子上的那几锅菜要怎么加热。

"你应该过来见见家人。"她说了两次,显然选择了不理会我的发飙,知道我已经逃不出她的掌心了,"洛雪儿在这里,苏珊也是——还有她们的孩子,不过老公不在。"

我垮下脸,转头不看她,明白表示我对她那些妹妹的事情和生活不感兴趣。她明明看见我的反应,却还是继续说。

"我要办个聚会,邀你过来。"她仿佛没听见我说的话,"你表姐约瑟芬只比你大几岁。一到美国,洛雪儿就急着把她嫁掉。她已经有两个小孩了。还有你的姨婆——你妈妈的阿姨。亲爱的光姨雇人杀她老公,后来被联邦调查局逮到了。"

我吓呆了。我见过她——这个花钱雇用园丁暗杀丈夫的老妇人。我在夜间新闻上听说了这起事件,但不知道她是我的姨婆。

"你该走了。"我对蜜黎安说。知道自己很无礼,我刻意要无礼。"茱希狄不喜欢我让奇怪的人来家里。"

蜜黎安提起她的塑料篮子,微微一笑。

"你觉得我看起来很奇怪。"她说,又是实事求是的口吻,"你最好习惯吧。"

第二天她又来了,第三天也是。她从韦斯特伍德搭巴士到圣莫尼卡大道,然后转车到峡谷街,再转车到日落大道。她会开车,她说,但是来到洛杉矶之后,一次也没开过,她知道车子的保险费一年得花上一千五百美元——一美元从能兑换三千里亚尔,升值到了五千，最后高达八千。向来有生意头脑的她和旗下司机大多是伊朗人的出租车公司老板谈妥条件：她每星期搭他们四次车，无论车程远近，一趟收十美元。她把出租车留到要去远处或者是上市场提大包小包的时候用。

"你应该和我一起搭巴士。"她总是坚持说，"能够好好看看大家是怎么过日子的。"

我满心疑虑，也很怕她会破坏我小心翼翼在自己周围建立起来的平静，所以她来的时候，我总是躲在房间里，叫女仆打发她走。女仆屡战屡败。蜜黎安每次都推开她，径直闯到我房门口，站在外面对我说话，好像是我的老朋友，然后下楼做饭，待在那里——待到我弃械投降，出来见她。

"尝点这个。"她会推一口食物到我嘴边，"这会消掉你的黑眼圈，让你长点肉。"

她谈起我爸爸，说他把自己锁在信仰大道的家里，整天看书看到眼睛瞎。她说芙洛莲·克劳德完全疯了，说铁慕尔是个好人，一个很罕见也很诚实的人，他被自己的自尊给害死了。

"他爱你。"她说，"他爱你，因为你是他儿子的女儿——但更重要的是，你是你妈妈的女儿。"

我垂着头，皮肤因愤怒而在燃烧发烫，低声咒骂蜜黎安，却牢牢抓住她的每字每句不放。

八月，茉希狄结束她的岛屿假期回来了，发现蜜黎安在她的厨房里。

那是个星期天的下午。蜜黎安把鸡胸肉串在烤肉叉上烤。她已经用番红花、柠檬汁、橄榄油、干红椒、洋葱和大蒜末腌渍了鸡肉。因为茉希狄觉得烧烤的行为非常野蛮，家里并没有烤炉，所以蜜黎安在炉子上架了个小烤架。无论我有多讨厌她来，但是只要她在，屋里就有股让人安心的烟火气。下午四点钟时，我从烤鸡肉串上抬起头，看见茉希狄站在门口。

她晒黑了，修长的身体穿了一身白，手臂纤长，头发扎成一条松松的马尾。她瞪着蜜黎安，仿佛看见了天灾的现场。

"这是什么人？"她问。

我绞尽脑汁要挤出个答案，却想不出该说什么。蜜黎安气定神闲，一眼看着茉希狄，一眼盯着她的鸡肉，翻转了一下烤架上的两个烤叉，然后用波斯语开口说：

"在这个国家，留小孩一个人在家，而且不好好给他吃饭的话，是会被抓去关的。"

茉希狄脸色发白，身体微微颤抖，目光从蜜黎安身上转到我身上，然后再回到蜜黎安身上。

有那么一会儿，她看起来全无招架之力——孤零零的女人面对一个年老却出其不意的敌人，但她马上就恢复了镇定，站得更挺，眯起眼睛，用凌厉的眼神盯着蜜黎安。

蜜黎安用她挂在茉希狄炉子把手上的厨巾缓缓地擦了擦手，然后走到茉希狄面前，伸出手。

"早就猜到我们会再见面，只是没想到是在这里。"

茉希狄没握她的手。蜜黎安耸耸肩，又回到炉子前面，给茶壶添满冷水。

"我每隔几天就来弄东西给这孩子吃。她一副营养不良的样子，而且还没什么精神。"

"你想要什么？"茉希狄问。

"没想找你要什么。"蜜黎安打开炉子,放上水壶烧水。她从一个红色的金属盒里舀出两勺红茶茶叶,放进一个比较小的茶壶里。等水滚热了,她把水倒进茶叶里,浸上五到十分钟,才倒出茶水来。

"我从来没想找你要什么,我是为了这孩子才来的。"她直直盯着茉希狄说,"为了找到我妹妹,你的朋友。"

我看得出来,她很高兴能打败茉希狄,她很高兴自己占了上风。搞得茉希狄不知所措,这让她觉得自己力大无穷。但是强悍如茉希狄,怎么可能让蜜黎安得意太久。

"随你便。"她转头就走,"只要别再回这里来!"

当然啦,蜜黎安还是回来了——因为她是个按自己主意行事的人,因为她特别喜欢顶撞、激怒茉希狄。她找到圣马利的校址,开学之后,每个周末都到宿舍来。她与安娜·罗丝修女和院长交上了朋友,带各式各样她认为适合天主教徒口味的特色料理来。她还答应替全校煮午餐,和修女们分享东方社会教导女孩听话、用功、不和男孩鬼混的秘诀。"别让她们在镜子前面浪费时间。"她建议,修女们因为找到来自东方的知音而雀跃不已,"空虚是放纵的前兆。"她对她们说起自己在盟军学校教书的日子,坐实了她们对我身上没有半点天主教血统的猜测,印证了我父亲确实是个奇怪的人——"不过呢,他有一半的皇族血统,也有一半的犹太血统,再加上他母亲是个假德国人,你们还能有什么期待呢?"

她告诉修女说索拉博和我说的都不是事实,罗珊娜并没有死。"她走了,但毫无疑问并没死。"

后来蜜黎安请院长准许她带我外出度周末的时候,得到的答案当然是"可以的"。

"太棒了!"蜜黎安真的开心,"我要办个家族聚会,把她重新介绍给大家认识。"

她邀了两个妹妹，还有洛雪儿的女儿约瑟芬和约瑟芬的丈夫。他当然没来，可是只要觉得自己被排斥在外，他就一定会很生气。她也打电话给查尔斯先生的三个姨婆和亚胡伯舅公。然后，她在星期天上午搭出租车到帕萨迪纳来接我，带我准时去和大家见面。

　　我明知道最好别去，却还是去了，一半是因为蜜黎安的强迫，一半是因为我也想看看这些和罗珊娜有血缘关系的亲戚。蜜黎安的公寓很小，但是光线充足，洋溢着鸟鸣和一大早在厨房火炉上烹煮的菜肴的热气。查尔斯先生在门口迎接我们。

　　"嘘。"他用手指抵着嘴唇警告说，"你们会吓着小鸟的。"

　　客厅里摆着古怪的不成套的家具。餐桌是在帕萨迪纳的玫瑰碗跳蚤市场里从一对夫妇那里买来的，波斯文的杂志和报纸堆得屋里到处都是，还有一叠蜜黎安常看的《美国国家地理》与《科学美国人》。

　　"我喜欢拿经验来和科学抗衡。"她看见我翻那些杂志时解释说，"每次都是经验得胜。"

　　她留我在客厅，径自去查看饭菜。我坐下来，胃紧张灼热，双手冰冷汗湿，看着查尔斯先生在阳台上对小鸟说话。他对着小鸟说悄悄话，警告它们马上又会有大批人马涌进。我突然感觉到，这个屋子里有某种东西让我格外不安。这时，门铃响了。

最先抵达的是亲爱的光姨，她1977年来美国探望儿子，暂居了两个月，最后却永远留了下来。她是和不肯与她交谈的丈夫以及儿子一起来的。她儿子不肯和父母任一方说话，但还是替他们付账单，当他们的司机、厨子和护士。亲爱的光姨个子很矮，腿很细，屁股肥润，每跨一步，就扭个完美的半圆形。和身体相比实在太细的手臂，牢牢抓着儿媳在市中心买来的香奈儿皮包不放。她儿媳说这皮包"很可能"是真货——店里卖一千美元的东西，是她在街角向那个名叫穆斯塔法的左脸颊有龙纹刺青的家伙用三十三块五买到手的。

"这样啊，那一定会被偷。"亲爱的光姨嘲笑儿媳胡乱花钱装大方。可是私底下，一想到皮包可能是真的，她就很兴奋，而让她最快乐的是，她这辈子第一次拥有了她认为会令其他女人嫉妒的奢侈品。

或许是因为同情她小小的虚荣心，也或许是觉得拆穿亲爱的光姨很不智，所以她身边没有半个人自找麻烦告诉她，儿媳其实是在糊弄她。别的不提，光是皮包上的那个G——是G喔，不是C——就已经露馅了。

两年前，亲爱的七十一岁高龄的光姨雇用她的墨西哥园丁去暗杀丈夫。

她付给园丁三百美元的现金和一袋她丈夫的旧衣服。园丁说他没有枪，亲爱的光姨就亲自搭巴士到市中心，到处问来问去，找到一个枪贩，给园丁买了一把猎枪。园丁在他位于埃尔蒙特那幢小房子的车库里忙着锯短枪管的时候，他老婆走了进来，问他在干什么。

"这个老太太付我三百美金,叫我干掉她老公,然后弄得像闯空门。"他一面忙一面解释,"她说他们结婚五十三年了,可是她还是恨透了他。"

园丁这个正怀着第三个孩子、永远缺钱的老婆觉得亲爱的光姨是在占自己老公便宜——只花三百块钱就要干掉一个人——告诉园丁说,至少要开价七百美元才干。

"没这个行情啊。"园丁每星期定期一次来干活的时候,亲爱的光姨对他说,"就算我付得起,他也不值这个价啊。"

园丁告诉老婆说他无论如何都要动手。"我答应过她了。"他说。所以他老婆就去报了警。

于是呢,一辈子都默默无闻的亲爱的光姨就这样成了《洛杉矶时报·都会版》的头条新闻人物。在家里被捕并被指控有罪之后,她看见自己的照片上了电视和报纸,同意接受专访,光是在南加州,就至少有十一家波斯语媒体采访过她。她在牢里待了两个晚上,然后她儿子以她年老体衰,对社会并无真正威胁为由,想办法把她保释了出来。丈夫对她的背叛当然很恼火——"我就是没办法教会这个女人安分守己"。他揍了她一顿。还能有什么别的办法教女人懂规矩吗?有两个星期的时间,他整天痛骂她,说要在洛杉矶县的检察官把她送上电椅之前亲手宰了她。他打电话给每个认识的人,说她是个荡妇,说她一定是和园丁上了床,才说动他行凶。然后他打电话给儿子,要儿子带她回家来,因为脏盘子已经堆积如山,而且他不会弄干衣机上的转盘。

和大家的预期恰恰相反的是,这件事反而让亲爱的光姨与丈夫的关系大为改善。他们的邻居说,自从她被捕之后,他们吵架的次数少了。亲爱的光姨一开口就咒骂丈夫,却也很认真尽妻子的责任。而她丈夫虽然每天都威胁要离婚,却从来没采取行动,因为他心知肚明,在他自己和越来越深重的老年孤寂之间,只剩下她一个人了。

此刻,他们并肩坐在客厅的沙发上。亲爱的光姨双手抱臂,但还是紧紧抓着皮包,把它放在肚子上。她丈夫手里捻着一串在伊朗买的玛瑙念珠。在他们面前的茶几上,有一只绘有细小蓝色花朵的绿色玻璃瓶。

我以前见过这只瓶子——或者是像这样的瓶子。我知道,因为这瓶子让我很不安,因为我没办法看着它,一瞥见它我就忍不住想哭。我费力苦思,就是想不起来为什么。

紧随亲爱的光姨到来的是洛雪儿和约瑟芬,还有约瑟芬襁褓中的儿子,以及她们的危地马拉女仆和菲律宾保姆。以猫婆雅丽珊卓会客厅里那张躺椅命名的约瑟芬,才刚刚经历长达五年的"坏心情"诅咒,因为她丈夫不停"制造"女儿。终于生下宝贝儿子之后,她浑身充满骄傲,就连面对悲惨的境遇都无法不志得意满。

"你看,"洛雪儿展示所有的礼物,开怀微笑的约瑟芬站在旁边,"我们所有的东西都挑粉蓝色的——娃娃车、尿布、帮佣的制服。现在啊,年轻的妈妈对这种小细节可注意喽。"

下一个进来的是巴赫朗,他来到美国,发现梦中修长的金发女郎全在这里之后,就改名为布莱恩。他在洛杉矶附近拥有许多自动仓储设备——这个生意不但让布莱恩赚进可观的财富,也让他有大把的自由时间可以玩高尔夫球。这天陪他来的不是妻子,而是过去十年来身兼他情妇与秘书的女人。

跟在他后面进来的是因为走私古董出境,在霍梅尼的大牢里待了两年的亲爱的力姨,以及她姐姐亲爱的傲姨。有钱得不得了的傲姨是全家人鄙夷、嫉妒与嘲弄的对象,可是蜜黎安还是邀她来,毕竟她也是有血缘关系的亲戚。

他们一个接一个地塞满了蜜黎安家狭小的客厅,然后发现了我。

"她在这里!"蜜黎安介绍我,他们全像目睹奇迹似的赞叹着。

这和过去生活为我所提供的经验完全不同——这些人看着我,仿佛是在看什么奇珍异品,每个人都伸出温暖的手,用力拥抱我,吻我的双颊,为我垂泪。他们给我东西吃,亲吻我,仿佛在说我很重要。

"我记得你爸妈的婚礼。"布莱恩对我说了两遍,"那天晚上你妈妈浑身发光,整个人都被染成了新的颜色。"

十一点钟时,蜜黎安端上了她自创的早午餐:炸日本茄子配大蒜与西红柿,硬硬的水煮蛋加羊奶酪与烤饼,生葱、青椒与新鲜的核桃拌去皮的腌黄瓜,柠檬红椒烤白鲑,菠菜、莴苣、芫荽、洋葱炒蛋。

亲爱的光姨的丈夫不屑地看着满桌菜肴。"没有饭?"他问,"什么样的女人会不煮饭啊?"

亲爱的傲姨向来相信亲戚都想毒死她,好继承她的遗产——总值约有九千万美元的巨款,所以她除了自己剥的香蕉之外什么都不肯吃。

蜜黎安看着大伙吃喝。她煮的美式咖啡很淡,他们还以为是茶,而她的茶更淡(太多咖啡因会害你心悸,让你减寿十年),尝起来简直像热开水。

到了午后一点钟,大家都不吃了——只有亲爱的傲姨对香蕉情有独钟,继续吃她的第九根。洛雪儿抽掉她的第一包蓝色登喜路,苏珊被差遣去收拾餐桌和洗碗。在餐厅里,亲爱的光姨紧抓着皮包坐着,还是不和丈夫说话,不住打量其他两个老妇人和刚刚才到的人——苏珊信佛教的十八岁女儿,她从不错过任何一次家族聚会,好把握机会劝其他人和她一起加入本地的分会。

"你应该来和我们一起体验一下的。"她这会儿对我说,"你或许会发现,你找到了自己真正的'家'。"

我花了一个早上的时间思索,我和这些人有多么不同,就像我妈妈一样,和家人在一起的时候我也还是觉得不自在。我看见蜜黎安从厨房端出一个大托盘来,上面是拌了芫荽与红醋栗的白米饭。我们才刚吃完午餐,她就已经忙着准备晚餐了。

她把托盘摆在餐桌上,用手指舀出一点米饭放到洋葱皮上,然后捏成漂亮的团子,准备等一下拿来炸。

我张嘴问出心中唯一想到的问题。

"我妈妈到底发生了什么事?"

那是影响极其深远的一刻,就连亲爱的光姨那位年迈而精神不济的丈夫也一直到死都忘不掉。就每个人的记忆所及,这是蜜黎安第一次卸下心防,完全无法招架。

她盯着我看了一会儿,茫然出神,完全忘了手上的洋葱皮,让白米饭又掉回盘子上。然后,她的手垂到膝上,在围裙上抹了抹。

"我来弄点茶。"她说着就离开了餐桌。

我还是坐着。其他人都有意不看我。

我等着。

挨过似乎永无止境的沉默后,苏珊开了口。

"她与众不同。我只记得这个。"

洛雪儿又抽了一根蓝色登喜路,皱起眉头,用眼神暗示苏珊别说了。约瑟芬说她要去看看宝宝,走出餐厅。亲爱的傲姨又伸手拿了一根香蕉。

"她为什么离开我爸爸?"我打破砂锅问到底。

这一次,洛雪儿在苏珊开口之前就挺身而出。

"我们不知道。"她说,"没有人知道。小孩不该问这种问题的。"

很快,她打开皮包,拿出一颗小药丸,一颗她称之为"我的阿普唑仑"的抗焦虑药。

"狗屁不通!"苏珊粗鲁地说,但是马上因为背后那声很响的噪音而噤口了。这个声音也让查尔斯先生的鸟儿狂躁不安,拍着翅膀在封闭的阳台上来回飞动,互相碰撞,因而更加害怕。

厨房里,蜜黎安"砰"一声把水壶摆到炉子上,借此告诫大家别再多话。

"我泡了茶。"她挺直背脊走回餐厅里说。她开始把茶倒进一个个窄长的玻璃茶杯里,然后将杯子摆在她从费尔法克斯的九十九美分商店买来的便宜竹托盘上。她把茶还有一个她退冰退了一整天却还是飘着冷冻味儿的南瓜派端到餐桌上。这个派是布莱恩的情妇在去年感恩节送给她的,那时他妻子到俄亥俄州和父母过节去了,所以他带情妇来参加家族餐会。蜜黎安一收到派就把它塞进冷冻库里——因为她已经有太多甜点了,她对这个情妇说,而且拿蔬菜做甜点的点子也实在太惊世骇俗了。现在,过了将近一年之后,她硬是把这个派放进布莱恩的盘子里,同时严正警告。

"这很像冰激凌蛋糕。"她对他说,"吃完吧,否则又要在冰箱里摆上一年了。"

后来蜜黎安又邀我到她家好多次,每个星期五打电话给我,要我去帮她布置安息日,叫出租车来接我,坚持要我陪她去参加婚礼和成年礼,以及她向来不错过的割礼与婴儿洗礼。她也让其他阿姨给我打电话,强迫约瑟芬邀我去参加她每个小孩的生日派对。有两次,她甚至还劝动了布莱恩开他的法拉利来看我。他有一次是带女朋友来的,另一次则带了妻子。

"你不能一辈子把自己锁在教会女校里,然后以为自己踏出校门的时候就会变成正常人。"每回我拒绝邀约的时候她就说,"你得出来,交际一下,认识你的家人,就算你受不了我们。到头来,你会知道,我们是你所有的一切。"

通常我都会屈服。我从这个人的家到那个人的家,穿上茉希狄买给我的衣服,静静坐着,这衣服穿起来并不舒服,希望能让我的阿姨们看得顺眼,但心里也知道绝对不可能。她们在我身边走动,吃喝,谈天说地,就是不提罗珊娜,回避我问的问题,每回我想把话题转到她身上她们就惊慌失措。她们问起我的学校、修女的身体近况,以及茉希狄最近的男友。我简短回答,希望她们能忘了我在场。然后我继续坐在那里好几个小时,聆听仅仅拜访几次就已经耳熟能详的故事：不美满的婚姻和失败的恋情，错失的机会和溜走的机运，虚掷的青春与误入歧途的丈夫——千百年来的痛苦层层堆叠，只要我的两个或更多个阿姨聚在一起聊天，就要重新把它们从架子上取下来，讲述一遍。

最后，我告诉蜜黎安，我不想再去参加她的聚会了。

她以为我是哀恸过度，因为被双亲抛弃，被丢给天主教修女照顾，所以她保证会加倍努力，让我重新融入到家人的生活之中。那是我高三那年的十二月，因为修女的鼓励和茉希狄的支持，我申请了加州和东岸的大学。我的成绩没好到可以进顶尖学校，可是我知道自己终究可以到什么地方落脚，在某个宿舍里，重新过着我如此不屑一顾，却还是因为熟悉而紧抓不放的孤寂生活。

"这和哀恸一点关系都没有。"我试着解释我的决定给蜜黎安听，"我才十七岁，年纪太轻，不该和你以及你的姐妹成天坐在一起。我想过自己的生活。"

那是一个星期六的早晨，她没去犹太会堂而是来看我，然后花了半个小时长篇大论，说我该多吃多睡，因为十七岁的我活像索马里经历饥荒的难民。"没有男人会喜欢只有骨头不长肉的女人，我才不管杂志是怎么说的咧。"

她的话唤起了我心中挥之不去的恐惧：我已承受了太多的孤独，寂寞将会缠着我终此一生，之后没有男孩会喜欢我，他们眼里根本看不见我的存在——就像女孩那样——我在他人面前隐形透明，微不足道，过去在我父母眼中如此，未来在众人眼中亦复如此。我已经有段时间不再拿笔在自己身上画了，但是那天见到蜜黎安，听到她的警告之后，我又有拿笔的冲动。可我无法忍受在她面前示弱。

"我才不在乎有没有男人喜欢我呢。"

她环顾我的房间,看着光秃秃的墙面、硬木地板,以及对我来说早就太小的单人床。

"这个地方太暗了。"她说。

这时我觉得她看起来憔悴疲惫,严重缺乏休息,仿佛知道她如果一停歇下来,就再也动弹不得了。我了解这种感觉。从德黑兰来到这里之后,我过了好几个月这样的生活,精疲力竭,却无法入睡,惊恐万分,却无法开口。我当时就过着这样的生活,此后也一直这样过着。

只是,我一直陷在自己的孤寂之中一动也不动的时候,蜜黎安却想办法往前走。

就在这时,她有了新的计划。

"你需要一点自然光来治好沮丧。"

"我不沮丧。"我抗议道,"我只是不想再见到你了。"

她拎起包包,说她要去苗圃买向日葵种子。

两个小时之后,我听见她在院子里和院长讲话。

"你要做的就只是撒下种子。"她信心满满地解释,"就撒在太阳升起的地方,等向日葵抽芽开花,就会把阳光从东方引进屋里。那会带给你很多乐趣,也会带来好运。"

院长不太相信地笑起来。

"向日葵会面向阳光。"她一点也不掩饰高人一等的感觉说,"向日葵不会自己发光,也不会反射任何东西。"

蜜黎安把包放在草地上,开始拿出她刚买的园艺工具和种子。

"你们这些西方人最大的问题就是缺乏信念。"她对修女说教道,"在东方,我们之所以通晓世事,是因为我们的历史悠久,有过丰富的经验。你们这些人却只通过科学杂志来了解生活。"

蜜黎安常用群体代词"我们"给她的论点添加力度。

"而且我们为了这些经验付出很多代价。我们付出了青春,付出了大半辈子。"

蜜黎安的每一个信念或怀疑背后,都有大量逝去的生命与无数饱受苦难的男女作证。

此刻,她盯着院长,一副不怕院长提出反驳的样子。

"在东方,情况完全不同,特别是在你身为女人的时候。"她用小铲子挖着土说,"我们只有一次机会——结婚,上学,工作。如果我们搞砸了,就永远没有第二次机会了。"

她掏出一小把种子,撒到草地上。她的力道让院长猛然一惊,本能地退后一步,仿佛这样才安全。

"就像这个,"她的头朝刚才铲松的土点了一下,"只有一次机会。"

两个月之后,我醒来时发现房里满是光线。我坐在床上,沐浴在流淌的金色暖阳里。金色的光线洒满房间,让房间焕然一新。这光如此浓稠,如此唾手可及,仿佛我一握掌就能抓得住。站起来的时候,我觉得自己仿佛可以飘起来。我打开窗户。在学校前面,蜜黎安的向日葵灿灿盛开了,吸引了如此刺眼的阳光,我得眯起眼睛才看得清楚。

我犯了大错,竟然打电话给蜜黎安,说她是对的。

"我一直都是对的。"她说,"你和那几个修女现在该知道了吧。

"我还有别的事要告诉你。现在你已经快从高中毕业,就要上大学了:光会给你带来喜讯。你等着瞧吧,光会带你远离你已经过了太久的空虚生活,照亮你的道路,把你妈妈带回到你身边。"

喜讯并没有来。不过蜜黎安那天说的话或许不假,光会带罗珊娜回来。

"果冻"雅各布最小的儿子马汀在爸爸离家不返，搬进芙洛莲·克劳德位于信仰大道上豪宅的厨房时，还是个小婴儿。他那时骨瘦如柴，有双大大的黑眼睛，头发又密又亮，他妈妈不时得帮他剃光，免得他遭邪恶之眼嫉妒。她每个月会带马汀和其他的孩子去看雅各布一次。

星期四下午，学校放学之后，妈妈会先带他们到公共澡堂搓洗干净再过去。不分冬夏，她都让他们穿着芙洛莲·克劳德送的厚重羊毛衣。她用毛衣来遮住孩子们衬衫上的破洞，才不管32℃的高温，也不管孩子们因为公共澡堂的热气和毛衣的保暖效果而浑身大汗。况且，她说，如果芙洛莲·克劳德没看见他们穿上毛衣，或许会怪他们不知感恩，以后再也不送他们礼物了。

"想想冬天吧。"每回马汀哭着抱怨好热的时候，她就在他耳边说，"你在上学的路上，冷得要死，而且没有毛衣可穿。"

她让孩子按年龄排成一列搭巴士到铁慕尔家去，一路上不停咒骂她的鸦片鬼老公和他邪恶的有钱姐姐。

在家里还没闹窃盗鬼的时候，芙洛莲·克劳德就指示仆人带雅各布的家人从后面进屋——也就是穿过仆人院落。她甚至当着孩子们的面对他妻子解释说,这样就不必穿过花园小径,惹得其他"有教养的"客人和访客难堪。她总是半皱眉头,要笑不笑,用她假装了好多年,已经变成第二天性的口音迎接他们。她要仆人端水给他们——不加冰块,她说,因为冰冷的东西会让孩子喉咙痛。事实上呢,她是要让他们觉得不舒服,不受欢迎,赶快走。

他们围着仆人的餐桌坐下,礼貌地喝着水,瞪着小隔间里的爸爸。他抽着烟管,朝他们的方向喷出烟来。有时候他认得孩子们,有时候他问仆人说这些客人是谁,为什么盯着他看。有一回,他们正要离开的时候,他指着马汀,对他打从心里相信是陌生人的老婆说:"你这孩子生得真俊哪,夫人。我要对你和他父亲致敬。"

他们家没受邀参加索拉博和罗珊娜的婚礼,当然啦,因为芙洛莲·克劳德把他们排除在了宾客名单之外。等铁慕尔发现漏了他们而补正时,离婚礼只有三天了,雅各布的妻子为了自尊,不愿接受迟来的邀请。这个侮辱让她很受伤,所以她不再每个月造访信仰大道,宁可放弃铁慕尔每回都会给她的钱。她对孩子们说,与其仰赖芙洛莲·克劳德的怜悯过活,还不如贫穷而有尊严地活着。过了几年,在窃盗鬼接管这幢豪宅之后,芙洛莲·克劳德就把雅各布的家人永远拒之门外了。

因此,马汀只见过罗珊娜几次,是在她嫁给索拉博之前,以客人的身份住在大宅里的时候。她当年那么羞涩,那么低调,让马汀难以想象她最后怎么会嫁给索拉博。他还记得他当时想,她年纪好轻,其实还像他一样是个孩子,而且她那双眼睛好奇怪。可是她的笑声,悦耳轻盈的笑声,让每个人,甚至包括小孩,都目眩神迷。每回罗珊娜在屋里一笑,马汀记得,他妈妈就会掉下泪来。

后来,他听说罗珊娜消失了——"从窗户跳出去,逃离了芙洛莲·克劳德残暴的魔掌，"这是他妈妈的解释，"就连你那个脑壳坏掉的老爸都说看见她张开白色的翅膀飞走了。"马汀一点都不怀疑，只要想想罗珊娜那双奇特的眼睛，他一点都不怀疑她真的能飞。

20世纪70年代初期，雅各布的妻子带着儿女搬到了以色列，和伊朗完全断绝音信。他们住在特拉维夫，靠政府提供的房宅、食物和教育过活。女孩们服过兵役，到集体农场去展开新生活；男孩们各自成家立业。马汀失去了一条腿，搬回去与母亲同住。

他念完工程学校，娶了一个摩洛哥女孩，带着妻子和母亲离开特拉维夫，搬到了濒海的内坦亚去。他不再说波斯语，不再疑惑他父亲发生了什么事，甚至不再感觉到芙洛莲·克劳德不肯给他们冰吃的那些个夏天午后，皮肤上的羊毛刺痒。1984年2月，他带妻子和女儿到伊斯坦布尔度假。

他们住在从博斯普鲁斯海滨租来的房子里，造访海滩、博物馆和清真寺。有天下午，参观过托普卡帕宫之后，他望着人群，看见一个正在等巴士的女人。

她苍白娇小，满脸皱纹，皮肤脏兮兮的，瘦骨嶙峋的脸上一点肉都没有。眼神交会的时候，她对他微微一笑，那是在雨天午后拥挤人潮中陌生人间的微笑，因为他们知道不可能有机会再见面。然后她不假思索地转开视线，脸上的微笑渐渐褪去。

马汀盯着她看。

她穿着一袭白色的棉布洋装和一双陈旧的平底鞋，没穿袜子。长及腰际的头发扎成了马尾。把塑料袋紧抱在胸前的那双手，龟裂脱皮，黑黝黝的。她不停换脚改变身体的重心，仿佛要减轻脚上的疼痛，还不时探出身子到马路上看车子来了没。可是她一次也没看手表，或查看时刻表。也许巴士向来不准时，马汀猜，再不然就是没人在等她。他转身回去了。

那天晚上，他这么多年来第一次梦见"果冻"雅各布：雅各布坐在厨房小隔间里，抽着烟管，告诉老婆说，海绵女想和他上床，交换一点鸦片。

第二天，他们又回到托普卡帕，因为马汀的妻子想参观有四百个房间的后宫，也就是奥斯曼苏丹的妻妾和儿女以及去势的奴隶所住的地方。这些后宫佳丽大多是高加索的基督徒，通过伊斯坦布尔的奴隶市场被买进皇宫为奴，被迫改信伊斯兰教。她们整日勾心斗角，争相博取苏丹的青睐，生出继承人，筹划暗杀其他嫔妃及其儿女的阴谋。废除兄弟残杀争夺王位的制度之后，土耳其苏丹重新实行传位给在世长子的制度。为了保护王储，苏丹把他们禁锢在后宫里。王储要在"镀金牢笼"里度过大半的岁月，和其他人完全没有接触。就算能在遗世独立的孤寂中活下来，继承王位，他们差不多也都因为拘禁隔离的生活丧失了心智，无法再治理国家。

马汀又看见那个女人。

她和另外两个女人站在一家脏兮兮的餐馆门口，腰上系着围裙，抽着一根都快烧到烟屁股的烟。她站的位置，让他只能看见侧影，以及她穿的鞋子——他女儿学校里都管那种鞋叫鞍脊鞋——和洗得灰灰的白袜。于是马汀带着妻女过街，到那家餐馆去。他妻子抱怨说她不相信女儿们的肠胃应付得了这种地方的食物，可是马汀听不进去。他在离那个女人几步之处停了下来。

这一次他们眼神交会的时候，她悚然一惊。

她半转开头，避开同伴的脸，吐出肺里的最后一口烟，看见他在盯着她。她的眼睛疲惫紧张，有太多皱纹，但是眼神却广袤辽阔，波涛万顷，宛如海洋。那汪洋般的眼神环绕着他，在那一瞬间，他仿佛孤身一人，在骚动不安的街头，沉浸在轻盈的水中，永远不想浮出水面。

一辆巴士在离他不到三英尺的地方紧急刹车。他的妻子高声尖叫。司机对着马汀口出秽言，然后重重踩下油门，喷了他一身黑色废气。马汀再抬起头来的时候，那女人已经走了。

他一直梦见父亲。

他打电话给在内坦亚的母亲，问她知不知道天使罗珊娜的下落。

"她当然是死啦。"他母亲回答说。她已经八十几岁了，可是心智还像往常一样清明。"我想她是自杀了。她姐姐月姑蜜黎安住在洛杉矶。"

一整个星期里，马汀都避开托普卡帕。然后，有一天下午，他把妻女留在海边，自己一个人去了那儿。

罗珊娜看见他拐着那条塑料义腿走进餐馆，找张桌子坐下。她忙着扫地，收拾脏碗盘，擦桌子。等厨子喊她的时候，她就把做好的菜端上桌。她动作迅速，避开马汀的桌子，尽量躲着他。过了一会儿，她去找厨子，用土耳其语说了几句话。等马汀再抬头望的时候，她已经解下围裙，冲向巴士站了。

"打扰一下，"他在她背后用英语喊道。她没回答。

他跟着她出去。她穿过街，站到等候巴士的队伍里去。她一转身看见他在她背后。

"打扰一下。"他又试了一次。

她连看都不看他一眼。

他试着用希伯来语,然后用波斯语。

罗珊娜还是一动不动,眼睛死命盯着前方,但他发觉她的手在颤抖。马汀明白,她又要跑掉了,所以他不再喊她。排队的其他人都瞪着他。

她从前门上了巴士,他则从后面上了车。他们坐到了库姆卡珀。她走下巴士,跑进一幢楼房里。

马汀回去,告诉妻子说他看见了一个早就死了的女人。

离我正式从高中毕业还有四个月的时候，蜜黎安打来电话。

"星期五晚上过来，和我们一起过周末。"她开门见山地说，"我替你准备好客房了。"

她刚从威尔夏大道的公寓搬到韦斯特伍德老兵大道上的一栋独立房子里。她不想搬离公寓，但是查尔斯先生的小鸟打扰了整幢公寓楼的安宁。它们不时从前门溜出去，飞过窄长的走廊，冲进敞开的电梯，吓坏刚从美容院顶着一头薰衣草紫头发回来的老太太。再不然就从阳台飞出去，给别人家的窗户涂满鸟粪。公寓管理员在下达正式驱逐通告之前，给了蜜黎安九十天的宽限期。

她买的房子是座20世纪60年代末期盖的西班牙风的平房。灰泥墙壁被漆成了鲜黄色，屋顶是橘色的，信箱则被做成一只巨大的非洲鹦鹉的样子。门口有条窄窄的环形车道，停车位被蜜黎安改造成了一块小草坪。屋里有三间卧房：一间蜜黎安住，一间查尔斯先生和他的鸟儿们住，第三间则是她所谓的客房。屋后有个地上铺着老旧黄砖的院子，一棵扁桃杏树占满了所有空间，树高近三十英尺，枝阴垂盖住了屋顶。

我告诉蜜黎安，我得念书，没办法去。

"带你的书过来这里念。"她的语气像以往一样严厉,"这很重要。"

"学校也很重要啊。"我用自己最尖酸的语气说。

"别唬我了。"蜜黎安几乎是用吼的,然后停下来喘口气。她的语气里有种我从来没听过的急迫感,那种孤注一掷的感觉让我心头一惊。"毕业前四个月有谁在念书啊。你都已经有大学可念了。"

我已经收到旧金山州立大学的录取通知。我从没到过旧金山,在那里也不认识半个人。我之所以上大学,是因为高中毕业之后就不能再住在圣马利了,而且我也不能再继续打扰茉希狄。

"我没唬你。"我告诉蜜黎安。我对自己的冷静很自豪,也很高兴她又给我一个可以不敬无礼的机会。"我很忙,不想去。"

一个小时之后,一辆出租车停在了学校外面。

我觉得她脸色惨白,而且很不安。她没带吃的东西来,也没提着她从城里各处折扣商店买来的、坚持要我穿的满袋衣服。她直接冲进院长办公室,关上门。半个小时之后,她们两人一起出现时,我知道自己麻烦大了。

院长命令我到会客室去,然后留我和蜜黎安独处。我坐在她对面的一张旧扶手椅里,靠着椅背,双手重重往扶手上一摆,双膝张得开开的。我知道蜜黎安最讨厌美国青少年这种吊儿郎当的态度。

"那么,有什么新鲜事啊?"我挑衅说,但是我的胃已经因为她将要说出口的话而阵阵翻搅了。

她从她那副埃尔维斯·科斯特洛的眼镜后面仔细打量着我。有史以来第一次,她不急着开口,甚至不急着证明她在宇宙的所有真理上都拥有的与生俱来的解释权。

我等着,想维持脸上那抹讥讽的微笑,抱着渺茫的希望期待她会站起来离开,期待她什么都不说,把她的新消息——这个必定酸涩痛苦,而且足以摧毁一切的消息——留在她自己心里。

我原本预期她会大发雷霆,然而,她却狠狠地吓了我一大跳。

"我找到你妈妈了。"

我听见她说的话,却一点感觉都没有。我一动也不动,心静无波,这么冷静,让我觉得自己可能再也动弹不得了。但接着,突如其来的反胃让我不得不坐直身子。

"'果冻'雅各布的儿子打电话给我,说他在土耳其看见她了。"

我四下张望,找寻出口,明白我的腿没办法撑着身体走到门边,于是挨近椅子旁边的垃圾桶,怕自己真的吐出来。我满脸冷汗。

"他在街上看见她,跟踪她回家。他找到她住的地方,可是他去找她的时候,她不肯和他讲话。他说她很贫穷。"

我从来没像此刻这么希望蜜黎安消失。

"我们得到那里去。"她说,"你得和我一起到土耳其去,亲眼去看看他说的是不是事实。"

我咽下涌到喉咙的胆汁。

"滚吧。"

接下来几个星期,蜜黎安发挥她天生的充沛活力,开始着手准备去找罗珊娜。她替自己和我申请护照,然后也替罗珊娜安排必要的文件。她打电话给一个移民律师,告诉他说他有四个星期的时间替一个没有证件、没有护照、没有出生证明的女人弄到一张美国签证；她说罗珊娜没办法在申请书上签名或按指印，而且也不知道有这趟美国之行，甚至还不见得想到美国来。律师建议蜜黎安去看心理医师，再不然就去找魔法师。

于是蜜黎安挖出自己死去女儿的出生证明，花钱找人更改出生日期——推前了近三十年，好与罗珊娜的年龄吻合。她飞到旧金山的伊朗领事馆，编了个女儿如何受伤不便移动的故事，让他们用莎拉的名字发了一本护照。她拿着护照和一大叠伪造的信件到洛杉矶的移民局办公室，信誓旦旦说她女儿必须到美国来就医。不到四个星期，她就拿到美国移民局发的三十天有效期的签证。

"我弄好了。"她回到我的学校，把护照推到我面前。她很骄傲得意，兴奋得喘不过气来，"我要买两张到伊斯坦布尔的往返机票——你和我各一张——还有一张到洛杉矶的单程票给罗珊娜。我们得马上起程。"

"你要去就去吧，"我耸耸肩，"但别以为你能带我到任何地方去。"

蜜黎安皱起眉头，非常严肃地摇摇头。

"我受够你这种白痴的粗鲁态度了。"她警告说，"我告诉过你，这是很严肃的事。现在你该相信我了。"

我是相信她啊。我一向都相信她啊。

于是我告诉她，用我最平静的语气，用我使劲挤得胃出血的字句告诉她，我不能和她一起去，因为我不能——我没办法——承受得了罗珊娜还活着的事实。因为十二年来，我每天失去罗珊娜上千遍，我无法忍受再一次失去或找到她。

"如果她当年要我，她就会留下来。"我说，"她当时不要我，就连我站在她背后,叫她名字的时候都看不见我。即使我现在和你一起去找她,她也不会要我。"

打从我认识蜜黎安以来第一次,她拥我入怀,哭了起来。

天使罗珊娜正努力刮掉她土耳其咖啡壶里的水垢，这时她听见两下敲门声。现在才刚黄昏，还有一个小时，她就要到街底那家鱼鲜餐馆上班了。这是她最近找到的工作。她辞掉了在托普卡帕车站那家工作了十一年之久的餐馆的工作。因为那个男人，那个有条义腿，满头黑发浓密闪亮得让人忍不住想摸一下好让皮肤沾上光泽的男人，吓坏她了。她始终不知道他是什么人，或者他要干什么，但是自从他跟踪她，和她讲波斯语，一副认识她的样子那天起，罗珊娜就不敢再回餐馆去了。现在她替亚美尼亚人工作，杀鱼烤鱼给观光客吃。那些观光客在《米其林指南》上读到库姆卡珀，心向往之，一旦到亚美尼亚犹太区旅游，却发现那里也只不过是另一个衰败的城区时，就停下来吃点本地料理当额外收获。换工作很不容易，尽管罗珊娜在托普卡帕待了那么多年，也没和那家店或老板有什么真正的交情。或许是习惯使然吧，或许是因为她每回迟到或犯错新老板就吼着说要炒她鱿鱼，再不然就是因为她年纪大了，在煤炭烤炉边一站十四个小时期间，总是不由自主地渴望躺下来好好睡一觉。

她又听到一下敲门声，但没起身。好几天以来，风呼呼吹个不停，把街上的垃圾吹得像有生命似的满天飞，吹得雕像东摇西晃，吹得她夜不成眠颤抖不已，吹得乞丐全躲进硬纸板屋里。罗珊娜用钝刀的刀尖继续刮着沉淀在壶底的黑色残渣。一会儿之后，她放下刀子，把手浸在一碗用手提瓦斯炉加热过的水里。她的手经常受伤——皮肤之下闷闷的风湿痛，让她抽疼得想呻吟。热热的水汽舒缓了她的疼痛，但只是暂时的。这招是从猫婆雅丽珊卓那里学来的，在犹太区的那段日子里，老太太在演奏之前想放松双手时就泡热水。

有人用手掌猛拍门。罗珊娜跳起来，把水溅到了地上。她马上用裙子擦干手，然后准备找抹布擦地板。她得走下三层楼才能接水，现在水泼了，让她很生气。

"别敲了！"她对门外吼道，还是忙着找抹布。唯一到过她家门口的只有收租人和替亚美尼亚教会募款的基督教妇人。

"别再敲了！"

她把门拉开一条小缝，没看见人，于是再拉开了一点。外面有两个女人：一个很高，穿着男装大衣，头上裹着丝巾；另一个女人比较矮，穿着高跟鞋和长及脚踝的貂皮大衣。罗珊娜恨她们。

"我没有钱。"她用土耳其语对她们说，"我也不信上帝。"

她当着她们的面把门推上。门就要关上时，被一只手挡住了。

"一分钟。"那个比较高的女人用波斯语说。

罗珊娜僵住了。

那女人把门推开，一寸一寸地把罗珊娜往后推，等推到有足够的空间时，她便挤了进来，踏进罗珊娜的房间里。罗珊娜惊恐万分地往后退。她们还是面对面，谁都不敢轻举妄动。门外那个穿貂皮大衣的女人哭了起来。

"我一直在找你。"蜜黎安轻声说。

罗珊娜连气都不敢喘一下。

"你走到哪里我都认得出来。"

她看出罗珊娜就要昏倒了,于是抓住罗珊娜的手臂。

"坐下来吧。"她说,四下找着椅子。

罗珊娜挣脱开来。

"没事的。"蜜黎安说,但是她自己也在颤抖。她的嘴唇发青。她试着再开口,却发不出声音来。

"滚。"罗珊娜用土耳其语说。

蜜黎安摇摇头。

"你认识我。"她说,"我知道你认得。在外面哭的那个是洛雪儿。"

罗珊娜又退后几步。

"滚。"她又说,"我不记得你。"

她突然发现自己说的是波斯语,方寸大乱。她该逃走的,她看着敞开的房门想。她应该逃到街上去,躲开这个趁她不备发动进攻的女人。她想象自己突围而出,往外冲的时候把那个穿长大衣的矮个子女人撂倒在地。但等她再回过神时,蜜黎安已经掌控了大局。

"流浪了十二年,你讲的还是一样的蠢话。"蜜黎安说着走到门边。

"进来吧。"她对洛雪儿说,"别再哭了。"

洛雪儿跨了三步进到房里,把鳄鱼皮皮包紧紧抱在胸前,闷声抽抽噎噎的,没看罗珊娜一眼。蜜黎安把她往前推了几步。察觉到罗珊娜想要逃跑,蜜黎安拉来房里唯一的一把椅子,挡住门口。

"坐下。"她对洛雪儿说。

房里灰扑扑的,什么东西都没有,窗子也用油漆漆死了。有张床——更准确地说只是一副摆在水泥地板上的锈蚀铁架。床架上有个床垫,铺着一条陈旧的床单,放着两床毯子和一个被压变形的枕头。床边有张铝桌,另一边有一张弹簧露了出来的黄色破沙发。后面则是水槽,以及罗珊娜的手提炉子。蟑螂从排水管道里爬出来,在床铺与沙发下面四处横行。

没人开口。罗珊娜前后岔开两脚站着,环抱着手臂,垂眼看着地面。洛雪儿紧紧抱着皮包,指关节简直要从皮肤里蹦出来了。蜜黎安走到沙发边,坐了下来。

她望着罗珊娜。

"我们来带你回家。"她说。

罗珊娜头也不抬。

"我们现在住在美国。"蜜黎安继续说,"从革命发生以后。"

她顿了一下。

"发生革命了,你知道。他们推翻了国王,现在是毛拉掌权了。"

洛雪儿哼了一声,又开始啜泣。

"铁慕尔死了。"蜜黎安说。

罗珊娜抖得很厉害,蜜黎安开始害怕起来。

"没事的。"她安抚罗珊娜道,"都结束了。"

"我什么都不记得了。"罗珊娜说,用的还是波斯语。

"索拉博还在伊朗,还住在那幢房子里。他还在等你。"

"我不记得了。"

"莉莉快十八岁了。"

这一次，罗珊娜没回答。

"没事的。"蜜黎安又说，"你什么都不必解释，没人怀恨在心，我们只是要带你回家。"

回答迟迟不来。

"不。"

蜜黎安吓了一跳。

"别再来了。"罗珊娜坚持道。

蜜黎安看了她一响，然后伸手从袋子里拿出一个小塑料夹，里头摆着护照和她替罗珊娜买的机票。她把塑料夹放在桌子边上，站了起来。她的膝盖嘴里啪啦响，活像在燃烧的干燥木头。

"我们住在塔克西姆广场附近的喜来登酒店。"她说，"我们会再待一个星期，如果你决定来的话。飞机票没有日期，但是签证的有效期是一年。我的地址写在上面了，还有莉莉的地址和电话号码。"

罗珊娜没有反应。

洛雪儿跌跌撞撞地走到门口，拉开门。蜜黎安跟在她后面，却停下脚步，转过身来。

"我的儿女都死了。"她轻声说。

她等着罗珊娜的反应，等着罗珊娜抬头看她，却枉然。

"约瑟夫溺死了，而我杀了莎拉。"

她以为她会因为自己的痛苦而撕心裂肺地哭喊。

"那之后我一直想着你。我一直想，我不能让我的孩子们回来，无论我怎么做，无论我有多想都办不到，而且我也没办法让查尔斯回来——虽然他还活着，还和我住在一起。"

她越过整个房间走近罗珊娜。缓缓地,罗珊娜抬眼望着蜜黎安。

"可是你还在,你想找到女儿,只要转过身来就行了。"

五月，我给索拉博写了最后一封信。

"六月我就从高中毕业了，之后会和茉希狄一起住两个月，然后在八月中旬到旧金山去为大学开学做准备。"

我没告诉他，我有多害怕自己一个人参加毕业典礼，然后离开洛杉矶，到旧金山展开新生活。我没提到月姑蜜黎安勇闯土耳其去找罗珊娜的事。

"毕业典礼在6月18日。阿姨们说她们会来参加。"

毕业典礼预定在中午十一点举行。从十点开始，对街的学校里就挤满了女生们的家人和客人。我待在自己的房间里，身穿学校制服，盯着摆在我床上的帽子和毕业袍。蜜黎安从土耳其回来已经一个多月了。我是在和苏珊闲谈的时候知道这个消息的，蜜黎安自己从回来之后一直没和我联络。我其他的阿姨也都不肯提到她和她在土耳其发现的事。她没见到罗珊娜吗？她是因为太失望所以无法来看我吗？

有人敲我的门。

"我们都在中学那边等你。"苏珊挤出一个惨淡的微笑，"我和布莱恩还有他妻子一起来的。亲爱的光姨也和她丈夫来了。小孩坐不住,约瑟芬要我替她恭喜你。"

我第一次这么高兴见到他们。她没提蜜黎安也让我如释重负。

她把门拉开一些,送给我一盒鲜花。

"花店的人在外面找你。"她解释说,"我告诉他说我会交给你。"

是爸爸送的花——两打粉红色玫瑰,装在金色的盒子里,在送货卡车里待得太久,所以等我收到的时候已经半凋萎了。我把盒子摆在桌上,给自己套上毕业袍。苏珊站在门口望着我。我知道她有话要说。我们的眼神在床前的镜子里交会。

"蜜黎安也来了。"她喃喃说,"和洛雪儿一起。"

他们坐在倒数第四排——沉默而严肃,显然不担心引人注目。洛雪儿戴着帽子和太阳眼镜,身上那袭洋装应该是给年纪轻得多的女孩穿的。她一直抽着蓝色登喜路,忙着给眼睛周围涂防晒油。蜜黎安凝望着我,脸上没有任何笑意。

于是我知道了。

我知道她找到了什么,我知道她为什么没早点告诉我,我知道她在想什么,也知道她要怎么传达这个消息。毕业典礼进行的过程中,在那长达一个半小时的演讲和握手,感谢与道别,对光明前途的展望与对时光飞逝的遗憾里,我一直都心知肚明。

亲爱的光姨在茶会上找我闲聊,抱怨天气好热。

洛雪儿不停调整她的帽子,问学校除了宾治酒之外还有没有供应其他的东西。

蜜黎安深吸一口气,勇往直前。

"是她没错。"她对我说,"但她不想相认。"

大家都离开之后,我回到房间里,把那盒玫瑰丢进垃圾桶,换回睡衣,然后拉下窗帘,溜到床上,拿起刀片划破了手腕。

蜜黎安离开之后，罗珊娜动弹不得，她一直站在那里，眼睛牢牢盯住地面，门还敞开着。最后，她摸索着走到床边，坐下来。夜幕降临，风吹来海洋的味道，灌进她的房间。街上有人吼叫，有人大笑。大楼里有人在吵架。男人喝得醉醺醺的，唱着格鲁吉亚歌谣，大声做爱。天快亮的时候，下起雨来。渔夫把渔获拖到对街的鱼市场卖掉，然后步履蹒跚地迈向另一个睡意蒙眬的白昼。有孩童来到罗珊娜的门口，偷偷瞄着，不敢进来。她还坐在床沿上，心中寻思着。

她的思绪漫无边际，她迷迷糊糊想到自己延误了工时，想到她走进餐馆的时候，站在收款机旁的老板一定会对她大呼小叫，出言辱骂，炒她鱿鱼，只为了看她畏缩退却，苦苦哀求，然后再雇用她。这回他很可能会永远开除她——甚至不肯付她这个星期工作的薪水——除非她马上起床去上工，但是，她还是无法动弹。

她起初没认出那两个女人：蜜黎安身上已经寻不着往日美貌的痕迹；洛雪儿换了发型，换了鼻子，也换了颧骨。但是蜜黎安一开口，罗珊娜满心只想叫她走。此刻，她努力让自己集中精神，使尽全力想把蜜黎安从心里赶走，想重新拉起黑暗的帘幕，把她所有的爱与回忆全阻隔于外,像以前那样过日子。

可是在黑暗里,她看见了一道光——是索拉博眼睛的颜色——她怎么也挡不住。她转头不看,面对墙壁,却看见蜜黎安谈起她死去的儿女;一低头,看见猫婆雅丽珊卓坐在钢琴前面;一仰头,就想起她透过新娘面纱望着铁慕尔的情景。她还没醒悟过来——回忆袭来,让她如此惊恐——她已开始做雅丽珊卓警告她千万别做的事:回头看,细数她离开伊朗之后的岁月与往事,算出她自己的年纪与蜜黎安的年纪,想知道索拉博、我和每个人的下落。

日子一天天过去,罗珊娜一直没起身,连门都没关上。过了一个星期,收租人来了,以为罗珊娜死掉了,因为她一动也不动地直挺挺坐在床上,对在她脚边爬来爬去的成群蟑螂,以及随风飘舞的垃圾视而不见。他走近她,叫她的名字,但她没回答。他告诉自己,绝对不可以碰她,因为她一定会撑不住,面朝下倒在虫子上,那他就得把她抬起来,入土埋葬。他离开了,并关上门,想,等发臭的时候邻居就会发现她。

之后,罗珊娜站起来,突然感觉到肚子饿。她不知道已经过了多少天,只发现冰箱里的食物已经发霉,水槽里爬满蟑螂。

她把蜜黎安留在桌上的塑料夹塞进衣服口袋里。她数数自己的钱,分成七份——足够一星期每天吃饭的钱——然后去买吃的东西,找份工作。一连十天,她问过每家店铺与餐馆的老板要不要雇她。最后,她在黎巴嫩杂货店找到一份把一箱箱蔬菜扛下卡车的工作。没事的,她对自己说,她还是可以继续往前走。

但是,疑惑还在。

都是因为蜜黎安。因为她谈起自己死去的儿女,谈起罗珊娜的女儿还活着，还等着被找到。她让罗珊娜在十二年里头第一次觉得，或许——只是或许——她做错了。或许离开并非最好的选择，更不是唯一的选择。或许她应该回去，她还可以回去。

罗珊娜开始不停地想，再也停不下来了。疑惑侵蚀了她向来牢牢掌握的每一个确定性，让她夜不成眠，让她不断问问题。自从逃出信仰大道上那幢大宅之后，第一次，罗珊娜必须知道自己是不是铸成大错了。

她被黎巴嫩杂货店开除了，因为她从卡车上搬下蔬菜箱的动作太慢。老板的儿子才二十三岁，有一头卷卷的金发，宽大的腰围，留着小胡子。他对罗珊娜说，她干这种工作年纪太大了，也太胖了。这让她吓了一跳，她的体重向来太轻，竟然会被嫌胖。她到店铺后面员工梳洗更衣的房间，对着挂在水槽上的小镜子端详自己：她的脸胀了起来，手脚也都浮肿了。她走出来，从收款机下面老板儿子摆皮夹的抽屉里偷走了他所有的钱。

她把钱包在手帕里，塞到口袋深处，在旧城专为土耳其有钱人服务的干洗店里找到份烫熨衬衫衣领和袖子的工作。她从早上四点一直工作到下午六点。

几个星期之后，店长拿了三件衣服给她带回家。"你需要新的衣服。"店长说，朝罗珊娜的衣服点点头。罗珊娜顺着那女人的目光，发现自己衣服的腰围又变紧了，扣子都要崩开来了。

她的鞋变得太挤了，她的脚很沉重，一次无法站超过一个小时，在操作熨袖子机的时候得请求能坐在凳子上。她每回上班照镜子的时候，就发现自己变得更庞大了些。

店长劝她去看医生，说她的体重在太短的时间里增加了太多，连皮肤都好像变得灰黄水肿了。罗珊娜说她会去看医生的，却从来没去，因为她想省下每一分钱。她有个想法——一个蜜黎安种进她心里的想法——她认为自己应该到美国去，找到每个人，亲眼看看他们，看看自己当年离开家是不是犯了大错。这是她唯一的念头：到美国去，看看她这些年到底是不是错了，看看她是不是把自己一生全建立在了一个错误的假设之上，看看她是不是曾经拥有自己从来没察觉到的选择。

到了六月，她已经很难穿过干洗店后面挂衣服的通道了，每回一上巴士，司机就叹气连连，眼珠滴溜转。店长警告她别再胖下去，否则就别来上班了，所以罗珊娜踏进诊所，告诉值班的医生说她这两个月胖了好多。

医生让她称体重。86公斤，他说。他给了她一些减肥药丸，问起她的肺为什么总呼哧呼哧的。她的呼吸的确有点奇怪，她说，胸口老是觉得沉甸甸的，偶尔，她如果走很长的路，就会觉得像是在一大缸水里呼吸似的。医生给了罗珊娜一个人工呼吸器，把她打发回家。

安娜·罗丝修女到宿舍房间来叫我,她后来对院长以及被派到学校的社工说,她发现我睡在床上,觉得有些不对劲,因为校规规定除非到了晚上,否则没有人可以上床睡觉。

"起来。"她说,"那个满嘴威士忌酒味的女人派司机来接你了。"

她看见我张开眼睛,只有一小条缝,然后又闭上。接着,她看见床罩上的污渍。她不敢拉开床罩,跑去找了院长,尖声高喊着要叫救护车。

茉希狄的司机,一个有双绿眼睛、帅得像哈里森·福特的年轻人,用他的领带绑紧我的前臂,抱起我,开车直奔最近的一家医院。圣马利的院长考虑到法律责任与学校的声誉,叫司机别再带我回去了,无论我是生是死。她说我已经念完最后一个学期,除了我父亲之外,已经没有人对我负有任何责任了。

我在医院里住了七天,对精神科医师和社工说不知道自己为什么会拿刀片割腕。他们问起近亲,我给了他们茉希狄的名字和地址,暗自祈祷蜜黎安别发现这件事。

她在第二天就出现在了医院里。

"你做的真是蠢事哪。"她看着我手腕上的绷带说,"上帝每天都在忙着杀掉我们,他可不需要你帮忙。"

我扭头不看她。

"可是我知道你为什么这样做,"她继续说,"所以我也不能怪你软弱。我对失去亲人的伤痛还算有点了解,所以我知道你妈妈现在的情况对你来说很难受。"

"你当然知道什么是丧亲之痛啦。"我说。我反击她,伤害她,想拿一把和她戳我的那把同样长、同样利的刀,刺进她的伤口里。"茉希狄说你杀了自己的小孩。"

蜜黎安悚然一惊,变得像块石头,开始崩解。她没料到我会这么残忍,有一晌说不出话来,然后提起袋子。

"没错。"她的声音哽咽,"我给了他们生命,然后又亲手夺走了。"

一整个七月,茉希狄让我和她一起住,从不问问题,也不给建议。八月,我告诉她说,我没有气力离开这里去上大学,我需要更多的时间,和一个熟悉的地方。

"你想住多久就住多久吧。"茉希狄耸耸肩,"只是别让那个送葬人进我家。"她老是叫蜜黎安"那个送葬人"。

整个夏末与秋初,我看着茉希狄和陌生的男人上床,碎过十几次心,喝酒喝到天色发白。有天下午,我问她罗珊娜长什么模样。

"长得像你一样。"茉希狄马上说,她的话让我泪水盈眶。

那时我们坐在院子里,酣饮洛杉矶下午的阳光。

"你妈妈像是两个永远在彼此缠斗的人。"她说,"一个是命中注定该离家流亡的人——每个人都期待她扮演的那个命带厄运的女人,另一个是努力想扭转乾坤,试图证明每个人都错了的人。"

她看见我拼命想忍住泪水,不禁微笑。

"悲剧演够了吧。"她说,"你妈妈也是这样——老是痛苦得要命。我当年就常告诉她,命运全是狗屁,好好干一场,就能改变一百万人的命运。我希望她能了解这一点,我希望这就是她不愿意和蜜黎安一起回来的原因。"

她把一杯白兰地塞到我手里。她自己灌了一杯,然后瘫在那个黑底游泳池边的躺椅里。经过这多么年的人世沧桑,她还是很美丽——齿如含贝,身材紧致,头脑清晰。

"所以她才会生下你,"她语气里带着几分讽刺,叹了口气,"就算其他人说得没错,她真的命带厄运,无法扭转,她明白,她搞砸了的人生还可以靠你来修补。"

她倾身趴在躺椅边缘看着我。

"下一次你觉得沮丧的时候,"她一本正经地说,"别拿自己出气,去毁别人吧。"

九月，罗珊娜到航空公司去，订了飞往洛杉矶的航班。她准备在一个星期之内起程。

她告诉收租人说，她得等到身体好转，赚更多钱之后，才能付房租。

"我想你的身体是好不了了，"收租人认真地说，"你肿得像吞下了一整条鱼似的。"

她总在呼哧呼哧喘气，身体变得越来越肿，行动越来越迟缓。一定是疑惑，她想，是蜜黎安强行灌进她脑中的那些想法的重量，是蜜黎安和洛雪儿来看她的那天，她没说出口的那些话音。

上班的最后一天，罗珊娜从收款机里偷了几千里拉——大约五十美元。她在半夜离开住处，没告诉邻居或收租人说她不回来了。她所有的家当——新衣服、土耳其咖啡壶、诊所医生给她的人工呼吸器，全被装进一个她在到机场途中的地摊上买的小塑料提袋里。

在飞机上，空姐安排罗珊娜坐在一个小孩子旁边。她们得教她如何使用安全带，因为她从来没搭过飞机。而且她们还得把安全带拉长到极限，才系得住她。坐在她旁边的小男生穿着短裤和及膝长袜。罗珊娜对他微笑。他对妈妈说,这个胖女人让他很害怕。

罗珊娜在洛杉矶下飞机的时候有128公斤重,几乎没办法走路。海关工作人员指着一个小亭子,说她可以在那里把土耳其里拉换成美金。兑换处的女人告诉她上哪里去找进城的巴士。

在国际航站楼外面,罗珊娜站在人行道上,望着一排排电话。她知道,她可以打电话给蜜黎安,还可以打给我或蜜黎安给她的任何其他电话号码。她可以说她人在机场,说她需要有人过来,因为她几乎不会说英语,无法在这个城里找到路。这是最明智的选择,可是她无法这么做。她想,如果没人接电话怎么办?如果他们说她该滚开怎么办?如果他们过来——至少蜜黎安肯定会来——看见她因为生病发胖到会吓坏小男孩的模样怎么办?她要给自己找个房间和浴室,她想。她要先换件衣服,梳梳头发,或许还该买条口红,再去拜访他们。她看见一辆写有"市区—中央"标示的巴士,于是跳了上去。

司机让她在洛杉矶的中央大道下车。那会儿日正当中,街道上人潮汹涌。罗珊娜到处寻找旅馆,一家可以让她住一晚准备一下的廉价旅馆。她从中央大道一直走到皮科大街,然后又转进桑蒂大道,到了服饰区。她看见拉美人在人行道上卖小吃,撞上挂在又脏又挤的店铺外面的衣服吊杆,看着西非人推销仿冒的古驰与莫斯奇诺的纱巾。在皮科大街和桑蒂大道交会的路口,有一群人正围观三个男子吵架。有个伊朗男人骂两个韩国裁缝,说他们裁错布料，毁了三千条牛仔裤的订单。那两个韩国人则说错在制样工，不是裁缝，他们只想要回已经做完活儿的工资，然后走人。

罗珊娜和过去一样很怕碰上伊朗人，怕被识破身份，于是低着头，想挤出这混乱的场面，但是没人要让路。她决定穿过街，走另一边的人行道。她在路边抬起头，看见车辆正冲向她，明白自己病得太重，太虚弱，连一步路都无法多走了。她就这么待在马路边上，浑身颤抖，汗流浃背，惊恐不已。

"需要帮忙吗？"有人用英语问。罗珊娜听到这句话从周遭的嘈杂中蹦了出来，但是一时没反应过来是冲着她问的。问话的那个男人走近，碰了碰她的手肘。

"你需要帮忙吗？"

他的英语带点轻微的波斯口音。他很年轻，三十几岁，穿着浅灰西装和闪亮的皮鞋。汗水与惊慌让她的眼睛蒙上了一层薄雾，她望着他，却说不出话来。

那人拍了拍她的肩膀。

"等一下。"他说。他转头望着人群，叫他们换个地方去吵架。

"这位女士需要帮忙。"

突然之间，围观群众的注意力从为牛仔裤吵架的那三个人转到罗珊娜身边。他们从四面八方打量她，问问题，品头论足。

穿灰西装的那人暗暗怀疑罗珊娜是伊朗人。

"你是伊朗人吗？"他谨慎地问，怕猜错了会太失礼。

她没回答。

"你讲哪种语言？"他又试着问。

越来越多人——沿街开铺子的伊朗人和其他亚洲人，正要从工厂下工或去上工的拉美人，以及在市中心扫街讲价的家庭主妇——停下来盯着她看。只有美国人没停下来。他们放慢脚步,慢得足以瞄上一眼,然后不置一词地继续走。

"别理她,拉比。"人群里有个伊朗人对穿灰西装的男人说,"她搞不好是发疯了。"

罗珊娜知道自己就快失掉唯一可能伸向她的援手,于是强迫自己开口。

"我才刚到这里。"她说。

一开口就是波斯语,让她惊骇不已。

"我需要一个过夜的地方。"

拉比缓缓点头,再次打量她的身体。

"你病了吗?"

"我呼吸困难。"她很难为情地说,"我只需要一个可以过夜的房间。我到早上就没事了。"

拉比可不这么肯定。

"你从哪里来的?"他诚恳地问。

她只盯着他看。

"你姓什么?你从伊朗什么地方来的?你是犹太人吗?你怎么来的?"

她没提蜜黎安的名字。此刻有一大群人正围着她,她不能提,面对这个肯定认识蜜黎安,而且会把她这个胖妹妹的事传遍整个社区的拉比更是绝对不能提。

她想张嘴告诉拉比说她不需要帮忙。然而,气喘吁吁的她却只能拉着拉比的手臂支撑住自己,这样才能直视着他的眼睛,不让自己倒下。

拉比知道自己惹上麻烦了。他想过要叫罗珊娜到洛杉矶的任何一家伊朗社会福利机构去，再不然就建议她去游民庇护所或施食处。通常他都会这么做，只是此刻被一大群伊朗人围观着，而他又这么急着想向他们证明自己的领导能力，于是他轻轻将手臂从罗珊娜手里挣脱出来，扛起他一点都不想要的麻烦。

"留在这里，"他对她说，"我来看看能有什么办法。"

他把罗珊娜留在人行道上，走进最近的一家店铺去打电话。这是一家寻常的服装店，从天花板到地板全挂满廉价的衣服。老板很乐意借电话给拉比。"只要你别找我募捐就成了。"他半开玩笑地说。

拉比打了很久的电话。

他拨着不同的电话号码，不时挂掉，和周围的人讨论一番，然后又开始翻着他那本口袋大小的电话簿。店老板的妻子，一个有静脉曲张、满脸倦容的中年妇人，给了罗珊娜一杯泡了橙花蜜的玫瑰露。罗珊娜谢谢她，但没抬眼看她，也没喝。老板娘一副被得罪了的样子。

"我吞不下东西。"罗珊娜解释说。

老板娘飞快跑到对街的快餐店得来速，拿了一根吸管回来。

"拿去。"她把吸管放进罗珊娜杯子里，"试试看吸管吧。"

拉比从店里走出来，看似很满意，把电话簿塞回了口袋。

"我和皮科大街特拉维夫市场那个屠夫谈过了。"他对自告奋勇当助手的男人说。

"很丑的那个？"

"对，很丑的那个。他弟弟在谢南多厄开药房。他有房间可以借人住几天。在楼上，比较像是间储藏室。没有浴室，也没有炉子，只有个通自来水的小水槽，但总比让她睡在街上好吧。"

有个大概不到十七岁的伊朗男孩开了一辆大面包车过来。

"我们会把你抬上这辆车，"拉比对罗珊娜说，"带你到我找到的房间去，那里或许还有份工作，"他又打量了她一回，"如果你觉得可以做的话。"

罗珊娜坐进面包车后座，拉比坐在前座的乘客席上。他们开了二十分钟。

到了特拉维夫市场之后，罗珊娜留在车上，看着拉比约瑟夫穿着双排扣西装，昂首阔步地踏进店里。市场的伊朗老板在门口迎接他。这个老板穿着花花绿绿的开司米毛衣，就像比尔·科斯比一年到头在他那部饰演有五个子女的医生、家里好像没人打扫也能一尘不染的电视剧《天才老爹》里穿的那种毛衣。在伊朗贫穷度日的老板是最近才发达起来的，现在他学天才老爹那副满不在乎的神态穿着这件毛衣，仿佛要让大家知道，他打从出娘胎起就穿着这件价值四百美元、胸口绣着老虎头的毛衣啦。

几分钟之后，拉比又从市场里出来。有个魁梧秃顶、穿着血迹斑斑围裙的男人和他一起出来，一路说个不停地爬上前座，挨着拉比坐下。

屠夫转头盯着罗珊娜看。

"就是她？"

他有只眼睛瞎了，只能张开三分之一，右颊有一道伤疤，兔唇，手指没指甲。

"她看起来不太妙。"他微笑着对她点头，好像当她听不懂他说的话似的。

他告诉司机该怎么走。

"往下九个街口。不能左转进那条巷子，往右转，再从后面绕回来。那栋建筑像一座塔——又窄又高——前面有个招牌写着'药房'两个字。我兄弟不知道该给店取什么名字。他就那样，你知道，不太有想象力。他唯一会做的事就是看书，配药方。"

他转头，又看着罗珊娜。

"她喘得像头鲸鱼。"他当着她的面说。

他们停在谢南多厄大街转角处。屠夫带拉比走进那栋原本是白色的破旧建筑里。开车的年轻人完全没转头看罗珊娜一眼。

药剂师很单薄，一副颓丧的样子，沉默寡言，和屠夫的健谈形成鲜明对比。他走到面包车后面，打量着罗珊娜。"你确定她不会待太久？"他问拉比。

"我担保。"屠夫插嘴说，"我会替她在特拉维夫市场弄份工作，今天，我说到做到。"

药剂师看看哥哥，又看看拉比。

"她可以待两个星期。"他对拉比说，"你保证。"

在特拉维夫市场工作的危地马拉人和萨尔瓦多人，大多连一句完整的英语都不会说，却会讲伊朗各省份不同犹太口音的波斯语。他们和伊朗老太太吵架，争论屠夫刚卖出的牛臀肉的肉质，还为谁装货时把鸡蛋摔下来，弄得女士们满鞋子都是而互相推卸责任。罗珊娜刚开始和他们一起工作，一天十二个小时给脚边的杂货装袋的时候，这些拉美人都以为她是他们的同胞，所以和她讲西班牙语。看她没回答，他们就改讲波斯语，甚至还试了几个他们勉强会说的英语单词。她却只是看看他们，就低下头。一阵子后，每个人都认为她要不是精神错乱，就是耳朵有问题。他们随她去。

她在市场里工作了一个星期，每小时能拿三美元工资。她最怕的事是睡着睡着就死掉了，而仅次于此的是，很怕某个进市场采买的妇人会认出她来。

住在药房的第八天的早上，她一醒来，发现自己无法动弹。

药剂师等她下楼去上工，但她一整天都没出现，他知道她有麻烦了。那天晚上七点钟，他上楼去。

"你还好吗？"他在门口喊道，"你今天没去上班。"

罗珊娜想坐起来，但是完全动不了。她奋力挣扎，再次失败，却回话说她没事。

第二天早上，药剂师又敲了她的门。他只听见她的喘气声，感觉到整栋建筑在她身体的重量之下摇摇晃晃。他下楼，打电话给拉比。

"你带到我这儿来的那个女人要死了。"他宣称。

拉比正要去给一个在韦斯特伍德被黑帮枪杀了的伊朗男孩主持葬礼，他答应会尽快过来看罗珊娜。

"趁这段时间，"他建议道，"让你太太喂她吃点东西，免得她饿死。"

他们发现罗珊娜躺在床垫上，显然比他们上回看见的时候更胖了。她张着眼睛，但是没有反应，不管他们怎么劝她说话，她都沉默不语。

药剂师想打电话给市政府，让他们把罗珊娜弄出他的房子。拉比坚持要先联络几个伊朗慈善机构。冷漠的政府公务员——这两个人对公务员的看法倒是一致——必定会把她丢到某个地方去等死。所以在把罗珊娜交给他们之前，他要先看看自己能不能帮上忙。拉比花了整整两天时间请教教区长老和教会领袖。第三天早上，药剂师的苦难终于走到了尽头。

他在星期三早上九点钟打电话给拉比。"今天早上市政府的人过来了，"他说，"塔楼好像歪了，歪向过去几天以来你那位女性朋友躺的方向。一点不让人意外，她重得能够压垮帝国大厦了。现在呢，这栋塔楼好像已经危及公共安全了，因为它随时可能倒向繁忙拥挤的皮科大街，所以市政府要把它拆掉，而且提醒你，我可没有保险。"

等拉比赶到的时候，药房已经关上大门。老板站在人行道上，一副刚埋了自己儿子的表情。他哥哥，那个屠夫，把新车停在屋前，笑逐颜开地绕着车子转，不时用衣袖拂掉闪亮车漆上的指印。

拉比在楼上罗珊娜的房里看见三个男人，他们正忙着查看房屋架构，想找出办法，在不对房屋造成更严重损害的情况下，把罗珊娜弄出去。躺在这里的几天里，她又胖了许多，根本没办法从房门出去。地基既然已经摇摇欲坠，拆掉一面墙的风险可能很高，所以他们考虑在窗户周围挖个大洞，用起重机把她吊出去。

拉比走近罗珊娜，看着她。她也回看着他，眼睛睁得大大的，黄黄的液体涌出眼眶流到肿胀的脸上。她看起来很哀伤，很害怕。

"告诉我，女士，你在这个世界上有没有人可以求救？"

她没扯动半条肌肉，也没眨眼。在她身旁的地板上，他看见了她的袋子。

"我们已经检查过了，"其中一个男人看穿了拉比的心思，"里头有张纸，写着外国文字。说不定你看得懂。"

当然，拉比认得写在那张纸上的蜜黎安与洛雪儿的名字。他拿着纸条，迟疑了一会儿，不知道该不该打电话给她们。他当然很想知道罗珊娜和这两个女人的关系。如果是在伊朗，他一分钟也不会浪费，会立刻抓起电话打给她们。但是在美国，情况完全不同，在这里做任何事，无论出发点是什么，如何良善，如何替人着想，都必须对个人行为负法律责任。如果罗珊娜死了，拉比知道，洛雪儿的丈夫绝对会毫不犹疑地对他提起诉讼，指控他没送她上医院或没早点把她转送适当的机构。

他把纸条塞回罗珊娜的袋子里。

"我也看不懂。"

那天晚上，罗珊娜躺在她的床垫上，十二年来第一次祈求上帝帮她。她一遍又一遍地诵念示玛——以前她妈妈教她在睡前念的祷词——恰如她多舛与波折命运的写照，她的祈祷不仅得到了回应，而且还把酿成这一切灾厄的罪魁祸首带回到她门口。

月姑蜜黎安搭出租车沿着威尔夏大道往特拉维夫市场去。她打算赶早避开那些一大清早就冲进市场,对着食品部那个阿富汗经理大呼小叫说什么蔬菜不新鲜、水果太贵的顾客。因为市场是早上七点开门,所以蜜黎安叫出租车六点半来,估算自己可以在六点五十分抵达,成为第一批上门的客人,爱挑什么就挑什么。

沿威尔夏大道往下开过两个路口之后,蜜黎安看见另一个女人——显然是个伊朗人,而且还很可能是个犹太人,因为她一脸"失望受害"的表情——在等巴士。她身边的长椅上摆了两个空的购物袋。蜜黎安叫出租车司机靠边停。

"到特拉维夫市场,"她将头探出车窗说,"我们可以载你去。"

那个屁股肥厚、关节肿胀的妇人花了很长时间才从长椅上站起来。从人行道到出租车旁的这一段路,让她气喘呼呼,好几次搁下袋子。司机和蜜黎安下车扶她。

"谢谢你们。"她深深呼了一口气,害司机以为她就要在他车上昏倒了,"我从早上五点就在这里等巴士了。车子一直来了又走,人上人下。我没上车,因为我不知道应该搭几路车,而且我也没办法问人,因为他们要么讲西班牙语,要么就是外国人。"

妇人提到"外国人"这个词，让蜜黎安轻笑了一下——过去这在伊朗是专门用来指西方人的。阿拉伯人、土耳其人或巴基斯坦人都各有国籍，而整个西方世界的人——美国人和欧洲人，甚至澳洲人——全都被恭恭敬敬地称为"外国人"。就连到了洛杉矶，蜜黎安这一代的人，无论男女，都还是叫美国人"外国人"。

"我儿子如果发现我这么做，一定会杀了我。"妇人气喘吁吁地坐在出租车后座上，两条腿张得开开的，好像要让空气可以窜进她灼热的肺部，"我有三个儿子，没有女儿。他们都是好孩子，可是讨的老婆都摩登时髦，还把头发染成黄色的。他们把我关在七楼的公寓里，那么高，害我老是头晕眼花。每次我抱怨说不喜欢住高楼，他们就说我应该心存感激，因为全世界的人显然都想一楼一楼往上爬，并且爬得越高越好。我跟他们说，从窗子看下面的街道，我就头晕。所以他们就说我不该出来，因为我会跌倒受伤。他们一个星期接我出来一次，到他们家里去过安息日。其他的时间我都是一个人，等我的某个儿子过来，开车载我出门。今天我想，应该自己试试看搭巴士。还好运气不错，碰到了你。"她终于停下来，端详着蜜黎安。

"你是从哪个省来的？"她问。

他们在比弗利山谷右转，开往皮科大街。那妇人谈起她从伊朗南部小城来到美国的亲身经历，然后提起另一个刚到美国来的人。

蜜黎安估计他们再过差不多五分钟就到市场了，也知道这位妇人对分摊车费的事既没概念也没经验。伊朗的传统礼数让蜜黎安不可能开口要求她付钱，所以蜜黎安打开皮包，开始数出十张一美元纸钞。

那妇人指着街道右边的一栋建筑，想对蜜黎安强调她说的那个故事有多惊人。

"……超过130公斤，你相信吗？而且很明显，全都是水。他们说她一整个晚上都在流咸泪水，流个不停，流得地板上到处都是。简直像头鲸鱼。"

出租车停在特拉维夫市场门口，六点五十五分，已经有好几个老太太等在外面了，大多是住在这个地区的东欧妇女。出租车司机数了数钱，发现蜜黎安没给他小费，所以不肯下车扶那个胖妇人。蜜黎安的新朋友好像坐得挺舒服的，完全没打算要这么快下车。

"最糟的是，你知道，她不肯告诉任何人她是从哪儿来的，或者她的家人在哪里，所以没有人能帮她。"

这句话让蜜黎安停下动作，认真倾听。

"如果我儿子知道我又嚼舌根，一定会杀了我。可是我觉得你是我的朋友，所以不介意说给你听，虽然我也不算真的认识你啦。"蜜黎安扶她下车的时候她说，"我儿子说她很可能是名逃犯，再不然就是想躲开嫉妒又疯狂的老公。"

蜜黎安和妇人一起等市场开门，她甚至还走到里面，和那个穿比尔·科斯比毛衣的年轻人打了招呼，然后才转身走过九个街口，到那间药房所在的塔楼去。

药房前门被封了，但是后门是敞开的。蜜黎安爬上楼梯，感觉到房子随着沉重缓慢的呼吸声摇晃着。在她的步履之下，楼梯吱吱嘎嘎抖动着，随时可能坍塌。刹那间，蜜黎安觉得应该转身逃走，救自己一命。

但是才走到半途，蜜黎安就闻到一股气味，是潮湿的空气，是纵情的梦境，是沁凉的夜晚，以及好远好远的记忆；是她孩提时期就已闻过的气味，是她和罗珊娜一起睡在地板上，一夜被罗珊娜的翅膀在风中扇动的声音惊醒数次的那些年里闻过的气味；是罗珊娜和索拉博完婚后几个月内就弥漫铁慕尔家豪宅的气味，是蜜黎安踏进罗珊娜在伊斯坦布尔的那间陋室，看见她那双衰老疲惫的眼睛而激动颤抖时闻到的气味。于是，在伸手握住坏掉的门把，推门进到阁楼间的那一刻，蜜黎安一丝怀疑都没有，她知道自己找到罗珊娜了。

房里很暗。她看见另一头有个影子，听见呼吸声停止了，然后又响起。

"是我。"她轻声说，与其说是怕吓着罗珊娜，倒不如说是为了缓和自己的恐惧，"别怕。"

她走近那个黑影，绕了一圈，找着了头。硕大浮肿的脸上，两条细缝回望着她。罗珊娜的皮肤上满是泞泞的液体，泪水汩汩流下。她一看见蜜黎安就闭上了眼睛。

蜜黎安走到窗前，想开窗，但是窗页被卡住了。

她踅回来，跪在罗珊娜床边。

"发生什么事了？"她激动哽咽地问，"你怎么会变成这样？"

罗珊娜没回答。

蜜黎安望着她，接着转身下楼。

她找到公用电话，打给苏珊、洛雪儿、布莱恩和他妻子。

"十五分钟内赶来。"她对每个人说，"我找到罗珊娜了，如果不救她，她就快死了。"

尽管蜜黎安强调罗珊娜的处境极其危急，洛雪儿却偏偏花了足足五个小时才抵达救援现场。她一整个早上都在努力从前一夜的派对狂欢中清醒过来，在脸上和眼睛上一会儿热敷一会儿冰敷，抽烟，然后洒上香水，盖掉身上的烟味。谢天谢地，她丈夫早早就出门了——"早餐会"，他前一天晚上说，可是洛雪儿猜他是去见别的女人了——所以蜜黎安打电话来的时候，他并不在家。他向来不喜欢蜜黎安，洛雪儿的亲戚他没半个喜欢的。他说她们还是没离开犹太区——扛着犹太区走过万里路到美国来——而且还说他们是一群疯子，打定主意要花光他赚的每一分钱。洛雪儿偶尔也有同感。

所以如果那天早上接起电话听到蜜黎安的声音，他绝对不会高兴，而且也绝对不想听到罗珊娜来到洛杉矶的消息。"又一个财务负担。"他会这么说罗珊娜，"如果是蜜黎安找到她的，那蜜黎安就该自己养她。"

并不是洛雪儿不爱家人，也并不是她没尽力帮助他们。老天明鉴，她不时偷偷攒钱给苏珊，邀请布莱恩的妻子来参加她的餐会，虽然那女人和其他客人格格不入，也一点都不想融入。只是，对洛雪儿来说，她小时候本来就和罗珊娜不熟，到如今要她觉得和一个几乎完全陌生的人有血缘关系，更是不容易。几个月前，蜜黎安听说罗珊娜在伊斯坦布尔的时候，洛雪儿要接受她可能还活着的事实已经够困难的了。为了证明自己的善意，洛雪儿花了一个星期说服丈夫，最后才说动他负担罗珊娜的机票钱。到最后一分钟，就在蜜黎安准备出发之前，洛雪儿的丈夫还派妻子一起去。

"他大概是有新情妇了，所以不希望你在家。"蜜黎安径自下了结论，完全不顾洛雪儿的自尊。

在伊斯坦布尔，她们住进喜来登酒店，蜜黎安不肯住洛雪儿允诺要买单的五星级酒店——"浪费就是浪费，花谁的钱都一样"——整趟旅程简直是一场让洛雪儿想忘也忘不了的梦魇。第一天，她们搭出租车到库姆卡珀，在罗珊娜住的楼房前面下车，盯着房子看，但没敢进去。她们回到酒店，彻夜难眠。第二天早上，她们争执不下，不知道该怎么接近罗珊娜才好：蜜黎安想闯进楼里，把罗珊娜的样子形容给住户听，找出她住的房号，敲她的门；洛雪儿则发誓说，大楼里的住户在帮蜜黎安找到任何人之前，就算没勒死她，也一定会先强暴她。和过去一样，蜜黎安还是占了上风。

而历经这一切之后——十二年的寻觅，折磨的旅途，所有的忧心、不安——她们从罗珊娜身上什么也没得到，只得到了拒绝。

所以洛雪儿这天早上坐在镶有荧光灯与四倍放大效果的特制梳妆镜前，心里想着到底该不该再次去拯救罗珊娜。

十点钟时，女仆端来洛雪儿的咖啡和阿普唑仑药片。洛雪儿梳完头发，化好妆后，烦恼该穿什么——蜜黎安给她的那个地址很可怕，靠近那个她死也不会去的市场（今天早上在电话里，她甚至有冲动想再告诉蜜黎安一遍,她只去世纪城的格尔森买菜),她实在不知道该穿什么。等到准备停当,已经十一点四十分,咖啡也凉了。她把整瓶阿普唑仑放进她的普拉达皮包里,坐上车,很想知道她有多少个家财万贯的朋友已经听说她离家出走的妹妹来到洛杉矶的事,更不知道该编什么样的借口来挽回颜面。可得花大力气善后,她想,而且不管怎么说,她也不认为罗珊娜值得她这么费事。

她沿比弗利大道一直开到皮科大街,然后左转到谢南多厄。远在三个路口之外,她就看见围观的群众:伊朗老太太们聚在药房对面的人行道上,好像在观赏火车事故的事后现场。一辆消防车停在塔楼前面。消防车后面是两辆警车、一辆救护车和一辆平台卡车,还有布莱恩崭新的黄色法拉利,苏珊那辆老旧的庞蒂亚克,以及好几辆洛雪儿不认得的车。

她把她的宾利停在一条小街上,躲在一辆报废的庞大垃圾车后面,戴上她的杰奎琳·肯尼迪风的太阳眼镜,套上她去年在加拿大用一万美元买的灰鼠皮大衣(当然是在夏天买的,因为夏天皮草生意比较清淡,店家愿意降价求售),然后下了车,希望自己看起来不会太醒目。

月姑蜜黎安正在和拉比约瑟夫吵架。

"谁说这些人知道他们在干什么?"她问拉比。她突如其来的阻拦显然让他很恼火。"谁允许你让他们用这种方法搬动她的?"

洛雪儿一眼就在人群里瞥见苏珊,于是挤了过去。她吻了妹妹的双颊,四下张望一会儿,确定没有人能听见她说的话之后才轻声问:"我们怎么知道是她?"

饱尝人世沧桑，多年来备受经济与家庭压力折磨的苏珊很疲惫，很冷漠，没心情配合洛雪儿演戏。她看看洛雪儿，懒得回答，过了一分钟之后，才挪动了一下，让布莱恩可以靠得近一些。

洛雪儿觉得有必要替自己辩解一下。"我之所以问这个简单的问题，并不是因为冷血，"她自卫似的对布莱恩说，"只是想知道，在我们把这个消息传遍全世界之前，有没有人先确定那个人就是罗珊娜。"

布莱恩转着他的法拉利钥匙，咯咯笑起来。从有了中年危机，去看心理医生以来，他就养成了在最不适当的时机发笑的习惯，告诉大家说所有的事情都会自动解决的。但是除了让他自己懊恼之外，这样的人生新态度并没有把他从危机中解救出来。

月姑蜜黎安威胁要上法院控告拉比约瑟夫。

"万一她受了惊吓，"她的声音压过街头的噪音，"或在半空中突发心脏病。你告诉我，你愿意负起法律和道德责任吗？"

布莱恩注意到洛雪儿难堪得不得了，又咯咯笑起来。

"好像是因为她体形太大，没办法从门口出来。"他耐住性子解释，并不介意洛雪儿一个早上都不见人影。"他们非得把她弄出来不可，因为这栋楼房要拆掉了，所以他们在墙面上那个原本是窗户的位置，敲出一个大洞，打算把她绑在起重机上，然后吊到街上。"

洛雪儿脸色发白，害布莱恩以为她会晕倒在那件皮草大衣里。

"起重机？什么起重机？"

但她已经看见那部让她大惊失色的装置了，吓得倒抽一口气——这部用来搬动大型物体的机器，起重臂上有很宽的皮带，正吊着一张权充轮床的东西，宽度足可以躺下三个普通身材的人，它正准备把吊下来的人放进等候的那辆平台卡车上。这甚至不是传统意义上的救援行动,洛雪儿想,甚至不能用救护车。女儿约瑟芬的婆婆会为这事一直取笑她的。

"我几个月前才见过她,"洛雪儿哀怨地对布莱恩说,"她又瘦又小,看起来是很惨没错,可是很单薄。"

布莱恩摇摇头,没做任何解释。

他们并肩站在一起,看着蜜黎安和拉比吵架。

"有人打电话给莉莉了吗?"洛雪儿又找话说。

布莱恩耸耸肩。

"有人打算打电话给莉莉吗?"

"时机刚刚好。"布莱恩笑起来。

"什么'刚刚好'?"洛雪儿很火大,"你们这些家伙在想什么啊?"

她注意到布莱恩根本没在看她,所以她顺着他的视线,抬头迎着正午刚过的奶白色阳光,看见天空上有好大的一朵云。惊骇不已的洛雪儿摘下太阳镜,眯起眼睛想看得更清楚一些。泛黄的床单,仿佛庞大帐篷的布墙,在风中缓缓扇动。床单之下,罗珊娜俯身躺着,双腿伸直,脸侧向一边,双手垂向两旁,让起重机吊着她回到街头,回到每个人的生活里,宛如一个巨大无比的魔咒。

他们继续让她这么绑在轮床上,把她直接送到卡车的载物平台上。两名护理人员坐在她身边。蜜黎安也想陪着罗珊娜,但是拉比约瑟夫说她已经对救援行动造成太多干扰,应该退开了。布莱恩开车带路,她坐在车里。洛雪儿望着他们:一个举止活像青少年的中年男人,载着一个头绑丝巾、身穿男装的女人,疾驰过洛杉矶街头,后面跟着一辆载送不肯或不能开口说话的庞然大物的平台卡车,再后面是苏珊,开着一辆破破烂烂的庞蒂亚克,这辆二手车是她十二年前买的,且光靠她修指甲的收入和布莱恩每个月月底给她的钱,根本就很难挪出多余的部分来保养车。洛雪儿殿后,她犯了偏头痛,一路上停了三次车——买杯咖啡,抽根烟,再吞颗阿普唑仑。然而,等她终于开到蜜黎安家的时候,平台卡车也才刚停下来。

她坐在驾驶座上,望着眼前的场景:蜜黎安走下法拉利,带消防员进到屋里。布莱恩和他请来的工匠打招呼,那人已经备好工具,随时能拆掉任何门,或炸掉任何窗户。布莱恩答应只要他听指挥干活儿,就能得到三倍工资。查尔斯先生站在门口,抱怨不休,说这么多陌生人会吓坏他的鸟儿,却一次也没问为什么会有这么多人突然跑到他家来。

罗珊娜在卡车上一动也不动地躺着。

"你迟早还是要见她的。"苏珊把头伸进洛雪儿的车窗里,吓了洛雪儿一跳。"迟早的问题。"洛雪儿的慌张让她微笑。"你最好还是早点适应吧。"

这倒是事实,洛雪儿想,罗珊娜人在这里,蜜黎安已经把她变成大家的问题了,不管喜不喜欢,洛雪儿都得要面对她,帮助她,忍耐她。

她叹口气,把额头靠在方向盘上。

"我只是不懂,我们为什么非得忍受这个。"她对苏珊诉苦,"这不公平吧,对我们每一个人都不公平。她甚至不想要人帮忙。"

苏珊拉开车门,扶洛雪儿下车。

"来吧。"她抓着洛雪儿的手臂,要姐姐镇静,"我们总不能让她自己一个人死在药房里吧。"

她们一起走向平台卡车，苏珊还是抓着洛雪儿的手臂，既是撑着她，也是靠着她。走到卡车后面，她们对着还留在罗珊娜身边的那个护理人员微笑，然后绕到另一边，好看得清楚一些。罗珊娜躺在那里，水与肌肉组合而成的庞然大物，呼吸得很慢很慢，仿佛每一次喘息都可能是她的最后一口气。她看着她们，一丝一毫的情绪都没有，一片死寂。

洛雪儿尽量靠近卡车。是罗珊娜，没错——像往常一样桀骜不驯，不为所动，总让人难以置信。

"见到你真好。"洛雪儿鼓起勇气说，泪水溃堤而出。

那天下午，电影明星茉希狄走进我的房间，给了我一杯伏特加马提尼。时间是下午四点。我整天都躺在床上，没睡，但也无法起床面对这一天。

"你洛雪儿阿姨打了电话来。"茉希狄举起她自己的杯子假装干杯说。我以前从来不喜欢酒。过去几个月，茉希狄给我什么我就喝什么。我喜欢的不是酒的滋味，而是酒精带来的麻痹感，那种"飘然无形"的感觉，不存在的感觉，只要我喝得够多就感觉得到。

"喝掉吧。"茉希狄催我，一口喝光她自己的酒，"在这天结束之前，你还得多喝几杯才行。"

于是我来到这里。这天傍晚，那个笑容迷得我阿姨心脏狂跳、长相神似哈里森·福特的司机，开着茉希狄的黑色捷豹，载我来到这里。我来，因为我别无选择，因为我知道自己迟早会向蜜黎安和我其他的阿姨屈服，因为茉希狄生平头一遭鼓励我来。我这天来到这里，此后的每一天都来。迄今将近两个月，"哈里森·福特"每天早上载我过来，深夜再载我回去。然而，对于罗珊娜，除了眼中所见之外，我还是一无所知。

起初，我只是坐在这里，坐在蜜黎安的客厅里，在正中央摆着绿色瓶子的茶几对面的这把椅子里。一整个星期，我静静听着阿姨们谈论罗珊娜和她每况愈下的惊人病情，每天听见她们为该怎么救她而争吵不休。医生来了又走，护士也是，还有远从芝加哥和纽约赶来的亲戚。洛雪儿相信，等事情告一段落后，她老公一定会休掉她。布莱恩的女朋友不再逼他离开妻子娶她。我静静看着，静静听着，完全不介入。我唯一做不到的是，走向走廊尽头的房间，推开门，去看看我妈妈。

阿姨们想逼我去，但又在窃窃私语声中退却，因为她们怕如果把我逼得太紧不知会出什么事，因为她们没想到我竟然会用她们始料未及的自杀举动来吓她们一大跳，也因为事后想想，在发生了这么多事情之后，我会想了结自己也是不可避免的。

"等你准备好吧。"蜜黎安要我放心，"先留在这里，习惯这个想法再说。"

她们在我身边围成一圈，徒费心力地想为罗珊娜的病祈福，想找出治疗方法。因为没法确诊病因，他们让她打点滴，不停小口喂她她根本不肯吃的食物。带她出门是不可能的，所以她们用尽一切关系，找各式各样的医学专家到蜜黎安家里来。她们拜访顶尖的外科医生，付钱请X光机操作员到家里出诊。她们找来专科医师，想要更多咨询意见。日复一日，川流不息的医生和护士在家里进进出出，做出一个又一个的诊断，进行一个又一个不同、甚至常相互冲突，最后却只残酷地证明完全无效的疗程。在此期间，罗珊娜还是沉默不语，只是继续水肿。她从没开口问起我。我知道，因为我一直竖起耳朵听着。

她的姐妹们想突破她的心防。她们坐在她床边，问她问题，把自她离开德黑兰之后,每个人的遭遇原原本本告诉她。她们带儿女来,强迫他们进去看她,而且不准表现出心里的惊恐。她们甚至还准许查尔斯先生带着小鸟在她面前晃,希望能唤起她的反应。过了三个星期,罗珊娜的体重又增加了,她的呼吸声让蜜黎安那条街上的狗全都狂躁不安。

有天晚上,阿姨们比往常早一些离开。"哈里森·福特"打电话来说他要载茉希狄去市中心参加首映会,要到接近午夜才能来接我。突然之间,我发现在这个房子里,只剩下我、蜜黎安与查尔斯先生。

还有罗珊娜。

我一直坐在那里,直到查尔斯先生赶鸟儿去睡觉,蜜黎安回到自己房间,关上房门。我知道她是故意留我一个人独处的,好给我机会在没有人看见的情况下去看看罗珊娜。我又在那里坐了好一会儿,不知道自己是不是真的该这么做——站起来,去看这个大家都说是罗珊娜,而我却觉得不亲也不熟悉的庞然大物。我坐了好久好久,以为自己永远都不可能站起来了,但是我站了起来。

蜜黎安留着走廊的灯没关,所以我可以看见自己的影子在朝罗珊娜的房门接近。房里回荡着她的呼吸声,空气很潮湿,宛如来自大海,而且很沉重。她的门没上锁。我推开,走了进去。

我站在门口,看见很大的一团东西,像只动物仰面朝天躺在薄毯里。她和我所认识的罗珊娜那么不同,那么不像,我真的觉得走近一些瞧个清楚并不难。她必定感觉到我的存在了,因为在那一瞬间,她屏住了呼吸——或许是害怕吧。她胸口再次上下起伏时,呼吸节奏变得更快更波涛汹涌了。她的腹部像个巨大怪异的水槽,在薄毯下颤动着。我想起那个一天夜里光着脚,把我扛在肩上的女人,那个爬下我们家外墙,带我穿过德黑兰雾气迷蒙的冰冷夜色,坐上摩天轮的女人。我记起她是怎么告诉我说,她曾展开过真正的翅膀在空中飞翔。我记起她是怎么在信仰大道的家里喊我的,她的笑声是怎么回荡在走廊里,传到楼梯间,穿透每个房间。

我挨近床边,近得能看见她。

我们就这样——我站在她的床边,低头盯着她看,而罗珊娜仰望着我,黄色的液体慢慢从她眼角流到枕头上。她毫无动静,就算看见我,就算认得我,也完全没表现出来。然后,她合上眼睛。

就是这样,我想,经过这么久的时间,挨过这么漫长的等待之后,天使罗珊娜看见了我,但是她什么都没说,什么也没做,就只是当着我的面闭上眼睛。

我往外冲的时候撞上了蜜黎安。

"我希望她今晚就死掉。"我说,很肯定罗珊娜听得见。

她那天晚上并没死,可是病情更趋恶化,生命迹象也开始变得更为微弱。我知道,因为我隔天还是到蜜黎安家去了,再隔天也是。偶尔,甚至还违背自己的心意和怒气,再次进房里去看罗珊娜。

我的阿姨们送走了那些既无法断定病因也无法治疗罗珊娜的医生,接受科学阵线失败的事实,转而寻求更古老、更具实证经验的治疗方法。

洛雪儿不顾丈夫的强烈反对,抓住两场重要的告别单身女子派对之间的空当,飞到芝加哥,去见所有神圣拉比之中最神圣的那位——这位拉比是个美国人,他不和她说话,也不看她,但是在收下丰厚的"捐赠"之后,回赠给她一条持咒祝祷过的红色丝绳,要她拿回去绑在罗珊娜手腕上。

约瑟芬看见那条丝绳时哈哈大笑。

"这东西洛杉矶到处都有卖,"她说,"现在我的朋友都人手一条。这是用来吓退邪恶之眼的。"

布莱恩不甘被洛雪儿比下去,他带情妇到开曼群岛浮潜,回来的时候带了一个他说是他"个人宗师与心灵导师"的人。这位宗师可以在世纪酒店享受一整个星期的免费招待,作为交换他得每天早上和下午到蜜黎安家来,将涂了万金油的温热手掌贴在罗珊娜肚子上。他说他这是要吸出让罗珊娜生病的负面能量。这能量花了布莱恩一万美元,却还是没被赶走。

之后,苏珊的女儿找到一名喇嘛,把他带到了蜜黎安家里来。他花了两天时间在罗珊娜房门口诵经,焚烧腐臭的香,弄得每个人双眼红肿,头发闻起来活像臭毛巾。这个喇嘛后来被赶走了,因为一直觉得曾在前世见过他的洛雪儿,后来猛然认出他是以前帮她清理游泳池的菲律宾工人,只是现在剃了头发,穿起白色长袍罢了。

被折磨了九个星期又三天之后,月姑蜜黎安端来一杯泡着小豆蔻的茶,和我一起坐下,细细盘点:她已经把她相信能救得了罗珊娜的方法全都试过了,她说,而且她也知道全都没用。她在伊朗社群里丢足了脸,还让罗珊娜无端受辱。她花了难以想象的一大笔钱,和邻居的关系搞到不可收拾,而最后,却还是只能眼睁睁看着罗珊娜死去。

"该是实话实说的时候了。"她坦诚道。

我警觉起来,但还是默不作声。蜜黎安的"实话实说"通常也就是痛苦的代名词。

"真相是什么,我其实一直都知道。"她继续说,"我早就知道我们搞错方向了,洛雪儿也知道,这也是罗珊娜一开始不想让我们带她回来的原因。"

"你大可不带她回来的啊。"我耸耸肩,从咬紧的牙关里挤出话来,"我希望你没带她回来。"

"话是这么说没错,"蜜黎安喝了一口茶,"可是这不只是你或我怎么想的问题,为了找出正确的治疗方法,我们必须先做出正确的诊断。"

她放下茶杯。

"现在你又成了医生啦。"我讽刺地说,"你搞不好可以自己治好她呢。"

她没生气。

"我不是医生。"她说,"不必是。我只是知道你妈妈是怎么回事。"

她往前靠,对着我的脸轻声说:"我知道是什么东西要她的命。"

我的嘴巴里,舌头又干又重。我卷动舌头想说话,但舌头却卡在唇间,让声音全发不出来。蜜黎安又靠回椅背上,继续使出致命的一击。

"她就快要因为罪恶感而死了,你知道。她有罪恶感,因为她对你做的事,以及在这之前对你爸爸做的事。她就快要因为伤心而没命了。她很伤心,因为她浪费了生命,因为她可以修补却没修补。这么多痛苦压抑在心里,这么多泪水,过了一段时间,无处可以宣泄,就会要了人命。波斯语里有个专门的单词:Degh,也就是'伤心而死'的意思。我明白,罗珊娜从来没有机会——没给她自己机会——回头，请求宽恕。我明白，如果她能有机会——就算不求索拉博，至少也该求你——她或许可以流出一些泪水，开始康复。"

她直直盯着我，突然开始恳求我。好像以为我不只有力量拯救妈妈，也有力量拯救蜜黎安自己，仿佛我说一句话，采取一个行动，就能在一瞬间把她们这一生所失去的东西全带回到她们身边。

"你要我做什么？"我问，与其说是想帮忙，不如说我已心疲力竭，"她连看都不看我一眼。"

蜜黎安抓住机会，不肯放手。

"我要做杏仁泪。"她说得很慢很慢，不想把我吓跑，"就在这个房子里。我们以前在老家的时候，只要碰上解决不了的悲剧，就会举行这种仪式。过程很漫长——至少要花两天时间——而且到最后，还需一个心灵纯洁的人，也就是大家说的善良的人，喂那个生病的人吃下泪水。我想我得要你来做这个工作。"

她停下来，但是双眼还是紧盯着我，然后，她提出了一个她知道我绝对不会拒绝的条件。

"如果你肯做，"她说，"不管你想知道什么，我都会告诉你。"

她打量着我，根据我的反应，判断我需求的极限。

"所有的秘密，"她承诺，"所有伤心的事。"

罗珊娜

"所有的秘密。"昨天晚上蜜黎安对莉莉许下承诺。

她们在客厅里谈话,但是我听得一清二楚,就像她们站在我床边一样。蜜黎安的声音很高亢,可是她明明知道要怎么压低声调的,明明知道该怎么控制音量,放大或转小,这完全看她是不是想让我听见。

"不管你想知道什么,我都会告诉你。"她说,希望能引诱莉莉踏进她的陷阱,但我想,她这么说也是为了警告我,警告我是该开口的时候了。

她说得煞有其事,仿佛真有所谓的真相这回事,仿佛她,蜜黎安,真的知道所有的秘密。

她这么说的时候,我突然想到,从我上回看到她以来,她变了很多,我们还在伊朗时,她说什么都不会拿秘密来招摇的。我想她很明白:在她出生的那个地方,所有的秘密都静躺等候,只等一见天日,吓得你措手不及;她也明白,自己已经从那个地方踏进了眼前的这个世界——可以揭露任何错误,坦承任何罪孽,却还至少可以抱持一线希望,幻想自己仍有机会的世界。

"这是个选择与机会的国度。"我听见布莱恩每天都对姐姐妹妹这么说。他指的是他可以钓上的女孩,尽管他已婚,身边还带着情妇。"从黑到白,还有中间的各种肤色。"他说,"尺码从二号到二十四号不等,身材从扁平到丰满,单身或已婚,如果我愿意,和男人上床也没问题。"

我很想知道他到底明不明白其他的选择,明不明白他在此地可以拥有的其他第二次机会。

我这一辈子都在流亡,连还在自己家里的时候也不例外。对于流亡人生,我深有体会:你要怎么爱你的故国都可以。有时候,流亡甚至可以说是我们人生之中最好的经历。

蜜黎安提出条件之后,莉莉打电话给茉希狄说她要在这里过夜。莉莉的声音很甜美,是那种孩童的声音,我听得出来,她对自己说的每一句话都不太有把握,因为她每讲一句就迟疑半响。

"她们要我留在这里帮忙用杏仁做一些东西。"她说,"好像一大早就得开始了。"

我想茉希狄一定在电话另一头哈哈大笑。

莉莉并不需要知道全部的真相。她只需要知道我为什么离开她,而能告诉她的,只有我。

我想起有一回我妈妈在犹太区做杏仁泪。那一次是我弟弟得了天花,每个人都认为是我给他们带来了厄运。他们要做杏仁泪来挽救他的生命,而更重要的是,要改变我的运气。我还记得当时一想到即将来临的奇迹,或者应该说是可能性,无论有多么渺茫,心底仍然涌起兴奋,甚至是敬畏的感觉:一把捣碎的杏仁竟然可以改变我命中所受的诅咒。

结果并没有。

然而，和死亡面对面的时候，你还是不免会有做蠢事的冲动。我从来不觉得我的生命有什么价值，但是，在我知道死期已近的此刻，却好怕死，我几乎不敢闭上眼睛，因为怕再也无法睁开。所以蜜黎安决定要做杏仁泪时，真的让我松了一口气。她还没放弃我，让我非常感激。

一大早，我看见莉莉在院子里听从蜜黎安的指示，爬上树，亲手摘下杏仁。天空是一片艳亮的橙色，是秋天不时从树上掉下来的熟柿子的颜色，信仰大道那幢大宅庭院里熟透的柿子。杏树上开满了花，叶片鲜绿，枝干四处伸展，绿阴映满整个院子。树下的莉莉站在一把脚凳上，伸长右手，探进粉红的花朵里，摘下最鲜嫩的果子。

这个工作很不容易，也很花时间，因为她一次只能摘下一颗果子，丢进蜜黎安摆在地上的箱子里。莉莉很卖力地摘个不停，我很想知道，她是真的相信蜜黎安的承诺呢，抑或只是借此打发时间，等着送我进坟墓。

我总是从她身边离开，甚至远在我那天晚上飞出窗外之前，甚至早在她出生之时，甚至更早之前，远在我自己还是个小孩的时候，我始终就只有一只脚踏地，另一只脚总渴望飞起。我有一回试着要告诉她，我不知道她是不是能理解。

在我离开之前，她常光着小脚丫，撑着一双瘦伶伶的腿，整天跟着我满屋子转，怕我随时会在她眼前消失。每回我一转身看见她,她就微笑,但是眼睛里满是恐惧。

我爱她,这是事实。但是我爱她爱得不够。

太阳升起,我看见莉莉在灼热的阳光里很不舒服。打从过了九点,大门每个钟头都会打开一次,迎进我的一个姐妹或亲戚。蜜黎安带他们到客厅,要他们留在那里,保持安静。他们坐在椅子上,压低嗓音讲话。他们进来看我的时候,我一动也不动。如果他们对我说话,我不回答,但是静静倾听。我孤独太久了,已经忘了话语的抚慰,已经忘了此刻环绕身边、在我封闭自己时关爱着我的声音与感觉所交织而成的密网能带给我多少安慰。这密密交织的网渗透了我皮肤之下涨满的水,渗透了连我想入睡时都吵得自己无法成眠的呼吸声,渗透了我再也无法控制的恐惧。我回到了子宫里,不由自主地想着,等我死去,他们来守丧的时候,必定就像这样。

莉莉谁也不理,就只是在树下忙着。她的手被树叶上的灰尘弄得黑黑的,脸上汗水淋漓,手一拨头发或擦眼睛,就在脸上留下一道黑印。有两次,她停下来喝水。然后,她的目光越过院子,飘进我的窗里,看见我盯着她。

经过十三年的沉默不语,你要如何开口呢?

午后一点钟时,她摘的果子已经差不多装满一箱了,蜜黎安告诉她说可以了。

"进来吃饭吧。"蜜黎安说,可是我知道莉莉不会肯的。

一整个下午,她都坐在院子里,用手剥着杏仁壳,蜜黎安好几次喊她进来吃这吃那的,她都只是耸耸肩没回答。屋子里,我的姐妹们窃窃私语，讨论我死了之后莉莉会怎么样，担心她会再度自杀，所以要救她的唯一办法就是救我。奇怪的是，蜜黎安竟然独排众议。

"不能因为有个人注定劫数难逃，就断定其他人也会这样啊。"她说。

下午五点钟时，莉莉剥完了所有的杏仁。她把箱子搬进厨房，摆在餐桌上，然后又回到院子里收拾残余的垃圾，拿去丢掉。时至黄昏，光线从我房间的窗玻璃上反射回去，所以我可以从屋里清楚看见她站在那里，但是莉莉却只能看见落日映照在玻璃上的红色余晖。

她走近窗前，将双手——变得伤痕累累、污黑黑的手——贴在玻璃上，往里瞧着我。

一整夜，我在黑暗里都看见那双手。

我离开家的那个晚上，她跟着我走过整幢大宅。我知道。稍早的时候，我在楼梯口看见她了。我站在栏杆上的时候，她叫我，而我回头了。她对着我伸出手。她一定以为她可以阻拦我，以为我不会离开她，或者，至少不会丢下她自己走掉。我想她心里一定是这样相信的。我转头，抛下了她。

这是我离开她之后，最让我烦心的事：她无法相信我会抛下她。

我不像爱铁慕尔那么爱她，也不像爱我自己的自由那么爱她。我曾经试着想告诉她这一点，而她从来不相信。

又是早晨了，莉莉把那箱剥好的杏仁搬回到院子里，站在桌边，用绞肉机把杏仁搅碎。她右手抓着绞肉机，使尽全身的力气往下压，然后稍稍松开一点，又再次往下压。慢慢地，她把所有的杏仁全压成了浓稠黏糊的泥状物。

在客厅里，蜜黎安端上茶和椰枣、去皮的柠檬盐渍小黄瓜、削了皮的苹果，还有更多的茶。我突然想到，这些都是守灵夜的传统茶食，不禁想笑——还真是讽刺哪，这些女人在想办法救我的时候竟然已经守起丧来了。这正是她们一生的写照，我想。她们永远抱持最好的希望，但也知道自己终究会失望，甚至早在奋起反抗之前就已开始哀悼。她们喝着茶，望着院子里的莉莉；喝着茶，讨论早婚的好处、抽脂的风险、最新的时装风尚、保证生男孩而非女孩的受孕秘方——"在生理期中行房，"亲爱的傲姨对苏珊那个信佛教的女儿说，"让你老公吃辣的东西，喝中国蜂王浆，然后在你们开始做之前，先要他用苏打粉和水洗一洗。"

亲爱的光姨带来一个消息，她八十三岁高龄、在德黑兰独居的姐夫刚被人发现死在了公寓里。邻居闻到死猫的臭味。收尸人说他起码死了两个星期。

"想想看！"亲爱的光姨对每个人说，"你一辈子住在同一个城市里，整整八十三年，到了最后，却孤零零地死了两个星期才被人发现。"

有人生来就是流亡的命。就算哪里都不去，也还是摆脱不了流亡的命运啊。

猫婆雅丽珊卓教我，生存的秘诀就是拥抱你的流亡，踏进去，向前走。你一定要往前走，把一切抛在后面，她说。你不能觉得疲惫，不能停下来歇息，不能偏离你的道路。埋了孩子，继续往前走。输了战争，继续往前走。最重要的是，她说，你一定不能回头看。

我照她的话做了十三年。我这么做，因为我对雅丽珊卓的真理深信不疑，我深信离开莉莉是我仅有的选择，深信我不可能有机会回头。在蜜黎安找到我之前，一切都很顺利。

此刻在院子里，莉莉把一大条薄棉布裁成了一张张四英寸[1]见方的小方块。她坐在桌边，还是一个人，用手指挖起一点杏仁泥放到小棉布块上。她用布包起杏仁泥，用线系紧开口。不到一个小时，她已经包好了三打，一排排摆放在托盘上。这时，门铃响了，苏珊高声说茉希狄来了。

此刻我知道只有奇迹能救得了我了：因为我了解茉希狄，我了解她和蜜黎安有多瞧不起彼此。我知道茉希狄绝对不会踏进这座房子，除非她认为我快死了。

蜜黎安在我房间外面的走廊迎接茉希狄。

"你能来真是太好了。"她用极尽讽刺的语气对茉希狄说，"你应该再等几个月的，或许到了那个时候，她就已经变成化石了。"

茉希狄没回答，但是她踏进我房间的时候，我可以感觉到她周遭的空气顿时紧绷了，我也察觉到蜜黎安突然退却了。

她是一场风暴——愤怒，迅猛，令人敬畏。仅一瞬间，她就已穿过房间，用她那双猫眼与红宝石朱唇俯望着我。她停了好一会儿，足以好好看我一眼。她挑起眉毛，摇着头，仿佛说我让她失望了。接着，她转身走向通往院子的玻璃拉门，喊着坐在桌边的

---

[1] 英制长度单位，1英寸等于2.54厘米。

莉莉。

"你阿姨说的没错。"她说，明知道我听得见，却不在乎是不是会让我觉得痛苦。对茉希狄来说，软弱向来是最大的罪孽。"不管你们想搞什么法术，最好还是快点动手吧。"

蜜黎安找到我之后的最初那两个星期，我躺在这里，等着莉莉进房里来，让我可以看看她。我竖起耳朵在众人的谈话声中倾听她的声音，倾听她的脚步声。然而等她终于进来的时候，却还是狠狠吓了我一跳。我没听见她走近，甚至没感觉到她踏过我床下地板的动静；连她站在我身旁俯望我的时候，我也还是看不见她映在床边玻璃窗上的影子。她仿佛是偷偷溜进我房里的鬼魂——年轻美丽的鬼魂，来到床边索求一副躯壳。

我抬起眼，看见了她。

我的女儿。

她很高，比我以前还高，和她爸爸一样高。她有一双像索拉博的黄眼睛。我一直想让她有这样一双眼睛。

她俯望着我，我心想，她是多么美丽啊——她的皮肤那么光洁无瑕，她的五官那么精致优雅。我看见她，觉得仿佛看见了自己——虽然她更年轻，也更美丽，而且更聪明，毫无疑问；但她身上也有我始终挥之不去的那股孤独的气息，那种同样疏离、遥不可及的感觉。身材纤弱单薄，没有我现在增添的这么多重量的她，看起来依旧宛若孤悬于无边汪洋里的小岛。

就因为这样，我才会闭起眼睛不看她。我看见她有多么孤单，了解她觉得自己有多么无足轻重，明白她有多么害怕看着我的眼睛却发现我根本没看见她。我想，我或许让自己走出了她的人生，但是却把我的宿命留给了她。

下午，莉莉开始把一包包的杏仁泥绑在树上。她用绳子把它们缠在树枝上，然后在正下方的地面摆上一个个小盘子。

"我们得等泪水滴下来。"蜜黎安解释说，"然后再装进瓶子里，喂你妈妈吃。"

电影明星茉希狄有别的想法。

"我们不能干等着。"她对蜜黎安说，"你答应要把故事说给这女孩听的。"

于是蜜黎安、莉莉和茉希狄一起到我房间里来。莉莉盘腿坐在我床尾的地板上。蜜黎安坐在莉莉对面的椅子里。茉希狄站在玻璃拉门旁，双手抱胸，望着她们。

蜜黎安从下午一直讲到傍晚。客厅里的其他姐妹揣测她在说什么，猜她会真的透露多少，也祈祷她知道节制。到最后，她们等得倦了，就离开了。查尔斯先生也赶他的鸟儿们去睡觉，自己上床了。直到夜幕低垂，茉希狄还站在那里，她的剪影衬着银色的天空，然后慢慢没入黑暗之中。她还是最坚强的那一个，我想，这个在没有其他人敢反抗的时候就大胆挑衅犹太区，打破每一条规则，最后还能远走高飞的女孩；她始终紧紧怀抱着她的怒气，她的残酷，靠这样才能生存下来；或许只有此刻例外吧，此刻，她已经倦了，倦得不想再生气了。

这就是茉希狄到这儿来的原因，这就是她看顾着莉莉，准备要保护她不被蜜黎安那些触及真相的故事伤害的原因。是我，早在我们还住在猫婆家的时候，想要个孩子的人是我。结果，把她一手带大，直到现在还照顾着她的，却是茉希狄。蜜黎安把故事原原本本说给莉莉听：从我们那位犹太仪式派的曾曾曾祖母是怎么在赎罪日裸奔逃出圣坛开始讲起，讲到我妈妈是怎么打算杀掉我，讲到茉希狄在犹太区里是怎么放浪形骸，以及我，一个犹太区的女孩，是怎么嫁给王子的儿子，却在丈夫家里和异教徒铁慕尔上了床。我记起铁慕尔的双手轻抚我肌肤的感觉，我记起他看我的眼神。如果我早知道会造成什么样的伤害，我的做法会有不同吗？我会因此而少爱铁慕尔一些吗？因此而多怕芙洛莲·克劳德一点吗？我会因此而坚强起来，抵抗诱惑，不再屈服于这么多年来想到铁慕尔时那仍像绵绵不绝的浪潮般吸引着我的欲望吗？

将近黎明破晓时，蜜黎安的声音越来越小，最后完全终止了。茉希狄坐在我的床沿，望着莉莉，等着看了解实情是会让她得到解脱还是毁了她。

步向死亡就像这样，我想：暗沉沉的天空，静悄悄的房间，一句未说出口的话。

我内心的伤痛很深很深，无以名状，我想告诉莉莉：

这是我妈妈，以及妈妈的妈妈的伤痛——她们滴进泪瓶里的泪水，她们独自饮下，无法抚慰的伤痛。

我不想让我的女儿也有这样的伤痛。我不想把这样的泪水留给你。

所以我离开你：为了从你的眼中带走伤痛。

但我并非要牺牲自己来拯救你。我念兹在兹的不是你的需求，而是我自己的需要。我一心想要的，比我想和女儿在一起的心意或我对铁慕尔的爱恋都来得更重要的是，终结这种伤痛。

我回来，却发现自己失败了。

莉莉跳起来，吓了我们大家一跳。

"看看那棵树。"她冲到窗边说。我转过头去。

这时，我看见了：那棵高大美丽的树矗立在黎明的晨光里，枝丫阔长繁茂，一滴滴金色的油从枝叶间落到了地上一个个黄的、红的、紫的盘子里，汇聚的汁液映照出大树的红色树干，东升朝阳的温馨暖意，以及渺茫奇迹的一丝希望。

就连茉希狄也喜极而泣。

她们一直等到杏仁泥里所有的油液全滴到了盘子里。早上九点钟时，她们把盛满杏仁泪的盘子摆到了院子里的桌上，然后，蜜黎安回到屋里，拿出一只瓶子和一个漏斗。

"把油倒进来。"她对莉莉说。

莉莉脸色发白。她仿佛因惊骇而倒退了一步，张大嘴吸气，却连忙用手掩住，好让自己不尖叫出声。

是那只瓶子——绿色、陈旧、缺了一个角的瓶子——吓坏了她。她以前见过这只瓶子。她一定记得是在哪里见过。我也记得。

那是我妈妈的泪瓶，蜜黎安捎来秀莎自杀的消息时带给我的。那是塔拉叶和那个侄子私奔之后的事："妈妈对着瓶子哭了三天，然后喝掉了她自己的泪水。"蜜黎安如是说。我把瓶子摆在自己房里，但是离开的时候没带走。莉莉也一样，索拉博送她到美国来的时候，她并没带这只瓶子走。但是蜜黎安后来去过，找到这只瓶子，带着它远渡重洋，收在她家里：我妈妈留给我的唯一的礼物，也是我将留给莉莉的唯一的东西。

我张开嘴说不。

但是，我的喉咙被肺里的水呛着了，喘不过气来。我想呼吸，但是怒气让我无法如愿,我开始随着沉重嘈杂的喘息哭了起来,水从喉咙和鼻子里涌了出来。我还没回过神,就从肺里吐出了黄色的液体。蜜黎安听见我的声音,冲进来帮忙。她伸手抬起我的头。我想躺回去,但是办不到。她慌得高声喊人来帮忙。于是所有的人都冲了进来。他们打电话叫医护人员,高声对彼此呼来喝去,或站在房间后面,无助地哭了起来。我更用力地咳嗽,吐出更多水,张嘴拼命想吸气,但是肺里积满水,气管被阻塞了,我急促喘息想吸进最后一口气。

"妈妈!"莉莉叫我。

那是孩童的声音,是那时在阳台叫我的声音,是事到如今还相信着我的声音。

她的叫声让我心头一惊。我一面喘气一面找她,在笼罩我周遭的黑幕里找她。她也回望着我,就像我上一次看她时那样惊恐。那年她五岁,我离开了她。

茉希狄把蜜黎安推开,自己扶着我的头,清空我的气管,让空气可以畅顺通过。等我再次吸进空气后,就变得平静多了。

莉莉还在那里,在我床边,低头看着我,观察我的每一次呼吸。我记得她是怎么喊我的,但是现在我看出了在我离开时的那个小女孩和今日已然长成的女人之间的不同。她吓坏了,当然,但是她也很生气——要求我不要死,别现在死,别以这种方式死。她的存在已经不再系之于我了:我还和她在一起的时候,拼命想让她消失——在那些年里,我一再告诉她说我终将离开她,不愿再见到她;在那些年里,我一心只想着自己的需求,只想着要逃走。那时我让她在我眼里消失了,可是现在,在这个城里,在这个身旁有姐妹与茉希狄围绕的房子里,我再也无法借着自己的死亡抹杀她的存在。

医护人员带来氧气,清空房间,下达指令说应该让我保持平静。过了一会儿,我仰躺着,吸着尝起来又甜又干又空洞的氧气,很高兴自己还活着。我想要再多一分钟,再多一小时。等我再次想起抬眼看时,莉莉已经离开了,但是茉希狄还在。

"她们要拿油来进行仪式了。"她第一次对着我说话,"试试看有没有用。"

蜜黎安带着泪瓶进来,喊着莉莉。她把勺子塞进莉莉手里,从泪瓶里倒出几滴油,朝我的方向点了一下头。

"最初的几滴最重要。"她说,"要有信念。"

莉莉的手在颤抖,把油滴到了我的胸口上。蜜黎安又试了一次。这一回,我的呼吸把油吹得溢出了勺子。

茉希狄开始不耐烦。

"你不能用打点滴的吗?"她语带讽刺地问,但是蜜黎安没听见她说的话。

莉莉还在试,还在颤抖。泪水从她眼里夺眶而出,流过脸颊,滴落在我脸上。

以前,我还年轻的时候——和你差不多大的年纪,或许多个几岁吧,猫婆雅丽珊卓穿着我的衣服死了,我离开她的家,离开犹太区。在信仰大道,在我记忆中始终带着魔力的那幢大宅里,遇见了一个男人,他爱我,给了我一个我想要的孩子。那时,在那幢大宅里,我开始相信奇迹真的可能存在。

莉莉试了第三次。我真的尝到油了。

温温的，甜甜的，有点像我小时候常喝的东西。小时候，在犹太区，那个到处闹哄哄的地方，那个你永远都知道自己还活着的地方。那就是我最常回想的伊朗：家人的声音在屋顶之下回荡，我们家院子里的阳光，我妈妈永远在祈求奇迹出现，对着泪瓶掉眼泪，喝掉自己的泪水，然后再次落泪。

我逃离索拉博家的时候告诉自己，不会对任何事情懊悔，时至今日，我也不后悔。

只是此刻，看着我身旁的莉莉，尝着杏仁油，细数让她——我的小女儿——长成女人的年岁，却感觉到有一堵墙崩塌了，我开始哭——流出真正的眼泪，而不是这像毒药一样从我体内流出来的该死的水。

莉莉起初没注意到，就连非常警觉的蜜黎安也把我眼角流出的泪当成是水。她要莉莉喂我更多油。

突然之间，我发现自己在想——我，从来不相信救赎，也从来不允许自己祈求奇迹的我——或许一切还有可为，或许我还有可为。

我静静地哭着，眼睛因盐分而迷蒙不清。我的泪汩汩流个不停，湿了枕头，还是停不下来。我觉得自己变轻了，仿佛每流出一滴眼泪，就减了一斤的重量，仿佛这些泪蓄积已久，从我住在马尔马拉海滨的那些年，以及更早之前住在铁慕尔的欲望之宅，甚至更早之前流浪于远在沙漠里的犹太区时，就一直蓄积在我身体里——仿佛就是这些泪水让我如荷重负。

蜜黎安错了。我并不遗憾。这和遗憾一点关系都没有。

我无法从你眼里带走伤痛,我想告诉莉莉,但我并非注定只能留给你伤痛。事情不是这么开始的,也不会就这样结束。你是个带来奇迹的孩子——是将未来从被施了魔咒的人生中解放出来的希望——我很确定,这么多年来始终相信,你的生命旅程不会在伤痛中结束。或许在这里,在这个充满机会与选择的国度,你的生命旅程不必在伤痛中结束。

莉莉再次将勺子塞到我嘴边的时候,我抓住了她的手。

她先是一凛,接着惊慌起来,想把手抽开,但我不放手。我把她纤细美丽的手指握在我现在已变得庞大的掌心中,使尽病躯的所有力气紧紧抓着不放,一直到她不再挣扎。她的手变软了。她站在黑暗中看着我,我知道她已经明白了,因为她一动也不动地等待着。

我站起来,觉得自己变轻盈了,比我这一年来所感觉到的都轻得多。然后,我伸手揽住她,轻轻一个动作,就把她带离地面。

我们滑出玻璃门,进到院子,然后越过院子,飞进夜空里。我的脚一离地,她就抱紧我,往下看。

回头看吧,我说,穿过这一片漆黑,看看我们背后吧。此刻,你可以看到我们全部的过往,甚至包括我早已遗忘的部分。

我带她看看我是怎么一路来到这幢房子里的——把我像头野兽载到这里来的平台卡车驶过的街道,我吊在起重机臂杆上时心里的恐慌,药房塔楼的阴暗,我下飞机的第一天在洛杉矶街头昏倒时围在我身边的男男女女。

但是,接下来,我们飞得更远了,我带莉莉去看伊斯坦布尔的缤纷色彩,我那间公寓四周清真寺红的、金的、绿的瓷砖,托普卡帕宫的彩绘拱门,马尔马拉海的青碧蔚蓝。

我带她看我进入土耳其之前翻越的山脉,伊朗北部的丛林,还有光秃秃、足以征服一切的棕色沙漠。

德黑兰已成废墟。因为战争,因为饥荒。信仰大道两旁的树木都死了。我们家——铁慕尔的家——被充满敌意和怒气的陌生人占住了。芙洛莲·克劳德和他们在一起,茫然失神、蓬头垢面地走来走去,和她死去的弟弟讲话,问他铁慕尔的事。索拉博自己一个人在他房里,直到踏进人生的尽头,依然哀痛不已。

但是我没在这里停歇。我拥莉莉入怀,许多年前我就该这么做的。我拥着她,飞过残垣断壁,穿过火炬明灿蜿蜒数里的街道,进到我婚礼那天夜里所看见的大宅。

回头看吧,我说。

月光下,信仰大道上的大宅里,房间一个接一个地亮了起来,这是因为我,因为身穿结婚礼服的我。我穿过一个个房间,走向索拉博,走向等待着我,对着我绽开微笑,伸出手,拉我踏进他所允诺的阳光里的索拉博。

就是这么开始的,我说。

我们听见音乐,听见塔拉叶的笑声,还有芙洛莲·克劳德的手镯,随着她在婚礼上走动发出的叮叮当当的声响。

我们再次走进摆满家具的明亮而豪华的大宅,穿过屋子,来到后院。

春天,我穿着无袖洋装站在那里,用手压碎红葡萄和紫葡萄。

索拉博问我愿不愿意嫁给他,我唯一的念头却是我要生个女儿,一个有双黄眼睛的女儿。

"没有命运这种东西。"他对我说。他的语气——他天真无邪的信念——让我想哭。

我十八岁，才刚离开犹太区，生平第一次见到铁慕尔。

他站在大宅门口，就在蚀刻玻璃大门外面，不肯看我。

我不会——也不能——因此少爱他一些。我也无法因此而多拒绝他一些，多抗拒他一些。但是这一天，在这个充满选择的国度，我看见了宽恕的可能性——犯下罪行而获赦免的机会，重新开始的机会，这就是我在和铁慕尔上床之后早该做的，是索拉博当时要我做的，也是莉莉此时可以做的。

在最初的时候，我对莉莉说，未来有许多选择的机会，可我相信自己早就命中注定，于是放开手，白白浪费掉了它们。

此刻，我在她眼里看见了：她理解我。她眼里闪着光芒，就像那天夜里我第一次带她出门，爬下她房间的外墙，跑到街上，逃离芙洛莲·克劳德的暴政时，在她眼里看见的光彩。我还记得那天莉莉吓呆了，她惊骇地发现在我们家外面的世界，黑夜并不是像她向来以为的那样阴暗寂寥。然后，她抬起头，看见长靴帕丽穿过交织的车流与人潮，从烟雾与汽车引擎的蒸汽里冒出来仰头大笑——宛如童话里的神怪活了起来。莉莉已经看见另一个真相存在的可能。

我吻着女儿的脸颊，轻声说：

"回头看看吧。回头看，你才可能知道，并最终，心安。"

作者致谢词

谨以此书献给外子哈密德，他始终是我最好的朋友、最有力的支柱，是我哭泣时可以倚靠的肩膀，是我跌倒时会扶住我的手。

献给我的儿女——亚力克斯、艾希莉、凯文——他们日复一日容忍母亲坐在蓝色电脑屏幕前，用他们美好的希望祝福这本书，用他们奇迹的笑声给我的人生带来满满的幸福。

献给我的双亲，弗朗索瓦·巴克霍达先生与夫人吉提，他们勇气十足地寻找"选择的国度"。

献给我的朋友，作家亚德里安·夏普与玛莉·史塔钱菲尔德，他们在许多个星期天清晨冒雨驶过南加州的高速公路，到荒郊野外的餐馆和我碰面，讨论这本书。咖啡很难喝，蛋回过好几次锅，但是那些个早晨所得到的建议弥足珍贵。

献给我的经纪人芭芭拉·罗文斯坦，她从发轫之初就对这本书充满信心，也为此书付出了无人可及的心力。

献给我的编辑克莉斯塔·马隆，她告诉我说她读过书稿之后落泪，还有她的女儿希耶拉，正因为她，妈妈继续把稿子看完了。

献给出版人丹·法利，感谢他在赎罪日前夕点头允诺。

献给姐姐简蒂儿·巴克霍达，她不时在清晨六点接起突然打去响个不停的电话，还经常在深夜开车来帮我对付宕机的电脑。献给我另一位姐姐珍娜特·孟法瑞德，从我们在寄宿学校的岁月她就照顾着我，直到今天仍然守护着我。

献给我的朋友道格拉斯·席尔斯博士，他让我看见另一个真相存在的可能。

献给我的老师，作家约翰·雷契，他给了我渴望追求卓越的动力。

献给令人尊敬的拉辛·柯恩博士，他带我到他家，让我分享他的珍藏记忆。献给我的姨妈艾芙特妲·哈纳萨巴，她让我拥有一辈子享用不尽的故事。

献给已故的帕莉华希·纳哈伊，她的恩慈与勇气启发了我。

谢谢你们。